커다란 초록 천막 1

커다란 초록 천막 1

류드밀라 울리츠카야

승주연 옮김

은행나무세계문학 에세 • 10

은행나무

우리의 그릇된 행위를 힘든 시대 탓으로 돌려서는 안 됩니다. 부도덕하고 비인간적인 시대라는 이유로 우리의 그릇된 행위가 정당화될 수는 없기 때문입니다.

1952년 7월 9일

파스테르나크가 샬라모프에게

차례

1권

2권

일러두기

* 본문 하단의 각주는 모두 옮긴이의 것이다.

프롤로그

잠이 덜 깬 타마라는 촉촉한 계란 프라이가 담긴 접시를 마주하고 앉아서 아침을 먹었다.

엄마 라이사 일리니치나는 엉킨 머리카락을 세게 잡아당기지 않도록 최대한 노력하면서 성긴 빗을 딸의 머리카락에 꽂았다.

라디오에서는 장엄한 음악이 낮게 흘러나오고 있었고, 칸막이 너머에는 할머니가 자고 있었다. 잠시 뒤에 라디오에서 흘러나오던 음악 소리가 그쳤다. 휴지는 지나치게 길었고, 이것은 의도된 것이었다. 잠시 뒤에 낯익은 목소리가 들려왔다.

"주목하세요! 모스크바 시에서 알려드립니다. 소련의 모든 라디오 채널을 통해 소련 정부의 공식 발표를 전합니다."

빗은 타마라의 머리에 박혀서 움직이지 않았고, 타마라는 방금 잠에서 깨서 조금 쉰 목소리로 말했다.

"엄마, 무슨 시답잖은 감기에 걸린 걸 가지고 이렇게 나라 전체가 떠들썩하게……."

타마라가 말을 끝맺기도 전에 라이사 일리니치나가 갑자기 있는 힘껏 빗을 잡아당겼고, 그 바람에 타마라의 머리가 뒤로 확 젖혀지더니 이가 딱 부딪혔다.

"입 다물어."

라이사 일리니치나가 목소리를 낮춰서 말했다.

문지방에는 할머니가 만리장성만큼 오래됐을 것 같은 가운을 걸치고 서 있었다. 라디오 방송을 듣는 동안 내내 밝은 표정을 짓던 할머니는 방송이 끝나자 말했다.

"라이사, 옐리세예프*에서 단것 좀 사 오렴. 오늘 마침 부림절**이구나. 사메흐가 뒈진 것 같다는 생각이 드는구나."

타마라는 부림절이 뭐 하는 날인지, 왜 단것을 사야 하는지, 게다가 뒈졌다는 사메흐는 뭐 하는 사람인지 도무지 알 수 없었다. 오래전부터 가족 사이에서 스탈린과 레닌에 대해선 이들이 속한 정당에서 부르는 가명***의 머리글자 'C'(S)와 'Л'(L)로 부

* 모스크바의 명소 중 하나로, 러시아혁명과 2차 세계대전을 겪은 식료품점.

** 이른 봄에 지내는 유대교의 축제.

르는 것도 모자라서 고대 언어인 히브리어 알파벳의 열다섯 번째 글자인 '사메흐'와 열두 번째 글자인 '라메트'로 비밀리에 부른다는 것을 타마라가 알 리 만무했다.

이때 전 국민이 좋아하는 그 목소리는 라디오 방송을 통해 그의 병명은 결코 감기가 아니라고 전했다.

*

갈랴는 교복 원피스의 매무새를 가다듬은 뒤 앞치마를 찾았다. 하지만 어디에 뒀는지 기억나지 않았다. 침대 밑에 떨어졌나 싶어서 기어 들어갔다.

그런데 그 순간 갑자기 부엌에서 어머니가 한 손에는 칼을 들고 나머지 한 손에는 감자 하나를 들고 들이닥쳤다. 어머니가 짐승 울음소리를 냈기 때문에 갈랴는 어머니가 한쪽 손을 다쳤다고 생각했다. 하지만 피를 흘리는 것 같지는 않았다.

아침마다 몸이 무거운 아버지는 침대에 누운 채로 고개만 들고 말했다.

*** 스탈린은 이오시프 비사리오노비치 주가시빌리의 가명이며, 레닌 역시 블라디미르 일리치 울리야노프의 가명이다.

"닌카, 무슨 일이야? 무슨 일이실래 아침부터 소리를 지르는 거야?"

하지만 어머니는 점점 목소리를 높였고 통곡하느라 문장이 끊어지는 통에 무슨 뜻인지 알아듣기 힘들었다.

"죽었다고! 바보야, 잠이 와? 어서 일어나! 스탈린이 죽었다고!"

"발표가 났어?"

아버지는 앞머리가 달라붙은 커다란 머리를 살짝 들고는 물었다.

"병이 났다고 말했죠. 하지만 뒈졌다고요! 뒈졌어! 내 가슴은 그가 죽었다고 말하고 있어요!"

그러고는 또다시 알아듣기 힘든 통곡이 이어지더니 통곡 중간에 가식적인 질문이 튀어나왔다.

"어머, 어머, 어머! 이제 어쩐담? 이제 우리 모두는 어떻게 산담? 앞으로 어떻게 될까?"

아버지는 인상을 쓰고는 퉁명스럽게 말했다.

"바보같이 뭘 울고 난리야? 왜 울고 난리냐고! 이보다 나빠질 것도 없겠구먼!"

갈랴는 침대 밑에 떨어져 있던 앞치마를 결국 찾아서 끄집어냈다.

앞치마에 구김이 가긴 했지만 다림질은 하지 않기로 마음먹었다.

*

올가는 밤새 땀도 흘리지 않고 기침도 하지 않고 잘 잤고, 아침이 되자 열도 내렸다. 그리고 점심때 즈음 침대에서 일어났다. 어머니가 방에 들어와 근엄한 목소리로 크게 말하는 통에 잠에서 깼다.

"올가, 어서 일어나! 큰일 났어."

여전히 눈을 감은 채로 꿈이길 바라면서 얼굴을 베개로 가려 보지만, 목에서 맥박이 느껴져서 힘들었고, 올가는 '전쟁이 일어난 거야. 파시스트군이 침략한 거야! 전쟁이 발발한 거야!'라고 생각했다.

"올가, 어서 일어나라니까!"

독일의 파시스트군이 성스러운 우리 땅을 짓밟을 것이고, 그렇게 되면 모두 전쟁터로 떠날 텐데 입대하고 싶어도 군에서 그녀를 받아주지 않을 것이다…….

"스탈린이 죽었어!"

목에서 여전히 맥박이 뛰어서 힘들었지만, 눈은 여전히 감고 있었다. 전쟁이 아니어서 다행이라는 생각뿐이었다. 나중에 전쟁이 일어나면, 그때 그녀는 성인이 돼 있을 테니 입대할 수 있을지도 모른다. 그녀는 이불을 머리에 뒤집어쓰고 여전히 잠이 묻은 목소리로 중얼거렸다.

"그때가 되면 나도 받아줄 거야."

그녀는 이런 생각을 하면서 잠이 들었다. 어머니도 그런 그녀를 더는 귀찮게 하지 않았다.

멋진 학창 시절

서로 만날 운명인 사람들의 행동 궤적을 주시하는 것은 흥미롭다. 가끔 이런 만남은 운명이 특별히 애쓰지 않아도 자연스러운 사건의 흐름에 따라, 같은 아파트 단지에 산다거나 같은 학교에 다니는 등의 자연스러운 상황에서 발생하곤 한다.

사내아이 세 명은 같은 학교에서 공부했다. 일리야와 사냐는 1학년 때 같은 반이었다. 미하는 조금 더 늦게 합류했다. 약육강식이 팽배한 동물계의 위계질서에서 싸움도 잘 못하고 잔인하지도 못한 이들 셋은 가장 낮은 계급을 차지했다. 일리야는 키가 크고 말랐으며 긴 팔은 짧은 소매 밖으로 볼썽사납게 튀어나와 있었고, 긴 다리 역시 짧은 바지 밖으로 비죽 나와 있었다. 게다가 불거진 실밥이 못에 걸려 옷에는 군데군데 구멍이 나 있었다. 그의 어머니 마리야 표도로브나는 우울한 싱글맘이었고, 재주 없는 손으로나마 최선을 다해서 구멍 난 곳에 흉한 천을 덧대려고 노력했지만 바느질에는 영 소질이 없었다. 일리야는 옷차림이 허름한 아이들 중에서도 늘 가장 남루한 차림으로 다녔는데, 그는 법석을 떨며 광대처럼 웃기기를 좋아했고 가난한 자신의 상황을 희화하며 가난을 부끄러워하지 않으려고 노력했다.

하지만 사냐의 상황이 셋 중 최악이었다. 지퍼 달린 점퍼와 여자처럼 긴 속눈썹, 진저리가 날 만큼 곱상한 얼굴과 집에서 만든 샌드위치를 싼 캔버스 천 냅킨은 동급생들의 시기와 혐오를 불러일으켰다. 게다가 그는 피아노를 쳤는데 많은 사람들이 그가 한 손으로는 할머니 손을 잡고 다른 한 손으로는 악보 파일을 든 채, 이전에는 '포크롭카'로 불렸고 이후 미래에 그렇게 불리게 될 체르니셉스키 거리*를 따라 이굼노프 음악학교에 가는 모습을 보았고, 증세가 심하지는 않지만 오랫동안 지속되는 병치레 중에도 학교 수업에는 빠지지 않았다. 할머니는 사람들의 시선을 한 몸에 받았는데 서커스단에서 공연하는 말처럼 가느다란 두 다리를 앞으로 쭉 뻗으며 걸을 때마다 고개를 까딱거리면서 걸었다. 사냐는 마치 주인의 말을 끌고 가는 하인이라도 된 것처

* 모스크바 시내에 있는 거리.

럼 살짝 뒤처져서 걸었다.

음악학교에서는 일반 학교와 달리 사냐의 재능에 감탄했는데, 5학년 학생 중에서도 일부만 칠 수 있는 그리그의 곡을 2학년 시험에서 쳤기 때문이다. 그의 작은 키도 감탄을 자아내는 데 한몫했는데, 사람들은 사냐가 여덟 살 때는 유치원생으로 여겼고 열두 살 때는 여덟 살짜리 사내아이로 봤다. 하지만 일반 학교에서는 똑같은 이유로 그에게 '난쟁이'라는 별명이 붙었다. 그를 사랑스러워하는 이는 없었고 그저 악의에 찬 조소의 대상이었다. 일리야는 딱히 사냐를 겨누지는 않았지만 짓궂은 농담으로 사냐의 마음을 아프게 했는데, 그보다도 현저한 키 차이 때문에 사냐는 그를 피했다.

5학년 때 모두의 눈을 끄는 빨간 머리 미하가 나타나자 모두들 환호했고, 덕분에 일리야와 사냐도 가까워졌다. 비뚜름히 흘러내려 빨갛게 빛나는 앞머리만 빼고 머리는 깨끗하게 밀었고, 산딸기처럼 투명한 듯 새빨간 두 귀는 볼에 지나치게 가깝게 붙어서 돛을 연상시켰으며, 피부는 하얗고 얼굴은 주근깨투성이였으며, 눈동자도 오렌지빛을 띠고 있었다. 게다가 안경잡이에 유대인이었다.

9월 1일에 처음으로 미하는 쉬는 시간에 화장실에서 조심하라는 경고로 아이들한테 가볍게 얻어맞았다. 무리긴과 무튜킨은 직접 나서지도 않았고, 그들을 따르는 추종자들 짓이었다. 미하는 용감하게 매를 맞은 뒤에 콧물을 닦기 위해서 책가방을 열어 손수건을 꺼냈는데, 그때 새끼 고양이가 가방 밖으로 고개를 내밀었다. 그러자 아이들은 그에게서 고양이를 빼앗아서는 서로 고양이를 던지면서 놀았다. 이때 반에서 키가 제일 큰 일리야가 들어와서 고양이를 배구공 삼아 놀고 있는 아이들에게서 빼앗아 머리 위로 들어 올렸고, 마침 이때 수업 시작을 알리는 종소리가 들려서 그들의 흥미로운 놀이도 끝났다.

교실에 들어가서 일리야는 사냐 쪽으로 몸을 튼 새끼 고양이를 사냐에게 내밀었고, 사냐는 고양이를 자기 책가방 속에 집어넣었다.

장래에 하게 될 어문학적 놀이의 핵심 인물이자 여러 가지 이유로 언급할 만한 가치가 있으며 인류 공공의 적인 무리긴과 무튜킨이 마지막 쉬는 시간에 새끼 고양이를 잠시 찾아보았을 뿐, 아이들은 고양이를 금방 잊었다. 마지막 4교시가 끝나자 아이들은 짐승 같은 소리를 지르면서 학교에서 나갔고, 과꽃 같은 얼룩이 가득한 텅 빈 교실에 세 아이만 남았다.

사냐는 반쯤 죽은 새끼 고양이를 꺼내서 일리야에게 내밀었다. 그러자 그는 고양이를 미하에게 건넸다. 사냐는 일리야에게 미소를 지었고, 일리야는 미하에게 그리고 미하는 사냐에게 미소를 지어 보였다.

"나 시 한 편 썼어. 고양이에 대한 시야. 봐봐."

미하는 쭈뼛거리면서 말했다.

그는 잘생긴 고양이라네
죽을 각오도 돼 있다네,
일리야는 그의 목숨을 살렸다네,
그리고 이제 지금 그는 우리와 함께 있다네.

"나쁘지 않네. 물론 푸시킨에는 못 미치지만 말이야."

일리야가 그의 시를 평했다.

"하지만 '이제'와 '지금'을 함께 쓰는 건 어색해."

사냐가 말했고 미하 역시 그의 말에 동의했다.

"그래, 맞아. 지금 그는 우리와 함께 있지. '이제'를 빼니까 더 낫다!"

미하는 아침에 학교로 가는 길에 불쌍한 새끼 고양이를 물어 죽이려 하는 개 주둥이에서 고양이를 꺼내서 온 일을 자세히 설명해주었다. 하지만 집에 데려갈 수는 없었는데, 지난주 월요일부터 고모 댁에 얹혀살고 있고 고모가 고양이를 좋아할지 알 수 없기 때문이라고 했다.

사냐는 새끼 고양이의 등을 쓰다듬으면서 한숨을 쉬었다.

"나도 얘를 집에 데려갈 수가 없어. 우리 집에 수고양이가 있거든. 싫어할 게 뻔해."

"알았어. 그럼 내가 데려갈게."

일리야는 고양이를 아무렇게나 잡았다.

"집에? 그래도 괜찮겠어?"

사냐가 물었다.

일리야는 실소했다.

"우리 집에서는 내가 하고 싶은 대로 해. 나랑 엄마는 사이가 좋거든. 내가 하자는 대로 해주실 거야."

'쟨 완전 어른 같아. 나는 절대 저렇게 될 수 없을 거고, 엄마랑 사이가 좋다는 말도 못 할 거야. 나는 마마보이니까. 엄마가 내 말을 들어주시기는 하지. 할머니도 내 말을 들어주시고. 아니, 들어주는 것 이상이지. 하지만 아무리 그래도 재랑은 달라.' 이런 생각이 들자 사냐는 슬퍼졌다.

그는 노란색과 검푸른색 얼룩과 군데군데 생채기가 있는 깡마른 일리야의 팔과 손을 봤다. 손가락이 길어서 두 옥타브는 거뜬히 짚을 수 있으리라. 미하는 이때 포크롭스키예 보로타 광장 근처에 있는 이발소의 이발사가 선심 쓰듯 남겨놓은 빨간색 앞머리 위에 새끼 고양이를 얹었다. 고양이는 자꾸 미끄러져 내렸고, 미하는 그럴 때마다 고양이를 정수리에 앉혔다.

그들 셋은 함께 학교에서 나왔다. 그들은 고양이에게 녹은 아이스크림을 먹였다. 사냐에게 돈이 있었다. 그 돈으로 아이스크림 네 개를 살 수 있었다. 나중에 알게 된 사실이지만, 사냐는 거의 매일 돈을 갖고 다녔다……. 할머니가 아이스크림을 사줄 때면 늘 집에 가져가 짤따란 다리가 달린 유리 그릇에 산처럼 담고 그 위에 체리잼을 뿌려 먹었던 사냐는 난생처음으로 길에서 아이스크림을 봉지째 먹어봤다.

일리야는 처음 번 돈으로 어떤 카메라를 살지, 또 돈을 어떻게 벌면 좋을지 그 계획까지 매우 진지하게 이야기해주었다.

한편 사냐는 뜬금없이 자기 손이 작다는 비밀을 털어놨는데, 자기 손은 피아노를 치기에 적합하지 않으며 피아니스트에게 이것은 큰 결함이라는 것이었다.

미하는 최근 7년 동안 세 번이나 친척 집을 옮겨 다녔다고, 친하지도 않은 두 아이에게 말했다. 그를 맡아줄 친척도 조만간 동날 것이며, 만약 지금 돌봐주는 고모가 마다하면 그는 다시 고아원으로 돌아가야 할지도 모른다고도 말했다.

새로운 후견인인 게냐 고모는 몸이 약한 여자였다. 병을 앓고 있는 것은 아니지만, 늘 "온몸이 안 아픈 데가 없어"라고 말하면서 다리가 아프네, 등이 아프네, 가슴과 신장이 아프네 했다. 게

다가 장애인 딸이 하나 있어서 역시나 그녀의 건강에 악영향을 끼쳤다. 그녀가 무슨 일을 해도 힘들다고 하자, 결국 친척들은 고아인 조카를 그녀에게 맡기면서 그를 키워주는 대가로 돈을 모아 보내주기로 했다. 미우나 고우나 미하는 전사한 형제의 아들이니 그녀에게는 조카였다.

셋은 터벅터벅 걸어가면서 수다를 떨다가 야우자강 근처에 자리를 잡고는 함께 침묵했다. 세 소년은 동시에 신뢰, 우정, 평등을 느꼈고 기분이 좋아졌다. 누가 우월하다는 생각보다는 모두 똑같이 흥미로운 존재라는 생각이 들었다. 사샤와 니카*라든지, 참새 언덕에서 한 맹세에 대해 그들은 아직 알지 못했고, 박학다식한 사냐조차도 게르첸에 대해서는 아직 아는 바가 없었다. 게다가 모스크바의 히트롭카, 곤차리, 코텔니키와 같은 장소들은 수백 년 동안 도시에서 가장 냄새나는 더러운 장소로 간주되었고, 낭만적인 맹세에는 적합하지 않았다. 하지만 어떤 중요한 변화가 일어났고 이처럼 사람들 사이의 갑작스러운 유대가 생길 수 있는 것은 어린 시절뿐이다. 그 갈고리는 마음 깊숙이

* 사샤는 소설가 알렉산드르 게르첸(1812~1870)의 애칭이며, 니카는 시인 니콜라이 오가료프(1813~1877)의 애칭인데, 둘은 데카브리스트의 봉기에 영향을 받아 비밀결사를 만들고 민중을 위해 목숨을 바칠 것을 맹세했다.

꽂혀, 어린 시절의 우정으로 연결된 실은 평생 끊어지지 않는다.

얼마간 시간이 흐른 뒤에 죽이 잘 맞는 이들 세 사람은 오랜 시간 논쟁 끝에 3인조를 의미하는 '트리니티'와 '트리오'를 거쳐서 자신들을 '트리아농'이라고 부르기로 한다. 오스트리아-헝가리 제국의 해체에 대해 아는 것은 없었지만, 순전히 발음이 예쁘다는 이유로 이 단어를 고른 것이었다.

이 '트리아농'은 20년 후 일리야가 국가안보와 관련해 한 고위직 공무원과 위압적인 대화를 나누던 중 언급되는데, 일리야는 끝내 그의 직위를 알아내지 못했으며, 이름이 '아나톨리 알렉산드로비치 치비코프'라고 했지만 그마저 가명일지도 몰랐다. 당시에 국가안보 조직 중에서 가장 간교한 요원들과 반체제 인사들조차 '트리아농'을 반체제 청년 조직으로 등록하는 것을 꺼렸다.

'트리아농'의 기억이 지금까지 잘 보존된 것에는 일리야의 공이 컸다. 첫 번째 카메라가 생기자 그는 꽤 많은 사진을 찍어서 모아 사진 아카이브를 만들기 시작했고, 그 사진들은 모두 지금까지 잘 보존돼 있다. 학창 시절의 사진을 담은 첫 번째 파일에는 '트리아농'만큼이나 아리송한 '러문애'라는 제목이 붙어 있었다.

이렇게 세 소년의 우정은 훗날 문서화되었다. 그런데 그들을 하나로 묶은 것은 당장 목숨을 바쳐야 할 드높은 이상, 훨씬 따분하게는, 1백 년 남짓 동안 사샤와 니카에게 일어났던 것처럼 은혜를 모르는 국민들을 위해 평생을 바칠 이상도 아니었다. 그것은 1951년에 일어난 비극을 보지 못하고 죽은 허약한 새끼 고양이였다. 불쌍한 고양이는 이틀 뒤 일리야의 품에서 죽었고 포크롭카 거리(당시 거리 이름은 역시 고귀한 이상에 평생을 바친 체르니셉스키였다) 22동 마당에 있는 벤치 밑에 엄숙한 분위기 속에서 비밀리에 묻혔다. 이 건물은 한때 그 외양 때문에 '서랍장'이라는 별명으로 불렸지만 지금 이곳에 사는 사람 가운데 이 별명을 들어본 사람은 거의 없을 것이다.

새끼 고양이는 어린 푸시킨이 자기가 쓴 시를 즐겁게 낭독하면서 사촌 누이들과 함께 앉곤 했을 법한 벤치 아래에 잠들어 있었다. 사냐의 할머니는 그들이 살고 있는 건물이 한때는 호시절을 누렸노라고 입버릇처럼 말하곤 했다.

교실에서 2주 내지는 한 달이라는 짧은 시간에 뜻밖의 큰 변화가 일어났다. 미하는 물론 전학생이었기 때문에 변화를 느끼지 못했다. 여전히 반에서 가장 낮은 계급에 속하긴 했지만, 이제 그들은 혼자가 아니었고, 이렇게 해서 그들은 작은 세계에 흡수되지 못한, 나름의 이유가 있는 소수집단으로 반 안에서 인정받게 되었다. 무튜킨과 무리긴이라는 두 명의 우두머리가 나머지 반 아이들을 조종했고, 그 둘이 싸우면 반은 서로 적대적인 두 편으로 나뉘었지만, 이 세 친구는 두 무리 중 어디에도 속하지 않았고, 그들이 원했다 해도 받아주지 않았을 것이다. 반 아이들이 함께 크로뱐카*를 벅거나 즐거운 시간을 보내다가도 서로 으르렁대면서 주먹다짐을 하는 동안 그들의 존재는 잊혔다. 그러다 무튜킨과 무리긴이 화해하면 이 세 친구를 때리는 것은 일도 아니었지만, 안경잡이 유대인·음악가·광대와, 무튜킨과 무리긴처럼 '정상적인 아이들' 중 누가 실권을 잡고 있는지 각인시키기 위해 그들은 이 세 친구가 공포에 떨도록 겁만 줬고, 그 모습을 지켜보면서 즐거워했다.

5학년부터 중학교 수업이 시작되었고 이제 문법과 산수를 모두 가르치던 착한 나탈리아 이바노브나 선생님 대신에 (선생님은 심지어 무튜킨과 무리긴도 알파벳을 깨칠 수 있도록 가르쳐 주었고, 그 둘을 톨렌카와 슬라보치카라는 애칭으로 불렀다) 수학 선생, 국어 선생, 식물학 선생, 역사 선생, 독일어 선생, 지리 선생이 생겼다.

선생들은 각자 맡은 과목을 가르쳤고, 숙제도 많이 내줘서 '정상적인 아이들'은 힘들어하는 기색이 역력했다. 한편 초등학교

* 러시아식 순대.

때만 하더라도 공부를 못하던 일리야는 새로운 친구들을 만나고 나서는 공부도 더 잘하게 되어서 연말 즈음에는 비실비실한 안경잡이들과 부적응자들이 공부를 잘하는 반면에 무튜킨과 무리긴은 학교 공부를 간신히 따라왔다. 어른들이라면 사회적 갈등이라고 불렀을 만큼 갈등이 첨예해졌고, 박해받던 소수들이 반격하기 시작했다. 바로 그때 일리야가 처음으로 '무튜키와 무리기'라는 표현을 쓰기 시작했고, 친구들 사이에서 이 표현은 오랫동안 사용되었다. 이것은 이후에 유행하는 '숍키'*의 동의어였지만, 그것과 다른 점이 있다면 일리야가 직접 이 표현을 생각해냈다는 데 있었다.

'무튜키와 무리기'는 세 친구 중에서도 미하를 가장 싫어했지만, 미하는 고아원에서 맷집을 키운 덕분에 그들의 구타를 잘 견뎌냈고, 단 한 번도 고자질하지 않았으며, 금방 툭툭 털고 바닥에 떨어진 모자를 집어 들어 아이들이 큰 소리로 놀리는 소리를 뒤로한 채 재빨리 도망가곤 했다. 일리야의 경우는 농담을 잘해서 교묘하게 아이들을 조소하거나 뻔뻔한 행동을 하고도 무사했다. 사냐는 이들 중 가장 예민했지만 결국 지나치리만치 예민한 성향 덕분에 위기를 모면하곤 했다. 한번은 사냐가 학교 화장

* 소련 사람을 낮춰서 부른 말.

실(내부는 의회와 도적 떼 소굴의 중간 정도였다)의 세면대에서 손을 씻고 있었는데, 무튜킨은 그의 이런 소소한 취미가 꼴보기 싫어서 사냐에게 손 씻는 김에 세수도 하라고 제안하며 시비를 걸었다. 사냐는 싸우기 싫기도 하고 겁이 나기도 해서 세수를 했고, 그러자 무튜킨은 바닥에 있던 걸레를 집어 들고는 물 묻은 사냐의 얼굴을 문질렀다. 그즈음 재미있는 일이 일어나길 기대하면서 호기심 많은 아이들이 모여들어서는 그들을 둘러쌌다. 하지만 재미있는 일은 일어나지 않았다. 얼굴이 창백해진 사냐는 균형을 잃더니 타일 바닥에 쓰러졌다. 상황은 두 사람이 전혀 예상하지 못한 방향으로 흘러갔다. 그는 부자연스러운 자세로 고개를 뒤로 젖힌 채 바닥에 누워 있었다. 무리긴은 상대가 미동도 하지 않고 누워 있는 이유를 확인만 할 요량으로 옆구리를 조심스럽게 발로 찼다. 그런 다음 다소 걱정 섞인 목소리로 사냐에게 말했다.

"야, 사냐, 왜 그렇게 누워 있는 거야?"

무튜킨은 당황한 표정으로 미동 없는 사냐를 쳐다봤다. 정신을 차리라고 옆구리를 찼지만, 사냐는 눈을 뜨지 않았다. 이때 미하가 화장실로 들어와서 정적이 흐르는 이 장면을 목격하고는 쏜살같이 보건교사에게 달려갔다. 암모니아 냄새를 맡게 하자 사냐는 정신을 차렸고, 체육 선생이 그를 보건실로 데려갔다.

여자 보건교사는 사냐의 혈압을 측정했다.

"몸은 좀 어떠니?"

보건교사가 물었다.

특별히 아픈 데는 없다고 말했지만, 무슨 일이 일어났는지 바로 기억해내지는 못했다. 하지만 그의 얼굴을 닦았던 더러운 걸레가 떠오르자 속이 메슥거렸다. 그는 즉시 비누를 달라고 부탁해서는 열심히 세수했다. 보건교사는 부모에게 연락하려고 했지만, 사냐가 만류했기 때문에 전화를 하지는 않았다. 엄마는 전화한다 해도 직장에 있어 올 수 없고, 할머니한테는 이런 일로 심려를 끼치고 싶지는 않았기 때문이다. 일리야가 몸이 성치 못한 친구를 집까지 바래다주겠다고 자청했고, 보건교사는 그들이 조퇴해도 좋다는 소견서를 써주었다.

희한한 것은 이때부터 사냐의 지위가 올라갔다는 것이다. '발작쟁이 난쟁이'라고 놀리기는 했지만 또다시 의식을 잃을까 봐 괴롭히지는 않았다.

12월 31일에 겨울방학이 시작되자, 학교는 문을 닫았으며 11일간의 행복한 날들이 시작되었다. 미하는 방학 동안 매일 어떤 일이 있었는지 기억했다. 우선 그는 새해 선물로 멋진 것을 받았다. 게냐 고모는 비밀리에 아들과 협상해, 아들은 물론 그 직계 후손도 가문의 유산 중 이 부분은 포기한다는 확답을 받아낸 뒤에야 미하에게 스케이트를 건넸다.

스케이트는 미제였는데, 이제는 사용하지 않는 '스네구르키'와 '가기'라는, 스케이트의 중간 정도에 해당하는 것으로 날이 두 개씩 있는 데다 날의 코 부분이 톱날처럼 돼 있었다. 빛바랜 붉은색의 낡아빠진 구두에 큼직한 별 모양 리벳으로 스케이트 날이 고정된 형태였다. 스케이트 날과 구두를 연결하는 철판에 'Einstein(아인슈타인)'이라고 새겨져 있었고 그 밖에도 알 수 없는 일련번호와 글자가 적혀 있었다. 구두는 전 주인이 험하게 신은 탓에 상태가 형편없었지만, 날은 마치 새것처럼 반짝거렸다.

게냐 고모는 스케이트를 마치 가족 대대로 내려오는 유물이라도 되는 것처럼 다뤘다. 할머니의 유품인 다이아몬드라도 되는 것 같았다.

사실 이 스케이트는 간접적으로나마 다이아몬드와 연관이 있었다. 1919년에 레닌은 미국 공산당을 조직할 목적으로 게냐 고모의 오빠인 사무일에게 직접 명령하여 그를 미국으로 보냈다. 사무일은 여생 동안 그가 받은 이 임무를 자랑스러워했고, 1937년에 체포되기 전까지 수백 명에 달하는 가까운 친척과 친구들에게 그곳 생활에 대해 자세히 이야기해줬다. 그는 10년 동안 서신 교환이 금지된 구금을 구형받았고 그대로 영원히 자취를 감추었지만, 그의 놀라운 활약에 대한 이야기는 가족의 전설이 되었다.

1919년 7월, 그는 모스크바에서 북유럽을 거쳐 뉴욕에 도착한 뒤, 네덜란드에서 상선을 타고 온 선원으로 변장해 부두에 발을 내디뎠다. 그는 굽에 값비싼 다이아몬드가 박힌, 크렘린의 구두 장인이 만든 구두를 신고 선착장에 내린 다리로 요란하게 구두 굽 소리를 내면서 내려왔다. 그는 코민테른의 이름으로 최초로 비밀리에 대표자 회의를 열었고, 이로써 자신의 임무를 수행했다. 몇 달 후에 사무일은 돌아와서 레닌에게 직접 자신이 완수한 임무에 대해 보고했다.

식비로 쓰인 12달러를 제외한 나머지 출장비는 선물을 사는 데 사용했다. 그는 아내에게 목 부분에 나무 열매 모양의 레이스가 달린 빨간색 모직 원피스와 사이즈가 한참 작은 빨간색 구두를 사 왔다. 스케이트는 그의 짐 중에서 세 번째 선물이자 가장 값비싼 미제 선물이었고, 아들이 크면 신기려고 큰 걸 샀지만 아들은 얼마 뒤 죽고 말았다.

차라리 새뮤얼 자신이 신을 스케이트를 샀더라면 좋았을 뻔했다. 어렸을 때 사무일은 스케이트장 한가운데에 나가 매끄러운 얼음 위로 무릎을 굽힌 채 미끄러져 가며 그를 싫어하는 모든 사람 옆을 지나, 머프에 손을 집어넣은 부인들 옆을 지나, 학생들과 귀족 집안 아가씨들과 늘 함께 있는 마루샤 갈페리나를 지나서 쏜살같이 달려보는 것이 꿈이었다……. 결국 스케이트는 새로운 주인을 찾지 못하고 오랫동안 궤짝 속에 있었다. 하지만 사무일에게는 그 뒤로 아이가 더는 생기지 않았고, 그렇게 스케이트는 10년 동안 사용되지 않다가 여동생 게냐의 아들 손에 들어가게 된 것이다.

그로부터 20년이 더 흐른 후인 지금 스케이트는 영웅적 업적을 남긴 사무일의 조카의 손, 아니 발에 들어가게 된 것이다.

이렇게 해서 미하의 방학 첫날은 세상에 존재하는 행복에 대한 모든 기대치를 뛰어넘는 선물을 받으며 끝났다. 이 선물로 인해 곤경에 처할 줄은 꿈에도 모른 채로…….

12월 31일 저녁에 게냐 고모의 대가족은 옆방 사람들의 허락하에 내분비계에 문제가 있으며 결혼하지 않은 그녀의 딸과 미하와 함께 살고 있던 네 평짜리 방이 아니라, 널따란 캄무날카* 공동 부엌에 상을 차렸다. 게냐 고모는 음식을 넉넉하게 준비해서 생선과 닭 요리를 한꺼번에 내놓았다. 기억에 남을 정도로 만족스러운 식사를 하고 밤이 되었을 때 미하는 잊지 못할 그

* 소련 시대 공동주택.

날의 추억을 담은 시를 한 편 썼다.

스케이트화는 무엇보다 훌륭해
지금껏 내가 본 중에,
태양보다 물보다 훌륭해,
불보다 훌륭해.
신은 사람도 훌륭해지지,
스케이트화를 신은 사람도.
잔치처럼 푸짐하게 한 상 차리니
진미의 가짓수를 세기도 힘들어.
친지들에게 위대한 승리를
빌어주리라

처음에는 '진미' 대신에 '음식'이라는 단어를 썼다. 하지만 '음식'에는 운율상 어울릴 만한 단어가 '음주'밖에 떠오르지 않았다.

미하는 일주일 내내 동이 트기 전에 일어나 얼음으로 뒤덮인 마당으로 나가서 혼자서 스케이트를 타다가 방학이라 늦잠을 잔 아이들이 나오기가 무섭게 떠나곤 했다. 스케이트화를 신은 채 균형을 잘 잡지 못했기 때문에 넘어져서 다른 아이들을 다치게 할까 봐 두려웠다.

스케이트화는 당시 방학 때 단연 화제의 중심에 있었다. 두 번째 화제는 사냐의 할머니인 안나 알렉산드로브나였다. 그녀는 사내아이들을 박물관에 데려갔다.

천성의 절반은 지적 욕구와 학문적 관심을 비롯한 순수한 호기심과 환희로, 나머지 절반은 종잡을 수 없는 예술적 기질로 이뤄진 미하만 박물관을 좋아한 것은 아니었다. 예술보다는 기계에 관심을 보인 일리야조차 박물관에 가는 것을 무척 좋아했다. 훌륭한 할머니를 둔 사냐만이 아무런 감흥이 없다는 듯 이 홀에서 저 홀로 이동하면서 이따금 친구들 말고 할머니와 대화하며 음악학교에서처럼 이곳에서도 자신이 중요한 사람이라는 것을 과시하려 했다.

미하는 안나 알렉산드로브나와 사랑에 빠졌다. 그것도 평생, 그녀가 죽는 순간까지 사랑하기로 한 것이다. 하지만 미하를 남자로서 좋아한 것은 오히려 그녀였다. 미하는 빨간 머리에 시도 썼고, 심지어 선물 받은 스케이트화를 너무 많이 타서 다리를 조금 절었는데, 이 모습이 안나 알렉산드로브나가 열세 살 때 몰래 사랑한, 거의 위대함의 반열에 오른 어느 시인과 너무나도 닮아 있었다. 하지만 투사와 박해받는 사람의 아우라를 풍기던, 20세기 초에 엄청난 성공을 거둔 그 성인 남성은 귀족 가문의 딸인 그녀의 사랑을 알아보지 못했다. 이 일은 그녀의 정신적 심층에 깊은 상처를 남겼고 그 뒤로 그녀는 여생 동안 그와 같이 감성이 풍부하고 특이한 빨간 머리 남자들을 마음에 두게 된 것이었다.

그녀는 바로 자신의 이상형이지만 다른 시대에 태어난 소년인 미하를 쳐다보면서 미소 짓곤 했는데……. 환희에 찬 그의 표정을 바라보기만 해도 좋았다.

이렇게 해서 미하는 자기도 모르게 그녀를 사랑하게 되었다. 그해 겨울부터 그는 스테클로프가에 자주 들락거리게 되었다. 그녀의 방에는 창문 세 개 외에도 가림막으로 가려진 반쪽짜리 창문이 있었고 높은 천장에는 스투코로 만든 부조 장식이 있었는데, 이 역시 둘로 나뉘어 있었고, 천장 아래에는 특이한 책들이 빽빽이 자리 잡고 있었으며, 그중에는 외서들도 있었다. 언제든 연주할 준비가 돼 있는 피아노도 한 대 있었다. 이따금 원두커피나 유향 수지나 향수 냄새같이 익숙하지는 않지만 무척 좋은 향기가 나곤 했다.

'아마, 우리 부모님 집도 여기랑 똑같았을 거야.' 미하는 생각했다. 그는 부모를 기억하지 못했다. 어머니는 포돌*이 독일군에게 함락되기 직전인 1941년 9월 18일에 키이우에서 동쪽으로 이동 중이던 마지막 기차가 폭발하면서 돌아가셨고 아버지도

* 우크라이나의 수도 키이우의 구시가지.

아내의 죽음과 아들의 생사를 끝내 알지 못하고 전사했기 때문이다.

실제로 미하 부모님 집은 사냐 스테클로프네 집과는 달랐는데, 그는 기적적으로 보존된 부모님의 사진을 스무 살이 되어서야 처음 봤다. 사진 속 가난하고 못생긴 사람들을 보고 그는 무척 실망했는데, 엄마의 가슴은 지나치게 커서 민망할 정도였고 입술은 작은 데다 어두운색을 띠었으며 억지스러운 미소를 짓고 있었고, 아빠는 자부심 가득한 표정을 짓고 있었으며 키가 땅딸막했다. 사진의 배경은 과거에 사냐의 가족이 살고 있던 아프락시니-투레츠키 가문의 영지에 있는 작은 홀과는 너무 다른 곳이었다.

방학이 끝날 무렵인 1월 9일에 사냐의 생일 파티가 있었다. 크리스마스도 있었지만, 크리스마스에는 어른들만 초대받았다. 아이들이 1월 7일 크리스마스 파티**에도 초대되기까지는 그로부터 몇 년이 더 걸렸다. 대신 사냐의 생일에도 안나 알렉산드로브나가 세상에서 가장 잘 만드는, 설탕에 졸인 사과나 체리, 심지어 오렌지 껍질같이 크리스마스에 먹는 당과류가 늘 남아 있었다. 이날은 병풍을 접어두고, 식탁을 문 쪽으로 옮기고, 두 창

** 러시아정교회 크리스마스는 1월 7일에 기념한다.

문 사이에는 중이층에 1년 내내 보관하는 상자 속에 있던 트리 장식으로 꾸민 커다란 트리를 세워뒀다.

사냐의 생일은 늘 멋졌다. 이날은 여자아이들도 왔는데, 사냐와 음악학교를 같이 다니는 두 여자 친구 리자와 소냐가 왔고, 할머니 친구의 손녀인 타마라가 자기 친구인 올가와 함께 왔는데 이 아이들은 1학년이고 너무 어려서 사내아이들은 그들에게 전혀 관심을 보이지 않았다. 할머니의 친구인 할머니도 재미없고 개성이 없는 사람이었다. 하지만 군복 차림에 콧수염을 기른 리자의 할아버지 바실리 인노켄티예비치는 오드콜로뉴와 병원과 전쟁 냄새가 뒤섞인 냄새를 풍겼고 정말 멋진 분이었다. 그는 자기 손녀한테는 농담조로 '아가씨'라고 불렀고, 안나 알렉산드로브나한테는 '뉴타'라고 불렀다. 그는 안나 알렉산드로브나의 사촌이었고, 따라서 리자는 사냐에게 친척 누이였다. 러시아혁명 전에 쓰이던 '쿠쟁'이라든지 '쿠진'*이라는 호칭이 오가기도 했는데, 이 단어들 역시 중이층에 보관하던 상자 속에서 꺼낸 트리 장식과 다를 바 없어 보였다…….

안나 알렉산드로브나는 여자아이들을 '아씨'라고 불렀고, 사내아이들은 '제군들'이라고 불렀는데, 미하는 귀족 사회에서나

* 프랑스어로 사촌 형제(cousin), 사촌 누이(cousine)를 가리킨다.

쓰는 이런 호칭이 낯설어서 당황했고, 일리야가 멀리서 '괜찮아, 놀리는 거 아니니까, 걱정 마'라는 뜻으로 윙크를 하자 그제야 안심했다.

안나 알렉산드로브나는 아이들을 위해 특별한 저녁 시간을 준비했다. 먼저 진짜 병풍을 세워 만든 무대에 페트루시카, 반카, 뚱보 로자가 나오는 인형극을 보여주었다. 인형들은 외국어로 우스꽝스럽게 몸싸움을 하고 험한 말로 다퉜다.

그런 다음에는 단어 게임이 잠시 이어졌다. 어린 타마라와 올가는 어른들한테서 떨어지지 않았지만 나이에 비해 성숙했다. 안나 알렉산드로브나는 주인공인 아이들을 타원형 식탁 앞에 앉혔고, 어른들은 병풍 뒤에서 차를 마셨다. 바실리 인노켄티예비치는 안락의자에 앉아서 담배를 피웠다. 연극이 끝난 뒤 안나 알렉산드로브나는 바실리 인노켄티예비치 앞 탁자에 놓인 은제 담뱃갑에서 굵은 담배 한 개비를 꺼내서 한 모금 빨았지만 즉시 기침을 했다.

"바질, 담배가 너무 독해!"

"남에게 권할 생각은 없었기 때문이지, 뉴타."

"퉤퉤! 이런 건 어디서 난 거지?"

안나 알렉산드로브나는 자기 앞의 자욱한 담배 연기를 흩뜨리면서 말했다.

"내가 담뱃잎을 사 오면 리자가 담배 종이에 속을 채워 넣지."

파티는 그게 다가 아니었다. 연극이 끝난 뒤에는 다시 식탁 앞에 앉았는데, 노란 동물 뼈 냅킨 고리에 풀 먹인 리넨 냅킨으로 장식한 식탁에는 직접 만든 크류숀*부터 미하가 평생 잊지 못할 달콤한 디저트들이 있었다.

일리야는 미하와 시선을 주고받았다. 이때는 사냐가 그들과는 동떨어진 높은 곳에 존재하고 그 둘도 사냐로부터 동떨어져 조금 낮은 곳에 머물러 있는 순간이었다. 모든 삼각형이 그렇듯 세 사람이 우정을 이어가기란 쉬운 일이 아니다. 장해, 유혹, 질투, 시기 등이 발생하기 마련이다. 때로는 사소해서 용서가 가능할 때도 있지만 누군가가 정말로 비열한 행동을 할 때도 있었다. 너무 사랑해서 한 행동이라는 변명으로 과연 납득이 갈까? 너무 사랑해서 못 견디게 질투하고 괴로워했다면? 그들 셋 모두 이것을 이해하는 데 평생이 걸렸는데 그 생의 길이는 각자 달랐다…….

이날 저녁에는 의기소침한 미하뿐만 아니라 늘 명랑한 일리야도 화려한 집에 다소 위축되는 것 같았다. 한편 사냐는 파란 리본 아래로 머리를 늘어뜨린 리자에 정신이 팔렸는데, 뭔가를

* 포도주로 만드는 디저트용 술.

느끼고는 미하를 불렀으며, 그들은 한참 동안 서로 귓속말을 주고받더니 안나 알렉산드로브나를 불렀다. 그리고 그들은 잠시 뒤에 샤라다**를 한다는 말을 들었다. 작고 조금 이상한 의자를 사냐가 뒤집어놓자 의자는 나지막한 계단으로 변했다. 사냐가 가장 높이 올라가 한 계단 아래에 있는 미하보다 높아졌으며, 둘은 서로를 밀치면서 서로의 귀를 잡아당기며 알 수 없는 동물 소리를 내면서 거의 시에 가까운 문장들을 읽었다.

나의 첫 번째 힌트는 두 명이 세트라는 겁니다.

들판에서 점잖은 사람 둘이 나누는 대화.

나의 두 번째 힌트는 이따금 짐처럼 느껴져서 '아, 무거워!'라고 말할 때도 있어요.

식후에 내는 소리처럼

민망한 소리를 낼 때도 있어요.

나의 세 번째 힌트 역시 둘이 한 몸이라는 겁니다.

독일어에도 이런 전치사가 있지요.

그 둘은 어쩌면 엉뚱한 이름이 붙은 두 짐승,

호모사피엔스라고?

** 스무고개와 비슷한 수수께끼 놀이.

손님들은 웃었지만 예상대로 수수께끼를 알아맞히는 사람은 아무도 없었다. 손님들 중 이 난해한 수수께끼를 풀 수 있는 사람은 일리야 한 명뿐이었다. 그리고 그는 둘을 실망시키지 않았다. 그는 손님들에게 풀기 까다로운 수수께끼라고 우쭐대면서 답을 말했다.

"수수께끼의 답은 '무튜킨과 무리긴'이라는 동물들입니다!"

사실 이 수수께끼는 내지 말았어야 했다. 손님 가운데 무리긴이나 무튜킨이 누군지 들어본 사람이 없었기 때문이다. 하지만 누구도 이를 나무라지 않았다. 즐거웠으면 그걸로 됐다고 생각하는 듯했다.

하지만 이때 사내아이들의 관계에는 동요가 일었다. 미하는 이 수수께끼를 내면서 사냐와 같은 수준으로 올라갔고, 일리야는 자신이 맞히지 못했으면 그들이 낸 수수께끼 자체가 성공하지 못했을 것이므로 자신이 나머지 둘보다 한 수 위라 생각하며 우쭐해했다.

"잘했어, 일리야!"

사내아이들은 셋이서 서로 끌어안았고, 바실리 인노켄티예비치 씨는 그들 셋의 사진을 찍었다. 셋이서 처음으로 함께 찍은 사진이었다.

바실리 인노켄티예비치의 사진기는 전리품이었으며 훌륭한

물건이라는 것을 일리야는 알아봤다. 게다가 그가 세로줄이 여러 개 있는 연대장 견장을 달고 있는 것도 알아봤다. 군의관이었던 것이다.

1월 10일, 안나 알렉산드로브나는 모차르트 곡 연주를 듣기 위해서 차이콥스키 홀에서 열리는 피아노 독주회에 사내아이들을 데리고 갔다. 일리야는 너무 지루해서 잠깐 졸기도 했지만, 미하는 연주를 듣고 너무 가슴이 뛰어서 시상(詩想)조차 떠오르지 않았다. 하지만 사냐는 무슨 일인지 기분이 안 좋아 보였고 하마터면 울음을 터뜨릴 뻔했다. 안나 알렉산드로브나는 그 이유를 알고 있었다. 사냐 자신도 모차르트의 곡을 저렇게 연주하고 싶었으리라…….

1월 11일부터 그들은 다시 등교했고, 그들 셋에 이고리 체트베리코프까지 합세해 등교 첫날을 교정에서 요란하게 보냈다. 난데없이 날아오는 눈덩이에 맞았고, 결국 커다란 부상으로 이어졌는데, 미하는 한쪽 눈이 붓고 안경이 부러졌으며, 일리야는 입술이 터졌다. 속상한 것은 공격한 아이들은 고작 두 명이고, 그들은 네 명이라는 것이었다. 사냐는 이번에도 조금 떨어져 있었는데, 겁이 많기보다는 조심성이 있었기 때문이었다. 무리긴과 무튜킨은 얼굴을 문질렀던 잊지 못할 걸레처럼 혐오감을 불러일으켰다. 아이들은 이제 사냐를 괴롭히지 않았지만, 눈덩이를 돌처럼 딱딱하게 만들어서 무리긴의 코에 명중시킨 빨간 머리 미하는 아이들의 관심을 한 몸에 받았다. 일리야는 학교 담장 옆에서 피를 뱉어냈고, 체트베리코프는 맞서 싸울지 고민하고 있었으며, 미하는 벽에 등을 대고 서서 빨개진 두 주먹을 흔들면서 반격을 준비하고 있었다. 미하의 주먹은 커서 어른 주먹 같았다.

그러자 무튜킨은 접이식 칼을 꺼냈는데, 이 칼은 굉장히 큰 깃털 동물을 잡을 때 쓰는 칼 같아 보였고, 칼에서 얇은 날을 꺼내더니 그대로 어설프게 주먹을 흔들고 있는 미하를 향해 돌진했다. 그러자 사냐가 비명을 지르고 제자리에서 점프하고는 두 번 연달아 점프해서 한 손으로 날을 낚아챘다. 순식간에 피가 흘렀고, 사냐가 한 손을 한 번 흔들자 빨간 핏줄기가 무튜킨의 얼굴 전체를 덮었다. 무튜킨은 마치 자기가 칼에 찔리기라도 한 것처럼 큰 소리로 울더니 재빨리 무리긴과 함께 그 자리를 떠났다. 다들 승리에 대해 생각할 겨를은 없었다. 미하는 안경을 안 껴서 무슨 일이 일어났는지 잘 보지 못했다. 체트베리코프는 뒤늦게나마 무리긴을 잡으러 뛰어갔지만, 그의 추적은 아무런 의미가 없었다. 일리야는 사냐의 손을 목도리로 묶었지만, 피는 마치 수도꼭지를 틀어놓은 것처럼 콸콸 쏟아졌다.

"안나 알렉산드로브나에게 빨리 가, 어서!"

일리야가 미하에게 소리 질렀다.

"그리고 넌 보건 선생님한테 가!"

겁을 먹어서인지 피를 많이 흘려서인지 사냐는 의식이 없었다. 그는 25분 후 스클리포숍스키 응급실에 도착했다. 그곳에서 지혈을 하고 상처 난 부위도 꿰맸다. 일주일 뒤 사냐의 손가락 중 네 번째, 다섯 번째 손가락이 굽혀지지 않는다는 것이 밝혀졌다. 의과대학 교수가 와서 사냐의 작은 손을 쌌던 붕대를 풀어보고는 상처가 잘 아물고 있다는 것을 확인하고 기뻐했으며, 망할 놈의 칼이 깊숙이 있는 손허리뼈의 횡인대를 끊어놨는데도 손가락을 세 개나 움직일 수 있다는 사실에 무척 놀라는 눈치였다.

"노력하면 그 두 개도 움직일 수 있게 될까요? 마사지라든지 전기영동법이라든지, 아니면 새로운 시술 같은 걸 쓸 수도 있지 않을까요?"

말없이 바라보는 교수에게 안나 알렉산드로브나가 물었다.

"당연히 치료해야죠. 하지만 상처가 완전히 아물고 나서 해야죠. 부분적으로나마 움직일 수는 있을 겁니다. 하지만, 아시다시피 힘줄은 근육이 아니라서요."

"악기 연주는 가능할까요?"

교수는 난처한 듯한 얼굴로 그녀에게 미소를 지었다.

"가능성이 낮습니다."

교수는 자신이 사실상 중형을 내린 것이나 다름없다는 사실을 알지 못했다. 안나 알렉산드로브나는 사냐에게 아무 말도 하지 않았고, 퇴원 뒤 반년간 그들은 물리치료를 받으러 다녔다.

수술이 끝나기가 무섭게 병원에 있는 사냐에게 학교 여자 교장이 달려왔는데, 칼 이야기가 그녀의 귀에까지 들어가 잔뜩 겁을 먹은 것 같았다. 교장 라리사 스테파노브나는 이와 관련해 사냐에게 자초지종을 물었고, 사냐는 교정에서 발견한 칼의 단추를 눌러봤더니 날이 튀어나와 손가락을 베였다는 말을 다섯 번이나 반복했으며, 진술을 번복하지도 않았다. 누구 칼인지는 자기도 모른다고 말했다. 물증은 사건이 발생한 다음 날 발견되었다. 마치 영화 속 한 장면처럼 칼은 새빨간 피로 물든 눈 위에 있었다. 칼은 교장에게 전달되었고, 교장은 칼을 자기 책상 맨 위 서랍에 넣어뒀다.

게냐 고모는 깨진 미하의 안경을 보고 한참 동안 투덜댔고, 일리야의 어머니는 그가 걸핏하면 싸우는 일을 놓고 잠깐 꾸짖었는데, 이고리 체트베리코프만 부모에게 이 사건을 숨기는 데 성공했다.

이때부터 이고리는 트리아농의 정식 회원은 아니었지만, 트리아농을 지지하는 비공식 회원으로 간주되었다. 그 후로 25년 동안 그들에게 영향을 끼치게 된 이 사건으로 어린 악동들은 이 세상에 일어나는 모든 일에는 그럴 만한 이유가 있다는 것을 확신하게 되었으며, 앞날을 내다보기라도 한 듯이 미래에 반체제 인사가 될 이고리를 무리로 끌어들였다.

학교 전체를 떠들썩하게 만들었던 혈투 사건을 교장은 힘들게 무마했고, 무튜킨과 무리긴이 모두의 관심에서 멀어질 무렵 그 둘은 서로 말다툼을 하고 치고받고 싸우기 시작했다. 반은 두 진영으로 나뉘었고, 적의 척후병, 포로, 협상과 주먹다짐으로 얼룩진 생활은 모두에게 흥미진진했다. 아이들 대부분은 언제든 싸울 준비가 돼 있었고, 소수만이 긴장을 풀고 일상으로 돌아갔다.

3주 후에 사냐는 한 손에 붕대를 감고 학교에 왔고, 며칠 등교하더니 편도염에 걸려서 삼사분기가 끝날 때까지 학교에 나오지 않았다. 일리야와 미하는 거의 매일 사냐의 집으로 병문안을 가서 수업 시간에 배운 내용을 전달해주었다. 그럴 때면 안나 알렉산드로브나가 '파이'라고 부르는, 사과를 넣어서 구운 생소한 디저트와 차를 대접했다. 이것이 미하가 처음으로 익힌 영어 단어였다. 사냐는 어렸을 때부터 영어와 프랑스어를 배웠다. 끔찍하게도 학교에서는 5학년 때부터 독일어 수업을 들어야 했다. 하지만 안나 알렉산드로브나는 독일어 공부에 대해서는 뜻밖에 엄격해서 사냐에게 보충수업을 시켰는데, 사냐가 심심하지 않도록 사냐의 친구들도 와서 수업을 듣게 했다. 일리야는 수업에 가지 않으려고 했지만, 미하는 마치 축제에 가듯 즐겁게 수업을 들으러 갔다.

이 무렵 안나 알렉산드로브나는 미하에게 낡은 초급자용 영어 교과서를 선물했다.

"이걸로 공부하렴, 미하. 네 실력 정도면 혼자서도 충분히 깨칠 수 있을 거야. 내가 발음 수업만 몇 번 해줄게."

이렇게 해서 귀족의 식탁에 차려진 진수성찬이 미하에게도 떨어졌다.

사냐는 야릇한 기분이 들었다. 안쪽으로 굽은 두 손가락 때문에 큰 불편을 느끼지도 않았고 티가 나지도 않았는데, 사람들은 보통 손가락을 펼치지 않고 항상 조금은 안쪽으로 구부린 채로 생활하기 때문인 듯했다. 하지만 이 손가락들로 인해 그의 삶은 완전히 뒤바뀌었다. 계획도 전면 수정해야 했다. 그는 이제 몇 날 며칠 내리 음악을 듣고 난생처음으로 음악을 즐겼다. 더는 위대한 음악가들처럼 연주할 수 없다는 사실에 근심할 필요가 없었기 때문이다. 자신의 재능에 대해 확신하지 못하는 괴로움도 더는 그를 괴롭히지 않을 것이다. 리자만이 그런 그를 이해하고 있었다.

"넌 이제 음악가가 되려고 하는 사람들 중에 가장 자유로운 사람이야. 난 네가 조금 부러워……."

"나는 네가 부러운걸."

사냐가 말했다.

그들은 함께 음악학교를 다녔는데, 안나 알렉산드로브나는 사냐와 함께 갔고, 리자는 할아버지와 함께, 그 밖에도 할머니의 친구인 어떤 할머니, 또 누군가의 여자 조카와 여자 친척이 그들과 동행했다. 가끔 일이 바쁘지 않을 때면 리자의 아버지인 알렉세이 바실리예비치도 동행했다. 그 역시 바실리 인노켄티예비치처럼 외과 의사였고, 누가 봐도 그 둘은 부자지간이 확실했는데, 둘 다 얼굴이 길고 이마가 넓고 콧날이 가늘고 캅카스인 특유의 매부리코를 갖고 있었다. 당시만 하더라도 음악학교에 학생의 친척이나 가까운 지인들이 방문하고는 했다. 이들은 마치 종교 단체나 숨겨진 계급, 심지어 비밀결사 같기도 했고 무수한 사람들이 살고 있는 도시에서 눈에 띄지 않는 특별한 소수민족 같기도 했다.

연초에는 다양한 사건이 많이 일어났다.

먼저 레닌그라드에 사는 일리야의 아버지인 이사이 세묘노비치가 왔다. 그는 1년에 한두 번 왔고, 늘 선물을 가져왔다. 작년에도 좋은 독일제 제도 용품 세트를 선물로 가져왔지만, 예쁜 것 빼고는 아무짝에도 쓸모없는 것이었다. 이번에 그는 전쟁 전에 제르진스키 노동 코뮌에 속하는 소년들이 직접 만든, 독일제 카메라 '라이카'를 정확하게 모방한 '페드 에스(FED-S)'라는 카메라를 가져왔다. 아버지는 종군기자로 3년 동안 일하면서 갖고 다녀서 이 낡은 사진기에 애착을 갖고 있었는데, 이제 그는 젊지 않은 데다 못생긴 마샤라는 여자와 혼외정사로 낳은 유일한 아들에게 이 사진기를 선물한 것이었다. 마샤는 그에게 아무런 기대를 하지도 않고 돈을 바라지도 않고 조용히 아들을 사랑하면서 이사이가 자기 아들을 버리지 않고, 가끔 조금씩이나마 용돈을 주는 것에 만족하고 기뻐했다. 마샤는 전 애인에게 다정한 관계를 기대하지 않았으며 그는 그런 그녀가 좋았다. 그녀는 웃으면서 그에게 케이크를 대접했고 풀을 먹여 빳빳한 침구를 침대에 깔아주고는 일리야가 있는 소파에 가서 아들의 다리 옆에 머리를 뉘었다. 이사이는 그런 마샤에게 고마움을 느꼈고 그녀 생각도 점점 더 많이 했다.

사진기는 여전히 쓸 만했고 정도 들어서 아들에게 주려고 생각하니 아깝기는 했지만, 그보다 자기 아들을 돌보지 않은 것에 대한 죄책감이 더 컸다. 게다가 그에게는 더 좋은 카메라가 몇 대 더 있었다. 또 그는 결혼했고 딸도 둘이나 낳았지만, 딸들은 사진기에 전혀 관심이 없었다. 아이는 이 선물을 받고 뛸 듯이 좋아했다. 아이의 아버지는 못생긴 외모에 가려진 사랑스럽고 온순한 마샤 대신 거칠고 걸핏하면 소리를 질러대는 시마를 만나서 자신의 바람과는 다른 삶을 살게 된 사실이 속상했고, 이제는 어쩌다 그가 그런 아내에게 순종적인 남편이 돼버린 것인지 기억조차 할 수 없었다. 그는 아들에게 카메라 옵스쿠라가 무엇인지 알려주었다. 작은 구멍이 달린 어두운 상자와 감광성 물질로 뒤덮인 플라스틱만 있으면 삶의 순간을 박제해서 사진으로 남길 수 있다고 말이다. 그러면 마리야 표도로브나는 한 손으로 턱을 괴고 앉아 두 사람을 보면서 작은 행복에 미소를 짓는 것이었다. 그러니까 그녀가 바라는 것은 박새처럼 곡물 한 알 정도의 행복이었다. 이사이는 이런 사실을 알아차렸고, 자기가 알려주는 대로 일리야가 빨리 습득하고 손재주가 좋은 것을 보면서 '날 닮았어, 날 닮았다고!'라고 생각하면서 이제부터라도 아들과 더 자주 만나야겠다고 굳게 다짐하고는 떠났다. 마샤에게 끌려서가 아니라 단지 아직 젊고 신체가 건강한 남자라서 그녀를 취했던 1938년 여름보다 요즘 들어 점점 더 그녀가 좋아져서였다. 그렇다고 이런 삶을 바꾸기에는 시간이 너무 흘러버렸다. 물론 약간의 변화 정도는 줄 수 있을 것이다. 이를테면 시마에게 전쟁이 일어나기 전에 낳은 아이가 있다고 고백하고, 아이를 집에 데리고 와서 어린 누이들에게 소개를 시켜주는 것 정도는 할 수 있을 것 같았다. 하지만 이것은 아들과 아버지의 마지막 만남이 되었다. 두 달 뒤 이사이 세묘노비치는 렌필름*을 관두고 나서 심장마비로 죽고 만다.

아버지는 죽기 전 아들과 만났을 때 그들의 집에서 이틀을 묵었다. 그의 어머니는 이사이가 떠나고 나면 늘 그렇듯이 며칠 동안 조용히 흐느꼈고 그런 뒤에는 눈물을 그쳤다. 일리야의 삶은 '페드'가 생기기 전과 생긴 이후로 정확하게 나뉘었다. 이 똑똑한 기계는 서서히 소년의 깊숙한 곳에 숨겨져 있던 재능을 깨웠다. 전에도 눈에 보이는 건 전부 모으곤 했는데, 이를테면 2학년 때 그는 깃털을 모았고, 그다음으로는 성냥갑 라벨과 우표를 모았다. 이러한 것들에 대한 관심은 오래가지 않았다. 하지만 이번에는 달랐는데, 노출 시간을 선택하는 것부터 인화지를 유리 위에 대는 것까지 사진 촬영과 관련된 모든 과정을 익히고 나자 그는 삶의 순간들을 수집하기 시작했다. 그의 안에 있던 진정한 수집가의 열정이 깨어났고, 그 열정은 그가 사는 동안 잦아들지 않았다.

고등학교를 졸업할 무렵에는 수준 높은 사진 아카이브가 만들어졌는데, 사진 뒷면에 사진 찍은 시간, 장소, 사진에 등장하는 인물 등을 적어놓았고, 모든 음화는 봉투에 담아두었다…….

* 러시아 국영 영화사.

후에 그는 사진을 찍기 위해서는 사진기 외에도 값비싼 물건들이 많이 필요하다는 것을 알게 되었고, 이것은 그의 삶에 큰 영향을 끼쳤다. 진지하게 고민하던 중 또 하나의 재능이 눈을 떴는데, 바로 사업가적 기질이었다. 그는 어머니에게 단 한 번도 손을 벌린 적 없었고, 돈이 필요하면 스스로 구했다. 그가 그해 봄에 처음으로 한 일은 바로 라스시발카 게임**을 하는 것이었다. 그는 사내아이들이 주로 하는 이 게임을 학교에서 가장 잘했고, 이 게임을 마스터한 후에는 다른 게임에도 손을 뻗쳤다. 그렇게 그는 돈을 벌기 시작했다.

사냐 스테클로프는 일리야가 이런 식으로 돈을 버는 것을 탐탁지 않게 여겼지만, 일리야는 어깨를 으쓱하면서 말했다.

"너 18×24 인화지 한 묶음이 얼만지나 알아? 현상액은……? 내가 무슨 수로 그런 걸 사냐?"

그러자 사냐는 입을 다물었다. 그는 엄마와 할머니한테 용돈을 받았고, 막연히 일리야의 방법이 가장 좋은 방법은 아닐 거라고 생각했을 뿐이었기 때문이다.

낡은 카메라 한 대 덕분에 일리야는 어느새 사진작가가 돼 있었다. 이윽고 그는 암실이 필요하다는 것을 깨달았다. 보통 아마

** 카드나 동전을 이용한 러시아의 전통적인 게임.

추어 사진작가들은 필름을 적실 수 있는 물이 있는 욕실에 암실을 만들었다. 하지만 그들이 사는 캄무날카에는 욕실이 없었다. 대신에 창고가 하나 있었는데 그곳에 세 가구가 세안용 대야와 빨래판 같은 생활용품을 보관했다. 창고의 한쪽 벽은 수도관이 있는 화장실과 연결돼 있었기 때문에 일리야는 화장실에서 물을 끌어다 쓰는 방법을 고심하기 시작했다. 하지만 창고도 이웃과 함께 쓰고 있다는 생각은 미처 하지 못했다.

아파트에는 일리야와 어머니 외에 올가 마트베예브나라는 착한 할머니, 그리고 과부 그라냐 로시카레바가 세 아이와 함께 살고 있었는데, 그중 어린 두 아이를 마리야 표도로브나가 자주 자신이 일하는 유치원에 데려가곤 했다. 그 밖에도 마리야 표도로브나는 그라냐를 여러모로 많이 도와줬다.

결국 마리야 표도로브나가 부탁하자 이웃들도 군말 없이 창고에 있던 빨래판을 치워주었고 나머지는 일리야가 알아서 했다. 그는 아버지에게 편지를 써서 현상기를 들일 돈을 좀 보태달라고 부탁했다. 아버지는 감동해서 아들에게 150루블을 보냈고, 송금할 때 "5월 연휴에 갈 테니 그때 같이 만들자꾸나"라고 쓴 편지도 함께 보냈다. 하지만 그는 5월 연휴까지 살지 못했고, 이것은 그의 마지막 편지가 되었다.

창고에 물을 끌어다 쓰기까지는 1년 반 정도 걸렸지만, 많은 시간을 보낼 수 있는 자기만의 작은 아지트가 생겼다는 사실만으로도 그는 기분이 좋았다. 쓰레기장에서 발견한 책장을 갖다 놓고 거기에 자기가 찍은 소중한 사진들도 늘어놓았다.

5학년 생활은 끝도 없이 이어졌다. 인생에서 열세 번째 해가 지나가고 있었고, 사내아이들의 몸속에서는 테스토스테론이 서서히 증가하고 있었고, 성장이 빠른 아이들의 은밀한 부위에서는 털이 자라기 시작했고, 이마에 여드름이 났고, 몸 여기저기가 간지럽고 온몸이 쑤시고 아파, 전보다 말다툼도 주먹다짐도 더 많이 했고, 그렇게 친구들로 하여금 자기 몸을 건드리게 해 영문을 알 수 없는 육체의 고통을 덜어내려 했다.

미하는 스케이트로 몸을 피곤하게 만들었다. 아침마다 몰래 나가서 연습을 한 결과 그는 스케이트를 아주 잘 타게 되었다. 또 그는 독서에 빠졌다. 전에도 손에 집히는 것이면 가리지 않고 전부 다 읽었는데, 이제 안나 알렉산드로브나는 미하에게 디킨스나 잭 런던의 책처럼 훌륭한 책까지 주었다.

게냐 고모는 밤 10시 정각, 말처럼 기운차게 한차례 코를 골고 나면 아침까지 조용히 고르게 숨을 내쉬면서 코를 골았다. 민나는 더 일찍 잠자리에 들었고, 잠시 몸을 뒤척이다가 곧 잠들었다. 그러면 미하는 슬그머니 부엌으로 나가서 공용 램프를 켜놓고 실컷 책을 읽곤 했는데, 단 한 번도 들키지 않았다. 자리에 앉아 몸에서 일어나는 불편한 변화와는 아무 상관 없는 청소년 도서를 읽으며, 피지가 잘 나오지 않는 여드름을 짰다.

사냐는 친구들에 비해 키도 작거니와 신체 발달 역시 뒤처진 듯했지만, 이마도 깨끗하고 셔츠 깃도 깨끗한 사랑스러운 소년이었다. 물론 그런 그도 신체의 변화를 피해 갈 수는 없었다. 사냐의 손이 완전히 펴지지 않으리라는 것은 자명한 사실이었고 결코 음악가가 될 생각은 없었기 때문에 그는 엄마와 할머니에게 더는 물리치료를 받으러 다니지 않을 것이라고 말했다. 엄마와 할머니 모두 음악 교육을 받았고, 두 사람 모두 음악가로서의 성공을 꿈꿨지만 꿈을 포기할 수밖에 없었다. 당시에는 트럼펫과 팀파니 소리가 울리고 거리에 유행가를 가장한 행진곡이 울려 퍼질 때여서 음악 공부를 계속할 수 있는 분위기가 아니었기 때문이다.

외로운 두 여자의 유일한 희망은 사냐였고, 사냐 자신도 음악가가 되겠노라고 약속했다. 모든 것이 완벽했고, 선생님도 훌륭한 분이어서 미래가 밝았는데……. 사냐는 칼에 베여 손을 다친 뒤로 더는 음악학교에 나가지 않았다. 안나 알렉산드로브나와 나제즈다 보리소브나는 사냐와 장래에 대한 중요한 대화를 나누려고 사전에 준비했다. 안나 알렉산드로브나는 그는 음악에 재능이 있기 때문에 음악을 완전히 등지지 않았으면 한다고 말했다. 전문 연주가가 될 수는 없겠지만, 가족 모두가 음악을 하는 분위기의 집에서 피아노를 치는 것은 참 매력적이지 않느냐고, 집에서라도 피아노를 치는 것이 어떻겠느냐고 말이다. 처음에는 고집을 부리고 거부하던 사냐가 2주쯤 지나자 그 제안을 받아들였다. 그렇게 해서 그는 할머니의 친구인 예브게니야 다닐로브나와 함께 집에서 피아노를 치기 시작했다.

그는 작고 구부러져서 가망이 없는 양손으로 카렐리아 자작나무로 만든, 그가 좋아하는 피아노를 쳤다. 그는 또래 사내아이들이 놀이를 하느라 이리저리 뛰어다니면서 귀족 집안의 아가씨들을 건드릴 때처럼 쇼팽의 왈츠를 연주할 때면 황홀감에 빠져들었다. 책을 읽고, 피아노를 연주하고, 가끔은 할머니와 단둘이서 가장 가까운 가로수길을 산책하며 시간을 보냈다. 또래 사내아이들이라면 벌이라고 생각해 꺼릴 일이었다.

예브게니야 다닐로브나는 그의 집에 와서 2년쯤 더 가르쳤고, 그 뒤에 수업은 중단되었다. 이 일은 리자와 무관하지 않았다. 그녀가 피아노를 아주 잘 쳤던 데 비해 사냐는 그에 훨씬 못 미치자 흥미를 잃어갔던 것이다.

안나 알렉산드로브나는 러시아어 선생님이었지만, 그중에서도 전문 분야는 외국인에게 러시아어를 가르치는 것이었다.

그녀가 가르친 외국인들은 실로 특이했는데! 이들은 공산주의 국가인 중국 국방대학교에서 러시아로 유학 온 젊은이들이었다. 이 일은 안나 알렉산드로브나가 고등학교를 졸업하고 나서 여덟 번째 혹은 아홉 번째로 얻은 직업이었는데 여러모로 만족스러운 일이었다. 윗사람들이 그녀를 대하는 태도도 그렇고, 하루 종일 일하지 않아도 된다는 점이 그러했으며, 1년에 한 번씩 무료로 이용할 수 있었던 훌륭한 군인용 요양원을 포함해서 다양한 특혜와, 다양한 이유로 추가되는 수당과 굉장히 좋은 급여까지 모든 것이 흠잡을 데 없이 좋았다.

사냐의 어머니인 나제즈다 보리소브나는 방사선사였다. 당시 이 직업은 흔치 않은 직업인 데다 인체에 해로운 일이었지만, 업무 시간이 짧았고 건강에 좋은 우유를 무료로 공급받을 수 있었다. 그들은 풍요로운 생활을 했지만, 딸과 어머니 사이에 보이지 않는 불만이 쌓일 대로 쌓여 있었기 때문에 그들의 삶은 고달팠다. 그들 둘 다 남편이었던 남자를 잃었고 남편이 될 뻔한 남자도 잃었다. 하지만 그들에게 남편이 어디 있냐는 둥 불편한 질문을 하는 사람은 아무도 없었다. 물론 알 만한 사람은 다 알았기 때문이었다. 그래도 이런 질문에 시달리지는 않았으니 다행이었다.

미하는 스테클로프가에서 많은 시간을 보냈다. 사냐가 손가락으로 건반을 두드리면 소리가 났다. 소년과 악기 사이에 어떤 대화가 오가는 것 같았고, 미하는 그들 사이에서 일어나고 있는 대화의 비밀스러운 의미에 대해 추측만 할 뿐 끝내 이해하지는 못했다.

그는 한쪽 구석에 앉아 책장을 넘기면서 안나 알렉산드로브나와 단둘이 얘기를 좀 하고 싶어서 적절한 순간이 오기를 기다렸다. 그녀는 앞에 과자와 우유 넣은 차를 놓고 피우기보다는 예쁘게 휘어진 손가락에 들고 있는 경우가 더 많은 담배를 들고 옆에 잠시 앉아 있곤 했다. 이따금 사냐도 피아노를 치다 말고 와서 의자 끝에 앉곤 했다. 하지만 두 사람은 그가 없는 편이 더 편했다. 미하가 열심히 책을 읽어서 디킨스의 책을 모두 독파하면 안나 알렉산드로브나는 어느새 푸시킨의 책을 가져다주었다.

"하지만 이건 제가 벌써 읽은걸요!"

미하가 불만 섞인 투로 말했다.

"이건 사복음서 같은 거야. 이 책은 평생 읽어야 할 책이란다."

"그럼 차라리 사복음서를 주세요. 그건 제가 안 읽었어요."

그러자 안나 알렉산드로브나는 고개를 내저으며 웃으면서 말했다.

"네 친척들이 날 죽이려 들지도 몰라. 하긴, 솔직히 사복음서를 읽지 않고 유럽에서 출간된 책을 이해하는 건 불가능해. 러시아 책은 더 말할 것도 없고. 사냐, 미하에게 사복음서를 갖다주렴. 러시아어로 된 거 말이야."

"뉴타!"

이건 사냐가 할머니를 편하게 부르는 애칭이었다.

"내 생각에 할머니는 어린아이들을 타락시키는 것 같아요."

말은 그렇게 하면서도 그는 검은색 표지의 성경책을 가져왔다.

하지만 미하한테 사복음서는 그 집 안에서만 읽어야 하며 아무에게도 말하면 안 된다는 약속을 받아낸 뒤에야 읽게 해주었다. 이제 미하는 접이식 침대가 있는 집이라든지, 수프를 끓여주는 게냐 고모, 뚱뚱하고 멍청한 데다 툭하면 엉덩이나 커다란 가슴으로 가는 길을 막는 민나, 친구 사냐와 일리야, 안나 알렉산드로브나, 스케이트 그리고 책 등 무척 많은 것을 가진 사람이 되었다.

3월 중순, 날씨가 따뜻해져서 마당의 얼음이 녹자 그는 스케이트화를 오랫동안 보관하는 방법에 대해 사촌 형 마를렌에게 들은 대로 엔진오일로 스케이트화를 닦았다. 하지만 다시 강추위가 왔고, 스케이트장의 얼음이 얼어서 미하는 또다시 스케이트를 탔다. 머지않아 겨울이 끝날 것이라는 것은 누가 봐도 알 수 있었다. 이제 그는 점심 식사 후에도 마당에 나갔다. 덕분에 모두들 그의 보물을 보게 되었다. 다들 왈렌키*에 허섭스레기를 끈으로 묶어서 스케이트화라고 만들어서 탔고, 미하처럼 구두에 날을 붙여서 만든 진짜 스케이트를 가진 사람은 아무도 없었다. 그러니 그의 멋진 스케이트화에 대한 소문은 순식간에 온 동네에 퍼졌다. 이틀쯤 뒤에 무리긴이 스케이트화를 보러 와 잠깐 지켜보더니 갔다. 다음 날 미하는 마당에 만든 스케이트장에서 스케이트를 타고 들어가는 길에 무리긴과 무퓨긴에게 잡혔고, 그들은 아파트 건물 현관 벽에 그를 거칠게 밀어붙였다.

스케이트화가 탐이 났던 것이다.

"그거 벗어!"

무퓨킨이 요구했다.

무리긴이 미하의 양팔을 꺾고 무퓨킨이 정강이를 걷어차자 미하가 쓰러졌다. 그들은 재빨리 미하의 발에 있던 스케이트화를 벗겨내고는 그대로 들고 도망쳤다. 모직 양말을 신고 있던 미하는 까치발로 그들을 쫓아갔다. 그는 대문 근처에서 그들을 따라잡아서 무리긴에게 매달렸다. 그러자 무리긴은 무퓨킨에게 스케이트화를 던졌다. 그길로 무퓨킨은 스케이트화를 들고 포크롭카 거리를 따라 내달렸다. 미하는 소리 지르면서 포크롭스키예 보로타 광장 쪽으로 자기 스케이트화를 되찾기 위해서 달

* 러시아의 겨울 장화.

렸다. 물론 그들이 스케이트화를 갖고 달려간 곳은 스케이트장이 있던 밀류틴스키 공원이었다.

치스토프루드니 가로수길에서 전차가 기다시피 천천히 나오고 있었다. 미하가 무튜킨을 거의 따라잡았을 때, 무튜킨은 스케이트화를 무리긴에게 던졌고, 무리긴이 그걸 놓치는 바람에 스케이트화는 선로 위에 떨어졌다. 그러자 셋이 한꺼번에 스케이트화를 집으려고 달려들었다. 바로 이때 전차 소리가 엄청나게 크게 들리더니 끼익 하는 소리를 내고는 종소리와 함께 정차했고, 선로에 바퀴가 부딪히는 날카로운 소리가 들렸다. 미하는 넘어졌다. 그가 눈을 떴을 때 코앞에 스케이트화가 놓여 있었다. 하지만 무튜킨은 보이지 않았다. 사방에 연기가 자욱했다. 찢어진 옷, 피, 부러진 다리 하나. 이것이 무리긴이 남긴 전부였다. 사람들이 몰려들어서는 비명을 질렀다. 뒤에는 전차들이 지나가는 소리가 들렸다. 미하는 스케이트화를 집어 들고는 자리에서 일어났다……. 스케이트화는 한 짝밖에 없었다. 미하는 허리를 구부정히 숙이고는 집으로 향했다. 양말은 어디서 잃어버렸는지도 모른 채 그는 차디찬 길바닥 위를 맨발로 걸어갔다. 5분 전에 갔었던 아파트 입구에 다 와서 그는 스케이트화 한 짝을 스케이트장 쪽으로 던지고 이빨을 부딪히면서 맨발로 아파트 안으로 들어갔다.

아파트 건물 입구에서 자기 구두를 찾아 신고는 안나 알렉산드로브나의 집으로 쏜살같이 뛰어갔다. 그의 말을 끝까지 들은 그녀는 아무 말 없이 버섯 수프를 접시에 담아서 그의 앞에 놓았다.

미하가 수프를 다 먹자 안나 알렉산드로브나가 수프 접시를 들고 부엌으로 갔다.

"절대 내가 고의로 그런 건 아니야, 맹세코!"

미하가 사냐에게 작은 목소리로 말했다.

"그런 일을 바랄 사람이 누가 있겠어!"

사냐가 고개를 가로저으면서 말했다.

끔찍한 전차 소리가 모든 것을 파괴했다네,
전 세계를 바꾸고 잘라놓았다네.
지금껏 있었던 모든 것은 앞으로도 있으리니.
무리긴만 영원한 과거로 남으리.

미하는 이 시를 무리긴의 장례식 날 지었다. 슬라바 무리긴이 마치 민족의 영웅이라도 되는 것처럼 전교생이 그의 장례식에 왔다. 교감과 고학년 학생 두 명이 모두가 보는 앞에서 모금한 돈으로 구입한 화환을 무덤 위에 놓았고, 화환의 붉은색 리본에 금색으로 글씨가 적혀 있었다.

증인이면서, 그의 죽음에 책임이 있다고 생각한 미하는 순식간에 일어난 그 사고로 힘들어했다. 공중으로 날아오른 스케이트화, 전차가 갑자기 정차하면서 내는 날카로운 쇳소리, 그리고 사고가 일어나기 직전 얼굴을 찌푸린 채 찻길을 내달리던 아무짝에도 쓸모없고 못된 사내아이 대신 전차 바퀴 아래 흩어져 있던 잔해가 계속해서 떠올랐다. 연민은 미하의 머리, 심장 그리고 그의 몸 전체보다 더 컸고, 이것은 좋은 사람과 나쁜 사람을 떠나서 모든 사람을 향한 연민이었는데, 사람은 누구나 쉽게 부서질 수 있고 연약한 존재이며, 그들 모두 아무런 이유 없이 쇠와 부딪히면 순식간에 뼈가 부러지고 머리가 터지고 피가 흐르고 어지러운 잔해만 남을 뿐이기 때문이었다.

'불쌍한 무리긴 같으니!'

1952년에 찍은 단체 사진은 일리야한테만 남아 있었다. 그의 사진 아카이브에는 그가 직접 찍은 사진들이 주를 이뤘는데, 그중 다른 사람이 찍은 사진은 두 장뿐이었다.

그중 하나는 바실리 인노켄티예비치가 사냐의 생일에 찍은 것이었다. 두 번째 사진은 전문 사진작가가 찍은 것인데, 전후에 굶주린 사내아이들이 네 줄로 서 있는 사진이었다. 맨 아래쪽에 있는 아이들은 앉아 있고, 뒷줄에 있는 아이들은 의자 위에 서 있었다. 소년들은 장식용 액자에 새긴, 통통한 벼이삭과 접힌 깃발, 점묘로 찍은 문장(紋章)에 둘러싸여 있었으며, 머리를 민 아이들이라든지 가운데에 서 있는 눈이 큰 여자 선생은 강당에서 가져온 의자 위로 우뚝 솟아 있었다. 무리긴과 무튜킨은 윗줄 왼쪽에 나란히 서 있었다. 한쪽을 응시하고 있는 무리긴은 체구가 작고 머리를 깨끗하게 민 악의 없고 평범한 사내아이의 모습이었다. 사냐는 아파서 결석하는 바람에 사진에 없었다. 미하는 아래쪽 구석에 서 있다. 정중앙에는 러시아어를 가르치던 여자 담임선생님이 있었는데, 모두들 그녀의 이름은 까마득히 잊어버렸다. 5학년이 끝날 때 출산 휴가를 받아서 자리를 비운 후로 더는 학교로 돌아오지 않았기 때문이다. 무튜킨은 5학년을 한 해 더 다녔지만, 얼마 안 가서 모두의 관심 밖으로 사라졌다. 그는 기술학교에서 계속 공부했고, 이후에는 감옥에도 갔다. 한편 무리긴의 모습은 어디에서도 볼 수 없었다.

새로 온 선생님

6학년 때, 모두의 기억 속에서 완전히 사라져버린 러시아어를 가르치던 여자 선생 대신 새로 담임선생님이 오셨는데, 그의 이름은 빅토르 율리예비치 솅겔리였고, 전공은 문학이었다.

그는 학교에 온 첫날부터 모두의 관심을 한 몸에 받았는데, 그가 회색 줄무늬 재킷을 입고 복도를 따라 빠른 걸음으로 걸을 때면 오른팔이 절반밖에 없어 팔꿈치보다 조금 아래를 핀으로 고정해놓은 오른쪽 소매가 살짝살짝 흔들렸기 때문이다. 왼팔로는 굉장히 오래된 서류 가방을 들고 다녔는데, 가방에는 구리로 된 자물쇠 두 개가 달려 있고, 외관상 선생 자신보다 훨씬 오래된 듯했다. 학교에 온 첫 주에 그의 별명이 정해졌는데, 바로 '팔'이었다.

그는 젊고 영화배우처럼 잘생겼지만, 아무런 이유 없이 웃는가 하면 얼굴을 찡그리기도 하고 이따금 코를 킁킁대고 입술을 삐죽거리는 등 몸을 잠시도 가만두지 않았다. 그는 굉장히 예의 바른 사람이어서 모두를 존칭으로 불렀지만, 또 한편으로는 굉장히 심술궂은 사람이었다.

먼저 그는 일리야가 학교 책상 사이를 가로로 몸을 흔들면서 불안정한 걸음걸이로 지나가자 일리야에게 "왜 여기에서 몸을 흔들고 난리죠?"라고 말했고, 일리야는 그때부터 그를 굉장히 싫어했다. 그런 다음 선생은 출석부를 들고 출석을 불렀다. '스비닌'*이라는 성에서(이 학생에게는 딱한 노릇이었다) 잠깐 멈춰서 스비닌의 작은 얼굴을 빤히 쳐다보고는 존경 어린 투도 조소하는 투도 아닌 모호한 억양으로 "좋은 성이군!" 하고 말했다. 그러자 교실 안에 있던 아이들은 마치 기다렸다는 듯이 큰 소리로 웃었고, 센카 스비닌의 얼굴이 빨개졌다. 그러자 선생님은 이해할 수 없다는 듯이 눈썹을 치켜올리고 말했다.

"왜들 웃는 거죠? 무척 존경받는 성인데! 아주 오래전에 스비닌이라는 귀족 가문이 있었어요. 표트르 1세가 그중 한 명을, 이름은 기억이 안 나는데, 네덜란드로 유학을 보냈어요. 아니, 《세

* 러시아어로 '돼지'를 뜻하는 '스비니야'가 연상되는 성이다.

레브레니 대공》*이라는 소설 안 읽어봤어요? 거기에도 스비닌이라는 성이 언급된답니다. 말이 나왔으니까 말인데, 그 책 무척 재미있어요…….”

3개월이 지나자 일리야, 센카 스비닌 말고도 모두가 선생님의 입 모양을 흉내 내며 그가 발음하는 모든 단어를 따라 발음했고, 그가 하는 것과 똑같이 입술을 삐죽거렸으며, 눈썹을 치켜올렸다(이들 중에서도 미하가 가장 열심히 했다).

또 그 이상한 '팔'을 가진 선생은 시도 읽었다. 매번 수업이 시작될 때 모두가 자리에 앉아서 공책을 꺼내는 동안 그는 시를 읽었는데, 단 한 번도 누가 쓴 시인지 말해주지 않았다. “외로운 돛하나 보이고”와 같이 누구나 아는 시**를 읊을 때도 있고, 이해할 수 없지만 기억에 남는 시, 이를테면 “병원에서 퇴원한 남자의 속옷 보따리처럼 공기는 깨끗하고 투명하다네”***처럼 의미와 문맥을 전혀 알 수 없는 시를 읊을 때도 있어서 그의 취향은 가늠하기 힘들었다.

밖은 추웠고, 〈트리스탄과 이졸데〉가 상영 중이었네.

* 알렉세이 톨스토이(1883~1945)의 중편소설.

** 미하일 레르몬토프(1814~1841)의 시 '돛'의 첫 구절.

*** 보리스 파스테르나크(1890~1960)의 시 '봄'의 일부.

오케스트라의 연주는 이른 아침 바다의 파도 소리,

푸른 바다 너머 초록빛 바닷가를 떠올리게 했네.

쿵쾅거리던 심장이 멎는다.

이 여인이 극장에 들어오는 모습은 아무도 보지 못했다,

마치 브률로프의 그림처럼

저기 발코니석에 앉아 있는 모습을 보기 전까지는.

소설에나 존재하며

영화에나 나올 법한 이런 미녀들,

그들을 위해 사내들은 죄를 짓고 도둑질한다.

여인들이 타고 떠나는 마차를 몰래 숨어서 기다렸다가

다락방에서 독약을 삼킨다.****

다른 아이들은 신경도 안 썼지만, 미하는 이런 시 낭독을 듣고 있으면 갑자기 피가 얼굴에 쏠렸다. 선생님 역시 미하를 쳐다봤다. 미하는 마치 잼 한 스푼을 입에 털어 넣듯 운율이 갖춰진 시를 삼킨 거의 유일한 학생이었다. 그가 읽어준 시 중에는 할머니가 읽어준 시도 있었기 때문에 사냐는 선생님이 좋아하는 시를

**** 미하일 쿠즈민(1872~1936)의 '밖은 추웠고, 〈트리스탄과 이졸데〉가 상연 중이었네'(1927)의 일부로, 우연히 본 아름다운 여인에 대한 시이다.

들을 때면 미소를 짓곤 했다. 나머지 아이들은 그런 취미를 가진 선생을 딱하게 생각하는 눈치였다. 그들 생각에 시는 여자들이 읽어야 하는 것이었고 전쟁터에 나가는 군인에게는 적합하지 않은 것 같았기 때문이었다.

하지만 가끔은 그가 수업 내용에 정확히 부합하는 시를 읽을 때가 있었는데, 수업의 주제가 니콜라이 고골의 소설《타라스 불바》일 때 그는 교실 안으로 들어가면서 고골에 대한 시를 읽었다.

너는 수수께끼와도 같아서
이 땅에 너의 길은 짧고도 수수께끼 같아서
우스꽝스러운 익살꾼 너는
비극적인 얼굴을 하고 있다네.

우리의 햄릿! 눈물과 웃음이 뒤섞여,
겉으로는 웃지만 속으로는 우니,
너는 성공으로 슬퍼하네,
남들이 실패로 슬퍼하듯이.

사랑할 줄도 괴로워할 줄도 아는

네가 소유한 명성으로
평생토록 일하고 외로워한다
늘 괴로운 마음 품은 채.

늘 고독과 괴로움에 젖은
아리스토파네스처럼
의사처럼 잔인한 채찍처럼
우리에게 병도 주고 약도 주는구나*

그러니까 그는 삶에서 일어나는 모든 사건과 관련된 시를 알고 있었던 것이다!

"우리는 문학을 공부하고 있습니다!"

그는 마치 새로운 소식이라도 되는 듯 이 말을 입버릇처럼 되풀이하고는 했다.

"문학은 인간이 소유한 것 가운데 가장 좋은 것입니다. 그리고 시는 문학의 심장이며, 세상에 존재하는 것 가운데 가장 훌륭한 것입니다. 이것은 유일한 우리 마음의 양식입니다. 여러분이 인간이 될지 동물 수준으로 남을지는 전적으로 여러분에게 달

* 표트르 뱌젬스키(1792~1878)의 시 '고골'의 일부.

렸습니다."

얼마 후 그는 모든 아이들의 이름을 익히고는 자리를 배정해 주었다. 해마다 찍는 단체 사진 속 자리대로도 아니고 알파벳 순서대로도 아니고 자기만의 원칙대로 앉혔는데, 아이들은 교과 과정에 있는 교활한 오디세우스와 베일에 싸인 연대기 작가인 피멘*, 타라스 불바의 불쌍한 아들**, 정직하지만 멍청한 알렉세이 베레스토프와 가무잡잡하고 똑똑한 아쿨리나***에 대해 대화를 나누는 사이 모두들 서로서로 가까워졌고, 그러던 어느 날 사내아이들이 문득 전쟁에 대해 궁금해하며 질문을 하기 시작했다. 그러자 빅토르 율리예비치가 문학은 사랑하지만 전쟁은 싫어한다는 것이 확연히 드러났다. 참 이상했다. 당시는 독일 파시스트군을 쏴본 적 없는 남자들도 전쟁이라면 환장하던 시절이었기 때문이다.

"전쟁은 인간이 생각해낸 것 가운데 가장 끔찍한 것입니다."

선생은 이렇게 말한 뒤 호기심 많은 사내아이들이 한 질문, 이를테면 "전투를 어디에서 했나요? 어떤 상을 받았나요? 부상은

* 알렉산드르 푸시킨(1799~1837)의 희곡《보리스 고두노프》에 등장하는 인물.

** 《타라스 불바》에서 적장의 딸과 사랑에 빠져 우군을 배반한 차남 안드리를 뜻하며, 불바가 직접 처단한다.

*** 푸시킨의《벨킨 이야기》중〈귀족 아가씨 – 시골 처녀〉에 등장하는 인물들.

어떻게 당했나요? 몇 명의 독일 파시스트군을 죽였나요?" 등과 같은 질문을 일축했다.

그러던 어느 날 그는 아이들에게 전쟁에 대해 이야기해주었다.

"내가 대학교 2학년을 마쳤을 때 전쟁이 발발했습니다. 다른 아이들은 전부 그길로 곧장 군사동원부로 간 뒤에 그곳에서 전방으로 보내졌습니다. 우리 반에서 나 혼자 살아남았습니다. 다른 아이들은 모두 전사했죠. 여자아이 둘도 죽었어요. 이것이 내가 전쟁을 결사반대하는 이유입니다."

그렇게 말하며 그는 번쩍 왼팔을 들었고, 반절짜리 오른팔은 한 번 흔들릴 뿐 위로 올라가지는 못했다.

매주 수요일의 마지막 수업은 문학이었고, 수업을 끝낸 뒤 빅토르 율리예비치는 아이들에게 함께 산책하자고 제안했다.

"그럼, 이제 같이 바람 좀 쐴까요?"

첫 번째 산책은 10월에 있었다. 여섯 명이 참여했다. 일리야는 늘 그렇듯이 집에 가기 바빴고 사냐는 늘 그렇듯이 할머니의 허락을 받고 그날 수업에 오지 않아서 미하 혼자 산책에 동참했고, 미하는 이후에 학교에서 크리보콜렌니 골목까지 가는 동안 선생님에게 들은 이야기를 친구들에게 토씨 하나 틀리지 않고 자세히 전해주었다. 선생님은 당시에 푸시킨에 대해 이야기를 해주셨다. 하지만 빅토르 율리예비치가 어찌나 생생하게 이야기했던지 선생님이 푸시킨과 같은 반에서 공부한 것은 아닌지 의구심이 들 정도였다. 푸시킨이 도박꾼이었다니! 여자들을 그렇게 좋아하는 사람이었다니! 한마디로 그는 바람둥이였던 것이다. 게다가 그는 트집 잡기를 좋아하는 사람이었다. 누군가가 자신에게 잘못하면 절대 용서하지 않고 항상 '스캔들'을 일으켰고, 소란을 부렸고, 늘 결투에서 총을 쏠 준비가 돼 있는 사람이었다.

"네, 이런 행실 때문에 그는 결투를 좋아하는 사람으로 유명했답니다."

빅토르 율리예비치가 슬픈 목소리로 말했다.

아무도 '스캔들'이라는 외래어가 어떤 의미를 나타내는지 묻지 않았는데, '트집 잡는 거 좋아하는 사람'이라는 말만으로도 충분히 그 뜻을 유추할 수 있었기 때문이다.

그런 다음 선생님은 그들을 키로프 거리에서 크리보콜렌니 골목 쪽으로 나 있는 첫 번째 모퉁이에 위치한 지저분한 건물 쪽으로 데리고 가서는 왼손을 뻗어 한 집을 가리키고 말했다.

"자, 이제 상상해보세요! 물론 이곳은 아스팔트로 포장되지 않았고, 길은 포석으로 포장돼 있고, 먀스니츠카야*로부터 마차

* 과거 키로프 거리라고 불리던 곳.

가 나오는 겁니다. 일반 마차라기보다는 마부가 모는 작은 짐마차에 가까웠습니다. 이곳 모스크바에 푸시킨은 일 때문에 누군가를 만나러 온 겁니다. 이곳에 친구와 친지들은 많았지만 그는 단 한 번도 모스크바에 집을 소유한 적이 없었고 마차도 마찬가지였습니다. 아르바트에 있는 집의 경우는 결혼식 후에 잠깐 임차했을 뿐, 그 뒤에는 페테르부르크로 떠났답니다. 그는 '늙은 여편네들이 너무 많다'면서 모스크바를 싫어했답니다. 자, 상상해보세요. 푸시킨이 죽고 1백 년이 지나서 이곳에 한 여자가 지나갑니다. 때는 사회주의 혁명 이후였는데요, 갑자기 먀스니츠카야 거리에서 딸그락거리는 소리가 나면서 마부가 마차를 돌려서 이곳에 멈추었고, 마차에서 푸시킨이 뛰어내리더니 포석 위로 부츠 굽 소리를 내고는 이 집으로 사라졌다는 겁니다. 부인은 비명을 질렀죠! 그러자 포석도 말이 끄는 마차도 한순간 사라졌답니다. 그때부터 이곳이 유령의 집이라는 소문이 돌기 시작했죠. 정말 이런 일이 있었는지 꾸며낸 이야기인지 지금은 알 길이 없습니다. 하지만 1826년 10월 시인 베네비티노프**가 살던 무렵 이 집에서 있었던 일에 대하여는 많은 증거가 뒷받침하고 있는데, 그날 이 집의 중앙홀에서 푸시킨이 자신이 쓴 희곡

** 드미트리 베네비티노프(1805~1827). 러시아 낭만주의 시인, 번역가, 철학자.

《보리스 고두노프》를 낭독하였다고 합니다. 낭시 40여 명의 손님이 그곳에 있었고, 그중 절반에 달하는 사람들이 그 일을 겪고 나서 바로 친척들에게 이에 대해 편지를 써서 보내거나 훗날 회고록에서 언급했다고 합니다. 여러분 모두《보리스 고두노프》를 읽었죠, 그렇죠? 줄거리를 간략하게 말해줄 사람 있나요?"

발표는 늘 미하 몫이었지만, 이번에는 작품의 중심 내용이 갑자기 생각나지 않았고 그는 망신을 당하기 싫어 나서지 않았다.

다른 아이들도 나서지 않고 입을 다물고 있었다. 결국 이고리 체트베리코프가 자신 없는 투로 말했다.

"그는 참칭자 드미트리를 죽였습니다."

"걸려들었군요, 이고리. 역사는 사실 상당히 모호한 학문이랍니다. 사실 두 가지 설이 존재했죠. 첫 번째 설은 보리스 고두노프가 황태자 드미트리를 죽였다는 것입니다. 두 번째 설은 그는 황태자 드미트리를 죽이지 않았고 사실 굉장히 점잖은 사람이었다는 것입니다. 그러니까 다른 사람인 가짜 드미트리를 죽였다는 학생의 가설은 사학자들의 가설을 완전히 뒤엎는 것입니다. 그렇지만 속상해하지는 마세요. 역사는 대수학이 아니니까요. 역사를 정확한 학문이라고 부를 수는 없습니다. 어떤 의미에서 문학이 좀 더 정확한 학문이라고 할 수 있어요. 위대한 작가가 말하는 것이 바로 역사적 사실이 되기도 하니까 말입니다. 전쟁사 학자들은 톨스토이가 보로디노 전투에 대해 묘사한 부분이 사실과 다른 점을 많이 발견했다고 하지만, 전 세계는 이 전투를 톨스토이가 《전쟁과 평화》에서 묘사한 대로 이해합니다. 푸시킨도 어린 황태자의 어머니 마리야 나가야가 머물던 궁전 뒷마당에 서 있지 않았습니다. 드미트리의 살해가 이곳에서 일어났을 수도 있고 아닐 수도 있어요. 모차르트와 관련된 소문 역시 마찬가지입니다. 여러분은 《작은 비극들》*을 읽어봤지요?"

"물론이죠. 천재성과 악(惡)은 함께일 수 없다!"

미하가 갑자기 말했다.

"맞아요, 나도 그렇게 생각합니다. 그런데 살리에리와 관련해서는 그가 정말 모차르트를 독살했는지 알 수가 없습니다. 이건 역사가들의 가설에 불과해요. 하지만 푸시킨의 작품 자체는 가감 없는 사실입니다. 러시아 문학의 위대한 사실 말입니다. 역사학자들이 살리에리가 모차르트를 독살하지 않았다는 증거를 찾아낸대도 푸시킨의 《작은 비극들》에 있는 내용을 상

* 푸시킨의 희곡집으로, 네 편의 단막극으로 이루어져 있다. 이 중 〈모차르트와 살리에리〉에서 평범한 살리에리가 천재 모차르트를 질투하여 독살했다는 내용이 나온다.

대로 논쟁에서 이길 수는 없습니다. 그는 여기에서 '한 사람이 악인인 동시에 진정한 천재일 수는 없다'라는 위대한 생각을 표현했습니다."

날이 어두워지기 시작했다. 빅토르 율리예비치는 아이들과 작별 인사를 했고 그들은 각자 집으로, 키타이고로드*의 각기 다른 방향으로 흩어졌다.

문학작품과 관련된 장소에 방문한 이 첫 번째 여행을 시작으로 일종의 동아리 모임 같은 것이 생겨났고, 연말에는 '러시아 문학 애호가들'의 약자인 '러문애'라는 명칭을 갖게 되었다.

첫 번째 여행에 대해 들은 일리야는 이제 '풍경으로의 산책'에 빠지지 않았는데, 이것은 빅토르 율리예비치가 수요일마다 그들과 함께하는 문학 산책을 두고 지어낸 명칭이었다. 일리야는 서기로서 동아리 회의에 대한 보고서를 작성했는데, 이 일에 대해 굉장한 책임감을 갖고 임했다. 러문애 보고서는 그가 아끼는 창고의 책장에 사진들과 함께 보관되었다.

러문애 회원들은 19세기 러시아 문학에 대해 배워가면서 선생님의 참전에 관련된 정보를 하나씩 알아갔다.

빅토르 율리예비치는 콧구멍을 벌렁거리고 양 볼을 실룩거렸

* 모스크바의 중심지로, 동쪽에 크렘린 궁전이 위치한다.

는데(이제 그들은 이것이 뇌진탕 증후군과 무관하지 않다는 것을 안다), 그는 같은 학년 친구들과 함께 전쟁이 발발했다는 것을 통보받은 그다음 날 군사동원부로 함께 갔다.

그는 툴라에 있는 포병학교로 보내졌다. 하지만 사내아이들은 전투, 후퇴, 침략, 부상 등과 같은 구체적인 상황들이 궁금했다. 무기는 어떤 걸 쓰는지, 탄약은 어떤 걸 쓰는지, 독일인들은 어땠는지 등과 같은 것들 말이다.

선생님은 짧게 대답했다. 고통스러운 기억이었노라고…….

툴라의 학교에서 받은 군사훈련은 일사천리였지만, 독일인들의 침략은 이보다 더 빨랐다. 10월 말에 독일인들이 툴라 코앞까지 와 있었다. 도시를 지키기 위해 사관생들은 전방으로 배치됐고, 그들 모두는 의용군 부대의 지원을 받았으며, 참호는 사관생도 지휘관과 의용군들이 지켰다. 만약 열두 시간 안에 독일군에게 전멸당하지 않았다면 이것은 어른들의 전쟁놀이를 연상시켰을지도 모른다. 이곳에서 빅토르는 '지성인다운 성품' 덕분에 살아남았다. 그는 지금은 이름도 기억나지 않는 한 사병에게 탄약 상자를 가져오라는 명령을 내렸다. 나이가 든 데다 얼굴이 조금 부은 의용군은 "네가 무슨 상관이라고 명령을 내리고 난리야? 난 쉰 살이라고! 고작 열여덟 살 주제에……. 상자는 네가 가져와" 하며 욕을 해댔다.

실은 열아홉 살이었던 사관생도는 아무 말도 안 하고 탄약 상자를 가지러 뛰어갔다. 짐 없이 1백 미터를 달린 다음, 50킬로그램에 달하는 상자를 들고 도로 1백 미터를 걸어왔다. 숨을 헐떡이면서 도착해보니 포사에 있던 부대원들은 보이지 않았고, 대포가 있던 자리에 생겨난 거대한 구멍에서 연기가 올라오고 있었다. 산 사람은 한 명도 없었다.

폭격이 정확히 명중했기 때문에 전사자들을 땅에 묻을 필요조차 없게 되었다. 사관생도였던 그는 잠시 멍하니 상자 위에 앉아 있었다. 마치 자신이 불에 탄 땅, 불에 달궈졌다가 깨진 쇠붙이, 끓어오르는 피, 불에 탄 걸레가 된 듯한 기분이 들었다. 그런 후 그는 휘파람을 불면서 폭발음을 뒤로한 채 이젠 필요 없어진 상자를 남겨두고 그곳을 떠났다.

툴라가 포위에서 해제되자 전투에서 살아남은 사관생도들은 톰스크로 이송되었다. 죽은 부대원들은 그 뒤로도 오랫동안 꿈에 나왔고, 얼굴이 조금 부은 아저씨는 슬픈 듯 그에게 욕을 했는데, 탄약 상자가 아니라 뭔가 더 중요한 일 때문인 것 같았다. 빅토르는 상상으로나마 1천 번도 더 그곳으로 돌아가서 어떻게 행동하는 편이 좋았을지 궁리했다. 어떻게 행동해야 했을까? 만약 지휘관답게 행동해서 소리를 질렀다면, 지금쯤 그 아저씨가 자기 대신 살아남았을지도 모른다고…….

그는 결국 자신은 지휘관이 되지 못할 것이라고 단정 지었다. 사병밖에는 되지 못할 것이라고 말이다. 그는 결국 자신을 전방으로 보내달라는 내용이 적힌 전출 신고서를 썼다. 하지만 졸업까지 한 달 반밖에 남지 않았다는 이유로 받아들여지지 않았다. 그렇다면 약간의 잘못을 저지르면 될 터였다. 재판에 회부되지 않고, 죄수 부대에 가지도 않고, 다만 장교가 아니라 사병 신분으로 전방에 보내지는 데서 그칠 정도의 소란 말이다.

그러다 그는 적당한 범죄를 찾아냈다. 장교 임관에 대한 명령이 내려지기 전날 그는 근무지를 이탈해서 도시에 가서 술을 잔뜩 마시고는 여자 숙소에 몰래 들어가서 정교회 성상화가 세워져 있는 방에서 한 여자와 함께 밤을 보냈고, 그 여자는 그의 부탁을 받고 술을 마신 사관생도를 군사경찰에 신고했다. 모든 것이 그가 생각한 대로였는데, 먼저 영창에서 열흘간 있었고, 그다음에 사병 신분으로 전방으로 보내졌는데, 부상을 당해서 병원으로 이송되기 전까지 명령을 내릴 필요는 단 한 번도 없었다. 그곳에서 그는 명령을 이행만 했다. 임무는 늘 똑같았는데, A 지점에서 B 지점까지 살아서 도착하는 것이었다. 그 밖에는 먹고 마시고, 충분한 수면을 취하며, 오래 행군하다가 발이 까지지 않도록 유의하고, 잘 씻는 등 사소한 일들을 수행했다. 그리고 명령이 떨어지면 적을 향해 총을 쐈다. 명령 없이는 절대로 쏘지 않았다. 발포에 관한 한 그는 입을 다물었다.

"그런데 부상은 어디에서 당하신 거예요?"

아이들이 물었다.

"폴란드를 침공했을 때예요. 보다시피 한쪽 팔을 절단했답니다."

이후에 어떤 일이 있었는지는 학생들에게 이야기해주지 않았다. 우아함을 잃지 않고 동그랗게 기울어진 필체를 왼손으로 어떻게 터득했는지도 말이다. 일부 남은 오른팔의 도움을 얼마간 받았을 뿐, 분홍색 셀룰로이드로 만든 인공 팔은 착용하지 않았다. 그는 배낭도 잘 멨는데, 먼저 왼손으로 배낭끈을 잡아당긴 뒤에 어깨끈 안에 오른팔을 집어넣었다. 병원에서 퇴원한 후에는 모스크바로 갔다. 전쟁이 발발하기 전까지 그가 공부하던 대학교는 해체되었고, 일부 남은 학부는 어문학부로 흡수되었다. 그는 전장의 냄새가 배어 있는 군복 코트를 입고 장교는 아니지만 장교용 부츠를 신고 그곳으로 돌아갔다.

모호바야 거리에 있는 대학*이라니! 얼마나 달콤한 호사인지……. 꼬박 3년 동안 그는 푸시킨, 톨스토이, 게르첸 등의 작품을 읽으며 피를 정화하면서 원래 모습으로 돌아왔다.

* 모스크바 국립대학교를 뜻한다.

대학 졸업을 얼마 앞둔 1948년에 그는 박사과정에 진학할 것을 제안받았는데, 지도교수는 중세 문학 전문가였고, 유럽 문학의 권위자인 데다가 논문 주제는 로만-게르만 문학과 푸시킨과의 연관성에 관한 것이어서 주제 역시 흥미로웠다. 하지만 빅토르는 이제 막 가르치는 법을 배운 터라 아이들을 더 가르치고 싶은 마음에 망설였다. 그렇게 그는 선택의 기로에 섰다…….

중요한 순간에 그의 선택에 도움을 주던 그 목소리는 어디에 있단 말인가? 하지만 서유럽을 추종하고 코스모폴리타니즘을 추구하던 그의 지도교수가 교수직에서 물러나고 얼마 되지 않아 수감되었기 때문에 이제 그 마음속 목소리는 필요치 않게 되었다.

결국 그는 박사과정을 밟지 못하게 되었다. 그는 볼로고츠카야주에 속한 칼리노보라는 마을에 있는 학교에 배정을 받아서 러시아어와 문학을 가르치기 시작했다.

숙소는 학교 측에서 부지 내에 있는 곳으로 마련해주었다. 방과 현관은 난로로 난방을 했다. 장작도 학교 측에서 제공했다. 지역 상점에서는 극동 지방에서 나는 꽃게와 사탕, 질 떨어지는 와인과 보드카를 살 수 있었다. 빵은 일주일에 두 번씩 들여왔고, 상점은 1교시 수업이 끝날 무렵인 9시에 문을 여는데, 사람들은 빵을 사기 위해 이른 아침부터 줄을 섰다. 학생의 엄마들은 오래된 시골 전통에 따라 그에게 계란이나 트보로크*, 갓 구웠을 때는 환상적인 맛을 자랑하지만 식으면 정말 맛이 없는 시골식 파이를 갖다주곤 했다……. 오래전부터 사제나 의사, 선생님들에게는 이렇게 식재료로 급여를 대신해왔다. 그는 이렇게 받은 식재료를 청소부인 마르푸샤라는 여자와 나눴는데, 그 여자는 사람 만나는 것을 싫어하고 이상하게 행동하는 과부였다. 하지만 술은 더도 말고 덜도 말고 매일 저녁 한 병씩 혼자서 마셨다. 그리고 잠자기 전에는 질리지도 않는지 늘 똑같은 작가의 책을 읽었다.

문학 말고도 그는 지리와 역사도 가르쳐야 했다. 수학과 물리는 교장이 가르쳤고, 더불어 사회과학 과목들도 가르쳤는데, 이 과목들은 명칭만 다를 뿐 전부 공산당의 역사를 다루었다. 나머지 과목인 생물과 독일어는 페테르부르크에서 유배 온 핀란드 여자가 가르쳤다. 그녀는 국적 외에도 한 가지 오점을 더 갖고 있었는데, 전쟁이 발발하기 전에 바이스마니즘**을 끝까지 포기하지 않은 바빌로프라는 학자와 함께 일했다는 사

* 러시아식 코티지치즈.

** 다윈의 진화론을 수정한 독일 생물학자 바이스만의 학설로 소련 시대에 부르주아적 학문 분야로 간주되어 비난을 받았다.

실이었다.

칼리노보 사람들은 가난했고 풍부한 것이라고는 사람 발이 닿지 않은 수줍은 자연뿐이었다. 자연과 마찬가지로 사람들도 도시 사람들보다 순수했다.

그는 시골 아이들과 함께 지내다 보니 대학 시절에 품었던 환상이 사라졌는데, 아이들은 한결같이 순박했지만 그들의 일상은 아주 고단했다. 등교하기 전 여자아이들은 여기저기 수선한 숄을 두른 채 가축을 돌보고 어린 동생들을 챙겼으며, 사내아이들은 여름 내내 어른들이 들판에서 하는 힘든 노동을 해야 했는데, 그들에게 이런 수업이 필요한지 의구심이 일 정도였다. 배를 곯고 시간을 버려가면서 그들의 생활에 결코 도움이 될 리 없는 지식을 얻기 위한 공부를 하는 것이 무슨 소용일까?

그들의 어린 시절은 일찍 끝났는데, 그들 모두는 발육이 부진한 사내와 여인네가 되었고, 어머니가 공부를 허락한 극소수의 아이들조차 진짜 중요한 일 대신 학교에서 쓸데없이 시간을 낭비하는 것에 불편한 마음을 갖고 있었다. 선생도 그들이 자신들의 삶에 아무런 도움이 되지 않는 지식을 배우는 동안 정말 중요한 일을 놓치는 것은 아닌지 의구심이 들었다. 라디셰프***는

*** 알렉산드르 라디셰프(1749~1802). 소설가이자 사상가.

무엇 하러 배우는가? 고골은 왜? 푸시킨이 무슨 소용이란 말인가? 읽는 법이나 가르치고 빨리 집에 보내서 할 일을 하도록 하면 그만일 것을 말이다. 그들의 바람도 그의 생각과 크게 다르지 않았다.

그러다가 그는 처음으로 어린 시절이라는 짧은 시기에 대해 생각하게 되었다. 어린 시절이 언제 시작되는지에 대해서는 질문의 여지조차 없다. 하지만 언제 끝나는지에 대해서는 이견이 있을 수 있었다. 어떤 경계를 끝으로 사람은 어른이 되는가? 다만 한 가지 분명한 것은 도시 아이들보다 시골 아이들의 어린 시절이 더 일찍 끝난다는 것이었다.

북부 시골 사람들은 배를 곯기 일쑤였고, 전쟁이 끝난 후에는 모두 극도로 가난해져서 여자들과 아이들도 일을 했다. 전쟁터로 떠난 그 지역 사내 서른 명 중에 돌아온 사람은 두 명뿐이었고, 그나마도 그중 한 명은 다리를 잃었고 다른 한 명은 결핵에 걸려서 1년 뒤에 죽었다. 학교에 다니는 어린 사내아이들은 일찌감치 노동의 짐을 짊어졌고, 그리하여 어린 시절을 잃어버렸다.

어린 시절을 도둑맞은 사람, 유년기를 잃어버린 사람, 자유를 잃은 사람까지…… 또 누가 무엇을 잃었는지 헤아리는 것조차 무의미했다. 빅토르 율리예비치는 고작 박사과정을 밟지 못한 것뿐이었다.

그처럼 똑똑하고 자존심 강한 젊은이들이 제정러시아 시대에 유배 보내지던 곳과 비슷한 시골에서 3년간의 반(半)유배 생활을 끝내고 7학년 학생들을 졸업시킨 후에 빅토르 율리예비치는 모스크바 볼셰비츠키 골목에 있는 어머니에게로, 자기 집으로, 현관 복도의 벽감에 기사 동상이 서 있는 곳으로 돌아왔다.

모스크바에서 처음으로 제안받은 자리는 문학 선생 자리였는데 놀랍게도 이곳은 집에서 10분 거리에 있는 곳이었고, 책을 좋아하는 그가 수도에 있는 장소 가운데 극장과 박물관보다도 그리워한 역사도서관 근처였다.

그는 전쟁 통에 연락이 끊긴 같은 대학 동기들과 만나고 싶었다. 전쟁터에서 통역병으로 근무하고 제대한 레나 쿠르체르와 만났지만 마음을 터놓고 얘기하지는 못했다. 여자 동기 두 명을 더 찾긴 했지만 이번에도 결말은 좋지 않았다. 아직 서로 대화할 준비가 돼 있지 않았던 것이다. 사람들과 터놓고 대화하기 시작한 것은 그로부터 몇 년이 더 지난 후였다. 전쟁에서 살아남은 세 동기 가운데 한 명은 정당의 일을 하고 있었고, 두 번째 동기는 학교에서 학생들을 가르쳤다. 그들과의 교제는 함께 술을 마시는 정도로 그쳤다. 세 번째 동기인 스타스 코마르니츠키는 만날 수 없었는데, 그는 소련에 반대하는 이야기를 하지도 않았고 혀를 함부로 놀리지도 않았건만 형을 받고 수감되었던 것이다. 그가 친구들 가운데 제일 좋아한 사람은 같은 아파트에 살았던 미시카 콜레스니크였는데, 전쟁 중 미시카는 다리 하나를 잃었고, 빅토르는 팔 하나를 잃었으므로 환상적인 콤비를 이뤘다. 그래서 그들은 자신들을 '팔 셋 다리 셋'이라고 불렀다.

미시카는 그 무렵에 생물학자가 되어 같은 아파트에서 자란 연하의 착한 여자와 결혼했다.

그녀는 의사였고 시립 병원에 근무했는데, 빅토르를 결혼시키고 싶어서 안달이었다. 그녀는 틈나는 대로 동료 중에 미혼인 여자들을 그에게 소개해주려고 했다. 하지만 빅토르는 결혼할 생각이 없었다. 칼리노프에서 돌아오고 나서 그는 동시에 두 명의 미인을 사랑하게 되었는데, 한 명은 도서관에서 처음 만났고 다른 한 명은 그가 자기 반 아이들을 데리고 박물관에 갔을 때 먼저 다가와서 말을 걸어왔다. 미시카는 그런 그에게 "비카, 넌 운이 좋아. 한꺼번에 두 여자의 사랑을 받잖아. 한 명밖에 없었으면 그 한 명한테 꼼짝도 못 했을 텐데 말이야……" 하고 말했다.

하지만 사실 빅토르는 일을 더 좋아했다. 열세 살짜리 사내아이들과 교제하는 것이 가장 재미있었다. 그들은 시골 아이들과는 판이하게 달랐다. 모스크바에 사는 사내아이들은 밭을 갈지도 않았고, 씨를 뿌리지도 않았으며, 마구를 수선하지도 않았고, 가족을 먹여 살려야 하는 농부에게 지워지는 책임감도 알지 못했다.

그들은 아이답게 수업 시간에 장난도 치고, 종이를 구겨 서로 던지고, 서로 물을 뿌리며, 책가방과 교과서를 숨기고, 욕심을 부리고, 주먹질을 하며, 새끼 강아지들처럼 서로 몸을 밀치고, 그러다가 갑자기 장난을 멈추고 진지한 질문을 했다. 또래 시골 아이들과 달리 그들에게는 분명 어린 시절이 있었다. 여드름 외에도 그들에게 나타난 성장의 징후는 고차신경활동*과 연관이 있어서 진저리 나는 질문을 하거나 세상의 불공평함에 괴로워하는가 하면, 시에 귀를 기울였다. 반 아이들 중 두셋은 시 비슷한 것을 쓰기도 했다. 그에게 운율이 있는 시가 적힌 종이 한 장을 제일 먼저 가져온 사람은 미하 멜라미트였다.

"이해가 가는군, 이해가 가."

빅토르 율리예비치가 말하고는 미소 지었다. 그러고는 혼잣말로 말했다. "유대인 사내아이들이 러시아 문학에 대한 감수성

* 발달한 대뇌작용에 의해 일어나며, 인식, 언어활동, 추상적 사고, 논리적 사고 등에 영향을 준다.

이 더 풍부하단 말이야."

반 아이들의 절반은 문학 전공인 선생님이 그들에게 무엇을 원하는지 잘 이해하지 못했다. 나머지 절반은 선생님의 꽁무니를 쫓아다녔다. 빅토르 율리예비치는 모든 아이들을 똑같이 대하려고 했지만 조금 더 좋아하는 아이들이 있었는데, 감수성이 섬세하고 민망할 정도로 정직한 미하, 활동적이고 재주가 많은 일리야와 지적이며 배타적인 사냐를 편애했다. 그들은 어딜 가든 늘 붙어 다니는 삼총사였다.

빅토르도 한때 삼총사의 일원이었기에, 대학에서 함께 공부하던 제냐와 마르크를 자주 떠올리곤 했는데, 그들은 전쟁이 발발하고 처음 몇 주 사이에 사망한 어린 소년들이었다. 어린 시절을 미처 벗어나지 못한 채 어색한 낭만주의로 가득 차서 "쌍돛대 범선이구나, 쌍돛대 범선이로구나!" 같은 유치한 시를 쓰던 그들이 지금까지 살아 있었다면 어떤 모습을 하고 있을까…….
그들은 빨간 머리 미하를 동생 삼았을지도 몰랐는데, 자세히 보면 미하의 삶이 앞으로 순탄치 않을 거라는 짐작이 갔다. 천만에, 빅토르는 예언자 노릇을 할 마음 따위는 전혀 없었다. 그저 그가 걱정스러웠다…….

때는 1953년 3월이 아직 오기 전이었고, 반유대주의 캠페인이 한창 무르익을 무렵이었다. 이렇듯 힘든 시기이다 보니 8분의 1쯤 유대인인 빅토르 율리예비치는 공포에 사로잡혔고 4분의 1쯤 조지아인인 자신을 수치스러워했다.

여러 민족의 피가 섞인 빅토르 율리예비치는 조지아식 성을 따랐으며, 러시아어로 글을 썼지만 러시아 피는 얼마 섞이지 않았다. 조지아 사람인 할아버지는 독일 여자와 결혼했는데, 그들은 스위스에서 함께 공부하면서 그곳에서 빅토르의 아버지인 율리우스를 낳았다. 빅토르의 어머니 크세니야 니콜라예브나의 혈통은 그나마 덜 이국적인 편이었다. 그녀의 아버지는 유배 온 폴란드인과 최초의 여성 긴급 의료원들 가운데 하나였던 유대인 아가씨 사이에서 태어났으며, 러시아정교회 사제의 딸과 결혼했다. 그것이 빅토르에게 유일하게 흐르는 '성스러운 러시아인'의 혈통이었다.

조지아 할아버지로부터는 음악성을, 자신의 출신을 철저히 숨기고 1912년에 트빌리시에 도착하자마자 자기를 스위스 여자라고 밝힌 독일인 할머니로부터는 이성적 사고와 뛰어난 기억력을, 유대인인 증조할아버지로부터는 풍성한 머리카락과 가느다란 뼈를, 볼로고츠카야주 출신의 할머니한테서는 밝은 회색 눈을 물려받았다.

빅토르의 어머니인 크세니야 니콜라예브나는 남편과 일찍 사별했는데, 두 가계의 후손 가운데 혁명의 유일한 생존자였다. 그녀는 책장에 쌓인 먼지를 꼼꼼히 닦아내고 수시로 나방을 퇴치했으며, 거의 1년 내내 그녀의 집 창가에서 꽃을 피우던 주황색 금잔화에 물을 주었다.

삶에서 그녀가 좋아하는 일은 두 가지였는데, 하나는 아들을 돌보는 일이고 나머지 하나는 장애인 노동 협동조합을 위해 실크 숄에 그림을 그려 넣는 일이었다. 또 그녀는 커틀릿과 식빵에 우유와 계란을 묻혀 튀겨내는 크루통을 만들 줄 알았다. 아들이 전쟁터에서 돌아온 후에 그녀는 비카를 위해 (그가 어렸을 때부터 여성스러운 이름인 '비카'로 부르다 보니 그만 습관이 되어버렸다) 한 손으로 하기 불편한 모든 일, 이를테면 빵을 자른다든지 빵에 버터를 바르는 일, 아침마다 그가 면도할 때 쓸 비누 거품을 만들어주는 일 등과 같은 일을 모두 해줬다.

빅토르 율리예비치는 여러 민족의 피가 섞였기 때문에 민족적 자부심을 갖고 있지 않았고, 자신이 국외자 같기도 하고 귀족 같기도 했는데, 유대인을 잡아먹을 듯이 싫어하는 이 시기를 무엇보다도 미적 관점에서 혐오했다. 못생긴 사람들이 옷도 이상하게 입고 행동도 아름답지 않게 한다고 생각했기 때문이다. 책으로 가득한 공간 밖의 삶은 뭔가 모욕적이었지만, 책 속에는 생각과 감정과 지식이 살아서 꿈틀거렸다. 이 두 공간의 격차가 견디기 힘들 만큼 너무 커서 그는 점점 더 문학에 빠져들었다. 그리고 그는 아이들 덕분에 역겨운 현실을 이겨낼 수 있었다.

그리고 여자들이 있었다. 그는 예쁜 여자들을 좋아했다. 그들은 그의 삶에서 짧은 축제처럼 나타났다 사라졌는데, 자주 순서대로 나타났고 가끔은 동시에 생기기도 했는데, 후자일 경우에는 그들을 똑같이 좋아했다.

여자들도 빅토르를 좋아했다고 볼 수 있었다. 그는 잘생겼으며, 나중에 안 사실이지만 심지어 그의 신체적 결함도 그들에게는 매력적이었다. 수의사라면 미인들이 장애인인 그와 만나려고 한 이유를 전후 남성의 인구가 후손 생산에 필요한 수보다 적었다는 객관적 원인에서 찾았을 것이다. 하지만 여자들은 그가 가진 신체적 결함 때문에 다른 사람과 나누지 않고 독차지할 수 있을 거라고 생각하며 그런 그를 특별히 더 좋아했다.

하지만 이것은 그들의 착각이다. 그는 결혼으로 귀결되는 관계를 원하지 않았고 누구에게도 정착할 생각이 없었다.

부닌, 쿠프린 그리고《개를 데리고 다니는 부인》을 쓴 체호프는 19세기에 '더럽다'고 인식되었던 갑자기 타오르는 정열적 사랑, 간통, 남녀 관계 등 20세기 초까지 알려지지 않은 '세속적 사랑'을 러시아 문학에 펼쳐놓았다.

이 작가들 가운데 그 누구도 전후에 아름다운 사랑을 하는 이들과 본능에 충실한 사랑을 하는 연인들 모두에게 중요한 문제인 '장소'에 대해 아는 사람은 없었다. 어디에서? 호텔 하나 없는 도시에서 어머니와 한방에 사는 사람은 어디에서 데이트를 할 것인가? 함께 '일사병'*을 겪기 위해 여자를 데리고 갈 수 있는 곳은 어디란 말인가? 이곳에서는 단둘이 있을 수 있는 선실도 찾기 힘들었다. 여름에는 야외에서 만날 수도 있겠지만, 여름이 짧은 우리 나라의 기후 상황에는 이 방법 또한 적합하지 않았다…….

어머니와 함께 방을 쓰는 경우, 아들의 공간과 어머니의 공간을 나누는 고블랭직 커튼 뒤로 여자를 데리고 올 수도 없는 노릇이었다. 데이트만을 위해서 방을 임차하는 것은 비싼 데다 역겹고 혼자 사는 친구에게 아파트 열쇠를 부탁하는 것도 불편했다. 결국 빅토르 율리예비치는 결벽증 덕분에 도덕성을 지킬 수 있었다.

하지만 그는 운 좋게도 자기 방이나 집을 갖고 있는 여자들을 주로 만났다. 그가 이따금 만나던 이혼녀 리도치카의 경우 목과 가슴이 예뻤는데, 방 하나를 혼자 쓰고 있어서 그녀의 집에서 주로 데이트를 했으며, 그 뒤에는 남장 배우 타냐를 만났는데, 그녀는 자그마하고 온몸에 용수철을 단 듯해서 심지어 거리에서도 팔짝팔짝 뛰었다. 그녀의 남편은 사라토프 어딘가에서 배우로 일했고, 그녀는 스레첸카 거리에 있는 아파트 하나를 임차하

* 이반 부닌(1870~1953)의 단편소설 제목.

고 있었는데, 걸어서 갈 수도 있는 가까운 곳이었다. 프랑스어 통번역사인 베로치카라는 여자도 있었는데, 그 여자는 교양 있고 똑똑했으며, 부모님이 없을 때 그를 별장으로 데려갔다.

크세니야 니콜라예브나는 다른 여자가 자기 집에 오는 걸 싫어해서 그는 이 여자들 중 누구도 집에 데려오지 않았다. 아들은 어머니와 둘이서 사이좋게 살았고, 빅토르 율리예비치는 자기 생활에 변화가 생기는 것에 대해 생각해본 적도 없었다.

3월 2일 아침에 그들은 속은 부드럽고 겉은 바삭한 크루통을 아침으로 먹었다. 크세니야 니콜라예브나는 크루통을 비카가 먹기 좋게 잘라놓았다. 이렇듯 소소하게, 가끔은 지나치다 싶을 정도로 비카를 보살필 때면 그녀는 자기가 젊고 예쁘고 남편도 아직 살아 있을 때로 돌아간 듯했고 비카가 어렸을 때 생각도 났다.

죽은 남편이 좋아하던 대로 차도 진하게 우려냈다. 평화로운 아침 식사는 스탈린의 병을 알리는 정부 방송으로 인해 중단되었다. 크세니야 니콜라예브나는 놀라서 양손을 번쩍 들었고 빅토르의 얼굴에는 경련이 일었다. 짧은 침묵 후에 그가 말했다.

"뒈진 거야. 내 생각이 맞아요. 일주일 동안 거짓말하다가 발표하겠지."

"그럴 리 없어."

"왜요? 과거에도 그런 적이 있는걸. 알렉산드르 1세가 타간로크에서 죽자, 사환이 황제의 부고를 알리기 위해 페테르부르크로 가던 중 모스크바를 지났을 때에야 비로소 골리친*이 군주의 건강에 대한 통지서를 배포해도 좋다는 명령을 내렸어요. 그래서 이때부터 경찰관들이 일주일 동안 집집마다 통지서를 배달했다고 하던데요."

"말도 안 돼! 그런 말은 어디에서 들은 거야?"

"뭐, 크로폿킨 공의 메모에서 이 통지서들을 우연히 발견한 데다 국립역사도서관에서도 통지서들을 발견했어요. 어머니, 슬퍼할 준비를 하세요. 많은 변화가 생길 겁니다."

"무서워. 무섭다고, 비카."

그녀가 속삭였다.

"걱정 마세요. 지금보다 더 나빠지지는 않을 거예요."

그렇게 말하고 그는 학교로 갔다. 교무실에서는 팽팽한 긴장감과 우려 섞인 침묵이 감돌았다. 말을 하더라도 귓속말로 했다. 그는 인사를 하고 출석부를 챙겨서는 자신이 가르치는 사내아이들이 있는 교실로 향했다.

교실 문을 열자 문지방에서부터 잦아드는 웅성거리는 소리를 들으면서 그는 시를 암송하기 시작했다.

* 알렉산드르 골리친(1773~1844). 귀족이자 외교관이다.

기병대를 가진 자, 보병대를 가진 자,
함대를 가지고 있는 사람도 있다지만
나는 검은 대지에서
사랑하는 이가 가장 아름다워.
눈이 있는 자는 내 말이 사실이라는 것을 알리니
오래전 헬레네는 미남들에게 한눈을 팔았지만
도대체 누가 그녀의 마음을 사로잡았단 말인가?
사악한 트로이의 남자에게 마음을 빼앗긴 채
사랑하던 모든 것을 잊었다네.
자식과 어미도 잊고
사랑에 눈이 멀었다네

"서정시가 뭔지 말해볼 사람 있나요?"

책상 덜그럭거리는 소리가 멈췄을 때 선생이 물었다.

그러자 교실 안에 정적이 감돌았다. 빅토르 율리예비치는 자신이 만든 고요한 순간을 즐겼다.

"그것은 사랑에 관한 것입니다."

학생 한 명이 용기를 내서 말했다.

"맞아요, 하지만 정확한 대답은 아니에요. 서정시는 인간의 모든 괴로움과 인간의 정신 생활에 대한 것이에요. 물론 사랑도 포함되죠. 그 밖에 슬픔, 고독, 사랑하는 사람과의 이별에 대해서도 쓴답니다. 아니면 이별하는 대상이 사람이 아닐 수도 있죠……. 기원전에 쓰인 시 중에 참새의 죽음에 관해 쓴 시가 있어요. 정말이에요, 들어보세요……."

우세요, 비너스와 큐피드들이여.
가슴이 부드러운 모두는 슬퍼할지니.
내가 사랑하는 레스비아의 참새가 죽었다오.
내가 사랑하는 여인의 참새가 죽었다오.
그녀는 그 눈동자를 잊지 못한답니다.
꿀보다 달았고, 주인의 목소리를 알았다오.
친딸이 어머니에게 하듯 그녀에게 달려들었다오.
그녀의 무릎에서 날아가지 않고 총총 뛰기만 했다오.
치마폭 위에서 이리저리
오직 자신의 주인만을 위해 지저귀면서
이제 그는 어둠 속에서 무시무시한 저세상으로 가는구나.
영원히 돌아오지 못할 곳으로.*

* 고대 로마 시인 카툴루스의 시.

"이 시 역시 서정시입니다……. 우리는 벌써 《호메로스》에 대해서 이야기를 했고, 《일리아스》도 조금 읽었으며 《오디세이아》에 대해서도 알고 있어요. 그러니 우리는 이제 서사시가 무엇인지도 압니다. 학자들은 서사시가 서정시보다 더 일찍 생겼다고 생각합니다. 내가 처음으로 읽은 시는 기원전 7세기에 쓰여진 시인데, 여기에서 헬레네라는 여자의 이름이 언급됩니다. 이 여자가 바로 전설적인 트로이 전쟁의 원인이 되는 헬레네라는 것을 짐작했나요? 저자는 자신이 사랑하는 여인과 그녀를 비교한답니다. 파리스에게 빼앗긴, 메넬라오스 왕의 아내인 이 아리따운 헬레네를 우리는 심지어 현대 시인들의 시에서도 볼 수 있습니다. 그녀는 서사시에서 서정시로 이동한 후 남자들의 마음을 사로잡는 미인의 전형으로 표현되고 있습니다……. 오래전 인류문화가 이제 막 발생했을 때, 말은 지금보다 더 음악과 밀접한 연관이 있었어요. 시도 '리라'**라는 악기 반주에 맞춰 낭독했답니다. 서정시를 뜻하는 '리리카'라는 단어도 여기에서 유래한 것입니다. 2천5백 년이라는 시간이 흐르는 동안 많은 변화가 있었고, 이제 악기 반주에 맞춰서 시를 낭독하는 경우는 드물지만 대신에 단어와 음악을 접목한 새로운 장르가 생겼죠……. 그게 뭔

** 고대 그리스의 작은 현악기로 하프와 비슷하다.

지 아는 사람 있어요?"

이때 수업이 끝났음을 알리는 종소리가 들렸지만, 아이들은 마치 그의 말에 홀리기라도 한 것처럼 여전히 교실에 앉아 있었다. 그들은 책상을 두드리지도 않았고, 소리를 지르면서 자기 자리에서 일어나지도 않고, 서로 몸싸움을 하면서 "어서 가! 어서!" 하며 서둘러 출구 쪽으로 달려가지도 않았다. 복도로, 외투 보관실로, 밖으로 나가라고 말이다.

왜 아이들은 빅토르의 말에 귀 기울였을까? 왜 그는 그들의 인생에 아무런 도움도 되지 않는 것을 그들의 머릿속에 집어넣는 일을 그토록 재미있어한 것일까? 덕분에 그들은 생각하고 느끼는 법을 빠른 속도로 터득해갔고, 이때 그는 아주 미미하지만 권력이라는 것을 느꼈는데 그 느낌이 싫지 않았다. 지루하고 끔찍한 일상 속에 이 얼마나 시원한 오아시스란 말인가!

사흘 후 스탈린의 부고가 발표되었고, 빅토르는 이를 누구보다도 빨리 알아차리고 있었다는 데 일종의 쾌감을 느꼈다. 게다가 그는 위인의 서거를 애도할 마음이 없는 극소수에 속했다. 그의 부모는 어린 빅토르를 여름 동안 내내 조지아로 보내곤 했는데, 1933년 아버지가 돌아가시기 직전에 가족 모두가 트빌리시를 방문한 뒤로는 단 한 번도 가지 않았다.

아버지를 통해서 그는 조지아에 사는 모든 친지들이 주가슈빌리*를 얼마나 경멸하고 두려워하고 미워했는지를 알게 되었다.

폭군이 죽었다. 폭군이 죽었다. 지하 세계에서 온 무시무시한 고대의 생명체 말이다. 수많은 팔과 눈은 물론이고 콧수염까지 달린 존재.

학교는 수업을 취소했고 학생들을 집회에 참여시켰다. 빅토르 율리예비치는 자기 학생들을 둘씩 줄 세워 4층으로 데려갔지만, 미하는 계속 그의 옆에서 알짱거리더니 그의 손에 공책에서 뜯은 종이 한 장을 내밀었는데, 종이에 보라색으로 큼지막하게 쓴 글씨들이 보였다. 시를 적은 것이었다.

검은 테두리 안에 '스탈린의 죽음'이라는 시가 적혀 있었다.

우세요, 모든 이들이여, 이곳과 방방곡곡에 사는 이들이여.

우세요, 의사들이여, 여자 타이피스트들이여, 다른 일에 종사하는 사람들이여.

우리의 스탈린이 죽었다오, 더 이상 어디에도 절대로

이런 사람은 없을 것입니다.

* 스탈린의 진짜 성.

"카툴루스를 흉내 내다니."

빅토르 율리예비치는 혼잣말을 하고는 미하에게 말했다.

"의사들은 이해가 가는데. 왜 하필 여자 타이피스트들이죠?"

"사실 게냐 고모가 타이피스트였거든요. 그냥 '타이피스트'로 고칠게요."

미하는 바로 수정했다.

"저 이거 낭독해도 돼요?"

"아니, 미하, 안 그러는 편이 좋겠어요. 그건 절대 좋은 생각이 아니에요."

미하는 시를 적은 종이를 도로 가져가고 싶었지만, 선생님은 솜씨 좋게 반으로 접어서 가슴에 대고는 말했다.

"이거 기념으로 가져도 될까요?"

"물론이죠!"

미하는 기쁜 기색이 역력한 목소리로 말했다.

강당이 꽉 찼다. 라디오에서는 베토벤의 곡을 실시간으로 내보내고 있었다. 석고 흉상 주변에 울어서 눈이 퉁퉁 부은 여자 선생들이 일렬로 섰다. 학교의 상징이 박힌 검붉은 벨벳 휘장의 주름이 바닥에 늘어져 있었다. 빅토르 율리예비치가 뒤에서 엄숙한 표정을 지으면서 서 있었다. 창문 옆, 몰려든 아이들 때문에 창가에 바짝 붙은 8학년 학생 보랴 라흐마노프가 힘들어하고 있었다. 그는 창틀에 오른쪽 옆구리가 찔렸지만 몸을 움직일 수가 없었다. 이곳에서 그는 사흘 뒤에 자신에게 일어날 일을 예행연습 한 셈이었다.

전 국민이 애도하는 성대한 집회가 있고 나서(선생들은 진정한 애도가 무엇인지를 몸소 보여줬고 아이들은 비극적 분위기를 흉내 내려고 노력했다) 그들은 교실로 보내졌고 도로 제자리에 앉았다. 교장은 수업을 취소해야 할지, 취소한다면 며칠 동안 휴교해야 할지를 물어볼 요량으로 지역 교육부에 계속 전화를 걸었다. 하지만 계속 통화 중이었다. 낮 1시가 돼서야 서기장의 죽음을 애도하기 위해 학생들을 하교시키라는 연락을 받았지만, 언제 수업을 재개할지는 추가로 또 연락을 취하겠다고 했다.

빅토르 율리예비치는 아이들을 집으로 보내면서 밖에 돌아다니지 말고 집에 있으라고 말하면서 그보다 더 좋은 것은 집에서 좋은 책을 읽는 것이라고 했다.

사냐 스테클로프는 흔쾌히 선생님의 조언을 따랐다. 그는 실제로 책장에 톨스토이 전집을 갖춘 유일한 아이였기 때문이다. 그래서 그는 서기장의 죽음을 애도하는 나흘 동안《전쟁과 평화》를 다 읽었다. 휘리릭 훑어보고 넘어간 몇 대목을 빼면 말이다. 1권을 다 읽은 뒤에는 미하에게 줬지만, 미하는 책을 펼쳐보지도 않았는데, 이 무렵 게나 고모가 심장마비로 쓰러졌고, 힘든 순간이면 늘 그렇듯 민나는 배가 아팠기에, 슬프다는 핑계로 히스테리를 부리는 게나 고모가 1분 단위로 시키는 일을 사흘 동안 해야 했기 때문이다.

일리야는 선생님의 추천에도 어머니의 부탁에도 아랑곳하지 않았다. 그는 현재 발생하고 있는 일의 심각성을 염려하는 사람들로 붐비는 집 밖으로 나가고 싶었다. 그래서 3월 7일 이른 아침, 일리야는 뭔가 엄청난 사진을 건질 것 같은 기대를 품고 사진기를 챙겨서 집을 나섰다.

빅토르 율리예비치는 사흘 동안 집 밖에 나가지 않았고 어머니도 못 나가게 했다. 빵이 떨어졌지만, 그는 어머니에게 이렇게 말했다.

"엄마, 빵은 무슨 빵이에요? 보드카도 없는 마당에."

실제로 그는 어머니가 아껴둔 보드카 한 병을 닷새 저녁에 다 마셨다. 그는 국가 원수의 장례가 끝나기 전까지는 집 밖으로 나가지 않겠다고 다짐했다.

줄무늬 파자마를 입고 책을 잔뜩 들고는 고블랭직 커튼 뒤에 있는 오토만에 누웠다. 이것은 그가 누릴 수 있는 최고의 행복이었다.

3월 9일 10시에 콜론니 잘*에서 카라쿨 양털로 만든 깃이 달린 두꺼운 코트를 입은 키가 아담한 정부 관료들이 양손으로 관을 들고 밖으로 나갔다.

그제야 빅토르는 빵과 보드카를 사러 집 밖으로 나왔다. 거리는 한산했다. 트럭들은 거리에 일렬로 서 있었는데 닳아빠진 신발, 모자, 서류 가방, 망가진 가로등 기둥, 깨진 1층 창문 등은 심한 홍수 뒤의 풍경을 연상시켰다. 아치형 아파트 입구에는 피가 묻어 있었다. 지면과 대문 틈에 끼여 개 한 마리가 누워 있었다. 그러자 그 순간 푸시킨의 시가 떠올랐다.

…… 불쌍한 이
낯익은 거리로 뛰어가네
낯익은 장소를 향해. 눈으로 보고도
알아보지 못하네. 끔찍한 모습이라네!

그는 머릿속으로 '청동 기마상'**을 암송했다.

* 모스크바에 있는 건물로, 소련 시대에 다양한 정부 행사들이 열렸다.

** 푸시킨의 서사시로 페테르부르크에 홍수가 났을 때 사랑하는 여인과 모든 꿈과 희망을 상실한 범인의 비극을 다룬다. 이는 청동 기마상의 모델인 표트르 1세로 인한 비극이며, 백성을 생각하지 않은 그의 개혁이 실패라는 것을 상징적으로 표현하고 있다.

…… 문지방 옆에서

내 광인을 찾아서

그의 차디찬 시신의

장례를 치렀다네…….

마침 그는 집에서 상당히 멀리 떨어진 곳에 있는 한 골목에서 문을 연 작은 가게를 하나 발견했다. 그는 반지하로 연결된 계단을 따라 내려갔다.

여자 몇 명이 가게 직원과 조용히 대화를 나누다가 그가 들어가자 입을 다물었다.

'조금 전까지 내 흉이라도 본 사람들 같군.'

이런 생각을 하면서 빅토르 율리예비치는 입술을 비죽거렸다.

그중 한 명이 그가 선생이라는 것을 알아보고 달려와서 질문했다.

"빅토르 유리예비치 선생님, 이게 무슨 일이랍니까? 다들 유대인들 때문에 이렇게 사람들이 많이 몰린 거라고들 하던데. 혹시 아시는 거 있으세요?"

그녀는 10학년 학생의 어머니였지만, 누구의 어머니인지는 기억나지 않았다. 못 배운 여자들은 자주 그를 '유리예비치'라고 불렀고, 그는 그것이 너무 싫었다. 하지만 이때 갑자기 그는 평소와 달리 부드럽게 말을 하고 싶은 기분이 들었다.

"아니요, 저는 아무 말도 못 들었는걸요. 돌아가신 분을 추모하는 마음으로 한 잔씩 하고, 지금까지 살아왔던 것처럼 앞으로도 계속 살아봅시다. 유대인 탓을 왜 합니까? 유대인도 우리와 똑같은 사람들입니다. 여기 보드카 두 병이랑 흰 빵 하나, 흑빵 반 개 주세요. 그리고 만두도 두 봉지 주시고……."

그는 자기가 주문한 것을 챙겨서 돈을 내고는 떠났는데, 남겨진 아주머니들은 어쩌면 유대인 때문이 아니라 다른 민족 때문일지도 모른다는 의심을 하기 시작했다. 책임을 전가할 수 있는 적은 전 세계에 넘쳐났다. 다들 우리를 부러워하고 무서워하니까 말이다. 그렇게 그들의 대화는 민족적 자부심으로 방향을 틀었다.

그는 어머니와 함께 불에 그을러서 여기저기 얼룩진 동그란 식탁 앞에 앉았고, 그들 앞에는 술병이 놓여 있었다. 크세니야 니콜라예브나는 부엌에서 만두를 내왔는데, 늘 그렇듯 이번에도 푹 퍼진 상태였다. 그녀는 쇠 받침 위에 냄비를 내려놓았다. 빅토르는 한 잔씩 술을 따랐다. 그런데 바로 이때 현관에서 초인종 소리가 들려왔다. 그들은 공동주택에 살았고, 세 번의 벨소리는 셍겔리 집에 왔다는 걸 뜻했다.

빅토르는 문을 열러 갔다. 놀랍게도 문밖에는 감청색 레이스로 짠 숄을 칭칭 감은 털모자에 너구리털 깃이 달린 남성용 코트를 입고 오래된 나프탈렌과 고양이 냄새로 이루어진 구름에 에워싸인 채로, 돌아가신 아버지의 사촌 누이가 나타났다. 코가 큰 미인이었고, 노래도 잘하고 자수도 잘 놓았는데, 수녀가 되려고 했지만 되지 못했고, 따스함과 웃음을 흘리는 그녀의 이름은 니노였다.

그가 그녀를 마지막으로 본 것은 20년 전이었다. 어린 시절 기억이 맞다면 그녀는 트빌리시에 있는 자기 집에 살았는데, 그는 그 집이 정말 있었는지 꿈을 꾼 것인지 알 수 없었다. 하지만 그녀는 틀림없는 아버지의 사촌 누이였고 얼굴에 세월의 흔적이 고스란히 묻어 있었다. 우리 니노, 사랑스러운 니니코…….

"비카, 내 새끼, 넌 하나도 안 변했다! 사람들 속에 섞여 있어도 대번에 알아봤을 거야!"

"맙소사, 니노 고모, 정말 니노 고모야? 어디서 온 거야?"

"들어오라는 말도 안 하냐? 집까지 찾아온 사람을 들이지도 않고 문지방에 세워두다니!"

그들은 뽀뽀를 하고는 서로의 머리를 잡더니 서로를 더 잘 보려는 듯 상체를 최대한 뒤로 젖혔다가 다시 뽀뽀했다. 비카가 현관에서 누구와 뽀뽀를 하는지 알지 못한 크세니야 니콜라예브나는 문지방에 서 있었다.

"맙소사, 니노! 우리 조지아 동포, 죽은 남편이 사랑하던 사촌 누이가 과거로부터, 아주 먼 과거로부터 왔구나……. 이게 무슨 일이람? 그럼, 들어와요! 어서 식탁으로, 식탁으로 와요! 맞아요, 손부터 씻고!"

"당연하지, 무덤에 갔다 온 사람처럼 제일 먼저 손부터 씻어야지!"

그녀는 조지아 특유의 억양이 전보다 더 심해져 있었고, 들뜬 목소리에는 장난기가 묻어 있었다.

그녀는 손을 씻더니 그런 다음에는 화장실에 갔다가 다시 한 번 손을 씻었다. 크세니야 니콜라예브나는 벌써 손님용 스푼과 포크 등을 식탁에 내놓았는데, 접시는 모두 낡은 데다 금이 가고 이가 나가 있었다.

빅토르가 보드카를 따랐다.

"우선, 독립을 축하하는 의미로 한 잔! 마치 광야에서 40년을 보낸 것 같아……. 그놈은 뒈졌고, 우리는 살아남았지!"

그녀는 조지아의 식탁 예절에 맞지 않게 먼저 건배했다. 조지아에서는 식탁에서 여자와 손님이 먼저 말하는 것이 금기시됐다.

그들은 술잔을 비웠다. 니노는 포크로 만두의 4분의 1을 잘라서 아주 우아하게 거의 벌리지 않다시피 하고 한입에 넣었나. 그러자 빅토르는 전에 그녀가 그에게 음식을 먹는 법, 음료를 마시는 법, 들어가고 앉고 인사하는 법을 가르쳐주었던 일이 떠올랐다. 그는 이 모든 것을 그녀한테 배웠다는 사실은 까맣게 잊은 채로 그녀가 과거 언젠가 가르친 그대로 해왔다.

"그런데 니노 고모, 여긴 어떻게 온 거야, 말 좀 해봐!"

그녀는 재빨리 의자 등받이에 기대서 깍지 낀 두 손을 뒤통수에 대고는 호탕하게 웃었다. 그런 다음 얼굴에서 재빨리 웃음기를 거두고 어깨를 감싸고 있던 검은색 레이스로 짠 숄을 걷어서 머리를 칭칭 감고 일어나서 여전히 젊고 예쁜 양손을 위로 들며 높은 음으로 길게 통곡했다. 얼마 뒤 그 소리는 위에서 아래로 뚝 떨어졌다. 그것은 먼 옛날에 고인을 애도하던 방식을 흉내 낸 것이었는데, 슬픔과 고통과 기쁨은 표현되었지만 말은 한마디도 필요하지 않았다.

니노는 이렇게 곡을 하더니 또다시 큰 소리로 웃기 시작했다.

'취했구나. 이런, 불쌍해라.'

크세니야 니콜라예브나는 생각했다.

니노는 실컷 웃은 뒤에 그날 이후로 친지와 지인들의 입에 오랫동안 오르내릴 이야기를 했다.

3월 5일 스탈린 서거 발표가 나기 전, 내무인민위원회* 직원 두 명이 집에 와서 그녀를 끌고 갔다. 자매 마나나도 데려가려고 했지만, 그녀는 지난주에 쿠타이시에 가서 아직 집에 돌아오지 않았다.

"엄마는 짐을 챙기면서 울면서 속삭였지. '사탄이 우리를 끝까지 괴롭히는구나!' 그랬더니 내무인민위원회 직원이 엄마가 하는 말을 이해하고는 이렇게 말하더구나. '당신 딸은 사흘 뒤나 늦어도 닷새 뒤면 집에 올 겁니다. 제가 보장하죠.'

비카, 너 우리 엄마 기억하지? 크세니야는 확실히 기억할 거야! 아흔이시고 젊었을 때도 겁이 없었는데, 이제 와서 뭐가 두렵겠어. 엄마 왈 '그렇게 말하니 안 믿을 도리가 없구먼! 그래도 굳이 잡아가셔야겠소!' 직원 하나가 대답했지. '라마라 노예브나 씨, 괜한 트집 잡지 마세요. 따님을 데리고 가는 것은 엄청난 영광이니까.'

그렇게 내가 도착한 곳은 소련 공산당 시위원회 건물이었어. 엄청난 영광이기는 하지. 어딜 가나 조명이 환했고, 마치 명절 때 루스타벨리 거리**처럼 셀 수 없이 많은 사람들이 복도에서

* NKVD. 소련 시대의 정부 기관이자 정치경찰.

** 트빌리시의 대표적인 번화가.

이리저리 뛰어다니고 있었어. 나를 웬 홀로 데리고 가는 거야. 홀 안에는 다양한 여자들이 빼곡하게 앉아 있었는데, 시골 아낙네들도 있었지만 베리코*, 타마라**, 메나브데가의 자매들***도 있었지.

잠시 뒤에 두 명이 나오더니 그중 한 명이 전 세계가 엄청난 위인을 잃었으며, 국민들이 상심에 잠겨 있고, 전 국민이 슬픔에 잠겨 있다는 말을 하더라고. 이런 말을 들으라고 나를 여기에 데리고 온 건가 하는 생각이 들었지. 얼마 뒤 다른 한 명이 이렇게 말했어. '우리가 여러분을 이곳에 모신 이유는 조지아의 오랜 관습에 따라 고인을 애도하도록 하기 위함입니다. 여자들만이 이 일을 할 수 있습니다. 우리는 여러분이 아름다운 목소리로 멋지게 추도곡을 불렀으면 해서 여러분을 이곳에 모셨습니다.'

비카, 크세니야, 난 정말 하마터면 즉시 '하느님이 일어나시면 원수들 흩어지며!'****라는 곡을 부를 뻔했다니까.

'우리는 여러분 모두가 조지아식으로 곡을 할 줄 알고 장례식에서 노래를 불렀다는 사실을 알고 있습니다. 모스크바 관료들

* 베리코 안자파리제(1897~1987). 조지아의 배우이자 연출가.
** 타마라 베트코(1927~2016). 소련의 배우.
*** 조지아의 '도시 로망스' 장르를 만든 네 명의 가수들.
**** 부활절에 부르는 러시아정교회 성가곡.

은 여러분이 우리 위대한 지도자의 죽음을 애도하고 곡을 해주길 원하고 있습니다.' 두더지같이 생긴 데다 머리가 벗겨진 놈이 그렇게 말하더라고. 추도 예배 때 찬양은 많이 했지만, 그들이 말하는 '곡'이라는 건 모르는 데다 알고 싶지도 않았고, 기독교인들은 이런 이교도적 곡소리를 내지 않잖아. 이건 노래가 아니라 짐승 울부짖는 소리에 가까워. 그래도 하겠다고 했지! 언제 또 이런 기회가 올까 싶더라고. 정확히 여자들이 몇 명 왔는지 기억은 안 나. 비행기 한 대를 꽉 채울 정도로 굉장히 많았다는 것만 기억나. 우는 사람도 있고 자랑스러워하는 사람도 있었지만 다들 공포에 떨었어. 솔직히 난 한 번도 비행기를 탄 적이 없고 이런 일이 아니라면 절대로 자발적으로 비행기를 타지는 않았을 거야. 도착하니 밤이었는데, 우리를 버스에 태워서 교외로 데리고 가더니 호텔 비슷한 데다 내려줬어. 잠도 충분히 못 잤어, 또 웬 조지아 남자가 와서는 우리를 데려갔지. 음악가라나 뭐라나. 우리가 곡하는 걸 지휘할 거라고 했어. 얼굴이 어디서 본 것처럼 낯이 익어가지고……. 내가 계속 얼굴을 빤히 보니까 그가 나를 불러서 귀에 대고 조용히 '저도 당신처럼 미켈라제 가문 사람입니다' 그러는 거야. 수많은 사람을 죽인 사탄을 위해 곡을 하다니……. 우리는 하루 종일 곡하고, 밤에도 곡을 했어, 다음 날도 온종일 곡을 하려니 지겹더라고. 연습이라나! 그런데 8일 저녁에 곡하는 것이 취소됐다는 연락을 받았어. 원할 때는 언제고 취소하는 이유는 또 뭔지 그놈의 속을 누가 알겠어! 또 버스에 모두 태워서 우리를 어딘가로 데려갔지. 나는 침대에 누워서 '아, 아파 죽겠네!'라고 악을 썼어. 떠나기 전에 너네 집에 와보고 싶었거든. 책임자인 것 같은 사람이 나한테 다가와서는 그렇게 되면 나중에 돌아가는 비행기 표는 내가 직접 구해야 한다고 하더라고. 나는 '어머, 너무 아파! 표는 내가 구할 테니 염려 마세요'라고 소리를 질렀어. 술 더 따라, 비카! 난 지금 난생처음 보드카를 마시는 거고, 난생처음으로 거짓말도 했고, 난생처음으로 위대한 악당의 장례를 치른 거니까!"

"쉿, 니노, 조용히 해."

크세니야가 그녀의 한쪽 어깨를 잡았다.

그러자 니노는 고개를 끄덕이더니 예쁜 양손을 입술에 갖다 댔다. 빅토르는 왼손으로 그녀의 오른손을 쥐고는 입을 맞추었다. 인생에서 뭔가 변화가 일어나고 있었다. 좋은 쪽으로 말이다…….

지하의 아이들

일리야는 많은 사람들로 이루어진 시위대가 어디로 향하는지 알아내려고 도시 이곳저곳을 바쁘게 돌아다녔다. 그리고 그는 시위대의 꼬리가 여럿이며, 그중 하나는 벨로루스키 기차역에서 시작되고 끝나며 또 다른 하나는 세 가로수길—페트롭스키, 로즈데스트벤스키, 츠베트노이—이 만나는 지점 어딘가에서 시작되거나 끝난다는 것을 알게 되었다. 그곳에서 다른 사람들과 몸싸움을 몇 번 반복한 후 일리야는 카메라 필름이 얼마 안 남았다는 것을 알게 되었고, 날이 완전히 저물었을 때에야 겨우겨우 집으로 돌아갈 수 있었다. 중앙 우체국 근처에서는 담도 넘어야 했다. 지역 경찰들조차 이곳 사내아이들만큼 이 지역 지리를 잘 알지는 못했다. 사내아이들은 이곳에서 '카자크인과 강도'*라는 놀이를 했고, 그들은 통로, 건물 입구, 심지어 맨홀 뚜껑의 위치까지 꿰고 있었다. 아파트에는 보통 비상계단이 있었는데, 아파트 건물에 들어가 같은 학년 친구네 집 초인종을 누른 다음, 비상계단으로 이어지는 문까지 긴 복도를 내달리고, 계단을 뛰어 내려가 다른 아파트 마당을 통과해, 다른 거리로 나갈 수 있었다.

3월 7일 아침에 그는 카메라를 충전하고 어머니가 출근하자마자 바로 밖으로 나갔다. 아침이었지만, 거리에는 전날보다도 사람들이 더 많았다. 마로세이카 거리로부터 광장으로 나가는 길은 이제 무궤도전차들과 일렬로 선 트럭들로 막혀 있었다. 푸시킨스카야 광장에서 콜론니 잘까지 갈 수는 있었지만, 고리키 거리가 아니라 푸시킨스카야 거리를 지나야 갈 수 있었다. 나중에는 네글린카강 변을 따라서 사람들이 지나갈 수 있었다.

아침에는 근처에 있는 세 가로수길이 사람들로 북적거렸지만, 낮이 되자 갑자기 눈에 띄게 사람이 줄었는데, 사방에서 밀려들던 수많은 사람들이 어디론가 빠르게 이동했기 때문이었다. 골목 측면에 위치한 어떤 통로가 개방되었고, 사람들은 그곳

* 20세기에 인기 있던 아이들의 놀이. 카자크인과 강도, 양 팀으로 나눠서 하며 술래잡기와 비슷하다.

으로 몰려들었다. 누가 이런 덫을 놓았는지, 매복을 하고 구멍을 팠는지, 사람들이 어디로 가는지 결국 아무도 알아내지 못했지만, 그들은 결국 통로와 도로를 지나 가능한 모든 구멍으로 물처럼 스며들더니 그대로 흘러나왔다.

강력한 '스튜드베이커사'**의 자동차들이 거리를 가로막았고, 군인과 경찰들이 많아서 일리야는 카메라를 꼭 끌어안고 차량들 사이를 빠르게 이동했으며, 그중 한 대 밑에 들어갔다가 밖으로 나온 뒤에 8학년 학생인 보랴 라흐마노프와 마주쳤다. 보랴는 콜론니 잘에 가려고 나온 것이었다. 하지만 북새통 속에서 일리야는 이 북새통 자체에 가장 관심이 많았다.

5월 1일과 11월 7일에 가두 행진을 하는 동안 행진하는 사람들 가운데에선 일렬로 늘어선 사람들의 무리, 특수부대 군인들과 무장 군인들을 늘 볼 수 있었다. 시내에 살고 있는 사내아이들은 공휴일이면 사람들이 북새를 부리는 것을 알았기 때문에 사람들 속에서 몸싸움할 기회를 절대 놓치지 않았다. 하지만 이번에는 뭔가 정말로 어마어마한 광경이 벌어졌다. 일리야는 딱 한 번이라도 좋으니 사람들 머리 위로 올라가서 사진을 찍어보

** 미국의 마차 및 자동차 제조회사로 독일계 스튜드베이커 형제가 1852년에 설립했다.

고 싶었다. 그는 낯익은 건물의 지붕 위로 같이 올라가자고 보랴를 불렀지만, 그는 거절했다.

일리야는 생각했다. '바보 같으니라고! 지붕 위로 가면 콜론니 잘에 더 빨리 도착할 텐데.'

그는 크라피벤스키 골목을 지나 가기로 결심했다. 하지만 그 순간 사람들의 한 무리가 한 번 휘청거리더니 그는 사람들의 무리에 휩쓸려 네글린카강 쪽으로 갔고, 보랴는 다른 쪽으로 휩쓸려 가버렸다. 그는 마지막으로 일리야에게 입을 벌리고 빨갛게 상기된 얼굴을 보여주고는 사라졌다. 일리야에게 뭐라고 소리를 질렀지만 들리지는 않았다. 사방이 기이하고 소름 끼치는 소리로 가득했는데, 짐승 소리, 비명 소리, 노래 비슷한 소리가 뒤섞여 있었다. 이틀 만에 처음으로 일리야는 불길한 예감이 들었다.

익숙한 아치형 대문까지 가면 그곳 마당에 창고가 있었고, 창고 지붕에서는 4층짜리 옆집 지붕으로 쉽게 이동이 가능했다. 일리야는 휘청거리며 아치형 대문 쪽으로 몸을 빠르게 움직였고, 사람들이 건물에서 최대한 멀리 떨어져 있으려고 노력하면서, 다닥다닥 붙어 있는 무궤도전차에 몸이 눌리지 않도록 인파 속에 몸을 맡기고 있다는 것을 깨달았다. 사람들이 무궤도전차에 몸을 부딪혔고, 그중 몇 명은 몸을 구부린 채로 미동도 없이 누워 있는 사람들도 있었으며, 전차의 측면에 붙어 있는 사람들도 있었고, 이들을 발로 밟고 지나가는 사람들도 있었다. 인도로 가려면 일리야는 길가에 누워 있는 사람들 사이사이를 아슬아슬하게 지나가야 했다. '그들은 정말 죽었을까? 그럴 리가 없어…….' 하지만 다른 길은 없었다. 전차 아래로 기어서 가면 안전하지만, 그렇지 못할 경우 벽에 납작하게 붙어서 으스러질 수 있다는 것을 깨달았다. 이 순간에도 계속 그는 아끼는 '페드' 생각뿐이었고, 렌즈가 망가질까 봐 노심초사했다. 그는 전차 바퀴 옆의 작은 공간으로 몸을 욱여넣고는 그 안으로 쑥 들어갔다. 전차 밑은 어둡고 굉장히 좁았는데, 그곳에는 두꺼운 옷을 입은 시신들이 팔다리가 뒤엉킨 채 누워 있어서 일리야는 습한 악취를 맡으며 그들 사이를 기어서 빠져나왔다. 누군가 신음하는 소리가 들렸다. 그는 전차 밑에서 탈출해, 땀에 젖은 얼굴을 흔들고 있는 뚱뚱한 군인의 품에 안겼다. 그의 다른 팔에는 다섯 살쯤 되는 피부가 하얀 사내아이가 죽은 채로 미동도 없이 들려 있었다.

"어디 가려고?"

"저기가 저희 집이에요."

"어서 집에 가고 이쪽은 얼씬도 하지 마."

군인은 아치형 대문 쪽으로 그를 밀었고, 일리야는 재빨리 마당 안으로 들어갔다. 그가 예상했던 대로 창고가 있었고, 나무판자를 붙여서 만든 쓰레기통은 벽 쪽으로 붙어 있었다 일리야는 쓰레기통 위로 기어 올라간 다음 거기에서 창고 지붕 위로 올라갔는데(재작년 여름에 그는 여기서 마지막으로 '카자크인과 강도' 놀이를 했다) 창고 지붕이 툭 튀어나와 있어서 거길 밟고 3층 입구의 깨진 창문으로 들어갈 수만 있다면 빨간색과 흰색 벽돌집의 지붕 위로 어렵지 않게 올라갈 수 있을 것이었다.

일리야는 이날 무척 운이 좋았는데, 사람들에게 압사당하지 않고 무사히 살아서 빠져나왔을 뿐만 아니라, 창문도 여전히 깨진 상태였다.

이때 그는 다시 한번 아찔한 경험을 하는데, 그가 창틀에 손을 뻗으려고 하자 창틀이 갑자기 아래로 떨어질 것처럼 흔들렸다. 하지만 다행히 창틀은 떨어지지 않았고, 그는 무사히 넓은 창문 안으로 점프해서 들어갔다. 그러나 뜻밖의 상황과 마주했는데, 다락방이 아주 단단한 걸고리가 달린 강철 자물쇠로 잠겨 있어서 도구 없이는 여는 것이 불가능해보였다. 하지만 집은 이상한 구조로 지어져 있어서, 계단실의 큰 창문들은 마당과 거리 양쪽으로 나 있었는데, 3층 창문은 마당 쪽으로, 2층과 4층은 거리 쪽으로 나 있었다. 일리야는 4층으로 올라가서 거리를 내려다봤다. 거리는 검은색 강 같았고, 위에서 내려다보니 사람들의 머리가 무시무시한 동물의 모피 무늬처럼 움직였다. 일리야는 거리가 너무 멀어서 사진이 잘 안 나올 경우 2층에서 한 번 더 찍을 생각을 하고 사진기를 꺼냈다. 2층에서는 창문이 열렸는데, 아래에서는 사람의 비명이 아니라 일정하게 짐승이 우는 것 같은 소리가 들려왔고 이따금 날카로운 쇳소리나 통곡 소리로 끊기고는 했다. 거기서 보니 더는 사람들의 무리가 모피 같아 보이지 않았다. 머리들은 검은 바위처럼 다닥다닥 붙어 있었고, 상당히 리드미컬하게 이리저리 흔들리고 있었지만 이동하지는 못했다. 동그란 돌멩이가 깔린 길이 마법에 걸려 제자리에서 춤추면서 움직이는 것 같았다.

그는 몇 번 사진을 찍었지만, 4층에서 찍는 편이 아무래도 사진이 더 잘 나올 것 같다는 생각이 들었다. 몇 분 전에 겪은 공포는 까맣게 잊은 후였다.

이때 아파트에서 술 취한 아줌마가 빨간색 가운을 걸치고 뛰어나와서는 고래고래 소리를 지르기 시작했다.

"너 거기서 지금 뭐 하는 거야? 할 일이 그렇게도 없냐?"

이어서 여자는 긴 문장으로 이루어진 욕을 더 퍼부었고 일리야는 당황했다.

하지만 재치 있게도 일리야는 그녀에게 대답 대신 입을 가리킨 다음 양손을 귀에 대고 흔들면서 농아라는 표현을 했고, 그러자 그 여자는 침을 뱉더니 사라졌다.

4층에서 필름을 거의 다 쓴 일리야는 속히 집으로 갈 궁리를 했다. 그는 정상적인 방법으로는 트루브나야 광장에서 출발해서 로즈데스트벤스키 가로수길을 따라 올라간 후에 스레텐카 거리를 건너서 치스토프루드니 가로수길 쪽으로 가는 것이 불가능하다는 것을 너무나도 잘 알고 있었다. 하지만 광장을 지나서 반대편으로 건너가기만 하면 거기서부터는 가기가 더 수월할 것 같았다. 그는 로즈데스트벤스키 가로수길에서 아래로 내려간 사람들이 맞은편 페트롭스키 가로수길 쪽에서 흘러나오던 사람들과 트루브나야 광장에서 만나서 죽음의 소용돌이가 만들어졌다는 것을 모르고 있었다.

하지만 그렇다고 아파트 입구에 앉아서 이 세기가 끝날 때까지 기다릴 생각은 없었거니와 집에서는 어머니가 걱정돼 울고 있을 터였다. 해가 지고 있었기 때문에 일리야는 창가에 잠시 앉아서 조금 남은 필름을 아껴둘지 혹은 지금 마지막으로 몇 장을 찍을지 고민했다. 앉아 있는 것도 지겨워질 즈음 그는 어떻게 해서든 이곳을 벗어나야겠다고 마음먹었다.

하지만 아파트 단지에서 나가는 것은 들어가는 일보다 훨씬 힘들었다. 그는 1층에 있는 아파트의 벨을 눌러서 주인 할아버지에게 그 집 현관의 반대편으로 난 다른 문으로 가게 해달라고 간청했고, 그의 판단은 적중했다. 노인은 고개를 내저으면서, 아파트 정문은 잠겼지만 보일러실을 통해서 나갈 수는 있다고, 손짓을 해가며 알아듣기 힘든 소리로 웅얼거렸다.

일리야는 '이 노인은 진짜 농인이잖아' 하고 생각하고 조금 전 우연히 자신이 농아인 척했던 일이 떠올라 피식 웃었다. 아파트 마당은 사람이 한 명도 없어서 텅 비어 있었지만, 건물 밖에서 인파가 만들어내는 강력하고 둔탁한 소리가 들려왔다. 일리야는 보일러실을 바로 발견했지만, 보일러실은 잠겨 있었다. 그는 주위를 잠시 걷다가 보일러실 지붕 위로 기어 올라가서 거기에서 벽으로 이동했고, 그런 후에는 텅 빈 인도로 뛰어내렸는데, 인도에는 경찰들만 있었다. 이제 특수부대 군인들 옆을 눈에 띄지 않게 빠르게 지나가서 인파에 흡수돼야 했다. 그는 사거리에 조금 더 가까운 쪽을 향해 길을 건너서 두 명의 군인을 지나 사람들로 가득 찬 인도로 빠른 속도로 내달렸다. 그리고 그 순간 그는 그가 잘못 판단했고, 차라리 아파트 현관에 앉아 있는 편이 나았다는 것을 깨달았다. 즉시 그는 인파에 휩쓸려 엄청난 힘으로 끌려갔는데, 마치 썰물에 휩쓸려 바닷속으로 빨려 들어가는 듯했다.

앞쪽에 희미하게 신호등이 보였다.

그때 일리야는 난생처음으로 겁이 났다. 신호등 기둥에 부딪혀서 산산조각이 날 수도 있는 카메라 '페드' 때문만은 아니었다. 머리를 다치는 일이 더 걱정됐다. 양손은 카메라가 망가질까 봐 보호하고 있어서 전혀 움직일 수가 없었다. 사진기가 그의 배를 눌렀지만 통증보다는 걱정이 앞섰다. 그는 신호등 쪽으로 빠르게 끌려가 신호등 바로 왼쪽에 다다랐다. 얼굴이 피투성이인 사람이 신호등에 몸이 눌린 채 서 있었다. 그는 죽었지만 쓰러질 수도 없었다.

바로 그 순간 그의 발밑에 있던 땅이 갑자기 흔들리더니 커다란 구멍이 생겼다. 인파의 발밑에서 맨홀 뚜껑이 열렸고, 일리야는 맨홀 아래로 떨어졌다. 다행히 그는 배관공들이 잔뜩 쌓아놓은 낡은 밧줄 뭉치 위로 떨어졌다. 왼쪽에는 한쪽이 조금 들린 환기구가 보였다. 일리야가 힘껏 밀어내자 완전히 열렸다. 그는 이 구멍으로 비집고 들어갔고, 자기도 모르게 환기구 뚜껑을 다시 닫았다. 덕분에 그는 목숨을 건졌다. 뒤이어 떨어진 사람들로 몇 분 만에 맨홀 안은 가득 찼고, 가장 먼저 떨어진 그는 하마터면 압사당할 뻔했다. 떨어진 사람들의 몸이 서로 어찌나 단단하게 엉켜 있었던지 그 위를 걸어가던 수천 명의 사람들은 자신들이 사람 몸을 밟고 걸어가고 있다는 사실을 전혀 알지 깨닫지 못했다. 일리야가 숨은 환기구 너머로 밟힌 사람들의 비명 소리가 들려왔다.

그 시각, 위에서는 보이지 않는 무시무시한 파도가 갑자기 벽과 난간, 트럭의 측면과 일렬로 늘어선 무궤도전차를 강타하면서 엄청난 힘으로 모두를 쓰러뜨렸다. 그러자 폐쇄 구역으로 통하는 길이 뚫렸고, 사람들은 뼈가 으스러질 정도로 세게 누르는 인파에서 마침내 벗어날 수 있겠다는 착각에 빠졌다. 하지만 일리야는 이제 눈앞이 깜깜했다. 아무것도 보이지 않았다. 사방은 칠흑같은 어둠뿐이었다.

이 어두운 굴속에서 일리야는 상당히 오랫동안 누워 있었고, 그런 후에 벽을 짚어보았다. 아래로 통하는 커다란 배관을 발견한 그는 그 배관을 따라 기어가기 시작했다. 한참을 기어가자 배관이 살짝 방향을 틀었고, 이제 그는 조금 위로 올라가는 것 같다는 느낌이 들었다. 사진기는 모자로 싸서 바지 벨트 아래에 집어넣어둔 채였다. 잠시 동안 일리야는 까무룩 잠이 들었고, 혹독한 추위로 잠에서 깼을 때는 자신이 왜 이 구멍 속에 있는지 기억하지 못했다. 고개를 들고 위를 보자 머리 위로 2미터 높이쯤 되는 곳에 커다란 직사각형 모양의 환기구가 보였다. 위에서 빛이 들어왔다고 할 수는 없었지만, 위는 그곳보다는 덜 어두웠다. 일리야는 심한 갈증을 느꼈다. 역겨운 냄새가 났는데, 하수도 냄새가 아니라 녹슨 철 냄새와 쥐 냄새였다. 쥐는 한 마리도 보이지 않았지만 말이다. 어쩌면 쥐도 빽빽하게 떼를 지어서 콜론니잘 쪽으로 가고 있을지도 몰랐다.

이곳을 빠져나가야 했다. 환기구로 향하는 벽에 두꺼운 손잡이가 박혀 있어 일리야는 그걸 잡고 위로 올라갔다. 위로 올라가는 건 어렵지 않았지만, 용접으로 환기창이 틀에 단단히 붙어 있어서 열 수 있을 것 같지 않았다. 그는 아래로 내려가서 고양이처럼 몸을 말고는 또다시 잠이 들었다. 그가 잠에서 깼을 때 위에서 아까보다는 더 많은 빛이 내리비쳤다. 그는 배관을 따라서 계속 움직였고, 배관은 점점 넓어졌다.

다음 환기구는 50미터 즈음 뒤에 발견되었다. 그는 바로 손잡이를 발견하고 위로 올라갔다. 환기구가 용접으로 붙어 있지도 않았고 꽤 느슨하게 이어져 있었지만, 바깥 쪽에서 잠겨 있었다. 일리야는 계속 기어갔다. 환기구는 대략 50미터 간격으로 규칙적으로 설치돼 있었다. 일리야는 여덟 개의 환기구를 발견했고, 매번 자세히 살펴봤는데, 거의 대부분이 용접으로 단단히 고정돼 있었고 두 개만 바깥 쪽에서 잠겨 있었다. 곧 수를 세는 것도 잊어버렸다. 그는 기진맥진해서 몇 번 잠이 들고 깨기를 반복하고는 또다시 기어갔다. 서너 개의 환기구가 연달아서 사람들의 발이 보이는 쪽으로 나 있었지만, 빛은 없었고 무시무시한 굉음이 들려와서 이곳으로 빠져나가면 위험할 것 같아서 나갈 시도조차 하지 않았다. 그러던 중 절반 정도 망가진 환기구를 발견했는데 시체의 절반이 아래쪽으로 늘어져 있었다.

방향감각도 잃었고 배관들이 어디로 통하는지 알 길은 없었지만, 배관이 유일한 출구였기 때문에 앞으로 계속 움직일 수밖에 없었다.

시간이 얼마나 지났는지 알 수도 없었다. 얼마 뒤 그는 노랗고 밝은 빛이 새어 들어오는 환기구를 발견했다. 벽에 위태롭게 걸려 있는 손잡이를 잡고 올라가 구멍을 미니 환기구는 쉽게 열렸다. 밖으로 기어 나가자, 가로등 불빛 아래에서 사냐 스테클로프가 사는 아파트 건물이 보였다. 그는 있는 힘껏 사냐네 집 대문까지 가서 벨을 눌렀다.

안나 알렉산드로브나가 문을 열었다.

그대로 일리야는 바로 쓰러졌다. 쓰러지면서도 그는 바지 허리띠 밑에 그가 지켜낸 '페드'가 있는 배를 양손으로 꼭 잡았다.

때는 3월 7일 밤 11시였다. 안나 알렉산드로브나는 자신이 할 수 있는 최선을 다해서 그를 도왔는데, 그녀는 일리야의 옷을 벗겨서는 공동주택의 옆방 남자의 도움을 받아서 그를 욕실로 데려갔고 눈을 뜰 때까지 기다렸다. 그런 후에는 상처 난 부위를 피해, 털이 복슬복슬하고 커다란 목욕용 때수건으로 그를 씻겼다. 온몸이 멍투성이였지만, 특히 배에 멍이 더 많았다. 그녀는 이렇게 깡마르고 앳된 얼굴을 한 사내아이가 어쩌면 이렇듯 남자다울 수 있는지 무척 놀랐다. 그는 욕실에서 스스로 나오더니 소파까지 와서 그대로 쓰러졌다. 그녀는 일리야에게 여자 잠옷을 입히고 담요를 덮어주고 설탕을 넣은 진한 홍차를 주고는 허리에 커다란 쿠션을 받쳐주고 앉힌 뒤 수프를 주었다. 수프를 먹은 뒤, 일리야는 까무룩 잠이 들었다.

스테클로프가 사람들은 말없이 식탁 앞에 앉았다.

"할머니, 오늘 사람이 많이 죽은 것 같아."

사냐가 귓속말로 할머니한테 말했다.

"그런 것 같구나……."

그런 후에 사냐는 잠든 일리야 옆에 앉아 그가 어서 일어나서 밖에서 무슨 일이 일어났는지 이야기해주기를 기다렸다. 친구를 향한 그의 감정은 강렬하고 복잡했는데, 그는 친구가 자랑스러웠고, 자신과 다른 일리야가 부러웠지만, 그렇다고 해서 일리야처럼 되고 싶지는 않았다. 또 사냐는 그의 코 밑에 듬성듬성 난 털뿐만 아니라 오줌을 누는 용도 외에 다른 용도로도 쓰이는 어른 특유의 커다란 성기로 향하는, 배에서 아래로 털이 난 길만 봐도 일리야가 진정한 남자라는 것을 이해할 수 있었다. 대중목욕탕에 간 적 없던 사냐가 남자의 나체를 본 것은 이때가 처음이었다.

지성인인 어머니와 할머니가 사내아이 앞에서 아무런 이유도 없이 옷을 벗을 수도 없기 때문에 여자의 나체도 본 적 없기는 마찬가지였다. 그래도 사냐는 여자의 몸은 추측할 수 있었다. 원피스 안에는 가슴이 있고 배 밑에는 털로 뒤덮인 어두운 둥지가 있다는 것 정도는 알 수 있었다. 하지만 친구인 일리야의 나체를 보고 그는 훨씬 큰 충격에 빠졌는데, 사냐는 절대 일리야처럼 될 수 없다는 것을 강렬하게 느꼈기 때문이다. 박물관이나 앨범에서 여자의 벗은 몸은 무척 많이 봤기 때문에 아무 느낌이 없었지만, 거칠고 강렬한 남자의 나체를 보고는 하마터면 의식을 잃을 뻔했다.

사냐는《전쟁과 평화》를 거의 다 읽어가고 있었고, 어리석은 환희에 차 있는 나타샤나 입술이 얇은 공후 부인인 리자도, 못생긴 여자로 알려진 공후의 딸 마리야도 아무런 감동을 주지 못했지만, 남자들은……. 그들은 강하고 관대하고 똑똑하고 고귀하고 명예를 지킬 줄 알기 때문에 아름다웠다. 사냐는 일리야의 얼굴을 자세히 보면서 이 멋진 남자들 중에 자신의 친구가 누구를 닮았는지 생각했다. 아니, 고귀하지만 냉정한 볼콘스키는 아니고, 똑똑하지만 뚱뚱한 베주호프도 아니고, 멋져서 내가 좋아하는 페탸 로스토프도 아니고, 니콜라이도 아니고…… 돌로호프*를 제일 닮은 것 같다.

일리야의 어머니인 마리야 표도로브나는 이틀 동안 현관 옆에 있는 의자에 앉아 있었다. 당시 그들 집에는 전화기가 없어서

* 《전쟁과 평화》에서 술과 도박과 여자를 좋아하는 인물.

안나 알렉산드로브나는 그녀에게 전화를 걸어서 아들이 살아 있다는 소식을 알려줄 수가 없었다. 무서워서 밖으로 나갈 수도 없었다. 나간다 하더라도 경찰과 군인들 때문에 치스토프루드니 가로수길과 마로세이카 거리가 만나는 교차로의 전차 선로를 횡단하는 것은 불가능했다.

고대 그리스의 비극이나 신화에서나 봤을 법한 오래된 공포가 도시를 검은 물로 뒤덮고 있었는데, 이것은 마음 깊숙한 곳으로부터 올라와 어린 시절 악몽에나 왔을 법한 공포, 심연이 모습을 드러내 모든 사람들의 생명을 위협하는 듯한 그런 공포였다.

보랴 라흐마노프의 부모님 역시 한곳에 앉아서 아들이 오기만을 기다렸다. 경찰서, 병원, 영안실에 전화를 걸었지만, 전부 통화 중이었기 때문에 아들의 소식을 알 길이 없었다.

그들은 나흘 뒤에나 시체로 가득 찬 레포르토프스키 영안실 부근에 있는 눈 덮인 땅 위에 널부러진 시체 중에서 보랴를 찾을 수 있을 것이었다. 갈리나 보리소브나 라흐마노바는 아들의 셔츠를 직접 빨지 않고 세탁소에 맡겼기 때문에 그들은 셔츠에 달린 세탁소 꼬리표로 아들을 알아볼 것이었다. 죽은 아들의 한쪽 팔에는 보라색 잉크로 1421이라는 번호가 적혀 있었다.

압사당한 이들의 장례식은 비밀리에 조용히 치러졌다. 누구도 그들의 수를 다시 세지 않았고, 보랴의 팔에 적힌 숫자로 사망자가 1천5백 명은 된다는 것을 미루어 짐작할 수 있을 뿐이었다.

학교에서는 보랴 라흐마노프의 무덤에 놓을 화환을 보내지 않았다. 그때 당시에 꽃이란 꽃은 죽은 서기장한테로 갔기 때문에 꽃은 한 송이도 남아 있지 않았다. 이 무시무시한 때에 또 한 사람이 죽었으니 그는 작곡가 세르게이 프로코피예프였다. 유족은 그의 죽음을 대외적으로 알리지 않고 가족들끼리 조용히 장례를 치렀고, 아무도 그의 죽음에 신경을 쓰지 않았다.

일리야가 찍은 사진 중에 쓸 만한 것은 두 장밖에 없었다. 예상했던 대로 빛이 충분하지 않은 탓이었다. 콜론니 잘에서 찍은 관 사진은 모든 신문에 실렸지만, 이를 제외한 다른 사진은 남아 있지 않았다.

'러문애'

수요일마다 빅토르 율리예비치는 러시아 문학을 사랑하는 친구들, 즉 자칭 '러문애'라는 동아리에 속한 아이들을 데리고 모스크바 이곳저곳을 돌아다니며 가난한 시절이자 아픈 시기를 통과하던 그들을 사상이 꿈틀대는 공간으로, 자유와 음악과 모든 예술이 살아 숨 쉬는 공간으로 데리고 다녔고, 그는 그 모임이 좋았다. 바로 여기서 그 이 모든 것이 살아 숨 쉬고 있었다니, 바로 이 창문 너머에서!

문학이라는 주제를 갖고 모스크바 시내를 돌아다니는 일은 상당히 카오스적인 성격을 띠었다. 그는 과거에 겐드리코프 골목이라고 불린 골목에 마야콥스키가 자살한 집이 있다고 알고 그 아파트 단지 안에 들어가보았지만, 이는 사실과 달랐다. 그들은 거기서 한때 루뱐카 거리로 불리던 제르진스키 거리를 따라 스레텐스키예 보로타 광장까지 걸었다. 빅토르 율리예비치는 바뀐 모스크바 거리 명칭의 발음이 마음에 안 들어서 아이들에게 말할 때는 늘 옛날 명칭을 쓰곤 했다.

그들은 가로수길을 따라 푸시킨 광장까지 갔다. 그곳에서 선생은 아이들에게 파무소프*의 집을 보여주었고, 뱌젬스키의 집**, 나쇼킨***의 집과 같이 푸시킨과 연관이 있는 장소들과 이오겔****의 무용 수업이 있던 집에도 가봤다. 푸시킨이 처음으로 어린 나탈리야를 본 곳이었다.

"가로수길 중에서는 트베르스코이 가로수길이 가장 오래됐어요. 이 거리를 그냥 가로수길이라고 부른 적도 있어요. 당시에 다른 가로수길은 없었거든요. 요즘은 '가로수길 고리'라고도 부르지만, 사실 가로수길은 현재도 과거에도 원형인 적이 없었고, 반원 형태를 띠고 있을 뿐이랍니다. 그러니까 이 고리는 강 앞에

* 러시아의 극작가 알렉산드르 그리보예도프(1795~1829)의 〈지혜의 슬픔〉에 등장하는 인물.

** 푸시킨이 자주 드나들던 곳. 이곳에서 《보리스 고두노프》를 낭독했다.

*** 파벨 나쇼킨(1801~1854). 예술가들을 후원했으며, 푸시킨이 말년에 가장 친했던 인물.

**** 표트르 이오겔(1768~1855). 모스크바 황실대학교(현재 모스크바 국립대학교)에서 무용을 가르쳤다.

서 끊깁니다. 모든 가로수길은 벨리 고로드*의 돌담들이 서 있던 자리에 만들어졌습니다."

그들은 푸시킨 광장으로부터 과거에 사람들이 많이 다니지 않은 길로 다녔다. 그들은 보고슬롭스키 골목을 지나서 마리나 츠베타예바가 과거에 살았던 집이 있는 트료흐프루드니 골목으로 가기도 하고, 트베르스코이 가로수길과 니키츠키 가로수길을 지나 아르바트 거리 쪽으로 나가서 레르몬토프의 집 근처에 있는 말랴 몰차노프카 거리를 횡단해서 소바치야 광장을 지난 후에 스크랴빈이 말년을 보낸 아파트 쪽으로 나왔다. 이곳에서 스크랴빈이 피아노를 연주했고, 그의 집에서 열던 하우스 콘서트에 왔던 사람들도 그때는 살아 있었다. 아이들의 질문이 이어졌다. 그렇게 선생님한테서 들은 이름들은 기억에 새겨져 잊히지 않았다. 그들은 아무런 계획 없이 도시 이곳저곳을 돌아다녔고 이렇게 도시를 돌아다니는 것보다 나은 일은 상상할 수조차 없을 만큼 행복했다.

빅토르 율리예비치는 견학을 준비하면서 오래된 책들과 구하기 힘든 자료를 찾으며 도서관에서 많은 시간을 보냈다. 국립역사도서관에서 그는 회고록과 앨범과 편지를 많이 발견했다. 그

* 과거 모스크바에 존재했던 지역 이름. 현재는 이곳에 가로수길들이 있다.

중 일부 자료는 종이의 보존 상태로 봤을 때 단 한 번도 열람된 적이 없는 것 같았다. 덕분에 그는 뜻밖의 중요한 사실들을 많이 알게 되었다. 19세기에 살았던 사람들 가운데 서로 연관이 없을 것 같던 사람들이 서로 친인척 관계이며, 그중 몇몇 가문은 단단히 얽혀 있어서 그들이 이룬 세계는 가지가 여러 갈래로 뻗어나간 나무와 같았다. 러시아혁명 전에 출간된 서간문들에서도 이러한 사실을 입증할 만한 내용이 많았으며, 가족 내 다툼, 불화와 낙혼(落婚)으로 이뤄진 이 모든 상호 관계는 가족 연대기 이상의 가치를 지니며 톨스토이의 소설에서 잘 표현되고 있었기에, 빅토르 율리예비치는 문득 이것이야말로 '러시아식 성경'일지도 모른다는 생각이 들었다.

그는 소인국에 있는 걸리버처럼 머리카락 한 올 한 올이 러시아 문화의 토양에 묶여 있었고, 이것은 러시아 문학에 흥미를 느끼는, 그가 가르치는 사내아이들에게 전달되었고, 그들은 취향을 습득했고, 종이로 만든 환영 같은 자양분에 익숙해졌다.

그는 사내아이들과 함께 고리키 거리를 지나 수도에서 가장 좋은 식료품점인 옐리세옙스키 옆을 지나면서 러문애 회원들에게 이 대궐 같은 건물이 재건축되기 전까지 소유주였던 지나이다 알렉산드로브나 볼콘스카야에 대해 이야기해주었다.

"한때 이곳에 모스크바를 통틀어 가장 유명한 문학 살롱이 있어서 모스크바 사람 모두가 이곳에 모여들었어요. 작가, 화가, 음악가, 교수들이 초대되었죠. 푸시킨도 그중 하나였고요. 얼마 전 나는 도서관에서 굉장히 흥미로운 문서를 하나 발견했는데, 1826년에 쓰인 연대장 비비코프의 보고서였어요. 거기에는 흰 종이에 검은 글씨로 이렇게 적혀 있었죠. '저는 제 힘이 닿는 대로 작가 P를 예의 주시 하고 있습니다. 그가 가장 자주 방문하는 집은 지나이다 볼콘스카야 공작부인의 집, 뱌젬스키 공의 집, 전 장관 드미트리예프의 집과 검사 지하레프의 집입니다. 그곳에서 논하는 것은 주로 문학입니다.' 이것이 무엇을 의미하는지 아나요?"

"이해하고 말고 할 것도 없죠. 푸시킨을 감시했다는 거잖아요."

일리야가 제일 먼저 대답했다.

"맞아요. 왜냐하면 어떤 시대에나 문학 주위를 맴도는 것을 가장 재미있어하는 사람들이 있으니까요. 나와 여러분처럼 말이죠!"

이렇게 말하면서 선생님은 웃음을 터트렸다.

"그리고 연대장 비비코프처럼 그런 사람들을 감시하라는 명을 받은 사람들도 있어요. 네, 그때는 그랬답니다……."

마치 별일 아니라는 듯 그는 돌려서 말했다. 현재가 과거보다 나을 것이 없다는 것은 전부터 알고 있었다. 당연한 사실이었다.

어느 시대든 인간은 자기가 속한 시대로부터 벗어나려 애쓰고, 그 시대가 자신을 집어삼키지 못하도록 애써야 했다.

"문학은 인간으로 하여금 그가 속한 시대에서 살아남고 시대와 화해할 수 있도록 도와주는 유일한 것입니다."

빅토르 율리예비치는 제자들에게 가르치듯 말했다.

다들 그의 말에 흔쾌히 동의했다.

음악에 심취해 있던 사냐만이 의문을 품었다. 그럼, 음악은?

모차르트와 쇼팽의 곡을 귀 기울여 들었던 사냐는 문학 말고도 할머니와 리자, 가정교사인 예브게니야 다닐로브나가 인도해준, 문학과는 완전히 다른, 음악이라는 차원도 존재한다고 생각했다. 손이 성할 때면 사냐는 학교 수업이 끝나고 음악 수업을 들으러 매일 뛰어갔다. 손가락이 휘어진 지금도 그는 여전히 음악과 헤어지지 않고 끊임없이 음악을 듣고 손가락으로 피아노 건반을 두드렸다. 하지만 헛된 희망은 품지 않았다. 손가락 두 개로 무슨 연주를 한단 말인가?

한편으로 미하에게 문학 여행은 잔심부름을 시켜 그를 괴롭히는 게냐 고모로부터 도망칠 수 있는 기회였고, 다른 한편으로는 고귀한 남자들과 아름다운 부인들이 사는 곳으로 떠나는 여행과도 같았다.

일리야도 모스크바를 돌아다니는 산책을 단 한 번도 빼먹지 않았다. 견학이 끝나면 그는 늘 그날의 견학을 기록하고 사진을 넣은 보고서를 작성했다. 이 보고서의 일부는 빅토르 율리예비치의 집에, 또 일부는 일리야의 집 창고에 보관되었다.

15년이 지난 후 연대장 비비코프의 타락한 후손인 연대장 치비코프가 (불사조 고골은 이런 식의 성이 등장할 때마다 조용히 웃곤 한다)* 일리야가 만든 이 문서를 발견할 것이며, 50년이 더 지나면 독일의 작은 도시에 있는 중앙유럽 및 동유럽 연구소가 이 문서를 빗금이 하나 들어가는 일곱 자리 숫자로 분류하고 동화 같은 제목을 적어서 등록할 것이며, 빅토르 율리예비치와 함께한 러문애 회원 중 이들보다 한 해 늦게 졸업한 학생이 이 문서를 책임지고 맡아서 보관하게 될 것이었다.

시골에서 학생들을 가르친 뒤 모스크바로 상경해서 사내아이들을 만난 빅토르 율리예비치는 다시금 유년기에 대한 이런저런 생각에 빠졌다. 하지만 유년기에 대한 그의 지식은 턱없이 부족했다. 그래서 그는 학술 서적을 찾아서 읽기 시작했다.

* 고골의 소설 《검찰관》에 등장하는 인물 중 봅친스키와 돕친스키가 있는데, 이들의 성은 글자 하나만 빼고는 같고, 비비코프와 치비코프라는 성 역시 앞의 한 글자만 빼면 같다. 따라서 고골이 이들의 성을 보면 자기 소설 속 등장인물인 봅친스키와 돕친스키를 떠올리며 웃었으리라는 뜻이다.

그는 유년기의 심리학과 관련된 금서에 가까운 책들과 규모가 큰 도서관들의 서가에 꽂힌 채 잊힌 프로이트의 책부터 열람이 제한된 비고츠키**의 책까지 전부 구해서 읽었다. 비고츠키의 책 대부분은 전에 같은 대학을 다니던 여자 동기한테서 구했는데, 그녀의 할머니는 아동학 연구를 박해하던 시기에 학교에서 해고당하고 스웨터 뜨는 법을 배워서 생계를 유지했지만 비고츠키의 저서를 보물처럼 보관하면서 선택받은 소수에게만 읽을 수 있도록 했고, 그나마도 집 밖으로 가지고 가는 것은 허락하지 않았다. 빅토르 율리예비치는 일요일 아침에 와서 저녁까지 앉아서 차를 몇 잔 마신 시간을 빼고는 책을 읽었다.

이 모든 것은 무척 재미있었지만, 청소년기에 이른 사내아이들이 더는 부모를 존경하지 않고 부모의 심기를 건드리고 다른 사람과 말다툼을 하며 성적 호기심이 매우 강하다는 것과 같은 잘 알려진 사실이 지나친 호르몬 분비에서 기인한다는 당연한 사실로 마치 새로운 발견인 것처럼 소개되어 있었으며, 이와 관련한 작가의 설명과 해석이 빅토르 율리예비치의 생각으로는 다소 추상적인 데다 학문적으로 근거가 부족한 것 같았다.

** 레프 비고츠키(1896~1934). 소련 시대 심리학의 대표적 인지·발달이론을 구축한 심리학자.

그는 결국 자신이 알고 싶은 것을 찾지 못했다. 하지만 그는 톨스토이가 이 괴로운 시기에 관해 한 말 가운데 '유년기와 청년기 사이에 존재하는 사막'이라는 중요한 표현을 발견했다. 이것이야말로 그가 감정의 기복이 심한 더벅머리 사내아이들에게서 발견한 것과 가장 가까워 보였다. 지금까지 쌓아온 모든 것을 잃어버린 것 같을 때 오히려 삶이 새롭게 시작된 것같이 느껴질 때가 있었다. 하지만 그들 중 상당수는 이 사막에서 영원히 벗어나지 못하고 영원히 머물렀다.

빅토르 율리예비치의 사실상 유일한 대화 상대는 어린 시절 같은 동네에서 자란 미시카 콜레스니크였는데, 그는 전쟁에 나가서 장애를 얻었고, 생물학을 전공했으며 자칭 철학자였다. 친구는 그의 말을 귀 기울여서 듣기는 했지만, 그가 말이 느린 것을 못 참았기 때문에 "그다음은, 그다음은, 이제 이해했어"라는 말로 말허리를 자르며 재촉했다. 그는 얼핏 이해하기 힘든 의견을 제시했는데, 계속 생물학적 현상과 연결시켰다. 빅토르 율리예비치는 상대의 특이한 사고의 흐름에 차츰 익숙해지면서, 다리 잃은 친구가 펼치는 박학다식한 지식에 근거한 사고의 흐름에 젖어들었다. 빅토르는 바로 그를 통해 진화의 원리, 라마르크설과 다윈주의의 모순과 심지어 변태, 유형성숙, 염색체에 존재하는 유전자와 같은 각각의 생물학적 현상들에 대해서도 심도 있게 알게 되었다.

이제 그는 사춘기를 통과하는 아이들이 겪는 여러 가지 변화들이 곤충에게서 발견되는 변태와 얼마나 비슷한지 비교해갔다.

곤충으로 따지면 애벌레에 해당하는 멍청한 아이들은 음식이란 음식은 모두 빨아보고 씹어보며, 그들이 접하는 모든 흥미로운 광경을 기억하고, 그런 뒤에 번데기가 되며, 번데기 안에서 모든 것이 알맞게 만들어지고 형성되며, 반사운동이 생기고, 이런저런 능력을 키우고, 그들이 속한 세상에 대한 최초의 지각을 갖게 된다. 하지만 마지막 단계에 끝내 도달하지 못한 채, 껍질을 깨지 못한 채로, 끝내 나비로 변하지 못한 채로 죽는 번데기는 얼마나 많은가. 수많은 아니마들과 아이들……. 색감이 화려하며 날 줄 알고 아름답지만 금방 죽는 나비 같은 아이들 말이다. 그리고 또 결국 애벌레 단계를 못 벗어나고 끝내 어른이 되지 못했다는 사실조차 모른 채 평생 살아가는 어른은 또 얼마나 많은가.

비고츠키의 책에는 능력이 형성되는 과정과 관심을 표출하는 과정의 차이에 대한 내용이 나와 있었다. 한편 빅토르 율리예비치 앞에 펼쳐진 그림은 달랐는데, 그는 자기 제자들이 날개를 펼치는 모습과 그 날개에 그려진 무늬와 의미를 관찰했다.

그들 중에는 곤충처럼 변태라는 힘든 과정을 오롯이 견뎌내는 아이들도 있고, 전혀 견뎌내지 못하는 아이들도 있는데, 그 이유는 무엇일까?

빅토르 율리예비치는 번데기가 들어 있는 뿔처럼 단단한 껍질이 터질 때를 본능적으로 느꼈고, 날개가 흔들리고 부딪히는 소리를 들었으며, 그런 순간이면 그는 아이를 받는 산파와도 같은 행복감으로 충만했다.

하지만 이상하게도 모든 아이들이 변태라는 과정을 겪은 것은 아니며, 조금 더 정확히는 그가 가르치는 아이들 중 소수만이 이 과정을 겪었다. 이 과정의 본질은 무엇인가? 도덕적 자아가 깨어나는 것인가? 물론, 그것과 전혀 무관하지 않다. 하지만 이런 현상도 모두 겪는 것은 아니다. 종교 의식 후에 수수께끼 같은 변화가 일어나듯이 전환모듈 같은 것이 있는 것은 아닐까? 어쩌면 이성적인 인간인 호모사피엔스도 지렁이와 곤충들, 양서류에게서 관찰되는 유형성숙과 같은 현상을 겪는 것은 아닐까? 애벌레 단계에서도 생식 능력이 나타나는 유형성숙의 경우, 미성숙한 개체는 자신과 유사한 애벌레를 낳는데, 그렇다면 이 애벌레는 끝내 성숙하지 못하는 것일까?

"물론 이것은 비유일 뿐이야. 나는 생리학적 결함이 충분히 성인에게서도 발견될 수 있는 특징이라고 알고 있어. 곤충으로 따지면 성충인 거지."

그는 콜레스니크에게 설명하려 했지만, 콜레스니크는 모든 것을 빨리 이해해서 설명해줄 필요가 없었다.

콜레스니크는 동그랗고 숱이 많은 눈썹을 치켜뜨고는 '알(r)'을 강조해 발음하면서 부러 놀란 척하며 말했다.

"음, 문학도, 자네 지난 5년 동안 굉장히 똑똑해졌는걸. 그런데 혹시 성충, 그러니까 성장을 끝낸 개체가 뭘 의미하는지 말해줄 수 있나? 성인이나 성충의 기준 말이야."

빅토르 율리예비치는 생각에 잠겼다.

"번식 능력만 뜻하지는 않을 거야. 자신의 행동에 대한 책임 같은 게 아닐까? 독립성? 판단력의 수준?"

"양적 기준이 아니고 질적 기준이잖아!"

콜레스니크가 손가락으로 찌르면서 말했다.

"네 생각대로라면 독립성이라는 것은 뭐라고 정의 내리기 힘든 것이고, 책임감은 또 어떻게 측정할 건가? 그러니까 네 말은 사람은 애벌레 단계에서 독립성이라는 과정을 거쳐 성충에 해당하는 성인으로 변한다는 건가?"

빅토르 율리예비치는 자신의 생각을 굽히지 않았다.

"미샤, 너도 알겠지만, 우리는 애벌레, 즉 성충이 되지 못한 사람들, 어른으로 위장한 사람들의 사회에 살고 있어."

"네 말도 일리가 있긴 하다. 좀 더 생각해볼게."

콜레스니크가 말했다.

"그런데 네가 던지는 질문은 인류학적 질문이고, 문제는 현대 인류학은 현재 침체기라는 거야. 하지만 실제로 유형성숙의 특징이 관찰되고 있기는 하지."

빅토르 율리예비치는 엄청나게 많은 책을 읽었다. 그는 언제 어느 곳이든지 어린 시절에서 성인으로 전환되기 위해 꼭 필요한 의식이 진행된 사례를 찾으려고 애썼다.

성적 성숙과 사회적 지휘의 변화, 엘리트 군인이 되거나 마법사 혹은 샤먼들이 속한 사회에 입회하는 것을 비롯해 온갖 종류의 진화 혹은 발전은 많았지만, 그는 거칠고 무례한 청소년이 교양을 갖추며 성인다운 도덕적 삶을 살게 되는 그런 예를 찾고 있었다. 물론 유럽 대학들에서 망토를 입고 우스꽝스러운 모자를 쓴 교양 있는 남성들을 배출하는 졸업식을 이런 의식에 포함할 수도 있었다. 하지만 나치 독일에서 사람들을 사용하고 죽이는 데 가장 합리적인 시스템을 만든 사람들이 바로 교양 있는 의사, 심리학자, 엔지니어들이 아니던가? 습득된 지식의 양이 도덕적 성숙을 보장하지는 않았다. 아니, 이것도 그가 찾는 해답이 아니다.

비록 정확한 해답은 얻지 못했지만, 그렇다고 독서가 무익했다고만 볼 수는 없었는데, 알아볼 수 없을 만큼 왜곡된 현대 소련 시대의 규칙과 관습들에서 고대 종교 의식들의 흔적을 찾았으며, 심지어 맹세와 환복을 동반하는 소련의 소년단 입단식조차 고대의 비밀스러운 입문 의식과 유사점이 있었다. 물론 이것은 고대 그리스도인들이 입던 하얀 새 옷도 프리메이슨의 앞치마도 아니고 고작해야 목에 묶는 둔각삼각형 모양의 빨간 천이었다. 그래도 꽤 공통점이 많았다…….

수많은 책을 읽은 뒤 빅토르는 그가 맹목적으로 믿는 권위의 출처인 러시아 고전 문학으로 돌아갔다. 그는 톨스토이의《유년 시대·소년 시대·청년 시대》, 게르첸의《과거와 사색》, 악사코프의《손자 바그로프의 유년 시대》를 다시 읽었다. 여기에 크로폿킨*의《한 혁명가의 회상》과 러시아 문학의 황금기 다음에 나온 막심 고리키의 3부작**을 추가로 읽었는데, 이 작품들을 통해 어린 영혼이 불공정으로 가득하고 잔인한 세계를 어떻게 받아들이는지, 그럼에도 어떻게 다른 사람을 동정하고 연민의 감정을 갖게 되는지를 알 수 있었다.

그는 니콜렌카 이르테니예프***, 페탸 크로폿킨, 사샤 게르첸

* 표트르 크로폿킨(1842~1921). 무정부주의자, 지리학자, 지형학자.

** 장편소설《유년 시대》《세상 속으로》《나의 대학들》을 가리킨다.

*** 톨스토이의 자전적 3부작 소설《유년 시대·소년 시대·청년 시대》의 주인공.

과 알료샤 페시코프*의 가르침을 따라 부모 없는 설움, 억울함, 잔인함과 외로움을 극복하고 빅토르 스스로 가장 중요하게 여기는 것, 즉 선과 악을 인지하고 사랑을 가장 높은 가치로 이해할 수 있도록 제자들을 가르쳤다.

제자들은 그의 요청에 응했고, 미끄러운 우물에 빠진 개를 구하러 지옥과 같은 어두운 우물 속에 내려가는 툐마에 관한 이야기**, 공포를 이겨낸 이야기, 청소부가 고양이를 죽이는 장면을 목격한 어린 알료샤 페시코프에 관한 이야기를 들려주었다. 더 나아가 사샤 게르첸이 힘들어한 데카브리스트들의 처형과 같이 역사에서 중요한 순간들은 제자들 스스로 찾아냈다. 그들의 의식에도 어떤 변화가 일어난 듯했다. 물론 아무런 변화가 일어나지 않았을지도 몰랐다.

학교의 규정을 따를 수밖에 없는 빅토르 율리예비치는 제자들이 스스로 깨우칠 수 있도록 도와주는 일종의 전략을 늘 찾으려고 애썼다.

그는 자기가 아는 모든 것을 주려고 했다. 본질적으로는 정직함, 공정함, 뻔뻔함과 탐욕에 대한 경멸과 같이 단순한 것들이었

* 고리키의 본명.《유년 시대》의 주인공.

** 니콜라이 가린-미하일롭스키의 소설《툐마의 어린 시절》에 나오는 내용.

다. 그리고 궁극적으로는 자신이 러시아 고전 문학의 최고봉이라고 여긴 것으로 그들을 인도했는데, 그는 종이로 만든 커다란 지도에 매료된 열다섯 살짜리 미성숙한 인격체가 도브라야 나제즈다 곶에 보리수 껍질을 모아서 만든 꼬리를 붙이는 대목***과, 보프레 선생이 술에 취해서 잠을 자자 아버지가 불성실한 가정교사를 끌어내는 곳으로 아이들을 이끌었으며, 농노인 사벨리치 아저씨의 기쁨으로 아이들을 안내했다.

그리고 페트루샤 그리뇨프는 혹독한 고난을 이겨내고 자신의 생명보다 더 소중한 명예를 지켜냈다.****

하지만 이렇듯 훌륭한 문학에는 이상한 점이 한 가지 있었는데, 이 소설들은 전부 남자들이 사내아이들에 대해서 쓴 것이었다. 사내아이들을 위해서. 그것들은 전부 명예와 용기와 의무에 대한 내용이었다. 마치 러시아의 어린 시절은 오직 남자들의 어린 시절뿐이라는 듯이……. 소녀들의 어린 시절은 도대체 어디에 있단 말인가? 그들의 역할은 얼마나 미미한가! 나타샤 로스토바는 춤을 무척 잘 추고 노래도 잘하며, 키티는 스케이트를 탈

*** 푸시킨의 《대위의 딸》에 나오는 내용으로, 주인공이 벽에 걸려 있던 커다란 지도로 뱀을 만들기로 결심하고 도브라야 나제즈다 곶에 보리수 껍질을 묶어서 꼬리처럼 만든 것을 붙이는 부분이다.

**** 보프레, 사벨리치, 페트루샤 그리뇨프는 《대위의 딸》에 나오는 인물들이다.

줄 알며, 마샤 미로노바는 불한당의 공격으로부터 자신을 지켜 낸다. 사내아이들이 사랑에 빠진 모든 어린 사촌 누이와 여자 친구들은 머리카락을 예쁘게 말아서 늘어뜨렸으며, 주름 장식이 달린 예쁜 옷을 입고 있었다. 나머지 여자들은 안나 카레니나와 카튜샤 마슬로바부터 소네치카 마르멜라도바까지 전부 불행했다.* 참으로 놀랍다. 소녀들은 고작 남자들의 관심의 대상이란 말인가? 그들의 어린 시절은 왜 묘사되어 있지 않은가? 그들도 사내아이들에게 일어나는 내적 변화를 견뎌낼까? 그들에게는 생리학적 변화밖에 없단 말인가? 혹은 생물학적 변화밖에……?

1954년 9월부터 사내아이들과 여자아이들은 함께 공부하게 되었고, 이것은 학생들에게는 엄청난 사건이었다. 일리야가 찍은 사진에도 여자아이들이 등장하기 시작했다.

다들 무척 혼란스러워했는데, 먼저 사내아이들을 가르치는 데 익숙하고, 여학생들이 도덕적으로 엄청난 위험을 초래할 수 있다고 생각한 경험 많은 여자 선생들이 큰 충격을 받았다.

여학생들 때문에 다들 걱정이 이만저만이 아니었다. 여학생

* 키티와 안나 카레니나는 톨스토이의 《안나 카레니나》에, 나타샤 로스토바, 마샤 미로노바, 카튜사 미슬로바, 소네치카 마르멜라도바는 각각 톨스토이의 《전쟁과 평화》, 푸시킨의 《대위의 딸》, 톨스토이의 《부활》, 도스토옙스키의 《죄와 벌》에 등장하는 여성 인물들이다.

들의 성이 남학생들과 다르다는 사실 외에도 그들의 매력적이고 무시무시한 힘이 불러일으킬 결과를 우려했던 것이다. 사내아이들 중 트리아농은 우려 대상이 아니었는데, 이것은 단정하지 못한 옷매무새, 저속한 말, 거짓말, 호기심 같은 수많은 무례함을 견디지 못한 사냐의 역할이 컸다. 일리야도 다른 친구들과 있을 때는 저속한 말과 무례한 농담을 할 수 있었지만, 사냐와 함께 있을 때는 조심했다. 그들은 자기들끼리 있을 때 여자아이들에 대해 이야기하지 않았는데, 여자아이들에 대한 이야기만 하면 꼭 부적절한 이야기를 하게 되기 때문이었다. 이들 사내아이 셋의 머리 위에는 일종의 침묵의 구름 같은 것이 떠 있는 듯했고, 어쩌면 예의 바른 남자들은 여자 이야기를 하지 않는다는, 출처를 알 수 없는 암묵적 동의 같은 것이 존재했는지도 몰랐다.

학교에서 일어나는 모든 사소한 일로 인해 1학년이나 2학년 학생들은 스트레스를 전혀 받지 않았지만, 8학년 학생들은 미쳐 날뛰었다. 여자가 있다는 것만으로도 감정을 통제할 수 없는 것 같았다. 그들이 생각했을 때 여학생은 본질적으로 민망한 존재였기 때문이다. 그들의 스타킹은 가터벨트로 고정되었고, 가끔 교복 치맛단이 올라갔으며, 그러면 치마 속의 맨살이나 분홍색이나 하늘색 속옷이 언뜻언뜻 보였다. 가장 못생긴 여자아이조차 검은색 앞치마 속에 커다란 가슴이 숨겨져 있었다. 사실 그들과 함께 공부하기 전에도 사내아이들은 이러한 사실을 알고 있었다. 알고는 있었지만, 문제는 이제 그들이 아는 정보의 실체가 이제 견디기 힘들 만큼 가까이에 있었다는 것이다. 체육 시간도 견디기 힘들기는 마찬가지였다. 여학생들은 여학생용 탈의실에서 옷을 갈아입었다. 어쩌면 그들은 옷을 홀딱 벗고 갈아입을지도 몰랐다.

집을 수리할 때 날리는 먼지처럼 흥분이 공기 중을 맴돌고 있었다. 모두에게서 전류가 흘러나왔고 모두가 사랑의 열병에 걸렸다.

사내아이들은 외적으로도 변했는데, 이제 그들은 하늘색 군복 셔츠에 군복 재킷으로 구성된 교복을 입고 다녔다. 다른 아이들은 모두 본인 치수보다 크게 입었고, 할머니가 정확하게 본인 치수대로 사준 사냐 스테클로프만 옷태가 좋았다. 그도 여름 한철 동안 키가 크긴 했지만, 일리야나 미하를 따라잡기에는 역부족이었다. 하지만 이상하게도 키가 작은 사냐가 여자아이들 사이에 인기가 많았다. 교실 안에 위험한 쪽지가 꿀벌처럼 날아다녔는데, 꿀벌과 다른 점은 이 쪽지들은 윙윙거리지 않는다는 것이었다.

새해가 될 즈음 아이들은 인기 있는 사람과 없는 사람으로 나뉘었고, 누군가는 처음으로 연애를 하기도 했다. 이성의 사랑을 쟁취하지 못한 아이들은 새해 파티에 큰 기대를 걸었다.

하지만 12월 중순에 이들의 모든 계획은 산산조각이 났다. 그 무렵 학교에 홍역이 돌기 시작했던 것이다. 홍역은 저학년부터 시작해서 고학년으로 퍼졌고, 12월 말 즈음에는 엄격한 격리 조치가 내려졌다. 층간 이동도 금지되었고 공동 식당도 사용할 수 없었다. 8학년의 A반에서 공부하는 학생 가운데 3분의 1 이상이 홍역에 걸렸다. 사냐는 아침마다 거울에 비친 자기 얼굴을 살펴보면서 어서 속히 홍역에 걸리기를 기다렸지만 붉은 반점은 관찰되지 않았다.

학생들은 화장실에 갈 때만 교실에서 나갈 수 있었다. 점심시간에는 간호사와 식당 직원이 파이와 비네그레트*와 설탕 넣은 홍차를 주전자에 담아서 교실로 갖다주었다. 처음에는 재미있었지만 곧 싫증이 났다. 전염병과 관련해서 가장 기분 나쁜 것은 이것 때문에 새해 파티가 취소되었다는 것이었다. 1학기는 이렇게 지루하게 끝났고, 겨울방학을 맞은 아이들은 각자 집으로 흩어졌다. 12월 31일에 사냐는 결국 홍역에 걸렸고, 그리하여 그는 자신이 가장 좋아하는 생일 파티도 못 하게 됐다.

지루한 방학을 흥미롭게 만든 사람은 빅토르 율리예비치였

* 러시아식 샐러드.

다. 보통 그는 방학 때는 러문애 회원들과 만나지 않았지만, 그 해 그들은 거의 격일로 만나다시피 했다. 일리야가 찍은 사진도 유독 이때 사진이 많았다. 이들 중 병에 걸리지 않은 아이들은 모두 모여서 같이 돌아다녔다. 세 시간씩 돌아다니고도 모자라서 빅토르 율리예비치의 집에 가서 차를 마셨다. 이 무렵 사진에 처음으로 여학생들이 등장했는데, 이들의 이름은 카탸 주예바와 아냐 필리모노바이며, 이들은 전까지 사내아이들만 있던 이 모임에 합류한 최초의 여학생들이었다.

카탸는 길게 기른 머리를 양 갈래로 땋아서 검은 리본으로 묶었는데, 땋은 머리가 코트 깃에 흘러내렸다. 필리모노바는 스키용 모자를 쓰고 있었고, 헤어라인은 V자형이었고, 사내아이같이 생긴 데다 이마에 여드름이 나 있었다. 이마에 난 여드름을 가리려고 모자를 썼을 것이라고 일리야는 추측했다. 카탸가 선생님을 사랑한다는 것을 처음으로 눈치챈 사람도 그였다.

카탸는 학교에 갈 때는 땋은 머리를 동그랗게 바구니 모양으로 말아 뒤통수에 붙여서 예쁘지 않았지만, 러문애 회의(빅토르 율리예비치의 집에서 갖는 모임을 그들은 이렇게 불렀다)에 올 때면 땋았던 머리를 모두 풀어서 길게 늘어뜨렸는데, 그 모습이 정말 예뻤다. 그녀는 동그란 식탁 앞에 항상 똑같은 자리에 앉아서 턱을 괴고 있었는데, 그럴 때면 얼굴이 머리카락에 가려 거의 보이지 않았고, 미하는 머리카락 속에 숨겨진 그녀의 얼굴을 보려고 이리저리 허리를 구부렸다. 그는 특히 학교 밖에서 만나는 그녀가 무척 마음에 들었다. 그는 그녀 말고도 7학년 학생인 키 작은 로자 갈레예바와 역시 7학년인 조야 크림이 마음에 들었다.

빅토르 율리예비치가 카탸를 부를 때면 늘 그녀의 얼굴 전체가 우스꽝스러울 만큼 새빨개져서 하얀 코만 도드라져 보였다. 카탸는 친구들에게 속 얘기도 잘 안 하고 말수도 적었다. 심지어 친한 친구인 아냐에게도 자신이 지식의 날*인 9월 1일에 학교 운동장에서 열린 성대한 행사에서 사내아이들에게 둘러싸여 환하게 웃던 그를 처음 본 그 순간부터 사랑했다는 얘기는 하지 않았다.

카탸는 학교에서는 그를 쫓아다녔고, 방과 후에는 먼발치에서나마 그의 집까지 따라갔다. 저녁에 가끔 그의 아파트 1층 입구까지 가기도 했지만 밖에서 그를 만난 적은 한 번도 없었다. 그리고 그녀는 그가 이끄는 문학 동아리에 들어가기로 마음먹고도, 배구를 더 좋아하는 아냐를 끌어들이고 나서야 동아리에 합류했다.

봄 즈음에 카탸에게 중요한 사건 하나가 발생했고, 그녀는

* 새 학년이 시작되는 것을 기념하는 날이다.

2년 후 자신의 남편에게 이 일에 대해 이야기해주었다. 카탸는 볼쇼이 극장에서 하는 프로코피예프의 발레 '전쟁과 평화' 공연표를 구하게 된다. 모스크바 사람들은 누구나 이 공연을 보러 가려고 했고, 카탸의 할머니가 폭넓은 인맥을 동원하여 구한 표 한 장을 그녀에게 준 것이었다. 1막이 끝난 후에 카탸는 확인하고 싶은 것이 있어서 극장 매점에 갔다. 매점에는 사람들이 무척 많아 서로 밀고 소란스러웠으며, 앞에는 사람들이 길게 줄지어 서 있었다. 문에서 가장 가까운 테이블에 빅토르 율리예비치가 앉아 있었다. 그리고 그의 옆에는 동양적 외모의 미인이 있었다. 테이블에는 꽃다발이 놓여 있었다. 그들은 대화를 나누었고 그러다 그가 왼손을 그녀의 한쪽 어깨에 얹었는데, 이때 카탸는 속이 심하게 메슥거렸다. 그녀는 공연 중간에 집으로 갔다. 할머니한테는 머리가 심하게 아팠노라고 말했다.

일주일 뒤 그녀는 빅토르 율리예비치를 그의 아파트 1층 입구에서 기다렸다가 그에게 사랑을 고백했다. 그의 비웃음을 각오하고 한 고백이었다. 하지만 그는 웃지 않았다. 그는 동양 여자한테 했듯이 한 손을 그녀의 한쪽 어깨에 얹고는 진지한 투로 벌써 알고 있었지만 어떻게 해야 할지 모르겠다고 말했다.

"괜찮아요. 다만 선생님과 극장에 함께 있었던 그 여자만 생각하면 죽을 것만 같아요. 결혼할 여자인가요?"

"아니, 카탸. 결혼 상대는 아니야. 그 여자는 유부녀야."

그는 굉장히 진지한 투로 말했다.

"그럼 저랑 결혼해요!"

카탸는 이 말을 하고 도망치듯 그 자리를 떠났다.

"네가 학교를 졸업하면!"

빅토르 율리예비치는 그녀의 뒤통수에 대고 소리 질렀다.

그녀는 아파트 1층 현관문을 쾅 닫고 떠났다. 그는 미소를 지었고 고개를 조금 내저었으며, 쇠로 된 담뱃갑을 꺼내 담배 한 개비를 꺼냈다. 한 손으로 많은 일을 할 수 있는 그는 능숙하게 라이터로 불을 붙이고는 담배를 빨았다. 그러고는 입가에 미소를 띤 채로 담배를 피웠다. 한 손을 잃고 나서는 절대로 결혼해서 여자한테 굴욕적으로 의존하지 않겠다고 다짐했고 벌써 10년이 넘도록 매번 결혼 이야기가 나오기 시작할 때면 때로는 비겁하게, 때로는 단호하게, 가끔은 매정하게, 또 가끔은 부드럽게 결혼을 거부하며 그들에게서 도망치곤 했다.

하지만 지금 빅토르는 미소 짓고 있었는데, 그녀는 예뻤고, 정열적이면서도 아이처럼 순수한 마음으로 그를 사랑했고, 그가 우려하는 일이 일어날 것 같지는 않았다. 정말로 그녀가 학교를 졸업하기가 무섭게 둘이 결혼하게 되리라고는 상상조차 못 했던 것이다.

이듬해 1년 동안 9학년 학생들은 19세기에 푹 빠졌다. 긴 시간이 흘러 멀찍이 바라보는 19세기는 무척 매력적이었다. 평범한 대화에도 지나이다 볼콘스카야의 살롱에서처럼 문학 이야기가 빠지지 않았다. 물론 역사 이야기도 심심찮게 등장했다. 연대장 비비코프의 보고서에서처럼 말이다.

데카브리스트*들은 러시아 역사의 심장이었고, 역사로 회자되는 가장 훌륭한 전설이었기에 아이들 모두 그들에 관한 이야기에 열광했다. 일리야는 심지어 데카브리스트들의 사진을 수집했는데(이 컬렉션도 초기에는 호기롭게 시작했지만, 후에 운명의 횡포에 휘둘렸다) 책에 실린 이들의 사진을 다시 새롭게 찍어서 멋지게 재현해냈다. 일리야가 직접 만든 앨범을 자세히 들여다보던 사냐가 콧수염이 나고 머리카락이 덥수룩한 남자를 손가락으로 가리키면서 대수롭지 않게 지나가는 말처럼 말했다.

"이 루닌이라는 사람이 우리 증조할머니의 형제였다나 봐. 할머니는 그가 비난을 두려워하지 않았다고 하셨어. 우리 가문에 두 명의 데카브리스트가 있었대. 두 번째 데카브리스트는…… 스테클로프 할아버지의 고조할아버지인가……. 자세한 건 할머니한테 직접 물어봐. 할머니가 말씀해주실 테니까. 할머니는 편

* 1825년 12월 러시아 최초로 근대적 혁명을 꾀한 혁명가들.

지 같은 것도 갖고 계셔."

미하와 일리야는 너무 놀란 나머지 그 자리에서 몸이 굳어버렸다. '뭐라고?' 즉시 그들은 안나 알렉산드로브나 집으로 달려갔다.

안나 알렉산드로브나는 담배를 쥔 손을 내려놓고 한쪽 눈썹을 올리고는 말했다.

"그래, 친척 중에 있단다."

그녀는 그 연배의 다른 사람들이 그렇듯 아주 오래된 과거라 할지라도 과거에 대한 대화를 꺼렸다. 하지만 그들은 집요하게 이런저런 질문을 했다. 그럴 때마다 그녀는 무미건조하게 대답했고, 미하일 세르게예비치 루닌**은 증조할머니의 형제라고 했다. 한편 고인이 된 사냐의 아빠, 스테판 유리예비치 스테클로프는 세르게이 페트로비치 트루베츠코이***의 후손이었다. 세르게이 페트로비치의 아들의 집은 볼샤야 니키츠카야 거리에 있었다. 트루베츠코이 가문은 후손이 무척 많은 가문이었다. 볼샤야 니키츠카야 거리에 있는 이 집은 대략 1백 년 동안 트루베츠코이 가문 사람의 소유였다. 이 집의 최초 소유주는 드미트리 유리

** 미하일 세르게예비치 루닌(1787~1845). 상트페테르부르크 출신의 데카브리스트.

*** 세르게이 페트로비치 트루베츠코이(1790~1860). 현장에서 혁명을 지도하기로 했던 데카브리스트 핵심 인물 중 한 명이다.

예비치인데 이 사람이 속한 가문은 데키브리스트를 배출한 가문이 아니었다. 안나 알렉산드로브나 자신은 트루베츠코이 가문과 무관했지만, 사냐의 경우 외가 쪽으로 트루베츠코이 가문의 후손이었다…….

이 이야기를 들은 미하가 화내며 말했다.

"너 왜 말 안 했어?"

"이게 떠벌리고 다닐 일이야?"

사냐가 인상을 쓰면서 말했다.

"무슨 소리야! 모두들 자랑스러워했을 텐데!"

미하는 한층 부드러워진 표정을 지으면서 그를 보고 말했다.

"무슨 말이야! 푸시킨의 '시베리아 광물 깊숙이' 같은 시도 그들에 대한 거잖아."

지나치게 아부 섞인 감탄이 빨간 머리 미하의 얼굴에 드러나자 사냐는 미하의 한쪽 귀에 대고 안나 알렉산드로브나에게 들리지 않을 만큼 작은 목소리로 찬물을 끼얹듯이 말했다.

"그럼! 시베리아 광물 깊숙이 두 사내가 앉아서 똥을 싸재끼고 있지. 그들의 눈물 나는 노력은 헛되지 않을 것이며 똥은 거름이 될 거야!"

사냐는 어렸을 때부터 안나 알렉산드로브나로부터 자기 조상과 관련된 이야기를 귀에 못이 박히도록 들어서 자신의 뿌리에 대한 이야기에 심드렁했다.

일리야는 둘의 대화를 들은 것인지 짐작한 것인지 길고 호탕하게 웃었는데, 미하의 당황한 얼굴이 굉장히 우스워 보였기 때문이다. 미하는 아이 특유의 기다란 속눈썹을 깜빡이더니 떨리는 목소리로 말했다.

"너 어떻게 이럴 수 있어? 어떻게 그런 말을 할 수 있어? 옛날 같았으면 너한테 결투를 신청했을 거야……."

안나 알렉산드로브나는 이 장면을 즐거운 듯 지켜보았다. 옛날 같았으면 그녀가 총애하는 빨간 머리 미하의 선조는 그녀가 속한 귀족의 집 문지방도 넘지 못했을 텐데 그런 그가 자기 손자에게 결투를 신청하려고 한다고 생각하니 절로 웃음이 나왔다.

"녀석들, 콧수염이 자라고 있기는 하지만 여전히 어리숙하다니까. 사냐, 주전자에 물 좀 끓이렴."

사냐는 순순히 부엌으로 갔다. 그리고 안나 알렉산드로브나가 찬장에서 뭔가를 꺼내는지 바스락거리는 소리가 났다. 오늘은 찬장에 수시키*와 수하리키** 정도밖에 없었다. 하지만 거기

* 새끼손가락 크기의 작은 베이글을 튀긴 뒤 오븐에 구운 것.

** 샐러드 같은 음식에 사용하기 위해서 식빵을 건조시킨 것.

서는 바닐라 향과 러시아혁명 전에나 맡을 수 있던 독특한 향이 나서 미하는 찬장 문이 활짝 열리기를 내심 기다렸다.

그들은 말없이 차를 마셨다. 미하와 일리야는 그처럼 친하게 지내온 사람들이 그렇게 높은 사람들과 친척 관계였다는 새로운 발견을 한 데다, 위대한 역사에 가까워졌다는 묘한 흥분에 휩싸여 있었다.

'이들 모두의 사진을 찍어야겠어. 안나 알렉산드로브나, 나제즈다 보리소브나와 사냐 모두를 말이야. 안나 알렉산드로브나가 제일 먼저 돌아가실 테니 안나 알렉산드로브나를 먼저 찍어야겠어.'

일리야는 다짐했다.

이미 그는 매부리코와 커다란 갈색 핀으로 고정한 올림머리와 긴 귀 뒤로 들어가서 주름진 목으로 떨어지는 몇 가닥 안 되는 꼬불꼬불한 흰머리, 이 모든 것이 보이도록 제대로 된 얼굴 사진을 찍어야겠다고 생각했다. 그리고 카메라를 돌려서 움푹 팬 볼과 처진 귓불에 건 다이아몬드 귀걸이만 보이는 각도로도 찍어야겠다고도 생각했다.

미하는 수하리키를 자르면서, 연대장 트루베츠코이가 왜 세나츠키 광장으로 나가지 않고 자기 동료들을 배신했는지 물어보는 것이 예의에 어긋날지를 고민했다. 하지만 선뜻 물어볼 용기는 나지 않았다.

안나 알렉산드로브나는 그때 자리에서 일어나서 병풍 뒤로 사라졌다. 옷장 문이 삐그덕거리는 소리가 들리더니 그녀가 금빛 태피스트리로 장식된 커다란 보석함을 가져와서 탁자 위에 놓고 거기에서 게르첸이 설립한 인쇄소인 '자유로운 러시아 인쇄소'에서 1862년에 출간한 귀하디귀한 책《데카브리스트들의 메모들》을 꺼냈다.

"자, 손 씻고, 콧물 닦고, 페이지를 넘길 때 조심조심해서 읽으려무나. (그러더니 그녀는 마치 미하가 하고 싶은 질문을 듣기라도 한 것처럼) 데카브리스트들에 대해 사람들이 말하고 책이나 매체에서 쓰는 것을 전부 믿지는 마. 역사를 보면 의심의 여지 없이 힘든 시기가 많았지만, 당시가 최악의 시기는 아니었어. 그 시대에는 고귀함과 품위, 명예를 지키려는 마음이 있었지. 손은 다 씻었니?"

미하는 구하기 힘든 책을 예의를 갖춰 읽기 위해서 무릎에 있던 고양이를 쿠션에 내려놓고 손을 씻으러 쏜살같이 욕실로 달려갔다. 돌아와서는 책을 펼쳤고, 펼쳐진 페이지에 적힌 내용을 소리 내어 읽었다.

존경하지 않는 사람에게 감사해야 한다는 생각을 하니 마음이 무겁구나.

"자, 자, 책 이리 줘봐."

안나 알렉산드로브나는 펼쳐진 페이지를 살짝 들여다보더니 미소를 지으면서 의기양양하게 말했다.

"내가 하고 싶은 말이 여기 있네. 이건 세르게이 트루베츠코이가 신문을 받고 나서 쓴 글이란다. 12월 14일 밤에 체포되어 15일까지 그곳에 있으면서 군주인 니콜라이 파블로비치가 직접 그를 신문했어. 황제는 리투아니아의 게디미나스 왕조의 후손인 트루베츠코이 공이, 그러니까 로마노프 왕조보다 더 명망 높은 가문의 후손인 그가 '이렇듯 끔찍한 일에 연루'되자 공포에 떨었단다. 신문을 끝내면서 그는 마지막으로 말했단다. '아내에게 당신의 목숨이 안전하다고 쓰시오'라고 말이지. 즉 군주는 자세히 조사를 하기도 전에 결정을 내린 거야! 하지만 트루베츠코이는 자신의 죄가 크다는 것을 알고 있었고, 사실 황제 살해는 반대했지만 자신이 모든 책임을 지기로 했어."

"빅토르 율리예비치 선생님은 모든 데카브리스트들은 황제가 그들의 생각을 이해하고, 자신의 정책을 바꿀 것이라고 생각했기 때문에 모두 진술을 했고, 다들 정직하게 이야기했다고 말씀하셨어요."

미하가 말했다. 그는 이렇듯 고귀한 가문 사람과 나누는 대화에서 똑똑하게 보이고 싶어서 안달이 나 있었다.

"맞아, 그들은 진실을 말했어. 트루베츠코이는 신문에서 자신의 잘못을 진심으로 뉘우쳤지만, 그 누구에게도 죄를 덮어씌우지 않았어. 그들은 거짓말하지 않았고 명예를 지켰단다. 여러 회고록으로 미루어 짐작하건대 시베리아에 유배 가 있는 동안 그곳에 있던 유배자들이 트루베츠코이를 좋아하고 존경했다고 해. 그리고 내가 아는 한은 데카브리스트 중에 배신자는 단 한 명밖에 없었는데, 그 사람은 다름 아닌 마이보로다 대위였다더구나. 그는 동료들이 준비하는 봉기에 대해 3주에 걸쳐 밀고했어. 배신자는 그 한 명이었을 수도 있고 한두 명이 더 있었을지도 몰라. 하지만 이 봉기에 동참한 사람은 3백 명이 넘었어! 나머지는 너희들이 직접 읽으렴! 결국 증인 신문 조사서가 출간되었단다. 당시는 밀고가 흔하지 않던 시기였지!"

안나 알렉산드로브나는 이 부분을 특별히 더 강조해서 말했지만 일리야만 눈치챘다.

"역사는 말하자면 복음서와 조금 비슷한 것 같아. 마이보로다는 목을 매서 죽었거든. 수년이 지난 뒤이긴 하지만……."

"가룟 유다처럼요!"

미하는 성서 이야기가 떠올라서 큰 소리로 말했다.

그러자 안나 알렉산드로브나는 웃으면서 말했다.

"똑똑한걸, 미하! 역시 배운 사람다워!"

칭찬을 받아서 기분이 좋아진 미하는 용기를 내서 말했다.

"안나 알렉산드로브나, 그런데 데카브리스트 중에 누가 가장……."

그는 '훌륭한지'라고 말하려다가 이런 질문은 너무 유치한 것 같아서 잠시 머뭇거리다가 덧붙였다.

"가장 좋아하는 분이 누구세요?"

안나 알렉산드로브나는 잠시 책장을 넘겼다. 책 속에는 복원된 사진 몇 장이 꽂혀 있었다. 그녀는 누렇게 바랜 책 속에서 어딘가에서 오려낸 인물 사진 한 장을 꺼냈다.

"여기, 미하일 세르게예비치 루닌이란다."

사내아이들은 몸을 숙여서 사진을 들여다봤다. 일리야의 사진 컬렉션에서 이미 본 얼굴이었다. 하지만 일리야의 사진 컬렉션 속 그는 젊고 콧수염도 풍성하고 입술도 도톰했지만, 안나 알렉산드로브나가 내민 사진 속 그는 그때보다 대략 20년은 뒤에 찍은 것이었다.

"봐봐, 여기 훈장도 여러 개 달고 있고 십자가도 있고 그 옆에 또 뭐가 있는데 이건 정확히 뭔지 모르겠네."

일리야가 사진을 보고 말했다.

"루닌은 1812년에 있었던 전쟁*에 참전했어. 훈장에 대해서 내가 아는 건 그가 형을 선고받았을 때 사람들이 보는 데서 그의 훈장들이 불길에 내던져졌다는 것뿐이야. 하지만 이 일이 있고도 그를 향한 사람들의 존경은 여전했지."

안나 알렉산드로브나가 미소를 지으면서 말했다.

"개새끼들! 전쟁 공훈 훈장을 불 속에 던져버린다는 게 말이나 돼?"

미하가 화를 내면서 말했다.

"그러게나 말이다. 데카브리스트의 난이 있던 때 그는 상트페테르부르크에 없었어. 바르샤바에 있던 그를 상트페테르부르크로 압송해 왔어. 그는 북방결사파**의 핵심 인사 중 한 명이었지만, 이 무렵에는 비밀결사로부터 멀어져 있었어. 그는 그가 속한 조직의 추진력이 약하다고 생각했지. 루닌은 황제를 살해할 계획을 가졌지만, 다른 조직원들은 그의 의견을 따르지 않았어. 후에 데카브리스트들의 대표가 된 트루베츠코이도 황제 살해는 반대했어."

"만약 루닌이 그들 모두를 설득했다면 10월 혁명은 1백 년이

* 1812년에 있었던 나폴레옹의 러시아 원정.

** 데카브리스트들 중 입헌군주제를 주장하던 비밀 조직.

나 앞당겨졌겠네요!”

미하는 조금 흥분했는지 눈을 부릅뜨고 말했다.

그러자 모두들 웃었다.

“미하, 하지만 그랬다면 그 혁명은 10월 혁명이 아니었겠지.”

안나 알렉산드로브나가 미하의 말을 도중에 잘랐다.

“그렇긴 하죠, 안나 알렉산드로브나. 그것까지는 생각 못 했어요. 그다음에 루닌은 어떻게 됐나요?”

“루닌은 강제 노역 기간이 끝난 후에 또다시 체포되었는데, 이번에는 그가 보낸 편지가 문제가 되었지. 거기에는 비밀 위원회가 황제에게 보낸 밀고를 분석하는 글도 있었어. 이 글이 출간되었지. 바로 이 일로 그는 한 번 더 감옥에 수감되었고 거기서 죽었어. 소문에 의하면 누군가가 황제의 지시를 받고 그를 살해했을 가능성이 높았어.”

“어떻게 그렇게 비열한 짓을 할 수가 있죠!”

미하가 소리쳤다.

미하는 루닌의 죽음에 대한 이야기를 듣고 며칠 동안 힘들어했다. 그동안 그는 ‘영웅의 죽음을 기리며’라는 시를 썼다.

이것은 러시아 역사상 가장 아름답고도 위대한 사건이었고, 빅토르 율리예비치의 지도하에 아이들은 이 사건을 통해 자신의 지식을 넓히고 가슴을 따뜻하게 하는 훈련을 했다.

미하 멜라미트는 자신이 쓴 작문에 게르첸의 글을 인용했다.

나는 형제들의 피로 더럽혀진 제단 앞에서 사형당한 이들을 대신해 복수하겠다고 맹세했고, 이 왕좌와 제단과 대포들을 상대로 투쟁을 하기로 다짐했다. 그러나 근위부대도 왕좌도 제단도 대포도 그대로 남았고 나는 복수에 실패했지만, 30년이 지난 후에도 혁명을 하고자 하는 내 생각은 변함이 없을 것이다.

그다음에는 자기가 직접 지어낸 말을 적었다. "결국 지금까지 그들에게 복수한 자는 없었다."

그의 작문을 읽은 선생은 당시의 변혁기와 1백 년도 더 전에 살았던, 선생 자신과 동갑이었던 사람이 겪은 도덕적 위기를 자신이 가르친 제자가 느꼈다는 사실에 감동을 받았다.

하지만 물론 인생에서 데카브리스트들에 대한 흥미진진한 지식이 차지하는 비중은 높지 않다. 이를테면 새해가 다가오고 있었다. 중요한 명절이면서 유일하게 국경일이 아니어서 거리에서 붉은 깃발이 휘날리지 않고 트리를 장식할 수 있으며 어른들은 법적으로 음주가 허용되고 선물을 주고받고 각종 깜짝 파티가 난무하는 새해 말이다.

올해에는 전염병이 돌지 않았기 때문에 다들 신년 파티를 학수고대하고 있었다. 12월 30일로 예정된 학교 파티 2주 전부터 다들 잔뜩 들떠 있었다. 이제 머지않아 그들이 꿈꾸는 사랑이 이루어질 것만 같았기 때문이다.

이날은 여자아이들과 함께한 첫 번째 파티였고, 여자아이들은 교복이 아니라 나비처럼 형형색색의 원피스와 상의를 입는 등 잔뜩 꾸미고 왔으며 몇 명은 머리를 풀어헤쳤다. 여자 선생님들 역시 치장하고 왔다. 빅토르 율리예비치는 축제에 온 모든 이들이 하나도 빠짐없이 다들 들떠 있는 모습을 보며 흐뭇해했다. 교장 선생님인 라리사 스테파노브나도 굽 높은 구두를 신고 양 날개를 활짝 펼친 나비 모양의 큼직한 브로치를 옷깃에 달고 왔는데 나비는 그녀와 아무런 연관이 없는 생명체였기에 다소 생뚱맞아 보였다.

고학년 학생들은 이 파티를 굉장히 오랫동안 열심히 준비했고, 자신들에게 허락된 수많은 유희들을 빠짐없이 즐길 생각이었기 때문에 12월 한 달 동안 파티 계획은 무수히 변경되기를 반복했다. 처음에는 가면무도회를 열기로 했다가 무도회 의상에 시간을 들이기보다 잘 준비된 공연을 열기로 결정했다. 진짜 오케스트라를 초대하자는 제안도 있었지만 비용이 만만치 않았다. 풍자극을 만들어서 공연하거나 나타샤 미르조얀이 슈베르트의 곡을 연주하고 시를 낭독하는 공연을 넣자는 제안도 있었다. 제대로 된 연극을 올리자는 제안도 있었다.

이번에도 의견이 많이 나왔고, 그 모든 의견을 조금씩 반영해서 결과적으로는 어수선한 파티가 되었다. 가면무도회에 가고 싶었던 이들은 뭔가 이상하거나 우스꽝스러운 옷을 입었다. 카탸 주예바는 오래전부터 계획한 대로 우체부 가방처럼 꾸민 버스 차장용 가방을 매고 우체부 복장을 하고 나타났다. 가슴에는 숫자 '5'가 적힌, 꽃무지색으로 칠한 마분지가 달려 있었는데, 이 마분지는 구리 배지를 표현한 것이었고, 머리에는 우체부들이 쓰는 파란색 모자 대신 신문지 삼각모를 쓰고 있었다. 이렇게 표현해도 이해 못 하는 친구들을 위해서 등에는 흰색으로 '우체국'이라는 글씨를 쓴 파란색 마분지를 붙였다. 그녀의 친구인 아냐 필리모노바는 집시처럼 옷을 입고 왔는데, 커다란 꽃무늬가 그려진 치마를 입고, 양쪽 귀에는 귀찌를 하고, 직접 만든 목걸이에 어머니가 궤짝에서 꺼내주면서 오래된 것이니 소중하게 다루라고 신신당부한 커다란 숄을 두르고 왔다. 양손에는 원하는 사람이 생기면 언제든 사용할 요량으로 타로 카드를 쥐고 있었다. 하지만 자신이 먼저 제안할 용기는 없었다. 아냐도 처음에는 이렇게 치장할 생각은 없었지만, 혼자만 이상한 옷을 입고 오기 싫다는 카탸의 실득에 넘어갔다.

그 밖에도 여러 편의 시를 연결해서 낭독하는 행사와 체조부 전체가 계속 조금씩 연습한 인간 '트리' 만들기도 할 계획이었다. 이 게임은 열두 명이 서로의 몸을 딛고 올라가서 장식 달린 트리 모양을 만드는 것이었다.

기술 과목을 가르치며 다리를 저는 이트킨 선생은 재킷 위에 훈장 걸이용 천을 달고 왔고, 체육 선생인 안드레이 이바노비치는 처음으로 지퍼가 달린 파란색 누빔 점퍼가 아니라 흰색 스웨터를 입고 왔다. 두 사람 모두에게서 좋은 오드콜로뉴 냄새가 났는데, 기술 선생한테서는 '4711 오드콜로뉴' 향이 났고 체육 선생한테서는 '시프레' 향이 났다. 옛날 노래가 수록된 레코드판을 넣고 음악을 틀었는데, 이런 노래에 맞춰 춤을 출 수 있는 건 서커스단에서 훈련받은 곰밖에는 없을 것 같았다. 하지만 '리오 리타'라는 노래가 흘러나오기 시작하자, 여자아이들은 양다리를 까딱까딱 움직이긴 했지만, 체육 선생이 소련 소년단을 지도하는 여자 선생님에게 춤을 청하기 전까지는 아무도 홀의 가운데로 나올 용기를 내지 못했다. 결국 그 두 선생은 연장자인 선배 교사들의 따가운 시선을 받으면서 단둘이서 '리오 리타'에 맞춰 잠시 춤을 춘 유일한 한 쌍이 되었다. 이들을 구해준 것은 영리하고 리더십이 있는 9학년 여학생이자 콤소몰* 회원인 타샤 스몰키나였다. 그녀는 여러 명이서 함께할 수 있는 놀이 몇 개를 소개했는데, 이를테면 어린아이들에게는 '루체요크'**와 '콜초'***를 권했고, 이번 무도회를 통해 연애를 하길 원하는 이들에게는 '우체국'이라는 게임을 제안했다.

우체부 복장을 한 카탸 주예바가 모두에게 번호를 나눠주자, 모두들 쪽지에 무언가를 쓰기 시작했다. 카탸는 우편물을 나눠주면서 홀 안을 바삐 돌아다녔다. 빅토르 율리예비치는 창가에서서 교무실로 가서 담배 피울 순간을 고르고 있었다. 그가 출구 쪽으로 가고 있을 때 우체부 역할을 하는 여학생이 그를 멈춰 세우고는 한꺼번에 쪽지 두 개를 건넸다. 그는 그걸 주머니 속에 집어넣었다. "저는 선생님을 사랑합니다"라는 쪽지에는 발신인이 없었다. 56번이 보낸 두 번째 쪽지에는 "선생님은 파스테르나크의 소설을 좋아하시나요?"라고 적혀 있었다.

빅토르 율리예비치는 교무실로 내려갔는데, 그곳에는 저학년 학생들을 가르치는 젊은 여자 선생이 둘 있었고, 한 명은 예쁘고

* 1918년에 조직된 소련의 공산주의 청년 조직.

** 두 줄로 서서 상대방과 마주 잡은 손을 위로 들어서 터널 모양을 만들면 한 사람씩 그곳을 지나가는 놀이.

*** 반지나 링 등을 던져 나무 막대기 등에 들어가게 하는 놀이.

다른 한 명은 외모가 그저 그랬는데, 귓속말을 하면서 키득거리는 모습이 꼭 8학년 여학생들 같았다. 그들도 이번 파티에서 무언가를 기대하고 설렜던 것 같았다.

빅토르 율리예비치는 사랑 고백 쪽지를 찢어서 종이 조각을 재떨이에 던졌다. 고학년 여학생들은 두 무리로 나뉘었는데, 일부는 빅토르 율리예비치를 좋아했고, 그보다는 적은 수지만 몇몇은 체육 선생을 더 좋아했다. 문학도인 빅토르는 두 번째 쪽지를 펼쳤는데, 단단한 연필로 여학생 특유의 동그랗고 귀여운 필체로 굉장히 흐리게 적혀 있었다. 그는 질문에 대한 대답을 "《류베르스의 어린 시절》*만 빼고"라고 적고는 다시 접고, 수신자란에 56번이라고 적은 후에 잠시 생각에 잠겼다. 문득 러시아 문학에는 여자아이들의 어린 시절에 대한 소설이 하나도 없다고 생각했던 것이 떠올랐다. 파스테르나크가 작품 활동 초기에 썼던 이 중편소설을 그동안 왜 잊고 있었을까? 그는 전쟁이 발발하기 전, 아직 어린 사내아이였을 때 이 소설을 읽었고, 당시에는 복잡한 서사와 명료하지 못한 내용과 지나치게 어휘가 많고 구조를 파악하기 힘들었기 때문에 그 소설이 마음에 들지 않았다. 하지만 어쩌면 이 소설은 러시아 문학에서 유일하게 여자아

* 보리스 파스테르나크의 중편소설. 제냐 류베르스라는 소녀의 성장기를 그린다.

이의 어린 시절에 대해 쓴 소설일지도 모른다. 이 소설을 왜 잊고 있었던 것일까? 거기에는 그가 요즘 들어서 궁금해하는 사춘기의 특징이 나와 있었는데, 앞으로 겪게 될 어마어마한 생리학적 사건을 알 길이 없는 여학생이 겪게 될 심리학적 충격과 죽음을 두려워하는 것 등 사실상 모든 것이 들어 있지 않았던가! 그는 어서 속히 그 소설을 다시 한번 읽고 싶어졌다. 그의 집에는 파스테르나크의 소설이 없었다. 국립도서관에 가서 한번 찾아봐야 할 것 같았다…….

빅토르 율리예비치는 홀로 향했고, 그를 보고 달려온 우체부 복장을 한 카탸에게 서둘러서 쪽지를 건넸다. 그는 인간 피라미드도 슈베르트 곡 연주도 보지 못했다. 음악 소리가 완전히 잦아들더니 왈츠가 끝났다. 다들 벽 쪽에 붙어서 사각거리는 소리를 냈다. 갑자기 쥐 죽은 듯 고요한 적막 속에서 따귀 때리는 소리가 들렸고, 다들 그쪽으로 돌아봤다. 홀 한가운데 키 큰 남녀 한 쌍이 서 있었는데, 한 사람은 우스꽝스러운 집시 복장을 한 아냐 필리모노바이고 나머지 한 명은 유라 부르킨이라는 사내아이였다. 아냐는 그에게서 빼앗은 숄을 가슴에 대고 꼭 눌렀다. 한편 유라는 배구를 좋아하는 여자아이의 손바닥 자국이 빨갛게 남아 있는 자신의 한쪽 볼에 손을 갖다 댔다.

고골의 작품에서나 있을 법한 장면이었다. 다들 숨을 죽이고 이야기가 어떻게 전개될지 기다렸나. 이야기는 유라가 한쪽 볼에서 손을 떼고 자신의 여성 파트너를 한쪽으로 끌고 가서는 그녀의 따귀를 찰싹 때리면서 끝났다.

다들 조용히 "이런!" 하는 소리를 냈고 카탸는 친구에게 달려갔고 홀 안은 술렁이고 흥분하기 시작했다. 얼굴이 빨갛게 상기된 아냐가 카탸의 어깨에 기대고 통곡하기 시작했다. 그러면서 띄엄띄엄 볼멘소리로 말했다.

"재가…… 재가…… 코를 풀었어……. 내 숄에!"

유라는 홀에서 뛰쳐나갔다. 카탸는 주위를 살펴봤다.

"내 명예를 지켜줄 사람이 정말 아무도 없단 말이야……?"

그녀의 얼굴은 창백했고 화가 머리끝까지 나서 당장이라도 자신을 화나게 만든 장본인을 찢어 죽일 것 같았다. 게다가 1년 동안 내내 그녀는 고귀한 남자들과 아름다운 여자들에 대한 얘기만 하지 않았던가!

미하는 발에 날개라도 단 듯이 쏜살같이 홀에서 나갔다. 그는 유라를 남자 화장실에서 만났다. 그는 어제저녁에 슬쩍한 아버지 담배를 떨리는 손에 쥐고 있었다. 사실 유라는 담배를 피우면 속이 메슥거리기 때문에 담배를 피우지 않았다. 6학년 때부터 담배를 피워보려고 노력했지만 결국 배우지 못했다. 하지만 불을 붙인 담배를 쥐고 있는 것 자체는 좋아했고, 이 순간에는 메슥거리지 않을 것 같았다.

미하는 그의 손에 들려 있는 담배를 낚아채서 두 동강을 낸 다음 한쪽으로 휙 던져버린 뒤 차갑고 차분하면서 경멸 섞인 목소리로 말했다.

"결투해! 결투를 신청하마!"

'당신에게'라고 말하려다가 너무 멍청해 보일 것 같았다. 그렇다고 '너에게'라는 말도 뭔가 어울리지 않는 것 같아서 둘 다 빼고 말했다.

"미하, 너 뭐야, 돌았어? 바보 같은 계집애가 농담을 이해 못 하는 것뿐이라고. 더러운 집시 같으니라고! 이런 일로 결투를 한다고?"

"총이 없으니 총은 쏘지 못하겠지만……. 총은 고사하고 무기처럼 생긴 것도 없으니 말이야. 정정당당하게 주먹으로 싸우자고."

"미하, 너 정말 머리가 어떻게 된 거 아니야?"

"무례한 것도 모자라서, 너 겁쟁이였구나."

미하가 씁쓸한 듯 말했다.

"뭐, 네가 정 그렇게 원한다면."

내키지는 않았지만 싸우기 싫다는 투로 유라가 동의했다.

"언제 할 건데?"

"오늘."

"미하, 너 정말 왜 그래? 벌써 밤 9시 반이라고."

미하가 자신의 추진력과 인맥을 모두 동원한 덕분에 결투는 한 시간 후에 밀류틴스키 공원에서 하기로 했다.

10학년 학생들은 유라를 말렸고 9학년 학생들은 미하를 말렸다. 결투의 규칙은 결투를 하기로 한 장소로 걸어가면서 말했다.

유라는 가는 동안 내내 투덜댔다.

"미하, 도대체 뭣 하러 주먹다짐을 하자는 거야? 어머니는 아마 지금쯤 벌써 날 찾는다고 학교에 가셨을 거고, 집에 들어가면 아버지한테 혼날 거라고. 나 집에 가봐야 해."

하지만 미하는 요지부동이었다.

"결투해! 누구 하나가 피를 먼저 흘릴 때까지!"

일리야와 사냐는 서로 시선을 주고받았고 윙크로 사인을 주고받으면서 조용히 웃었다. 사냐가 일리야의 귀에 대고 말했다.

"정의의 사도 나셨네."

미하의 증인은 일리야였고, 유라의 증인은 바시카 예고로치킨이었다. 공원에 쌓였던 눈은 많이 치운 상태였고, 증인들이 바닥을 발로 밟아서 싸울 수 있는 공간을 마련해주었다. 사냐는 결투를 하는 당사자들에게 가죽 장갑을 끼라고 했지만, 그런 사치스러운 물건은 아무도 갖고 있지 않았다. 사냐는 무슨 이유에서인지는 모르지만 맨손으로 싸우면 안 된다고 확신하는 것 같았다.

"고대 그리스인들은 가죽 허리띠로 맨손을 칭칭 감았대!"

그런 말은 어디에서 들은 걸까? 하지만 사냐는 꼭 그래야만 한다고 믿는 것 같았다. 다행히도 허리띠는 얼마든지 있었다. 증인들은 바지에서 허리띠를 풀어서 두 개씩 길게 연결한 것 두 개를 만들어서는 눈 위에 결투의 경계선* 대신 올려놓았다. 이제 결투 당사자들은 서로 동일한 걸음만큼 다가와서 '셋'을 세면 결투를 시작해야 했다.

결투 당사자들은 양손을 학교 친구들이 준 벨트로 칭칭 감았지만, 버클이 안쪽에 있었기 때문에 무척 불편했다.

"벨트 빼고 하면 안 될까?"

유라가 제안했다.

미하는 그의 제안에 대답할 필요가 없다고 생각했다.

일리야는 유라에게 사과할 것을 제안했다.

미하는 이 제안도 냉정히 거부했다.

"사과는 당사자한테 가서 해야지."

* 결투 시 양측이 상대방을 향해 총이나 칼을 겨눌 수 있는 거리를 표시한 것.

이 말을 들은 유라는 기뻐했다.

"그래, 제발 부탁이야. 지금이라도 가서 할게!"

하지만 그 자리에 아냐 필리모노바가 없었기 때문에 그 부탁도 받아들여지지 않았다.

미하는 안경을 벗어서 사냐에게 전달했다. 코트도 벗었다.

"이제 그만하지?"

사냐가 귓속말로 말했다.

"듣고 있어!"

미하가 화가 나서 버럭 소리쳤다.

일리야가 숫자를 세기 시작했다. 그가 "셋!"을 외친 순간 그들은 서로에게 다가갔다.

그들은 서로 마주 보고 섰는데, 체구는 유라가 더 다부졌지만 미하가 더욱 독기를 품고 있었다. 미하는 제자리에서 한 번 점프하더니 바로 두 주먹을 거의 동시에 날려서 유라의 얼굴을 가격했는데, 성공적이지는 못했고 슬쩍 스치기만 했다.

드디어 유라도 독이 올랐다. 그래서 그는 미하의 코를 한 번 가격했다. 그러자 미하의 코에서 코피가 줄줄 흐르기 시작했다. 사냐는 마치 자기가 맞은 것처럼 신음하고는 깨끗한 손수건을 꺼냈다. 주먹은 강력하면서도 정확했다.

이때부터 미하의 코는 한쪽으로 살짝 기울었다. 그 후로 한동안 미하는 통증으로 고생했다. 코뼈가 골절된 것 같았다.

이로써 결투는 끝났다.

그사이 학생들은 각자 집으로 흩어졌고, 젊은 여자 교사 두 명과 안드레이 이바노비치는 점잖게 술을 마시고 있었고, 휴대품 보관소에서 일하는 여자와 청소하는 여자만 탈의실에 남았는데, 여자 청소부는 남편이 술을 많이 마시는 날이면 이따금 창고에서 자곤 했다. 카탸 주예바는 신문지 삼각 모자를 벗은 채, 검은색 모직 천을 덧대어 소매와 밑단을 길게 만든 갈색 코트를 입고 휴대품 보관소에 있는 직원용 의자에 앉아서 빅토르 율리예비치를 기다리고 있었다.

그리고 그가 휴대품 보관소에 내려갔을 때 그녀는 그에게 쪽지 하나를 내밀었다.

"선생님 앞으로 온 편지예요."

게임을 까맣게 잊은 그는 의심스러운 눈초리로 그녀를 쳐다봤다.

"아, 네네, 고마워요."

빅토르는 건성으로 대답한 후에 편지를 주머니에 넣었다.

그는 이 종이 쪼가리를 다음 날 아침에 주머니에서 발견했다.

저한테 그의 새로운 장편소설이 있는데, 드릴까요?

카탸.

그녀와 주고받은 쪽지에 대해 까맣게 잊고 있던 그는 카탸가 건넨 쪽지의 의미를 곧바로 이해하지 못했다.

1월 3일에 카탸는 그에게 전화해서 타자기로 친 원고를 이번에도 우체부처럼 배달했다.

파스테르나크의 신간은《닥터 지바고》였다. 마리야 니콜라예브나 지바고의 장례식 장면이 나오기 전, 처음 몇 페이지만 읽고도 빅토르 율리예비치는 깊은 감동을 받았다. 빅토르 율리예비치의 생각에 이 소설은 완결성과 보편성을 모두 갖춰 러시아 문학의 전통을 이어받는 그런 작품이었다. 게다가 이 소설은 현대문학에 속한다. 파스테르나크의 새로운 장편소설의 문장 하나하나는 현세에서 인간의 고통과 인간이 성숙해가는 과정, 물리적 죽음과 도덕적 승리, 그러니까 한마디로 말해서 인간의 삶이 얼마나 창조적이며 이 안에 얼마나 많은 기적이 존재하는가에 대한 것으로, 소재 자체는 새로울 바가 없었다.

빅토르 율리예비치는 방학 동안 내내 파스테르나크의 장편소설에 푹 빠져 살았다. 결말 부분에 있는 아름답지 못하고 특이하며, 단순하면서도 낯선 파스테르나크의 시를 그는 무척 좋아했다. 바로 이것이 시인이 오래전에 갈망하던 천재적 간결함인 것 같았다.

그는 책을 다 읽고 나서 처음부터 다시 읽기 시작했다. 빅토르는 소설 속에서 새롭고 귀중한 사상들, 작가 특유의 감수성과 어휘 외에 약점도 발견했지만, 이 약점마저 마음에 들었다. 소설이 지닌 허점 덕분에 생각도 많아졌다. 계획대로 움직이기를 좋아하지만 끊임없이 자신의 어리석음과 자기애를 드러내는 행동을 하는 라라가 빅토르 율리예비치는 마음에 들지 않았다. 하지만 작가는 그녀를 얼마나 좋아했던가!

유리 안드레예비치 지바고가 죽는 장면에서, 죽어가는 지바고를 실은 전차와 천천히 지나가는 마드무아젤 플뢰리의 길이 엇갈린다. 두 사람 모두 자유를 향해 가지만, 한 명은 산 자들의 땅을 버리고 다른 한 명은 노예로 살던 땅을 버린다. 이 모든 것이 서로 유기적으로 연결된다는 것을 이해하고 나서야 빅토르 율리예비치는 작가가 수많은 우연과 뜻밖의 만남을 무질서하게 연결한 이유를 깨달았다.

빅토르 율리예비치는 이 소설은 "러시아 고전 문학에 대한 위대한 추신"이라고 결론을 내렸다.

방학 마지막 날인 1월 10일에 빅토르 율리예비치는 카타에게 전화했다. 그들은 솔랸카 거리에 있는 '트카니'*라는 가게 앞에서 만났다. 그는 그녀가 건네준 책 덕분에 무척 행복한 시간을 보냈노라며 고맙다고 했다.

"이 소설을 다 읽고 나서 선생님께서 읽으시면 무척 좋아하실 것 같다는 생각을 했어요."

그녀는 이 말을 하고 나서 그가 물어보지도 않았고 물어볼 생각도 없었는데, 그 원고를 어떻게 해서 손에 넣게 되었는지 알려주었다.

"우리 할머니는 보리스 레오니도비치 파스테르나크와 거의 평생 동안 친분을 유지해오셨어요. 이건 할머니가 직접 타이핑하신 거고요. 할머니 몫으로 갖고 계신 원고죠."

빅토르 율리예비치는 그녀의 수다스러운 입을 자신의 뜨거운 손으로 막고는 말했다.

"이 일은 아무에게도 말하지 마세요. 나도 못 들은 걸로 할게요."

그는 한 손을 그녀의 입술에 댔고, 입술은 마치 무언가를 조용히 속삭이기라도 하려는 듯이 살짝 움직였다.

그녀는 이제 막 열일곱 살이 되었고 여전히 어린 소녀였다. 코

* '직물'이라는 뜻.

트 위로 긴 목이 눈에 띄었다. 목도리는 하고 있지 않았다. 머리에는 턱 밑에서 끈을 묶는 아동용 보닛을 쓰고 있었다. 밝은 갈색 눈에 고인 눈물에는 서운함이 묻어 있었다.

"아무한테도 말 안 했어요, 선생님한테만 말씀드리는 거예요. 선생님이 좋아하실 거라는 걸 알고 있었거든요. 제 생각이 맞죠?"

"당연하죠, 카탸. 당연하고말고. 이런 책은 한 사람의 인생을 바꾸는 책이랍니다. 죽을 때까지 고마워할 거예요."

"정말요?"

속눈썹이 위로 올라갔고 눈이 반짝거렸다.

'맙소사, 나타샤 로스토바가 아닌가! 나타샤 로스토바를 복사해놓은 것 같아!'

그 순간 그는 숨이 멎어버릴 것 같았다.

카탸가 학교를 졸업한 뒤 그들은 결혼했다. 물론 그들의 연애에 대해 제일 먼저 안 사람들은 러문애 회원들이었다. 그들은 무척 기뻤다. 9월 무렵에 카탸의 배는 눈에 띄게 불러 있었고, 러문애 회원들의 기쁨은 두 배가 되었다.

두 사람의 결혼 덕분에 러문애 회원들과 선생님은 굉장히 가까워져서 빅토르의 집에서 회의가 끝나면 그들은 그곳에서 좀처럼 마시지 않는 훌륭한 조지아산 와인 한 병을 음미하면서 마시곤 했다. 그리고 이제는 선생이 안 볼 때뿐만 아니라, 선생 앞에서도 그를 '비카'라고 불렀다. 선생 자신은 여전히 그들에게 '여러분'이라는 존칭을 그대로 쓰면서 그들이 자기를 그렇게 부르는 것에 반대하지 않았다.

러시아 문학 애호가들의 회의는 여전히 크세니야 니콜라예브나의 방에서 했지만, 빅토르 율리예비치는 카탸의 친척이 북쪽으로 떠나면서 친척이 살던, 벨로루스카야 기차역 근처에 있는 역무원 숙소에서 살게 되었다. 이 아파트는 창문이 길가로 나 있고, 기차가 출발하고 도착할 때 나는 소음을 악기 연주 삼아 살아야 하는 집이었다.

마지막 무도회

이때가 빅토르 율리예비치의 인생에서 가장 좋은 시기였는데, 일은 재미있었고, 제자들은 그를 존경했으며, 잠시나마 행복한 결혼 생활을 하던 때였기 때문이다. 게다가 일주일에 두 번 저녁에 개인 수업을 했기 때문에 금전적으로도 어느 정도 여유가 있는 시기였다.

그는 일을 굉장히 많이 했지만, 러문애 회원들은 여전히 매주 수요일이면 그의 집에서 모임을 가졌다. 1957년에 졸업한 학생들은 빅토르 율리예비치가 아끼는 제자들이었는데, 그는 6학년 때부터 그들의 담임을 맡아서 그들의 엄마, 아빠, 할머니, 할아버지, 형제자매를 알고 있었다. 제자들과의 열다섯 살이라는 나이 차이는 이제 전만큼 중요치 않아졌는데, 사내아이들은 청년이 되어갔고, 선생이 그들의 동기와 결혼한 뒤로는 거리감이 더 좁혀졌다.

1958년 말, 잊지 못할 사건이 일어났는데 12월 1일에 카탸가 임신 8개월째에 2킬로그램이 나가는 굉장히 작고 예쁜 여자아이를 낳은 것이었다. 딸에게 친할머니의 이름을 따서 크세니야라는 이름을 지어주었다. 하지만 두 사람 사이를 연결하는 손녀가 태어난 뒤로도, 아들의 결혼으로 인한 크세니야 니콜라예브나의 마음의 상처가 치유되지는 못했다. 크세니야는 다른 여자가 비카를 위해 아침 식사를 만들고, 그와 함께 저녁마다 대화를 하며, 그가 학교에서 올 때까지 기다리고, 아침마다 그를 깨워준다는 것은 생각도 하기 싫었다. 며느리와 시어머니 사이에 존재하는 특유의 적대적 관계 외에도 그녀는 어린 카탸가 아들을 유혹하고 잘못된 길로 이끌었으며 아들을 속여서 결혼을 강요했다고 생각했다.

동료 교사들은 그들의 결혼과 관련하여 조금 다른 생각을 갖고 있었다. 교무실은 소문과 비난 그리고 유언비어로 폭발할 지경이었는데, 선생들 중에서도 여자 교사들 사이에 떠도는 소문이 특히 더 악의적이고 지저분했다. 그리고 그들 사이에 딸이 태어났을 때 그들이 행복해하는 모습을 보며 교사들은 어안이 벙벙할 지경이었다. 수학 담당인 여자 교사 베라 리보브나는 몇 월에 임신해야 12월에 아이를 낳을 수 있는지를 교무실에서 손가락으로 하나하나 세면서 알려주었다.

학교의 당대표이자 교감인 립키나는 학교 이사회와 지역위원회 위원들과 범죄를 저지른 선생을 어떻게 처리하면 좋을지를 놓고 상의했는데, 미성년자를 강간한 사실이 명백하기 때문이었다. 그런데 수개월 후 여학생은 성인이 되었고, 그녀가 성인이 되자마자 그들은 혼인신고를 했다. 그렇다고 징계를 안 할 수는 없는 노릇 아닌가?

빅토르 율리예비치가 교무실에 들어오면 다들 약속이나 한 듯 입을 다물었고, 교무실 안에는 긴장감이 감돌았다. 학교의 성삼위일체, 즉 최고 권력을 갖고 있는 교장, 당대표, 노동조합장이 처음에는 이 문제를 놓고 교직원 회의를 하려고 했다. 하지만 라리사 스테파노브나가 임원들이 먼저 모여서 잘잘못을 따질 것을 제안했다. 보고서는 학교 이사회와 당 지역위원회에 보내졌다.

학교에서 마지막 겨울을 보내던 이때, 빅토르 율리예비치는 몇 년 동안 준비하던 책을 쓰기 시작했다. 제목은 '러시아인의 어린 시절'로 미리 정해뒀다. 수필집이 될지 논문이 될지는 중요하지 않았다.

새로운 발견을 기대한 것은 아니었지만, 발달심리학, 교육학, 넓은 의미의 인류학 등 다양한 학문 분야 간의 차이는 명확히 깨닫게 되었다. 그리고 그의 논리는 의학자와 생물학자들이 사용하는 자연과학적 법칙에 기초했다. 이 부분은 친구인 콜레스니크의 영향이 컸다.

빅토르는 아이가 태어난 지 1년 안에 이가 나고 옹알이를 하고 걸음마를 하는 것을 자연스러운 발달 과정으로 간주하듯이 청소년의 도덕적 자각도 반드시 거쳐야 할 단계라고 생각했고 이것을 기술해나갔다. 그리고 이제 그는 그동안 알고 싶었던 인간 발달의 일반적인 과정을 자기 집에서 관찰하게 되었다.

이렇게 시작된다. 두 살 무렵
엄마라는 단어에서 시작해 숨결에서
뜻을 알 수 없는 멜로디가 터져 나오고
재잘거리기도 하고 휘파람 소리 같은 소리를 내다가
의미를 가진 단어는
세 살 무렵에나 등장하는데…….*

* 파스테르나크의 시 '이렇게 시작된다. 두 살 무렵' 부분.

그의 생각에는 파스테르나크가 시의 형태를 빌려 표현하는 이런 생각이 발달심리학자들의 설명 방식보다 더 설득력이 있어 보였다. 도덕적 성장도 이와 동시에 진행되는 생물학적 성장처럼 인간의 특징인 것 같았다. 물론 도덕적 자각은 개인에 따라 다르며 그 밖에도 몇 가지 요인에 따라 다양하게 나타난다. 도덕적 자각 혹은 '도덕적 성장의 시작'은 통상 열한 살부터 열네 살 사이에 있는 사내아이들이 보통 불행이나 가정의 불화, 본인이나 자신과 친한 사람들의 자존감이 추락하거나 친지를 잃는 것처럼 힘든 일을 겪을 때 발생한다고 그는 생각했다. 심경에 엄청난 변화를 일으키고 도덕적 잣대가 변하는 사건을 겪을 때 말이다. 모든 사람은 자신만의 혈위(穴位)를 갖고 있어서 바로 이로부터 개개인 내면의 혁명이 시작되는 것이다. 빅토르 율리예비치는 이러한 과정 속에서 반드시 있어야 할 사람은 교사나 훈육자, 먼 친척같이 그를 앞에서 이끌어줄 사람이라고 생각했다. 세례식에서 친부모가 대부가 되지 않듯이 말이다. 드문 경우이기는 하지만, 시기적절하게 읽게 된 책 한 권도 이러한 역할을 할 수 있다.

그는 이러한 현상을 다각도로 분석한 후에 러시아 고전 문학에서 발견한 이러한 유의 가르침을 몇 가지 예를 들어서 설명했고, 현대 청소년들의 발달 과정을 자세히 살펴보고 요즘 들어서 과거와 달리 발달이 상당히 느린 원인을 분석하며, 그가 가장 중요하다고 생각한 현대 사회의 심각한 원인, 발달 자체를 거부하는 현상에 주목했다.

빅토르 율리예비치는 루터 교도와 성공회 신자들의 경우 성인식으로 견진 성사, 즉 신자가 더욱 굳건한 믿음을 받아들이는 의식을 치르고, 유대인 사내아이들의 경우는 '바르 미츠바'라는 성인식을 거치며, 무슬림들은 할례를 행한다는 것을 떠올렸다. 무신론적 세계가 이 중요한 단계를 완전히 생략하는 한편, 종교를 가진 사람들의 사회는 어린 시절에서 성인으로 전환할 때의 이러한 과도기적인 단계에 특별한 의미를 부여했던 것이다. 그러니까 피오네르*나 콤소몰에 입회하는 것이 이런 과정을 대신한다고 생각해서는 안 된다.

만약 이른 유년기에 도덕적 자각의 과정을 거치지 못한 사람의 수가 사회 전체 구성원의 절반 이상을 차지하게 되면 사회가 최소한의 도덕적 기준에 못 미치는 상황이 발생할 수 있다는 것이 당시 빅토르 율리예비치의 견해였다.

인지 발달과 가치관의 변화와 관련해서 빅토르는 작고한 비고츠키와 상반된 의견을 갖고 있었지만, 이것은 큰 의미가 없었

* 소련과 공산주의 국가들의 소년단.

는데, 발달심리학은 유전학과 사이버네틱스와 함께 연구가 중단되었기 때문이다. 사실 빅토르 율리예비치는 이 책이 출간될 것이라는 기대는 전혀 하지 않았다. 삶은 엄청난 속도를 내면서 흘러가고 있었고, 그 속에 그가 꿈꾸던 저서 집필, 어리고 예쁜 아내, 노란 얼룩이 있는 속싸개에 싸인, 귀여운 손가락과 작은 입술, 작은 눈과 자그마한 배를 가진, 매일 하루가 다르게 점점 사람이 되어가는 작은 아기와 그를 놀랍도록 성장할 수 있게 해주는 열정적인 제자들이 있어서 그에게 이런 실용적인 학문은 아무런 의미가 없었다. 빅토르 율리예비치는 꿈속에서도 미소를 지었고, 미소를 지은 채 잠에서 깼다.

당시 러시아에는 엄청난 변화가 일어나고 있었는데, 스탈린의 관을 둘러싸고 벌어진 보이지 않는 다툼과 비밀리에 진행된 권력 투쟁 이후 수용소에 수감됐던 사람들과 유배를 갔던 수천 명의 사람들이 돌아오고, 이해할 수도 없고 예상치도 못한 제20차 당대회가 열리고 나서 헝가리 혁명이 시작되더니 얼마 안 있어서 끝났다.

자신의 새로운 생활에 흠뻑 빠져 있던 빅토르 율리예비치는 주변에서 일어나고 있는 일을 눈을 반쯤 감은 채로 주시했다. 이 시기에는 삶의 내적 부분이 삶의 외적 요소보다 중요했기 때문이다.

9월에 수업이 시작되고 빅토르 율리예비치와는 좋은 관계를 유지하고 있던 피오네르 리더이자 교육대학교 야간학부 학생인 타샤 보로비요바가 제20차 당대회에서 흐루쇼프가 발표한 보고서를 흐릿하게 타이핑한 종이 뭉치를 그에게 건넸다. 흐루쇼프가 당대회에서 발표한 지 이미 반년이 흘렀지만, 지금까지도 발표 내용은 어디에서도 출간되지 않았다. 위험한 반쪽짜리 진실로 가득한 그 보고서는 당 지도부를 중심으로 확산됐으며, 비밀리에 열린 회의와 소문으로 평당원들 사이에도 퍼졌다. 보고서에는 '공무용'이라는 도장이 찍혀 있었고, 따라서 평당원들을 위한 것은 아니었다. 믿기지는 않지만 이것이 당시 소련 시대 분위기였다. 이 기밀 문서는 일부 인민만을 위한 것이었으며, 그들은 나머지 인민에게는 누설해서는 안 되었다. 합리적 판단이 부재하는 정부였기 때문이다.

빅토르 율리예비치는 많은 사람들의 입에 오르내리는 이 글을 처음부터 끝까지 꼼꼼히 읽었다. 그냥 흥미로운 정도가 아니라 대단히 흥미로운 내용을 담고 있었다. 그는 역사적인 사건을 두 눈으로 목격하고 있었다. 폭군이 권좌에서 내려오고 3년이 지나자 용기를 내어 그를 비판하는 무리가 생겼다. 그들이 그렇게 똑똑한 사람들이라면 왜 이제야 목소리를 높이는 것일까? 결론적으로 해당 보고서는 소련 당 지도부의 실체를 밝히는 것이었기 때문에 그 위력은 대단했고, 지도부에게는 위협적인 것이었다. 사람들의 손에서 손으로 전해지던 보고서는 다시 타이핑되어서 사미즈다트*라는 것이 등장한 이래 사실상 처음으로 간행된 출판물이었다.

호루쇼프의 보고서는 타이핑되어 이제 모스크바 전역으로 확산되었고, 《닥터 지바고》 필사본의 시대는 아직 오지 않았다. 하지만 그 소설 속에 나오는 시는 사람들의 입에 오르내리기 시작했다.

빅토르 율리예비치는 생각했다. '푸시킨 시대처럼 시가 사람들의 손에서 손으로 확산되고 있어. 시대가 많이 변했으니 이런 일로 감옥에 안 가는 시대도 오겠지!'

공포로 몸이 얼어 있던 인민들은 활기를 띠기 시작했고, 좀 더 과감하게 귓속말도 하고, '적대적인' 의견을 모아서 인쇄도 하고, 이것을 다시 타이핑하고, 타이핑한 것을 다시 사진으로 찍었다. 러시아 전역에 사미즈다트가 확산되기 시작했다. 비밀리에 이루어진 이 독서가 활기를 띠며 새로운 사회현상으로 자리매

* 소련 시대에 공식적으로 금지된 문학작품을 검열을 피해서 비밀리에 출판하거나 유통하는 행위 혹은 그렇게 만들어진 출판물.

김하기까지 10년이 걸렸지만, 용감한 사람들이 계속해서 타이핑한 종이는 벌써 밤마다 독서광들의 손에서 사그락거렸다.

흐루쇼프가 스탈린 숭배를 비난하자 과거에 사실이라고 믿었던 것들이 모호해졌다. 모두들 숨을 죽이고 다음에 일어날 일을 기다렸다. 한편 제자와 결혼해서 속도 위반으로 아이를 낳은 문학 교사의 운명은 학교 교장을 비롯한 임원들의 노력에도 진전 없이 불확실한 상태에 놓여 있었다.

결국 결론이 났다. 학교 이사회가 지역위원회보다 더 까다로웠다. 그를 해고한다는 결정이 내려졌지만, 마지막 학년 학생들을 졸업시킨 뒤라는 조건을 서둘러 달았다. 충격을 받을 수 있으니 해고 결정은 당분간 그에게 알리지 않기로 했는데, 사실 그가 학기 중간에 학교를 떠나면 그를 대신할 교사를 구하는 것도 쉽지 않을 것이었기 때문이다. 빅토르 율리예비치의 귀에 모호하고 불쾌한 소문이 들어오긴 했지만, 이 무렵 자발적으로 학교를 떠나기로 결심했기 때문에 신경 쓰지 않았다.

반 학생들의 4분의 3 정도가 대학의 어문학부에 입학하고 싶어 했기 때문에 1957년 봄 즈음 러시아 문학 애호가들의 모임은 입학시험 준비반으로 바뀌었다. 미하의 경우 반에서 문학을 제일 잘했지만 이 수업에 빠지지 않고 참석했다. 미하는 유대인이기 때문에 어문학부에서 자신을 받아주지 않으리라는 걸 알고 있었지만, 문학을 너무 좋아해서 공부를 계속했다.

미하의 사촌 형인 마를렌은 유대인은 러시아 문학보다 수산업이 더 잘 어울린다고 말하면서 그가 수산대학교에 들어갈 수 있도록 도와주겠다고 제안하며 그를 놀렸고, 이것으로 미하의 화를 돋웠다.

봄 즈음 빅토르 율리예비치를 학교에서 해고할 예정이라는 소문이 10학년 학생들의 귀에까지 들어갔다. 소문에 따르면 교사들이 그가 제자와 결혼한 것과 관련해서 비방하는 글을 썼다는 것이다. 학생들은 사랑하는 선생님을 보호하기 위해서 어디든 가서 어떤 글이든 쓸 준비가 돼 있었다. 하지만 그는 학생들에게 자신도 학교를 떠나서 오래전부터 하고 싶었던 학문 연구를 하고 책을 쓰고 싶으며, 숙제 검사와 간섭 심한 늙은이들, 정치 이야기와 그 외 헛소리들에 이미 몹시 지쳐 있었으나, 자신이 사랑하는 러문애 하나만 보고 결혼 직후에 바로 학교를 떠나지 않고 제자들을 가르쳤다는 사실을 알고는 이해해달라고 했다.

"게다가 내 후임자도 있고요. 몇 년 뒤에는 얼마나 많은 문학 선생님이 배출될 건지 여러분도 알 거예요."

그는 덧붙여서 말했다.

이것은 사실이었다. 그가 학교에서 일하기 시작한 이래로 졸업생의 절반이 모스크바 국립대학교나 교육대학교의 어문학부에 입학했다. 공부를 좀 못하는 여학생들의 경우 사서를 양성하는 학교나 고문서 혹은 문화나 예술 관련 기관에 진학했다. 많은 수는 아니지만, 일부 아이들은 푸시킨과 톨스토이의 소설을 읽고 이해하는 법을 터득했다. 빅토르 율리예비치는 그가 가르친 아이들이 이렇게 해서 우리 삶에서 혐오스럽거나 우리를 힘들게 하는 것 등에 대항하고도 남을 백신을 맞은 것이라고 확신했다. 물론 이것은 어디까지나 그의 생각이었고, 실제로 도움이 됐는지 여부는 알 길이 없다.

러문애 회원들은 기말고사 공부보다 졸업 파티 준비에 더 열심이었다. 그들은 많은 아이들이 참여하는 연극을 준비했다. 학교 측은 미리 학생들에게 알코올은 금지한다고 알렸다. 하지만 이런 유의 금지는 요령껏 피할 수 있었기 때문에 아무도 신경 쓰지 않았다. 중요한 것은 학교와의 이별은 곧 빅토르 율리예비치 선생님과의 이별을 의미한다는 것이었고, 빅토르 율리예비치로서도 자신이 담임을 맡은 마지막 학년 학생들이 졸업할 때 함께 학교를 떠나기 때문에 이별의 슬픔은 배가되었다.

학생들은 연극 준비를 비밀로 했지만, 사내아이들 몇 명이 시험공부는 등한시하고 볼로댜 로좁스키의 아버지인 조각가 로좁스키의 작업실에서 몇 날 며칠 밤낮으로 시간을 보내며 뭔가 큰 일을 꾸미고 있다는 말이 빅토르 율리예비치의 귀에까지 들어왔기 때문에 그들이 무언가 중대사를 준비하고 있다는 것 정도는 짐작하고 있었다.

일리야는 사진을 확대해서 벽에 비춰줄 그림자 그림도 만들었다. 일리야 이전에는 그 누구도 만들 생각을 못 한 배경도법이었다.

한편 미하는 교과서를 한쪽으로 치워놓고 시 형태의 희곡을 썼다. 아리스토파네스부터 바보 이반, 호메로스, 예렌부르크까지 굉장히 많은 등장인물이 나오는 희곡이었다.

마침내 졸업 시험이 끝나 전원이 통과했고 이제 졸업 파티가 기다리고 있었다. 이 연례 행사에는 정해진 규칙이 있었다. 여학생들은 드레스를 맞춰 입었는데, 심지어 흰색 드레스를 입는 학생들도 있었다. 그들은 미용실에서 한 것처럼 머리를 올렸고 속눈썹에는 마스카라를 칠했으며 이날은 나일론 스타킹을 신는 것도 허용되었다.

이것은 대부분의 학생들은 앞으로 절대 겪지 못할 무도회의 마지막 연습이었고, 살다 보면 앞으로 수없이 많은 축제를 만나게 되리라는 거짓된 약속이었다. 또한 학교와의 이별을 의미하기도 했는데, 각자에게는 축하할 기쁜 일이었지만 감상적인 슬픔으로 점철돼 있었다.

여러 열로 늘어선 의자에는 부모님들이 앉아 있었는데, 주로는 엄마들이 참석했으며 아이들 못지않게 긴장한 엄마들은 대부분 예쁘게 차려입고 앉아 있었다.

복잡한 자리 배치가 끝날 무렵 파티에 찬물을 끼얹는 사건이 하나 발생했다. 막시모프와 타라소프라는 9학년 학생 둘이 졸업생들 틈에 끼어서 파티 음식을 몰래 가져가려고 했다. 결국 그들은 수모를 당하고 밖으로 끌려 나왔다. 다들 그때 그들이 학교 건물에서 나갔을 것이라고 생각했다.

시상식이 시작되었다. 졸업생들에게 졸업장이 수여되었고 축사가 있었다. 모두에게 졸업장을 전달하기 전에 성적 우수자에게 주는 메달 수여식이 먼저 있었는데, 메달을 받는 학생은 총 네 명이었고, 세 명은 은메달을 받았으며, 나머지 한 명은 금메달을 받았다. 금메달을 받기로 한 사람은 나타샤 미르조얀이라는 동양적인 미모의 학생이었고, 그녀는 선생님들한테 아부를 잘했다. 은메달은 폴루야노바, 고르시코바, 그리고 저학년 때부터 일반적으로 많이 쓰는 '고마워요' 대신 자주 쓰지 않는 '감사합니다'라는 단어를 써서 '감사쟁이'라는 별명을 가지고 있는 시테인펠트가 받았다.

트리아농 중에 메달을 받은 사람은 없었다. 다들 공부를 제법 잘하기는 했지만, 단 한 번도 모범생이었던 적은 없었기 때문이다.

시상식 다음 순서는 지연되었다. 계획대로라면 바로 연극을 상연해야 했지만, 여러 가지 이유로 문제가 생겼고, 어수선한 분위기 속에서 1막을 시작하기까지 적어도 40분은 준비해야 했다. 음악 소리가 울려 퍼졌다. 하지만 춤출 분위기는 아니었고, 다들 음악과는 상관없이 이리저리 오락가락했다. 옆 교실에서는 바느질로 화환에 꽃을 연결하는 작업을 서둘러서 마무리하고 있었고, 분장을 하고 대사를 마저 외우고 있었다.

빅토르 율리예비치는 창가에서 한 학생의 어머니와 대화를 나눴다. 그러던 중 안드레이 이바노비치 선생이 문 앞에 서서 한 손을 흔들면서 나오라는 신호를 보내는 것을 발견했다.

학교 건물을 떠난 줄 알았던 막시모프와 타라소프가 학교 건물을 떠나기는커녕 다락에 올라가서 둘이서 포트와인 한 병을 다 마신 것이었다.

다락방 출구에서 적발된 그들은 교장실로 끌려갔다. 둘은 술에 취해 있었다.

빅토르 율리예비치가 교장실로 들어갔을 때 교장은 연극을 하듯이 과장된 어조로 그에게 말했다.

"자, 얘네들 한번 보세요, 우리 학생들이 이렇다니까요!"

그들은 보기에 딱한 모습이었고, 벌하기보다는 다독여야 할 것 같았다.

빅토르 율리예비치는 교장의 책상 위에 있는 빈 병을 들고 라벨을 자세히 살펴봤다.

"네, 정말 벌을 받아 마땅하네요. 정말 끔찍한 짓을 했군요."

그러자 교장이 말했다.

"부모님이 학교에 오셔서 너희들을 데리고 가시게 될 거야. 그리고 다락방에서 같이 술 마신 사람 이름을 대지 않으면 학교에서 제적당할 줄 알아!"

다락방에는 그들밖에 없었지만, 라리사 스테파노브나는 거기에 아이들 무리가 모여 있었을 거라고 생각했다.

"타라소프, 뭘 잘했다고 내 눈을 똑바로 쳐다보는 거니? 막시모프, 너도 마찬가지야. 너희들이랑 같이 술 마신 애들 이름 다 대. 너희가 보호해준다고 걔네들이 무사할 거라고 생각한다면 큰 오산이야. 말 안 해도 다 찾는 수가 있어. 단, 말 안 하면 너희들한테 더 불리하다는 것만 알아둬."

"그래, 옳지 않아."

빅토르 율리예비치가 볼멘소리로 말했다. 그러고는 질문했다.

"그런데 와인은 어디서 난 거야?"

"소티 식료품점*이요."

막시모프가 신이 나서 대답했다.

"아니, 그럼 너희 집에서도 이 포트와인을 마신다니?"

"엄마는 술을 입에도 안 대세요."

막시모프가 거짓말을 했다.

내무부 소속 중령인 타라소프의 아버지가 업무용 차를 타고 도착할 때까지 지지부진한 진상 규명은 계속되었다. 라리사 스테파노브나는 중령에게 자초지종을 말해주었다. 그러자 그는 화가 나서 잔뜩 인상을 찌푸렸다.

"집에 가서 얘기하자꾸나."

중령은 인상을 쓰면서 말했고, 그의 표정으로 보아 아이가 크게 혼날 것을 알 수 있었다.

"네 엄마는 언제 오신다니?"

별다른 소득도 없이 진상을 파악하는 것이 지겨웠던 데다 속히 홀에 가야 했던 라리사 스테파노브나가 말했다.

"어머니는 칼루가에 있는 이모님 댁에 가셨어요."

표정으로 보아 라리사 스테파노브나가 잠시 생각에 잠겼다는 것을 알 수 있었다.

"제가 책임지고 콘서트가 끝나면 이 아이를 집까지 바래다주

* 당시 모스크바의 대표적인 식료품점.

겠습니다. 아이들끼리 돌아다니다가 경찰한테 붙잡히기라도 하면 안 되니까요."

빅토르 율리예비치가 막시모프의 한쪽 어깨에 왼손을 갖다 댔다.

"그럼 그렇게 하세요."

그녀가 한 손을 흔들면서 말했다.

"대신 막시모프, 학교 올 때 엄마랑 같이 와야 해!"

사실 수업은 모두 끝났고, 다음 학기는 석 달간의 방학 이후에나 시작되기 때문에 그녀의 이런 말은 별다른 위력을 발휘하지 못했다.

빅토르 율리예비치는 불쌍한 막시모프를 홀 안으로 데리고 가서 의자 하나를 가리켰다.

"막시모프, 저기에 앉아서 소란 피우지 말고 있어요."

막시모프는 감사의 표시로 고개를 끄덕였다. 사실 그의 어머니는 칼루가에 가지 않았고, 알렉산드로프*에서 애인이 와서 지금 집에서 함께 술을 마시고 있었다.

미하는 희곡을 쓸 때 문학 부문에서의 자신의 풍부한 지식에

* 러시아 블라디미르주에 있는 도시.

운율을 입히려고 노력했다. 연극에 출연하는 배우들 역시 미하의 작품을 보고 창작 의지를 불태워서 미하가 쓴 걸작에 자신들의 아이디어를 더했고, 결국 대본은 2백 쪽에 달했다.

졸업 파티 2주쯤 전에 아이들이 시험공부에 한창 열을 올리면서 대수학을 열심히 공부하고 화학 공식을 달달 외우고 있을 때 미하가 쓴 리브레토**를 일리야가 갖고 왔고, 아이들은 그것을 가느다란 국수 가락처럼 잘게 자르고 섞어서 처음과는 완전히 다른 이야기를 만들어냈는데, 결국 바보 무리의 우스꽝스러운 여행 이야기가 탄생했다. 작품에는 그들의 실제 이름도 등장했는데, 언제든 그들이 위험에 빠져들 때마다 빅토르 율리예비치가 제우스부터 경찰관까지 다양한 모습으로 변신하며 마법으로 도와줘서 비로소 그 위험한 모험에서 빠져나올 수 있었다.

반에서 연기를 제일 잘하는 세냐 스비닌이 빅토르 율리예비치 역을 맡았다. 마침 세냐는 연극대학교에 진학하려고 했다. 그는 선생님의 얼굴을 본떠서 종이 반죽으로 그럴듯하게 만든 가면을 썼고, 오른손은 소매에 집어넣지 않은 채 소매 절반을 접어서 핀으로 고정했다.

이 모든 것은 물론 굉장히 유치하면서도 한편으로는 우스꽝

** 대본이나 가사 따위를 간략히 적은 것.

스럽기도 했다. 제우스의 동상이 벌어지면서 산산조각 났고, 스비닌-셍겔리*가 몸을 털자 부서진 조각이 떨어져 나왔으며, 알렉산드르 세르게예비치 푸시킨이 잃어버린 물건을 찾았는데, 그가 찾던 물건은 얇은 칼이었고, 앉은 채로 양말 신은 발끝을 세운 마네킹 다리 쉰 개가 무대 위에서 움직였고, 장난감 소총처럼 생긴, 나무로 만든 체호프의 산탄총은 투르게네프의 작품에 등장하는 사냥꾼의 손에 들어가서 방아쇠가 당겨졌으며, 천으로 만든 갈매기는 끔찍한 울음소리를 내면서 무대 한가운데 떨어졌다…….

물론 이 모든 환등과도 같은 동작은 그들이 사랑하는 빅토르 율리예비치를 중심으로 돌아갔다.

사냐 스테클로프는 곱슬머리 가발을 쓰고 벨벳 소재의 가운을 입고 피아노 앞에 앉아서 대본이 빛을 발하지 못하는 부분을 자신의 연주로 반짝이게 만들었다.

그러고 나서 미하가 작사한 성가를 다 같이 불렀는데, 이 노래는 이 연극에서 굉장히 중요해 보였다.

그는 팔이 여러 개, 눈이 여러 개라네

* 스비닌은 세냐의 성이고, 셍겔리는 빅토르 율리예비치의 성이다.

우리 모두를 죽음으로부터

적어도 한 번은 구해줬다네

여기 그에 대한 이야기가 있다네

과장 없는 진실에 관한 이야기라네

네, 빅토르 율리예비치, 당신에 대한 이야기예요!

당신은 우리에게 가장 수준 높은 가르침을 주셨답니다

혈관에는 크바스**가 아니라 피가 흐른다는 것을

불러주세요, 한날 한시에

선생님을 뵈러 우리 반 모두가 모일 테니

늪지대부터 팜파스까지

선생님과 동행하리니

당신이 우리를 어디로 데리고 간다 해도

지구 끝까지라도.

노래가 끝났을 때 홀 안에 교사는 단 한 명도 없었다. 다들 교무실로 갔고 모욕을 당했다면서 조용히 불만을 토로했다. 바로 이러한 이유로 그들은 연극의 결말을 보지 못했는데, 연극의 끝부분에서 아이들은 가까이 모여 사랑하는 선생님과의 이별 선

** 호밀을 발효시켜 만든 러시아식 음료.

물로 뭘 하면 좋을지 상의했다. 꽤 재미있는 제안들이 오갔다. 결국 선물은 무리하지 않는 범위에서 하는 것이 좋으며, 선물은 반드시 가치가 있고, 먹거나 마시거나 하는 소모품이 아니어야 한다는 쪽으로 결론지었다. 또 선물은 유익해야 했으며 받고서 기분이 좋아야 했다. 결국 무대에 사람 키만큼 큰 상자를 가져와서 상자 앞쪽의 뚜껑을 열었고, 석고 조각상 하나가 보였는데 튜닉을 입고 있는 날씬한 아가씨 형상이 모습을 드러냈다. 그녀는 명령을 받기 전까지 고대 사람의 포즈를 하고 무척 자연스럽게 서 있었다.

"앞으로!"

그러자 석고상이 살아났다. 사실 이것은 흰 석고로 뒤덮인 카탸 주예바-셍겔리였던 것이다. 아이들이 카탸에게 이 역을 맡아달라고 오랫동안 설득했고, 결국 그녀가 수락하면서 나온 장면이었다.

그녀는 박수갈채를 받으면서 홀 안을 걸어가 빅토르 율리예비치의 발치에 앉았다.

학생들은 홀에서 남는 의자를 가져오고 탁자에 음식을 차렸다. 선생님들은 아무도 보이지 않았다. 빅토르 율리예비치는 선생님들이 모여 있는 교무실로 향했다.

다들 그를 기다리고 있었다. 라리사 스테파노브나가 앞으로 나왔다.

"모든 교사들을 대표해서, 빅토르 율리예비치, 우리는 선생님께 알려야 할……."

여자 교장은 무언가 엄청난 소식을 전하려는 투로 말하기 시작했다.

하지만 빅토르 율리예비치는 그녀가 전하려고 하는 소식이 뭔지 짐작하고 있었다. 그리고 그 순간 머릿속에 제일 먼저 떠오르는 행동을 했다. 그는 재킷 주머니에서 안경 케이스를 꺼낸 후에 거기에서 금속 테가 달린 구식 안경을 꺼내서 다소 길고 잘생긴 코에 걸고는 라리사 스테파노브나한테 다가가 흰 옷깃에 고정한 그 유명한 나비 모양 브로치 쪽으로 몸을 숙이고는 아부하는 투로 말했다.

"어머, 너무 예쁘네요! 얼마나 귀여운 돼지 새낀지!"

"당장 꺼져요!"

라리사 스테파노브나가 조용히 목이 쉰 목소리로 말했다.

빅토르는 '화가 머리끝까지 난 목소리야'라고 생각했다.

강당 쪽에서 음악 소리가 들렸다.

"왜 다들 그렇게 신경을 곤두세우세요! 가서 레모네이드 마시면서 춤이나 추자고요. 학생들이 선생님들을 기다리고 있어요!"

그는 특유의 매력적인 미소를 지으면서 속으로는 '난 개새끼야! 내가 괜한 짓을 했군. 불쌍한 라리사 스테파노브나의 입술 끝이 토라진 여자아이처럼 아래로 처졌어. 금방이라도 통곡을 할 것 같단 말이야……. 못된 녀석들 같으니……. 그렇다고 이제 와서 용서를 구할 수도 없고 말이야!'

라리사 스테파노브나의 책상에는 해고 통지서가 놓여 있었다.

그녀는 파티 말미에 이 통지서를 보여주려고 했지만 때가 왔다. 그녀는 책상 위에 놓인, 그의 운명을 결정짓는 종이를 떨리는 손으로 더듬었다.

"선생님은 해고됐어요!"

교무실 문을 누군가가 두드렸다. 러문애 회원들이 자신의 선생님을 찾고 있었다. 그들 역시 그를 위해 무언가를 준비해놓고 그를 기다리고 있었던 것이다. 질 나쁜 포트와인이 아니라 질 좋은 조지아산 와인 말이다.

민족 간의 우정

때는 1957년이었다. 곧 있을 전 세계 젊은이들과 대학생들의 축제를 앞두고 모스크바에는 긴장감이 감돌고 있었다. 고등학교 졸업생들은 대학교 입학시험을 준비하고 있었다. 대학생이 되면 양질의 교육을 받을 뿐 아니라 군 입대도 면제받았다. 그들은 아침부터 밤까지 열심히 공부했고, 빅토르 율리예비치는 수험생들을 가르쳤다. 개인 수업을 할 때 자기 학생들 몇 명도 무료로 수업을 듣게 해주었다.

트리아농은 군 입대 문제를 걱정하지 않아도 됐다. 일리야는 태어날 때부터 평발이었고, 미하는 근시였으며, 사냐는 휘어진 손가락 때문에 훈련 때 소총을 쏘기 어려웠다. 그들 모두 신체에 크지 않은 결함이 있어서 군 입대를 면제받았다. 일리야는 공부를 게을리했고, 할머니의 권유로 외국어대학교에 입학원서를 냈던 사냐는 공부는 아예 안 하고 음악을 듣거나 외국책까지 포함해 책을 읽으며 소파에서 뒹굴었다. 이들 중 미하가 가장 상황이 안 좋았는데, 어문학부에서 유대인은 받아주지 않았는데도 어문학부만 고집했다. 게다가 그는 이들 중 유일하게 장학금이 절실했다. 친척들은 그가 고등학교를 졸업할 때까지만 도와주겠다고 약속했기 때문이다. 물론 최악의 경우 야간학부에 들어갈 수도 있었지만 그는 잠시라도 진짜 대학생처럼 살아보고 싶은 마음이 간절했다.

"나는 너희들이 인문학에 목매는 이유를 전혀 이해할 수 없어. 책을 읽고, 책 속에 있는 내용을 이해하고, 독서를 통해 즐거움을 얻는 건 취미로 하면 되는 거 아니야? 왜 그걸 직업으로 삼으려 해?"

일리야는 이렇게 말하고는 했다. 그는 어문학을 경멸했고, 친구들과 달리 레닌그라드 영화예술대학교에 들어가기로 결심했다.

일리야는 아버지가 죽은 뒤 그의 행방을 수소문했던 숙부가 레닌그라드에 살고 있다는 것을 알게 되었다. 숙부는 그가 대학교에 입학하기 전까지 자신의 집에서 살라고 했다. 그래서 일리야는 고등학교 졸업장을 받기가 무섭게 레닌그라드로 떠났다. 그는 옳지 못한 방법으로 어머니 급여의 3개월 치에 해당하는

1천5백 루블이라는 큰돈을 모았다. 대학 입학도 입학이지만 한 번쯤 신나게 놀아보고 싶은 마음도 있었기 때문이었다.

그해에는 모스크바에서 축제가 있어서 수험생들이 동시에 몰려들어 축제에 방해될 것을 우려해 대학별로 대학 입학시험이 연기되었다.

일리야는 영화예술대학교가 무척 마음에 들었다. 숙부 예핌 세묘노비치는 전쟁이 발발하기 전에 일리야의 아버지도 그 대학교에서 일해서 지금도 그를 기억하는 사람이 몇 명은 남아 있을 거라고 말했다. 이 말을 듣고 여러 군데 전화를 걸어봤지만, 이사이 세묘노비치를 기억할 법한 사람은 더는 그곳에 없었고, 현재 그곳에서 일하는 직원들은 그를 몰랐다.

시험이 시작되는 날이 축제가 시작되는 날과 정확히 일치한다는 사실을 알게 된 날, 일리야는 레닌그라드를 떠났다. 그는 이 위대한 사건을 그냥 지나칠 수 없었다. 그는 사진기를 챙기고 나와 모스콥스키 기차역 매표소에서 돌아오는 표를 사는 순간부터 집에 도착할 때까지 경찰관, 검표원, 순찰대 그리고 단순히 여권을 보고 싶어 하는 사람을 포함해 총 다섯 번 보여준 여권을 한 손에 꼭 쥐고 모스크바로 돌아왔다. 모스크바 시민이 아니면 모스크바로 들어갈 수 없었다.

일리야는 미하의 집에 들렀다. 그곳에서 그는 미하가 결국 대학생이 됐다는 것을 알게 되었다. 미하는 원하던 대학교의 어문 학부가 아니라 문턱이 조금 낮은 교육대학교에 입학했는데, 교육대학은 통계상 여학생과 남학생의 성비가 8 대 2이며, 남학생 둘 중 하나는 사시이고 나머지 하나는 다리를 전다는 농담이 떠돌았다. 야심 있는 젊은 남자들은 신체에 아무 문제도 없는데 교육대학교에 들어가지는 않았기 때문이다.

따라서 미하는 대학에 손쉽게 입학했다. 남자라는 성별과 뛰어난 성적은 나쁜 출신 성분을 상쇄하고도 남았다. 하지만 그가 자신의 이름을 합격자 명단에서 발견한 날, 한 번도 병문안을 가지 않았던 불쌍한 민나가 폐렴으로 죽는 바람에 합격을 기뻐할 수 없었다. 그녀는 1년에 세 번꼴로 폐렴에 걸렸고 이번 폐렴도 여느 때처럼 나을 것이라고 생각했지만, 이번 폐렴을 끝으로 생을 마감했다.

이제 미하는 죽을 때까지 떨쳐버릴 수 없을지도 모르는 무시무시한 비밀과 무거운 죄책감을 마주하게 됐다. 지적장애인이었던 민나는 그를 사랑했고, 점점 그는 이상한 성관계에 빠져들었다. 사실 그들 사이에 일어난 일을 섹스라고 부를 수 있을지 의문이지만, 그렇다고 다르게 부를 수도 없는 노릇이었다. 민나는 화장실 근처, 남들 눈에 안 보이는 복도에서 그를 기다렸다가 구석으로 몰아넣고는 빨갛게 달아오른 그가 충분히 만족한 몸을 떨면서 손쉽게 자기 안의 것을 분출할 때까지 그에게 따뜻하고 부드러운 몸을 밀착했다. 그녀가 몸을 밀착해 올 때마다 자신이 하는 낯 뜨거운 행동 때문에 그는 죽고 싶을 만큼 스스로가 미웠고 다음번에 그녀가 또 그러면 밀쳐내고 도망갈 거라고 맹세했지만, 번번이 그의 다짐은 좌절되었다. 그녀는 애교가 많았고 부드러웠으며 성욕을 자극할 정도로 털이 무성했고, 무엇보다 말이 어눌했기 때문에 둘의 관계를 아는 사람은 아무도 없었다.

그는 죄책감에 사로잡혀 죽을 것만 같았고, 자신이 혐오스러웠으며, 의식 뒤편에는 자살에 대한 생각이 늘 자리 잡고 있었다. 하지만 누구에게도 자신의 고민을 털어놓지 못했다.

일리야와 만났을 때 미하는 이렇게 힘든 상황에 처해 있었다. 일리야는 꼬치꼬치 캐묻지 않고 기분 전환을 시켜주려 그를 억지로 밖으로 데리고 나갔다.

모스크바는 놀라울 만큼 깨끗했고 다소 황량했다. 축제는 내일부터 시작될 터였다. 텅 빈 도시에 여러 방향으로 승용차, 화물차, 탑차, 스탈린 공장*과 파블로프 버스 공장에서 생산되는

* 1945년에 정부 차원에서 자동차 산업을 육성할 목적으로 설립된 공장.

구형 버스들과 헝가리 버스 회사 이기루스의 버스들이 열을 지어서 움직이고 있었다.

어디를 가도 깃발과 종이로 만든 거대한 꽃이 보였다. 여자들은 그해 여름 다채로운 색상의 치마를 입었는데, 우산 같은 형태로 허벅지를 덮고 있었다. 허리에는 두꺼운 허리띠를 매고, 정수리 부분의 머리카락은 동그랗게 말아 올렸다.

길을 비켜준 두 군인을 지나, 그들은 볼쇼이 극장 근처에 있는 소공원 쪽으로 나갔다. 그곳에는 꽤 많은 사람들이 모여 있었다. 일리야는 미하에게 미인이라고 할 수는 없는 두 명의 당황한 여자를 가리키면서 '재네 유혹하자!'라는 신호를 보냈다.

"무슨 소리야?"

미하는 일리야의 무례한 태도에 기분이 언짢아져서 그곳을 벗어날 요량으로 뒤돌았다.

"미안, 미안. 미하, 내가 좀 심했지! 그럼 우리 가서 술이나 실컷 마실까? 가자! '나치오날'로!"

무슨 이유에서인지 그들이 호텔 '나치오날'에 있는 카페에 들어갈 때 붙잡는 사람은 없었다. 어쩌면 수위가 화장실에 가면서 걸쇠 걸어 잠그는 것을 잊었을 수도 있고, '특별 행사로 카페 영업은 하지 않습니다'라고 적힌 팻말을 보고 그들이 그 행사의 참가자라고 생각했을지도 몰랐다.

"코냑 마시자."

일리야는 이렇게 결정하고는 상황 파악을 못 한 웨이터에게 즉시 코냑 3백 밀리리터를 주문했다.

그들은 파이 두 개를 안주 삼아 코냑 3백 밀리리터를 마시고 나서 다시 주문했다. 첫 잔을 비우고 나자 미하는 기분이 많이 풀렸고, 이때 그들에게 핫셀블라드* 카메라를 목에 건 한 젊은이가 다가왔는데, 외모로 판단했을 때 러시아인 같아 보이는 그가 그들에게 합석해도 되는지 물었다.

"물론이죠."

미하가 대답하고 나서 청년에게 의자 하나를 빼주었다.

청년이 자리에 앉기가 무섭게 그들은 대화에 빠져들었다. 그 청년의 이름은 '페차'였지만 평범한 러시아인이 아니라 러시아 피가 섞인 벨기에인으로 '피에르 장드'라는 사람이었는데, 브뤼셀 대학교에 재학 중이었다. 두 번째로 코냑 3백 밀리리터를 주문했을 때는 세 명이 함께 술을 마셨고, 그러고 나서 그들은 도시를 돌아다니려고 카페 밖으로 나왔다. 일리야의 조언에 따라 피에르는 사진기를 호텔에 두고 왔다.

그들은 모스크바 시내를 따라 걸었는데, 피에르보다 훌륭한

* 스웨덴의 사진기 제조사.

관광객은 상상할 수도 없었다. 그는 부모님과 할머니가 해주신 이야기와 러시아 문학에 대한 해박한 지식 덕분에 한 번도 가본 적 없는 장소를 대번에 알아봤다.

한편 러문애 회원들은 한 번도 와본 적 없는 러시아를 그리워해온 페탸에게 더할 나위 없이 훌륭한 동행이었다.

트료흐프루드니 골목길에 있는 작은 목조 주택 앞에서 일리야가 멈춰 서서 말했다.

"이 근처에 마리나 츠베타예바가 살았는데."

이때 피에르가 갑자기 울먹이면서 말했다.

"우리 엄마는 '파리에서'라는 시를 읽고 마리나 츠베타예바에게 빠지셨지. 그런데 여기서는 출간도 안 하잖아……."

"출간을 하든 안 하든 우리 모두는 그녀의 작품을 알고 있어."

미하가 말했다.

돌로 만들어진 사람, 점토로 만들어진 사람
그런데 나는 은으로 만들어져서 반짝이지!
내겐 이름이 중요해, 내 이름은 마리나
나는 부서지는 파도의 거품*

"사실 나는 안나 아흐마토바를 더 좋아하긴 해. 일리야는 미래파[**]에 더 빠져 있고."

누가 누구를 더 좋아하든지 간에, 미하와 일리야 앞에 그들과 나이가 거의 비슷하며 마리나 츠베타예바를 아는 어머니를 둔 사람이 서 있다는 사실이 무척 놀라웠다. 한편 피에르 자신은 더 이상 세상에 없는 거대한 나라와도 같은 츠베타예바를 상상했다. 페탸는 그들이 산책을 하는 동안 자기 가족에 대한 이야기와 미하와 일리야에게는 브뤼셀이나 파리같이 멀고 추상적인 존재인 과거의 러시아에 대한 이야기를 해주었다. 페탸는 볼셰비키들을 무척 증오하고 있었다!

사회주의의 결점에 대해 여러 번 이야기를 나눴던 일리야와 미하는 공산주의 체제의 결점을 말하지 않는 사람을 처음 만났다. 페탸는 결점을 말하는 정도가 아니라 공산주의 체제 자체를 사탄적이고 우울하고 피로 얼룩진 체제로 보았고 공산주의와 파시즘이 본질적으로 차이가 없다고 생각했다. 그는 러시아에 대한 사랑과 그 체제에 대한 미움을 구별하고 있었는데, 두 사람

* 마리나 츠베타예바의 시 '돌로 만들어진 사람, 점토로 만들어진 사람'의 일부. '마리나'라는 이름은 '바다(마르스카야)'라는 단어에서 유래한다.

** 파스테르나크나 마야콥스키 등이 이에 속한다.

은 그 둘을 구별하는 기준을 알 길이 없었다.

2주 동안 그들은 거의 매일 붙어 다녔다. 그리고 벨기에 버스에 어렵게 올라탄 피에르 덕분에 그들은 루지니키 올림픽 경기장에서 열린 축제 개막식에 갈 수 있었는데, 그곳에서는 3천 명 이상의 운동선수들이 꽃송이가 활짝 핀 모양과 기하학적 형상을 만들면서 손과 다리, 머리가 일사불란하게 올라갔다가 내려가며 움직였는데, 이것은 정말로 장관이었다.

"히틀러 시대 퍼레이드가 꼭 저랬어."

피에르가 귓속말로 말했다.

"레니 리펜슈탈*의 영화가 한때 전 세계를 강타했지. 대중에게 최면을 건 셈이지. 굉장히 강력하기도 하고 대단한 일이야!"

피에르는 숨을 한 번 쉬고는 카메라 셔터를 눌렀다. 일리야는 그에게 바짝 붙어 있었다.

그 후에는 재즈 콘서트가 있었고, 여러 명의 수영 선수가 횃불을 들고 경기에 참여했으며, 수중발레 공연이 있었고, 소련군과 함대, 산업과 상업 종사자들, 요리사와 미용사 노조로 구성된 춤과 노래의 앙상블이 끊임없이 이어졌다.

피에르는 "나세르! 나세르!"라고 음절 하나하나를 끊어서 대

* 레니 리펜슈탈(1902~2003). 독일의 영화감독으로 히틀러의 신뢰를 받았다.

통령의 이름을 외치는 이집트인에게도, 독립한 가나인에게도, 인종차별이 심하던 소련 사람들 사이에서 인기 있던 이스라엘인에게도 관심이 전혀 없었다. 피에르는 오직 러시아에만 관심이 있었다.

만성 편도염이 재발해서 치료를 받고 다시 건강을 회복한 사냐가 축제 셋째 날 그들과 합류했고, 꼬박 2주 동안 신나게 놀면서 이리 뛰고 저리 뛰어다니는 바람에 미하는 민나를 그새 까맣게 잊었다.

일리야는 입학시험을 치지 않은 것을 단 한 번도 떠올리지 않았고, 사냐는 끝내 이루지 못한 음악가의 꿈 때문에 속상한 마음을 잠시나마 잊었다. 페탸 혹은 피에르라고 부르는 그에게 다들 푹 빠졌고, 이 외국인 친구가 그들의 운명에 영향을 주리라고는 아무도 생각지 못했다.

사실 피에르는 〈청년 신문〉 대표로 축제에 참석한 것이었고, 그의 임무는 모스크바 생활에 대한 사진을 찍어 오는 것이었다. 그가 찍은 모스크바 사진은 훌륭했고, 대부분은 자신이 새로 사귄 친구들 덕분에 찍은 것들이었다. 그는 신선한 빵이 공급되는 순간의 빵집을 찍었고, 크레인과 부두 인부들이 있는 항구, 탁아소, 빨랫줄이 걸려 있고 창고가 있는 마당, 지하철에서 책을 읽는 아가씨들과 줄 서 있는 노파들, 술에 취해 뽀뽀하는 사내들

등 수없이 많은 기쁨의 순간들을 자신의 카메라에 담았다.

결론부터 말하자면, 그가 찍은 이 사진들은 신문사 편집자의 마음에 들지 않았다. 그는 이 사진들이 거짓된 공산주의의 프로파간다라고 생각했다. 공산주의 체제를 전혀 좋아하지 않았던 피에르는 편집자의 편견을 비판했고, 그들은 심하게 다퉜다.

피에르가 떠나기 하루 전에 그들은 다 같이 고리키 공원에 맥주를 마시러 갔다. 그곳에는 레스토랑을 가장한 멋진 체코 맥주집이 있었다. 맥주잔에서 흘러 넘치는 거품처럼 맥주집 주위로 사람들이 즐비했지만, 그들은 서두를 이유가 없었기 때문에 얌전하게 줄을 섰다. 페탸 어머니의 사촌이나 육촌 형제쯤 되는 먼 친척을 그곳에서 만나기로 했는데, 그는 모스크바 주재 프랑스 대사관에서 일하고 있었다. 그곳에 서 있는 것은 지루하지 않았는데 계속해서 뭔가 재미있는 일이 일어났기 때문이다. 처음에는 대말을 탄 한 무리의 사람들이 껑충껑충 뛰어서 옆을 지나갔고, 그다음에는 백파이프를 연주하는 스코틀랜드 남자들과 트레쇼트카*를 들고 있는 멕시코인들과 우스꽝스러운 차림을 한 우크라이나인들이 행진을 했다.

* 러시아 전통 타악기.

사냐와 미하는 줄을 서 있었고, 일리야와 피에르는 흥미로운 사진을 찍느라 동분서주했다. 그리고 그들은 체크무늬 킬트를 입은, 알 수 없는 스코틀랜드 씨족 출신의 남자와 키가 작고 단단해 보이는 흑인의 멋진 싸움을 카메라에 담았다. 한 무리의 사람들이 그 두 사람을 에워싸고 싸움을 부추겼다.

"검둥이에게 본때를 보여줘!"

"게이를 흠씬 두들겨 패!"

한마디로 사람들은 꼭 검투사가 나오는 격투기 경기장에 있는 것처럼 아주 오래된 방식으로 즐거운 시간을 보내고 있었다. 솔로비요프-세도이**가 작곡한 '모스크바 근교의 밤'의 노랫소리가 모든 소리를 덮으며 싸움이 진행되었는데, 당시에는 모스크바 사람들 모두가 이 노래를 불렀다. 흑인이 강력한 일격을 가했고, 전통 치마를 입은 스코틀랜드인은 그 자리에 주저앉았다.

레코드판이 바뀌어, '젊은이들이, 젊은이들이 우정의 노래를 부르기 시작한다네, 이 노래를 없애지 못하리, 죽이지 못하리……'***라는 가사의 노래가 흘러나왔다.

스코틀랜드인이 움직이기 시작했다. 확성기에서 '죽이지 못

** 바실리 솔로비요프-세도이(1907~1979). 소련 시대의 작곡가.

*** 세계 민주주의 청년 송가로 당시 소련 시대 때 유행하던 노래이다.

하리, 죽이지 못하리' 하는 노랫소리가 들렸다.

두 시간 후에 함께 맥주집에 들어가고 있었을 때 오를로프라는 러시아인의 성을 가진 피에르의 숙부 니콜라이 이바노비치라는 프랑스인이 그들을 찾아왔다. 그는 나이 들고 뚱뚱하고 살갗이 분홍색을 띠었으며 명랑한 새끼 돼지인 니프-니프*를 닮았는데, 소련에서 사용하지 않은 지 오래된 페테르부르크식 러시아어를 구사했다. 게다가 옷차림이 우스꽝스러웠는데, 머리에는 밀짚모자를 쓰고 있었고, 목둘레에 수가 놓인 우크라이나식 셔츠를 입고 있어서 꼭 흐루쇼프 같았다. 그런 그가 외국인으로 의심받을 가능성은 없어 보였다. 외모만 보면 그는 낡은 서류가방을 들고 상경한 회계사 같아 보였다.

페탸가 그를 보고 배를 잡고 웃었다.

"분장 한번 끝내주네요!"

페탸는 숙부를 통해서 친구들과 연락할 목적으로 그들을 서로 인사시켰다.

우체국을 믿지 않았던 그들은 전화번호를 교환했다. 전화는 당연히 길거리에 있는 공중전화로만 가능했고, 만나기로 한 경

* 러시아 작가 세르게이 미할코프가 각색한《아기 돼지 삼형제》(1936)에 등장하는 주인공 돼지 이름.

우 전화로 약속 장소를 정하는 수고를 덜기 위해서 항상 체코 레스토랑 앞에서 만나자고 미리 정해두었다.

이렇게 해서 외국인과 그들 사이의 비밀스러운 내통이 시작되었다.

유명한 체코 맥주는 밝은색을 띠었고, 맥주잔에 김이 서린 것으로 보아 맥주가 차갑게 잘 보관되었다는 것을 알 수 있었다. 물론 그 맥주는 옆 테이블들에 놓여 있었고, 이들이 맥주집에 들어갔을 때는 마침 맥주가 동이 난 뒤였다. 체코식 소시지 '슈피카츠카'도 떨어져서 웨이터는 러시아산 지굴룝스코예 맥주와 짭조름한 프레첼, 처음 보는 안주를 내왔다. 옆 테이블에서는 밀수해 온 카스피해산 잉어의 살점을 린트**처럼 발라내고 있었으며, 테이블 아래에 있는 보드카를 맥주에 조금 섞었다.

그들은 사진을 찍고 싶었지만, 첫째, 두려웠고, 둘째, 조금 어두웠다.

알 수 없는 이유로 체코산 맥주가 다시 등장했고, 그들은 맥주를 두 잔씩 더 마셨다. 그들이 술집에서 나올 때는 술에 취해 기분이 좋은 상태였다. 피에르는 이별 선물로 일리야에게 자신의

** 목화씨의 표면에 생성된 긴 섬유.

'핫셀블라드'를 선물했다. 사실 피에르는 처음에 일리야에게 서로의 사진기를 교환하자고 제안했지만, 일리야가 자신의 '페드'를 주고 싶어 하지 않았고, 결국 피에르만 일리야에게 자기 것을 선물했다.

"아버지가 주신 선물이고, 이건 물건이 아니라 삶의 일부야."

그러자 피에르는 목에 걸었던 오톨도톨한 띠를 카메라에서 떼어내고는 말했다.

"부담 주려던 건 아니었어. 이거 가져."

오를로프 숙부는 그들에게 자신이 갖고 온 회계사용 서류 가방을 선물했다. 가방은 책이 잔뜩 들어 묵직했다. 지하철역 근처에서 그들은 세 방향으로 흩어졌는데, 일리야와 피에르는 시내까지 걷기로 했고, 오를로프 역시 걸어갔지만 방향이 달랐다. 그는 자기 집이 있는 옥탸브리스카야 광장 쪽으로 갔다.

오를로프가 준 가방은 미하가 들고 갔다. 그는 사냐와 함께 지하철로 내려갔다. 공식적으로는 축제의 폐막식이 끝났지만, 축제의 열기는 식지 않았다.

2주간의 축제에 살짝 지친 기색이 있지만 술에 취해 흥이 오른 인파가 축제 마지막 밤의 거리를 돌아다니고 있었다.

잠시 모스크바 풍경을 아름답게 해준 외국인들의 수는 확연히 줄어 있었다. 어쩌면 지금쯤 짐을 싸러 갔거나 자러 갔거나 마지막으로 상거래를 하거나 남은 루블을 환전하거나, 오스트리아 남자, 스웨덴 남자 혹은 영국으로부터 독립한 가나 남자와 사귀는 즐거움을 처음으로 알아버린 소련 아가씨들과 마지막으로 못다 한 키스를 하러 갔을 수도 있다.

이들은 민족 간의 우정을 축하했다. 수년에 걸쳐서 교육받았던 내용과 달리 외국인 친구들은 괜찮았고, 자본주의자는 한 명도 없었고, 공산주의자들이거나 공산주의에 공감하는 이들뿐이었다. 비둘기를 그린 피카소와 진보적인 페데리코 펠리니처럼 말이다.

사냐와 미하는 체르니솁스키 거리 쪽으로 나 있는 서랍장처럼 생긴 건물 마당의 벤치에 자정이 넘은 시각까지 앉아 도덕적 잣대로 봤을 때 러시아 사람들이 더 좋아졌다는 말을 나누고, 철의 장막을 개방한 흐루쇼프를 칭찬하기도 했다. 그런 다음 그들은 사적인 이야기로 넘어갔고, 미하는 비웃기를 좋아하는 일리야에게는 아리송하게만 설명해준, 불쌍한 민나와 그들의 더러운 관계 그리고 이제 평생 씻을 수 없는 힘든 마음의 응어리에 대해 사냐에게 이야기했다.

사냐는 늘 남녀 사이의 비밀이 깨끗하지 않으며 서로 밀어내고 잡아당기는 관계일 것이라고 상상해왔던 터라, 말없이 고개만 끄덕였다. 가장 중요한 부분에 대해서는 말로 표현할 길이 없어서 얘기하지 못했다.

잠시 서로 아픔을 나누고 웅얼거리다가 헤어졌다.

밖에서는 여전히 '뜰에는 나뭇잎 바스락거리는 소리조차 들리지 않고, 밤새 정적이 감돈다네, 만약 그대들이 알았다면, 내게 얼마나 소중한지…… 이 모스크바의 밤들이'라는 노랫말의 일부가 들려왔다.

미하는 책이 잔뜩 든 갈색 회계사용 서류 가방을 벤치 밑에 두고 갔다. 사냐도 가방 생각을 못 하기는 마찬가지였다.

율리 김의 시에도 나오는 청소부 표도르 아저씨가 술이 빨리 깨서는 길을 쓸러 나왔다. 그러던 중 문제의 서류 가방을 발견하기는 했지만, 그 속에서 쓸 만한 물건을 발견하지는 못했다. 거기에는 책만 잔뜩 있었다. 그래서 그는 가방을 경찰서에 넘겼다.

전처의 부모는 뚱뚱한 오를로프를 굉장히 멍청한 사람이라고 여겼다. 그렇기에 그가 외교 임무를 수행하러 러시아로 파견됐을 때 걱정했고, 실제로 그는 1918년 이후에 국경을 역방향으로 넘어 귀국한 최초의 사람이 되었다.

가방 안에는 비싼 선물이 들어 있었는데, 러시아 기독교 운동 잡지 여섯 권과 이제 막 러시아어로 번역해 출판사 '포세프'가 출간한 조지 오웰의 《1984》가 들어 있었다. 다행히도 사내아이들은 이 책을 5년 후에 복사본으로 읽게 된다. 하지만 문제는 가방 측면 주머니에 그를 떠난 마샤라는 전처가 그에게 보낸 편지가 있었다는 것이다. 이것은 외교 우편으로 그에게 보낸 것이며, 오를로프의 이름이 봉투에 적혀 있어서 그를 수배할 빌미가 되었다.

축제는 끝났다. 흑인의 아이를 임신한 아가씨들이 자신이 임신했다는 사실을 미처 알기도 전에 오를로프에게 안 좋은 일이 일어났다. 다행히 감옥에는 가지 않았지만 그는 즉시 소련에서 추방되었다. 외교부와 관련된 그의 커리어도 끝났다. 덕분에 그의 전처와 그녀의 부모는 니콜라이 이바노비치 오를로프가 완벽한 바보이며 아무짝에도 쓸모없는 인간이라는 확신을 갖게 되었다. 다행히도 일리야를 비롯한 친구들은 무사했다.

커다란 초록 천막

피부색이 노르스름한 올가는 통통하고 몸이 단단하며, 얇고 실크같이 부드러운 피부를 가진 데다 굶은 곳도 주름진 곳도 없었고, 이런 그녀를 남자와 여자, 심지어 개와 고양이도 모두 좋아했다. 그래서 이렇듯 건강하고 명랑하며 미소를 지으면 보조개가 생기는 여자가 침울하고 출세 지향적이며, 당에서 일하고 중요한 비밀 임무를 수행하며, 권력에 충성하는 자에게 주는 훈장을 받고, 자가용 자동차가 있으며, 게네랄스키 포숄로크*에 별장도 있고, 수공예 갈색 쇼핑백과 마분지 상자에 담은 식료품을 상점으로부터 바로 배송받는 등 특별 대우를 받는 젊지 않은 부

* 모스크바 교외의 녹음이 우거진 지역으로, 별장이 많다.

모님에게서 태어났다는 사실은 놀라웠다.

이보다 더 놀라웠던 것은 그녀는 부모님이 옳다고 말하는 모든 것을 습득하고도 그들이 하는 나쁜 행위는 전혀 눈치채지 못했다는 점이다. 결국 그녀는 정직하고 원칙을 중시하는 사람으로 성장했으며, 사회의 이익을 늘 가장 중요하게 생각했고, 사적인 문제는 부차적인 문제로 간주했으며, 부자들을 증오했고(그런데 그들은 어디에 있단 말인가?), 노동자들을 존경했는데, 이를테면 가정부 파이나 이바노브나나 아버지의 검은색 '볼가'를 운전하는 니콜라이 이그나티예비치나 어머니의 회색 차를 운전하는 예브게니 보리소비치를 존경했다.

소련에서 착한 여학생이 되는 것은 얼마나 쉽고 기쁜 일이란 말인가! 붉은 스카프를 매고 모닥불 앞에 모여 이야기꽃을 피우던 피오네르들이 있던 아르테크[**]는 식료품 배급을 담당하는 기관과 잘 어울렸고, 그녀를 토요일마다 별장에 데려다주던 부모님의 자가용은 평등과 형제애와 상충하지 않았다. 그녀는 아무런 잘못이 없었으며 레닌과 스탈린, 흐루쇼프, 브레즈네프, 조국과 당을 진심으로 사랑했다. 그녀가 콤소몰에 들어가던 7학년 당시의 평가에 따르면 그녀의 성격은 도덕적으로 흔들림이 없

** 소련 시대 가장 유명했던 피오네르 캠프.

었고, 정치 상황에 대해 굉장히 잘 알고 있었다.

올가의 아버지 아파나시 미하일로비치는 군 건축 분야에 종사했고, 어머니 안토니나 나우모브나는 잡지 편집장이었는데 문학과는 전혀 연관이 없었고 당을 선전하는 잡지에 가까웠다.

안토니나 나우모브나(러시아정교회 가정에서 태어난 그녀는 자녀들에게 유대인과는 전혀 무관한 성자들의 이름을 지어주었다)는 대학에서 철학·문학·역사를 공부해서 사실상 작가나 다름이 없었다. 올가는 부모님의 결정에 따라 대학교의 어문학부에 들어갔다.

대학교에 입학한 해에는 모든 것이 순조로웠는데, 올가는 봉사 활동에 기꺼이 참여했고 콤소몰에 입단했으며 공부도 아주 잘했고 열심히 했으며 젊고 착한 신랑감도 만났다. 보바는 군인 집안 출신이며 똑똑했는데, 어문학부 학생이 아니라 모스크바 항공대학교 학생이었다. 항공대학교 말이다. 게다가 그는 졸업을 앞두고 있었다. 안토니나 나우모브나는 보바가 무척 마음에 들었다. 그도 그럴 것이 그는 어깨도 넓고 키도 적당하며 곱슬곱슬한 금발이 이마를 덮고 있었으며 걸음걸이도 바르고 손으로 뜬 사슴 무늬 스웨터를 입고 다녔다. 하지만 겨울에는 190년대 많은 사람들의 로망인 가죽 항공재킷을 입고 다녔는데 특히 이 점이 안토니나 나우모브나의 마음에 들었다.

결혼식은 올가가 1학년 과정을 마친 6월에 했는데, 옛사람들의 속설을 잘 알고 있는 가정부 파이나 이바노브나의 말처럼 5월에 했다가는 평생 괴로울 수 있기 때문*이었다.

보바는 장군의 아파트에 있는 올가의 방으로 이사 왔다. 아파트는 한 명이 더 들어와도 충분했기 때문에 침대만 더 넓은 것으로 새로 들여왔다. 이상한 점은 장군이 직접 침대를 샀다는 것이다. 올가는 그렇게 민망한 물건을 사러 가지 않겠다고 단호하게 거절했고, 안토니나 나우모브나는 소련 선생님들의 회의인지 소련 의사들의 회의인지로 무척 바빴다. 아파나시 미하일로비치는 스몰렌스카야강 가에서 가구점을 봤던 일을 떠올리고 아내에게 자기가 직접 사 오겠다고 말하고는 퇴근길에 그곳에 들렀다. 고풍스러운 중고 가구를 파는 곳이었다. 여러 시대와 다양한 민족이 만든 가구 사이를 한참 동안 왔다 갔다 하던 장군은 가구 장인이었던 자신의 할아버지가 떠올랐다. 지난 50년간 까마득히 잊고 있었는데, 그는 문득 얇은 대나무와 비밀 선반이 잔뜩 달린 장엄한 책상, 흰색과 금색이 어우러진, 숲에서 새로 베어 온 나무로 만든 황제 의자와 안락의자들 사이에서 큼직하고

* '5월'을 뜻하는 '마이(май)'와 '괴로워하다'라는 뜻의 '마야티샤(маяться)'의 발음이 비슷하기 때문이다.

거무죽죽한 갈색 손과 눈 밑 지방이 부드럽게 늘어진 커다란 눈을 끔뻑이던 비쩍 마르고 키 작은 노인을 기억해냈다……. 그러자 할아버지의 작업실 냄새가 떠올랐다. 그곳에서는 광택제 냄새가 음식 냄새처럼 코를 찔렀으며, 할아버지는 어린 그에게 사포질하는 방법과 스크래퍼로 표면을 다듬고 광택 내는 방법을 알려주셨다.

아파나시 미하일로비치는 가구점에 온 목적도 잊고 한참 동안 둘러보다가 표면에 물결무늬가 있는 2인용 자작나무 침대를 샀다. 이것은 농노의 상상력이 반영된 침대였지만, 야외에서 텐트를 치고 자는 것을 좋아하는 공산주의 청년 동맹에 속한 두 젊은이에게는 전혀 어울리지 않을 것 같았는데, 이제 두 사람은 꽈배기처럼 꼬인 네 개의 기둥과 거기에 조각된 아기 천사들 사이에 둘러싸여 그들의 미래를 위해 노력해야 할 운명에 처하게 됐다.

침대는 아주 괴상하고도 화려해서 가족들은 전부 굉장히 놀랐지만 신혼부부는 이 침대 위에서 본연의 일에 충실했고, 아들 코스탸는 결혼식 이후 정확히 열 달이 지나서 세상 밖에 나왔다.

한편 장군은 그때부터 그 중고 가구점에 들락날락하면서 스탈린 시대에 만들어진 견고한 가구들을 굉장히 오래되고 괴상한 물건들로 서서히 교체하기 시작했고, 심지어 직접 수리도 했는데, 그런 그를 안토니나 나우모브나는 이해하지 못했다.

아파나시 미하일로비치는 아내보다 열 살 연상이었고, 그녀는 이미 오래전부터 그의 노화를 인지했으며, 그의 이런 새로운 취미를 노인 특유의 괴상하지만 다른 사람에게 피해는 주지 않는 취미쯤으로 생각하고 있었다. 그는 별장에 작업실을 만들고 그곳에서 시간 보내는 것을 좋아했고, 시간이 흐르자 점점 아내가 높이 평가한 군인다운 용맹스러움과 정치적 통찰력을 잃어갔다.

올가가 열아홉 살도 되기 전에 아기를 낳아 하늘색 실크 이불에 싸서 병원에서 데리고 왔을 때, 안토니나 나우모브나는 그들을 반기지 않았다. 아기는 부모를 똑 닮아서 제때 먹고 자고 똥을 쌌으며 모든 사람에게 미소를 짓는 등 올가가 인문학을 연구하는 데 방해가 되지 않았기 때문에 아이가 걸을 때까지 휴학하지 않고 학교를 계속 다닐 수 있었다.

전쟁이 끝난 뒤부터 그들의 집에서 가정부 일을 하며 올가를 어렸을 때부터 키워준 파이나 이바노브나는 아이가 태어나면 두 사람만 살아서 일이 적고 오래전부터 와달라고 부탁한 다른 집으로 옮기려고 했지만, 어린 코스탸가 그녀의 마음을 어찌나 사로잡았던지 그녀는 남은 생을 그를 돌보면서 보냈다.

올가가 상당히 좋은 성적으로 대학을 졸업할 무렵 가정의 평화를 깨뜨리는 사건이 발생했다. 순수한 올가는 이 대학교에서 공부하는 동안 해로운 영향을 많이 받았다. 비밀리에 활동하던 소련의 반동분자이자 인민의 적인 대학교수 중 한 명이 소련을 비방하는 글을 썼고, 이 글이 해외에서 소개된 일로 감옥에 갇혔을 때 바보 같은 동기들과 함께 그를 사면해달라는 편지에 서명을 했다.

그녀는 결국 이 편지에 서명한 다른 사람들과 함께 학교에서 제명되었다. 안토니나 나우모브나는 딸을 대학에 보낸 일을 후회했지만, 그런다고 달라지는 것은 없었다. 용맹스러운 올가의 아버지가 양질의 교육으로 인해서 이런 상황을 마주하게 될 줄 미리 알았다면 '지혜가 많으면 번뇌도 많으니'라는 전도서의 구절을 떠올렸을 것이다. 하지만 그는 전도서를 몰랐고, 그래서 해로운 대학 교육이 딸의 운명에 끔찍한 영향을 끼쳤을 때 아내에게 한숨을 쉬면서 말했다.

"대학은 왜 보내서……. 내가 그랬잖소, 평범한 인민처럼 사는 편이 더 낫다고 말이오. 계집애가 머리에 이상한 것만 잔뜩 들어서는……. 엔지니어가 되게 했으면 머리에 그런 고름같이 해로운 것은 쌓이지 않았을 텐데……. 이제 어쩔 셈이냐고."

아파나시 미하일로비치의 말이 옳았는지도 모른다. 오래전부터 대학교에서는 이상한 지식을 아이들에게 주입해서 잘못된 길로 인도하고 있었다. 하지만 장군은 당에 몸담은 사람으로서 이 문제를 비판한 것이 아니라 딸의 상황을 지켜보며 마음이 아파서 한 말이었다.

"다들 너무 똑똑한 게 탈이야."

그는 자신이 이해하지 못하는 것과 직면할 때마다 불만 섞인 투로 말했다. 시간이 흐르며 딸을 이해하지 못하는 일이 잦아졌고, 딸은 일부러 작정이라도 한 듯 별것 아닌 것들에 대해 이야기할 때도 지나치게 현학적으로 말하곤 했다. 다행히 사위는 올가와 견해가 달랐다. 올가와 보바는 이따금 다퉜는데, 아이를 봐주는 유모도 있고 별장도 있으며 식료품을 집까지 배달받는 등 생활하는 데 아쉬움이 없었기 때문에 다툼의 이유는 주로 정치 문제였다. 결국 이들의 관계는 올가가 학교에서 제명되고 얼마 뒤 보바가 문을 세게 닫고는 자기 부모님 댁으로 돌아가며 최악의 상황으로 치달았다.

만약 올가가 부모 말대로 자신의 잘못을 뉘우치고 울며 그녀가 써야 할 반성문을 썼더라면 제명은 면했을지도 모른다. 하지만 앞에서도 언급했듯이 그녀는 어려서부터 정직하게 원칙대로 행동하도록 교육받았기 때문에, 죄를 뉘우치고 실수를 인정하고 그녀의 논문 지도교수였던 그 몹쓸 교수를 강하게 비난하라는 제안을 단칼에 거절했다.

교수는 9월 초에 체포되었고, 올가는 그달 말에 첫 번째 신문을 받았으며, 그녀는 정직했기 때문에 오직 사실만을 말했다. 그녀는 그렇게 할 수밖에 없었다. 그녀가 말한 사실에 따르면 교수는 뛰어난 학자이며, 소련의 여러 현상에 관한 그의 비판은 옳으며, 그녀는 그의 제자이므로 문학과 삶에 관한 그의 견해에 전적으로 동의한다는 것이었다.

그녀의 진술로 인해서 교수는 별다른 피해를 보지 않았지만, 딸의 실수에 대한 책임은 부모가 져야 했다. 아파나시 미하일로비치는 딸의 일로 비밀 장소에 불려 갔고, 그곳에서 심한 질책을 받은 뒤 곧 은퇴하고 별장으로 거처를 옮겼다. 사실 그는 이런 변화가 싫지 않았는데, 교외에서 목수 일을 연습하는 것도 나쁘지 않을 것 같았기 때문이다. 딸에게 서운한 마음을 자꾸 드러내봐야 기분도 언짢아지고 혈압도 오를 테니 내색하지 않고 살면 그만이라고 생각했다. 게다가 그에게는 다른 숨구멍도 있었다.

안토니나 나우모브나는 딸을 잘못 가르친 대가로 상부에서 그녀를 엄중하게 처벌하기 전에 선제 공격을 가했다. 직위 해제된 교수가 쓴, 체제를 비난하는 책에 대해 비판하는 글을 잡지에 실었고, 정치적으로 사회에 물의를 일으키는 그를 악당이라고 공개적으로 비난했다. 하지만 이 일로 딸과의 관계는 완전히 틀어졌다.

올가는 집에서 남처럼 살았다. 자기 얘기는 일체 하지 않고 조용히 움직였으며, 코스탸와 산책을 하다가도 갑자기 하루 이틀 사라지기도 했다. 2월에 교수와 그의 친구, 서유럽에 필사본을 전달한 절망에 빠진 작가에 대한 재판이 시작되었다. 그녀는 모스크바 시 프레스넨스키 관할 법원에 서둘러 가서 지적이고 도전적인 얼굴을 한 젊은 남녀로 구성된 한 무리의 사람들 틈에 서 있었다. 가끔 남자들 중에는 가방에서 유리 술병을 꺼내거나 주머니에서 납작한 휴대용 금속 술병을 꺼내는 사람도 있었는데, 마치 서로 아는 사이라도 되는 것처럼 돌려 마실 요량으로 술병을 옆에 서 있는 사람들에게 전달하고 있었다. 이때 올가는 외로움을 느끼고 불행하다고 느꼈는데, 그들이 그녀만 빼고 술을 돌려 마셨기 때문이다. 한번은 배를 채우기보다는 몸을 녹이려 법원 옆에 있는 만두 전문점에 들렀다가 이들과 같은 테이블에 앉게 되었고, 그녀가 현재 재판을 받고 있는 교수의 지도하에 논문을 썼으며 그 때문에 대학에서 제명되었다고 말하기가 무섭게 그들은 그녀를 자기네 사람으로 받아들였다.

전에 봤던 무리 속에서 그녀가 눈여겨보았었던 키 큰 남자가 하나 있었다. 그는 혹한에도 모자를 쓰지 않아 곱슬머리에 눈이 쌓여 있었고, 이따금 사진기를 꺼냈으며, 누군가에게 종이를 내밀기도 했는데, 한번은 사람들이 보는 앞에서 호송차에 강제로 태워져 어디론가 끌려간 일도 있었다. 그런데 바로 그 명랑한 사람이 '술을 반입해 나눠 마시는 것을 법으로 엄금한다'고 적힌 경고문 바로 밑에서 그녀에게 법으로 금지된 보드카를 건넸고, 그녀는 거의 반 잔을 단숨에 마셨다.

그러자 찐만두와 젖은 모피의 냄새, 희미한 락스 냄새, 발효를 넘어서 상한 술 냄새와 함께 위험하고도 뻔뻔한 행복감이 번졌고, 올가는 피고인을 동정하는 무리에 자기를 끼워준 것이 고마워서 기분이 좋아졌다. 이 감정은 어린 시절 피오네르에 속한 아이들과 함께 번개가 내리치는 하늘 아래에서 활활 타는 모닥불을 보는 기쁨을 닮았고, 도시를 벗어나 감자를 캐러 떠나는 콤소몰 단원들이 흥에 겨워 기차에서 노래를 부를 때 느끼는 신나는 기분과 닮았지만, 유년기에 있었던 모든 일은 이처럼 똑똑하고 훌륭하고 용감한 사람들이 진정으로 하나 되는 것과는 본질적으로 달랐다. 그들은 서로 어깨를 두드리며 가끔은 폭발하듯 웃음을 터뜨리기도 했지만, 그보다 자주 비밀스럽게 귓속말을 했다. 모두들 믿을 만한 동지들처럼 보였다. 테이블 앞에 앉은 이들 가운데 가장 눈에 띄는 사람은 바로 키 큰 곱슬머리 남자였다. 그의 이름은 일리야였다. 그가 술을 따라줬다.

올가의 가족이 여전히 과거에 머무는 동안 올가는 완전히 새로운 삶을 살고 있었다. 재판은 끝났고, 반동분자들은 그에 적합한 형을 받고 형을 살기 위해 떠났으며, 프레스넨스키 관할 법원 안에서 모였던 사람들은 친해졌다.

'반체제 인사'라는 단어는 아직 러시아어에 정착하지 못했고, 1960년대 사회운동가를 뜻하는 '셰스티데샤트'라는 용어는 당시만 하더라도 체르니셉스키의 추종자를 연상시켰지만, 똑똑한 사람들의 머릿속에는 지렁이처럼 조용하고 스피로헤타*처럼 치명적인 생각들이 똬리를 틀고 있었다. 일리야는 결혼하기 전에 어머니와 함께 살았고, 결혼 후에도 여전히 들르던 아르히포프 거리에 있는 방에서 그들이 포옹을 하는 사이사이에 이런저런 사상을 올가가 이해하기 쉽게 풀어 설명해주었다. 그의 어머니는 오전 8시부터 오후 3시까지 유치원에서 보건교사로 일했기 때문에 일리야는 올가를 이따금 아침에만 데리고 왔다.

일리야는 수용소에 수감된 교수를 잘 알고 있을 뿐 아니라, 당시 법원에 모여 있던 사람들을 대부분 알고 있었으며, 해박한 지식을 갖춘 데다 특히 문서 끝에 작은 글씨로 적힌 세세한 것들을 아주 잘 이해했다. 심지어 활자의 크기가 작으면 작을수록 일리야의 관심을 더 끄는 것 같다는 생각까지 들 정도였다. 그는 대

* 회전운동을 하는 나선형 미생물.

학 교재에 전혀 언급되지 않는 내용을 특히 잘 알고 있었다. 그는 학교에 다닐 때는 물론 졸업 후에도 많은 시간을 보낸 도서관에서 이런 지식들을 습득했다. 올가는 누구보다 교양 있는 일리야가 대학 교육을 받지 않았고, 고등학교를 졸업한 뒤에도 정부에서 일하고 싶어 하지 않고 정부의 눈을 피해 어떤 학자의 비서로 일한다는 사실을 알고 놀랐다.

올가와 일리야는 주로 걸으면서 데이트를 했는데, 그들은 일리야가 잘 아는 모스크바 곳곳에 흩어져 있는 보물 같은 장소 위주로 돌아다녔다. 이따금 그는 옆으로 기울어지고 현관 계단도 한쪽으로 치우친 건물 앞에 멈춰 서고는 "이곳은 1812년 큰 화재가 나기 전에 뱌젬스키가 들르곤 하던 곳이지……. 여기서는 만델시탐*이 자기 형제와 함께 묵곤 했어……. 이 약국에는 불가코프의 아내 옐레나 세르게예브나가 남편에게 줄 약을 사러 오곤 했지……" 하고 말하고는 했다.

하지만 무엇보다 일리야가 가장 잘 아는 주제는 미래파와 러시아 아방가르드였다. 두 사람은 그가 잘 알고 그를 잘 아는 헌 책방의 매대 앞에 몇 시간이고 서서 축축한 회색 종이에 인쇄된 얇은 책들을 뒤적거렸다. 가끔은 책을 사기도 했고 가끔은 입맛

* 오시프 만델시탐(1891~1938). 유대인 태생의 러시아 시인이다.

만 다셨다. 한번은 올가한테 흘레브니코프**가 쓴 구하기 힘든 책을 사야 하니 얼른 집에 가서 부모님께 1백 루블만 빌려 오라고 시킨 적도 있었다.

이들이 이렇게 늘 이 골목 저 골목을 돌아다니고 일리야가 특별히 아끼는 친구들과 술을 마시는 사이 1년이 흘렀다. 일리야의 친구들은 일부러 심혈을 기울여서 고르기라도 한 것처럼 하나같이 특이했는데, 그중 한 명은 음악 평론가였고, 한 명은 기수(騎手)였으며, 또 한 명은 자연보호구역에서 일하는 사람으로 일리야와 친구들은 그를 보러 오카강에 놀러 갔다 오기도 했으며, 마지막으로 진짜 사제도 있었다. 가장 사랑스러운 사람은 농아들을 가르치는 빨간 머리 선생이었다. 올가는 세상에 이토록 특이하고 다양한 사람들이 각자 다른 철학과 종교를 갖고 살 거라고는 생각도 못 했다. 심지어 불교 신자를 잠깐 만난 적도 있었다! 올가는 이 시기에 특히 책을 많이 읽었고 이것은 또 하나의 대학 교육과 같았지만, 차이가 있다면 이런 식의 공부가 대학 교육보다 훨씬 흥미로웠으며, 일리야가 준 책은 대부분 고서이거나 해외에서 들여온 책이었다. 한번은 그가 올가에게 루르드에서 일어난 기적에 대한 얇은 가톨릭 서적 한 권을 프랑스어에

** 블라디미르 흘레브니코프(1885~1922). 러시아 미래파 시인.

서 러시아어로 번역해달라고 부탁했다.

함께 있는 것이 너무 좋고 재미있어서 올가는 그가 늦은 밤이면 찾아가는 아내가 있다는 사실이 실감 나지 않았다. 얼마 뒤에 그의 가정사에 어떤 변화가 일어나서 그는 점점 티미랴제프카에 있는 부인을 만나러 가는 횟수가 줄어들었고, 결국 그는 어머니가 살고 있는 캄무날카로 완전히 돌아갔다. 올가는 일리야가 소개해준 조용한 마리야 표도로브나와 만났다.

올가가 부모님으로부터 멀어지면 멀어질수록 사위인 보바는 그들과 점점 더 가까워졌다. 보바는 일요일마다 그들을 방문했고 외출 준비를 마친 아들을 파이나 이바노브나의 손으로부터 넘겨받아 산책시켰으며, 점심 식사를 할 때 즈음 데리고 왔다. 그런 다음 직접 아들에게 밥을 먹이고 잠을 재우고는 장인 장모와 함께 점심 식사를 했다. 그들이 붙잡으면 그는 매번 못 이기는 척 식사 자리에 앉았는데, 진수성찬까지는 아니어도 조금 특별하다고 할 수 있는 일요일 점심 식사에 자신은 전혀 관심이 없으며, 파이나가 구운 다소 싱겁고 만지면 부서지는 파이가 좋아서도 아니고 장인 장모와 만나는 것 자체가 좋아서 함께하는 것이라고 강조하곤 했다.

올가는 일요일마다 집에 없었고, 올가 얘기는 다들 보통 꺼내지 않았다. 모두에게 올가는 아픈 손가락 같은 존재였다. 모욕감과 당혹감, 이해할 수 없는 이유로 자신들을 등졌다는 배신감을 줬기 때문이다. 게다가 부인으로부터 외면당한 남편에게는 젊은 남성 특유의 자기애가 꿈틀거렸다. 올가와 달리 보바는 올가가 2년 뒤 이혼을 요구했을 때에야 애인을 만들었다. 그 전까지 그는 돌아올 기약 없이 긴 출장을 떠난 기혼남이라고 느꼈고, 아무런 의미도 없이 지조를 지켰고, 누구도 그에게 요구하지 않았지만 매달 40루블에 달하는 양육비도 냈다. 그는 여전히 올가가 정신을 차리면 그들이 결혼 생활에 문제가 생기기 시작한 시점으로 되돌아가서 화목한 생활을 다시 시작할 수 있을 것만 같았다…….

올가가 이혼을 요구했다는 사실을 알게 된 안토니나 나우모브나는 겉으로 드러내지는 않았지만 몹시 화가 나 있었다. 하지만 그녀는 감정을 조절할 줄 아는 사람이었다. 그녀의 감정은 몸속 깊숙이 아무도 모르는 곳에서 끓어오르고 있었다. 그녀가 자기 감정을 숨기면 숨길수록 그녀의 입은 더 꼭 다물어졌고, 생기 잃은 양쪽 눈은 눈구멍에서 점점 더 심하게 튀어나왔다. 올가와는 말 한마디 섞지 않았고 집안사람들에게도 화내지 않았는데, 대신 잡지 편집부에서 화풀이를 했다. 여직원들은 공포에 떨었다. 그중 한 명은 너무 무서워서 일을 그만뒀고, 그녀에게 온 마음으로 충성하는 여비서는 경미한 뇌졸중으로 몸져누웠다.

아파나시 미하일로비치는 은퇴한 뒤 지나치리만치 단조로운 생활에 내심 기뻐하고 있었다. 그는 아내처럼 예민하지 않았으며 서둘러서 딸과 절연할 생각도 없었기에, 아내처럼 그렇게 열정적으로 괴로워하지 않았고, 다만 딸을 멀리할 뿐이었다.

어쩌면 올가도 이런 아버지의 마음을 눈치챘는지 자신의 인생에서 일어난 변화를 어머니가 아닌 아버지에게 이야기했다. 하지만 이것은 미리 계산된 것이었다…….

2월 중순에 올가는 별장에 왔다. 평범한 사람들처럼 버스를 타고 말이다. 그것도 평일에, 아침도 저녁도 아니고 정오가 지난 시각에 말이다. 요양할 요량으로 휴양지에 놀러 온 사람 같았다. 마침 근처 군 요양원에서 음식이 배달되었는데, 점심 메뉴는 세 가지였고 직접 구운 달콤한 빵도 있었다. 아파나시 미하일로비치가 몇 날 며칠 힘들게 일하고 난 뒤인 이때 마침 올가가 온 것이었다. 그는 오랜만에 딸을 본 데다 가정의 불화도 시간이 흐르며 옅어졌기 때문에 딸을 반겼다. 그녀는 예전처럼 명랑했고, 스스럼없이 아버지에게 배달된 점심을 함께 먹었으며, 심지어 식전에 아버지와 함께 술도 한 잔씩 했다. 점심 식사 후에 그녀는 목 받침에 알루미늄 태그가 달린 안락의자에 올라가서 등받이 위에 앉았다. 별장에는 장군이 별장과 함께 헐값으로 직장에서 사들인 정부 소유의 가구들이 아직 남아 있었다. 올가는 어린 시절에 자주 앉았던 익숙하지만 못생긴 안락의자를 선택한 것이었다. 아버지가 중고 가구점에서 장만하여 수선한, 부드럽지도 않고 기대도 잠이 올 것 같지 않은 나무 의자 대신 말이다.

"아빠!"

올가는 어렸을 때 불렀던 대로 아버지를 불렀다.

"아빠랑 별장에서 살고 싶어요. 코스탸도 데려오면 좋을 것 같고요. 어떻게 생각해요?"

아파나시 미하일로비치는 불길한 예감은 전혀 느끼지 못한 채 마냥 기뻤다.

"그런 걸 뭘 물어보고 그래? 와서 지내고 싶은 만큼 지내렴. 그런데 일은 어쩌고? 차가 없으면 힘들 텐데……."

도시로 나가려면 교통이 문제였다. 나하비노*까지 가는 버스가 있긴 했지만, 버스는 배차 시간표를 따르지 않고 운전기사가 내킬 때 운행하고 있었고, 나하비노에서 리시스키 기차역까지는 기차로 가야 했다.

"전 괜찮아요. 전 일 안 하고 공부하거든요."

올가가 웃으면서 말했다.

아내한테서 올가가 다시 공부한다는 말을 들은 바가 없어서

* 모스크바 외곽에 있는 지역.

미심쩍기는 했지만, 아파나시 미하일로비치는 기뻤다. 그리고 이 의문은 바로 풀렸는데, 올가는 이제 대학교에 다니는 것이 아니라 무슨 영문인지 스페인어 수업을 듣고 있었다. 수업은 매일 있는 것도 아닌 데다 저녁에 있었고, 제적된 대학에 재입학하거나 편입하고 싶은 마음은 없는 것 같았다.

아파나시 미하일로비치는 딸이 왜 갑자기 별장에서 살고 싶어 하는지와, 이를 허락하기 전에 우선 아내와 상의해야 하지는 않을지를 천천히 따져봤다. 하지만 이때 올가가 먼저 상황을 설명했다.

"내 남자 친구도 같이 와서 살지 몰라요."

늙은 장군은 화가 나서 숨이 막힐 지경이었다. 자기한테 물어보지도 않고 이혼하더니 애인을 만든 것도 모자라서 그를 집에 데리고 들어와도 되겠느냐며 자기한테 허락을 구하다니 말이다. 하지만 그는 잠시 입을 다물고 있다가 한 손을 흔들며 어떻게 하든 상관없다는 의사를 표했다.

"네가 원하는 사람이랑 살렴, 난 상관없다."

그는 인상을 쓰고 정부에서 제공한 커틀릿을 서둘러서 마저 먹고는 점심을 먹고 나면 늘 그러듯 잠을 자러 갔다.

며칠 뒤 장군 소유의 거대한 별장에 낡은 '포베다'*가 진입했다. 거기서 양털 모피를 입은 코스탸가 내렸고, 이어서 양처럼 털이 복실복실한 강아지가 내렸으며, 올가는 양손에 책 몇 꾸러미를 들고 내렸고, 키가 큰 데다 머리카락이 덥수룩한 남자는 스키를 들고 차에서 내렸다.

아파나시 미하일로비치가 목공예 작업을 하는 작업실 창문은 다른 쪽으로 나 있어서 그는 그들이 서로 부딪히면서 넘어지고, 눈 위에 장갑과 책을 떨어뜨리면서 현관 앞까지 오는 모습을 보지 못했다.

그는 현관 벨 소리를 듣고 나가서 문을 열었고, 혼자 별장에서 살던 그에겐 그들이 엄청난 인파처럼 느껴졌다. 코스탸는 소리를 질러댔고, 개는 짖었으며, 올가는 과장되게 웃었고, 그들 머리 위로 볼품없는 사내가 서 있었는데, 퇴역 장군은 그가 모든 악의 근원이라는 것을 단번에 알아봤다.

그 악의 근원의 이름은 일리야 브랸스키였다. 그가 뼈만 앙상한 한쪽 손을 뻗자 싸구려 담배와 화학약품 냄새가 났고 적의가 느껴졌다. 올가한테서는 새로운 기운이 풍겼는데, 뻔뻔하고 낯선 기운이었다. 손자 코스탸와 순수 혈통인 강아지만 친근했다. 아파나시 미하일로비치는 이런 불길한 기분에 휘둘리고 싶지 않았다. 그는 딸과 손자에게 뽀뽀하고는 작업을 하러 2층으로

* 1946년부터 1958년까지 소련에서 생산된 승용차. 러시아어로 '승리'를 뜻한다.

돌아갔는데, 래커와 목공 풀과 나무 먼지가 설령쥐오줌풀*보다 더 유익했기 때문이다. 그는 가장 고운 사포를 잡고 엉망으로 니스 칠한 안락의자의 옆 부분을 문지르기 시작했고, 창가에 기댄 그의 손이 의자의 부드럽게 휜 곡선을 만끽했다.

아래쪽에서 폭발할 듯한 웃음소리, 콧방귀 소리, 신음 소리와 카랑카랑한 쇳소리가 들리는가 싶더니 왁자한 웃음소리가 들렸고, 이러한 소리는 조용하고 엄격한 규율을 중시하는 집에 전혀 어울리지 않았다.

장군은 딸이 못마땅했다. '아무 일도 없었던 것처럼 내 집에 제 애인과 어린 아들을 데리고 들어오다니…… 저 뻔뻔한 것 같으니.'

이들은 한 집을 둘로 나눠서 살기 시작했는데, 아파나시 미하일로비치는 군인 요양원에서 보내주는 요양식을 먹으며 오전 7시에 기상해서 8시에 차를 마시고, 밤 11시에 잠자리에 드는 등 평소대로 생활했다. 올가의 가족은 자기들끼리 알아서 살았다. 가벼운 음식을 끓여 먹을 때도 있지만 주로 샌드위치를 먹었고, 하루 종일 냉장고 문을 열었다 닫기를 반복했으며, 일어나고 싶을 때 일어나고 자고 싶을 때 잤고 마음이 내키면 아무 때

* 심신 안정에 도움을 주는 약초.

나 산책을 나가고 한밤중에 차를 마시는가 하면 시간과 상관없이 잠을 자고, 큰 소리로 웃고, 아침까지 타자기 치는 소리를 낼 때도 있었다. 보통 사람들처럼 일하지 않았으므로 아침에 나갈 때도 있고 한낮에 나갈 때도 있었다. 올가는 오후 4시에 스페인어를 배우러 가서 막차를 타고 돌아온다. 그런 올가를 일리야가 마중 나간다. 가끔은 코스탸도 데리고 나간다. 날씨도 추운 데다 밤늦은 시간에 애는 왜 데리고 가는지 이해할 수 없었다.

다행히 코스탸를 집에 혼자 두지 않고 한 명씩 남아서 돌봤다. 만약 외박할 일이 생기면 파이나 이바노브나를 불렀다. 두 달 동안 지내면서 그들은 아파나시 미하일로비치한테 딱 한 번 아이를 맡겼고, 그때 그는 아이를 자기 작업실에 데리고 갔으며, 아이는 하루 종일 그의 일을 도와줬다. 그것도 아주 잘 도와줬다.

토요일마다 안토니나 나우모브나가 자신의 회색 차 '볼가'를 타고 케이크와 식료품을 싣고 왔다. 그녀는 일요일에 온 가족이 먹을 점심 식사를 준비했다. 새로운 피앙세는 오랫동안 그녀의 눈에 띄지 않았는데, 매주 토요일과 일요일에 그가 집에 없었기 때문이다. 4월 초가 돼서야 그들은 마주쳤다. 안토니나 나우모브나의 불길한 예감대로 사위는 마음에 안 들었다. 더 정확히는 마음에 드는 구석이 하나도 없었다. 곱슬머리만 빼곤. 얼굴에는 살이 하나도 없고 코는 까마귀 부리 같고 입술은 두툼한 데다 열이라도 나는 것처럼 빨갰다. 어깨는 좁고 다리는 가늘고 허리는 금방 부러질 것처럼 위태로우며, 통 좁은 바지는 앞부분이 툭 튀어나오고 불룩했다. 게다가 몸은 또 비쩍 말랐다. '퉤!'

안토니나 나우모브나는 입술을 깨문 채로 고개를 끄덕이면서 말했다.

"이렇게 만났으니 인사나 하죠. 안토니나 나우모브나예요."

"일리야예요."

"부칭은요?"

"일리야 이사예비치 브랸스키입니다."

그가 이름과 부칭, 성을 또박또박 말했다.

직장 내에서 많은 사람들을 만나본 안토니나 나우모브나는 생각했다. '브랸스키면 브랸스키지. 이사예비치라니! 예언자의 이름은 사제나 유대인들에게 지어주는데……. 구교도 중에 이런 이름을 갖고 있는 사람들이 있긴 하지만.' 그녀는 유대인이나 종교 문제에 대해 잘 알고 있었고, 평생 이런 사람과 마주치지 않으려고 노력해왔다.

올가는 그가 왜 좋은 걸까? 보바처럼 좋은 남편을 놔두고 비쩍 마른 막대기처럼 생겨서는 걸을 때 휘청거리는 이런 남자가 뭐가 좋다고. 게다가 코스탸가 그에게서 눈을 떼지 않고 그가 인간 나무라도 되는 듯이 그의 몸에 매달려 오르내리는 것도 기분

나빴다.

이제 막 살림을 합친 부부는 식탁 앞에 앉아 키득키득거리기 시작했다. 안토니나 나우모브나는 목격했다. 일리야가 빵을 뭉쳐서 만든 공을 코스탸의 접시로 던지면, 코스탸는 우연을 가장하며 그의 접시에 소금을 살살 뿌렸다. 한편 올가는 실눈을 뜨고 바라보며 멍청하게 웃고 있는 것이 아닌가……. 일리야는 케이크를 두 조각이나 먹었다. 케이크 위에 있는 크림을 고양이처럼 핥아먹은 데다 코스탸가 남긴 것까지 마저 먹었다. 단것을 좋아한다는 뜻이다. 스푼도 깨끗이 핥았다. 이 얼마나 혐오스러운 광경이란 말인가! 그들이 별장에서 함께 사는 것에 반대했어야 옳았다. 어디에서 어떻게 살든지 상관하지 말았어야 했다. 이렇게 쉽게 허락하는 것이 아니었다. 화가 난 그녀는 그들을 노려봤다…….

불쌍한 올가의 부모는 비쩍 마른 사위가 무슨 일을 하는지, 밤마다 그가 타자기로 뭘 그렇게 쳐대는지, 풍족한 별장에서 나가면 어딜 그렇게 돌아다니는지 상상조차 하지 못했다. 사실 반동적인 내용을 얇고 반투명한 담배 종이에 타자기로 치고 있는 것은 올가였기 때문에 올가는 이 모든 사실을 알고 있었다. 물론 타자를 빨리 칠 수 없었고, 전문적인 교육을 받은 것이 아니었기 때문에 한꺼번에 많은 분량을 받지 않았다. 그녀는 주로 오시프 만델시탐과 이오시프 브로드스키의 시를 타자기로 쳤는데, 그녀는 이것을 봉사 활동이라고 생각했다. 두꺼운 책은 좀 더 손이 빠른 사람에게 돈을 주고 맡겼는데, 학교 친구인 갈랴 폴루히나나 전문 타이피스트인 베라 레오니도브나에게 맡기곤 했다.

일리야는 가끔 이렇게 타이핑한 종이를 책으로 만들기 위해서 아르투르라는 친구에게 가져가기도 하고, 그냥 그 상태로 유포하기도 했다. 그러면 아르투르는 옥양목 표지를 씌운 멋진 시집을 만들곤 했다. 종교적인 내용을 담은 책들은 인조가죽이나 버크럼처럼 걸맞은 재질의 표지를 입혀서 책을 만들었다. 하지만 그는 종종 마감 기한이나 계약을 잊곤 했기 때문에 그와 일하는 것은 쉽지 않았다. 일리야는 사미즈다트로 돈을 벌었다. 구텐베르크의 후예로서 당시 인쇄업에 종사하는 대부분의 사람들과 달리 그는 물질적 보상에 도덕적 거리낌을 느끼지 않았고, 그가 쓴 시간에 대해 합당한 대가를 받기를 원했으며, 이렇게 번 돈을 자신의 사진과 컬렉션을 확장하는 데 썼다.

얼마나 많은 시가 있었던가! 얼마나 다채로운 시적 풍요였던가! 러시아에 이전에도 이후에도 이런 시기는 없었다. 시는 무중력 상태인 공간을 가득 채웠고 스스로 공기가 되었다. 한 시인이 말한 대로 '도난당한 공기'*일지는 몰라도 말이다. 당시는 노벨상을 받은 시인의 시가 아니라, 타자기로 치거나 손으로 직접 옮겨 써서 오탈자도 있고 실수도 있고 악필로 된 츠베타예바, 아흐마토바, 만델시탐, 파스테르나크, 솔제니친 그리고 마지막으로 브로드스키의 시가 가장 인정받던 시기였다.

"우리 학교 문학 선생님인 빅토르 율리예비치 셍겔리 선생님께 자기를 소개해드려야겠어. 자기도 그분을 좋아할 거야! 학교 수업은 안 하신 지 오래지만 말이야. 지금은 어떤 박물관에서 일하신다나 봐. 사람들 눈에 안 띄고 싶으시대."

소련 정부는 자신들이 일자리를 빼앗은 사람까지 포함해서 실업자들을 추적하고 있었다. '놈팡이' 이오시프 브로드스키는 이미 유배에서 풀려나 시골 노렌스카야를 떠난 뒤였다. 50년 후에 그 지역 도서관에 유배자의 방이 만들어져 나이가 지긋해 쇠약해져가는 여인이 인솔하는 '노렌스카야의 브로드스키'라는 투어가 생기리라는 것은 아무도 예측하지 못했다.

올가는 분량이 적은 것으로 시작했던 번역에 점점 자신감이 붙었다. 프랑스어는 대학에서 배웠고, 어학 수업에서 배운 스페인어 외에 이탈리아어도 할 줄 알았는데, 이탈리아어는 별장에 갈 때 타고 다닌 기차 안에서 독학으로 익힌 것이었다. 인맥이 생겼고 가끔은 영화 번역 의뢰도 들어왔는데, 그녀는 이 일을 아

* 오시프 만델시탐이 한 말로, 정부의 허락을 받지 못한 문학작품을 가리킨다.

주 잘해냈다. 그 밖에도 보고서나 특허권 번역 같은 다양한 일거리가 생겼다. 처음에는 많지 않던 일거리가 나중에는 많아졌다. 하지만 이 모든 일은 비공식적인 일거리였고, 공식적으로 그녀는 일리야처럼 누군가의 비서였다. 이것은 일종의 방패막 같은 것이었고, 많은 이들이 이 방패막을 이용했다.

전처의 아버지가 돌아가신 뒤 일리야를 공식적인 비서로 만들어준 사람이 또 있었다. 그는 올가를 비서로 등록해줄 늙은 교수를 찾아주었다. 그렇게 두 사람은 마치 소련 정권과 술래잡기라도 하듯 수수께끼 같은 노동조합 소속이 되었다.

일리야는 욕실 옆의 창고에 사진 작업실을 만들어놓았다. 학창 시절처럼 그는 변기와 연결된 관을 떼어내고는 밤마다 실험을 했다. 아파나시 미하일로비치는 토요일마다 욕실에서 목욕을 했지만, 다른 날에는 욕실과 그 옆의 창고 쪽을 보지 않았기 때문에 아무것도 눈치채지 못했다.

얼마나 행복한 시기였던가! 일리야는 전처와 이혼했다. 그는 여러 사람에게 알리지 않고 올가와 조용히 결혼했고, 올가는 그를 완전히 신뢰했다. 사미즈다트, 사진, 여행을 비롯해 그가 하는 모든 말과 행동은 재미있고 신선했으며, 러시아 북부 지역도 중앙아시아 남쪽 지역을 좋아해서 갑자기 발길 닿는 곳으로 떠나곤 했다. 가끔은 올가와 코스탸도 데리고 떠났다.

한번은 셋이서 볼로그다의 벨로제르스크라는 도시에 있는 페라폰토보라는 마을에 간 적이 있었는데 코스탸의 기억 속에 이 여행은 마법 같은 여행으로 남았다. 그곳에서 보낸 시간과 일어난 모든 일은 언제든 재생이 가능한 영화 필름 같았는데, 배에서 물고기도 잡고, 건초를 쌓아두는 헛간에서 잠을 자고, 수도원의 비계로 기어오를 때 하마터면 떨어질 뻔하기도 했지만, 일리야가 제때에 그의 점퍼를 붙잡아서 위기를 모면했다. 코스탸가 잼이 든 시골식 파이를 먹다 함께 벌을 입속에 집어넣은 끔찍하고도 우스꽝스러운 일도 있었는데, 이때 그의 입속에 들어간 파이를 즉시 끄집어내고 입술에 박힌 벌침을 솜씨 좋게 빼낸 사람도 일리야였다.

올가는 코스탸와는 다른 기억을 간직하고 있었는데, 훼손된 디오니시우스 황제의 프레스코화나 폐허가 된 수도원, 느린 듯 졸린 듯한 북부 지역의 풍경 등이었다. 그녀는 첫날 이 지역이 선사하는, 운모처럼 층층이 나뉘는 투명한 일몰을 보고 이곳이야말로 자신의 진짜 고향이라고 생각했다.

저물어가는 해가 커다란 호수 뒤로 사라지면서 붉은 하늘이 점점 은빛 하늘로 변하며 주위의 모든 들판, 물, 공기조차 은빛을 띠게 되었을 때, 부모의 이상, 권력, 그녀가 태어난 나라의 고위직 관리, 잔인하고 비인간적인 규칙을 들이대는 고국에 실망했던 그녀가 갑자기 아버지의 고향인 가난하지만 소박한 북부 지역에 대해 슬픈 사랑을 느끼고 목에 뭔가 걸린 것 같은 기분이 들었던 것도 바로 여기서였다. 이 푸르스름한 은빛 색감 또한 이 여행에서 얻은 발견이었는데, 이를 처음으로 발견하고 그 풍경을 가리킨 사람도 다름 아닌 일리야였다.

이 무렵 장군은 자기 작업실로 완전히 거처를 옮기고는 거기서 거의 살다시피 했다. 안토니나 나우모브나는 자신의 직위를 잃게 될까 봐 전전긍긍했지만, 누구도 그녀를 잡지사에서 쫓아내려 하지 않았다. 그녀가 당에 속한 작가로서 상당한 영향력을 행사했기 때문이다.

코스탸가 학교에 입학했을 때 그들은 모스크바로 이사했다. 그러자 안토니나 나우모브나가 별장에서 자고 가는 일이 점점 더 잦아졌고, 관용차가 거의 매일 두 번씩 물건을 실어 가고 실어 왔다.

결혼한 지 10년째가 되던 해에 그들의 결혼 생활에 문제가 발생했다.

일리야가 신경질을 내고 고집을 부리기 시작했고, 장난기 있고 명랑하던 그의 성격이 침울해졌기 때문이다. 1980년대 초 그는 올가에게 이 나라를 떠나야 한다고 통보했다. 사실 그들은 이 일에 대해서 오래전부터 얘기를 해왔지만 결론을 내리지 못하고 있었다. 하지만 일리야가 갑자기 아무런 이유도 없이 이민을 서둘렀다.

"나는 우리 가족 모두의 초청장을 신청할 거야. 같이 가기 싫으면 이혼해야 해."

"나도 원해, 같이 가고 싶다고. 그런데 한번 생각해봐. 전남편이 코스타를 절대 보내주지 않을 거야. 그냥 내가 미워서……. 코스타가 열여덟 살만 되면 전남편한테 허락을 구할 필요도 없어."

올가는 일리야가 단순히 고집을 부린다고 생각했다. 10년 동안 잘 살다가 이제 와서 갑자기 떠나고 싶다는 것이 이해가 안 갔다.

하지만 일리야는 계속 고집을 부리고 서둘렀다. 그래서 올가는 전남편과 만나 코스타에 대해 상의해보았지만 아무런 소득이 없었다. 보바는 대화가 안 통하는 데다 잔뜩 악에 받쳐 있었다. 그는 아무런 감정도 못 느끼는 거세한 돼지 같았고, 그런 그가 올가는 낯설었다. 그는 그녀의 부탁을 단칼에 거절한 것도 모자라 그녀에게 욕을 했다.

올가는 일리야에게 1년만 기다려달라고 사정했다. 하지만 일리야는 열병에 걸린 사람처럼 한시바삐 떠나야 한다고 고집을 부렸다. 그는 실제로 신경이 몹시 곤두서 있었다. 자신에 대한 나쁜 소문이 피어오르고 있었기 때문에 그는 올가까지 그 소문을 알게 될까 봐 두려웠다. 그러던 어느 날 일리야는 자세한 내막은 얘기하지도 않고, 코스탸 때문에 함께 떠날 수 없다면 당장 이혼 신청을 해야겠다고 올가에게 통보했다.

올가에겐 참사와도 같은 상황이었지만, 잘만 하면 피할 수도 있을 것 같은 이상한 참사였다. 올가는 일리야가 갑자기 그렇게 서두르는 이유가 궁금했다. 1년만 기다리면 코스탸와 함께 갈 수 있는데 그렇게 급히 구는 이유를 알 수 없었다. 이미 많은 친구들이 각자 가고 싶은 나라로 이민을 간 뒤였다. 그렇게 서두르지 않아도 될 것 같았지만…….

결국 그들은 이혼 신청을 했다. 그러자 신혼 시절이 되돌아왔다. 1년 혹은 2년 동안 떨어져 지내야 한다는 생각에 맵고 달고 쓴 맛을 느꼈고, 코스탸에게마저 이런 복잡한 감정이 전달되었다. 아이는 마침 독립심이 가장 강한 나이에 도달했지만, 일리야와 올가가 단둘이 있으려 하면 늘 끼어들었고, 일리야에게서 떨어지지 않으려 했다.

하지만 이런 극단적인 조건에서 사랑은 오히려 불타올랐으며 밤에는 사랑의 불꽃 속에서 마지막 경계선이 무너졌고, 둘은 마치 마흔 살이 아니라 열다섯 살이라도 되는 것처럼 열렬히 사랑을 고백하고 광적인 맹세를 하고 지킬 수 없는 약속을 했다. 그리고 그들은 만약 장애물이 발생할 경우에는 남은 평생을 바쳐 재결합을 위해 노력하겠다는 맹세도 했다…….

이민 준비가 시작되었다. 준비는 굉장히 빨리 끝나서 서류를 제출하고 2주 뒤에 일리야는 출국 허가를 받았다. 그는 다른 사람들처럼 빈을 경유해서 떠나도록 돼 있었다. 최종 목적지는 미국이었다. 무척 먼 곳이었다.

환송회는 여러 이유로 모스크바에 있는 장군의 집에서 할 수 없었기 때문에 친구 집에서 했다.

환송회는 장례식도 아니고 생일 파티도 아닌 묘한 분위기 속에서 기쁨과 슬픔을 넘나들면서 시끌벅적하게 지나갔다. 실제로는 장례식 같기도 했고 생일 같기도 했다.

영원히 나라를 떠나는 이들은 아이나 노인들을 동반했기에 짐이 많았고, 그 때문에 신경질적이었고 온몸이 땀범벅이었는데, 그 속에서 일리야는 유일하게 걱정도 짐도 없이 편안한 모습이어서 눈에 띄었다. 책은 대사관에 근무하는 친구에게 부탁해서 외교 우편으로 미리 부쳤다. 바로 이 친구가 일리야가 모은 음화도 우편으로 부쳐줬다. 연대장 치비코프가 이 일에 대해 알 리는 없었다.

하지만 여전히 많은 의문이 남아 있었다. 이를테면 당시에 이미 장군이었던 연대장 치비코프가 일리야의 출국을 왜 도왔으며, 그와 관련해서 어떤 계획을 세웠는가 하는 등의 의문 말이다. 일리야는 자신이 자유유럽방송*에서 일하러 간 것이 자유를 향한 행복한 도주였는지 소련 정부의 계획대로 움직여준 것인지 죽는 순간까지 알 길이 없었다.

어쩌면 이 일은 이대로 영원히 의문으로 남을지도 모른다.

일리야는 국경 수비대원 사이로 활짝 열린 블랙홀로 들어갔다. 그는 목에 카메라를 걸고 어깨에 반쯤 빈 배낭을 메고 있었는데, 국경 수비대원들은 필름을 빼앗아 불빛을 비춰봤다. 배낭 안도 확인했는데 거기에 든 것이라고는 갈아입을 속옷과 그가 지난 2년간 항상 지니고 다닌 영어 교재뿐이었다.

일리야가 떠난 날 밤, 올가의 출혈이 시작되었고 구급차가 와서 그녀를 병원에 싣고 갔다. 사실 병은 이보다 훨씬 일찍 시작되었지만, 그때부터 병세가 급격하게 악화되었다.

올가는 일리야와 헤어지고 1년 동안 편지를 주고받는 사이사이에 병으로 인한 발작이 와서 힘들었다. 살이 심하게 빠졌고 입맛을 잃었으며 먹는 것을 극도로 꺼려서 하루 세 번 오트밀을 한 숟가락 먹는 것이 전부였다. 이런 친구를 딱하게 여긴 친구들이

* 미국 정부의 지원을 받는 국제방송.

도움의 손길을 내밀었다. 안토니나 나우모브나도 올가가 딱했고, 딸이 딱하면 딱할수록 전 사위에 대한 미움이 커져갔다.

이 무렵 일리야는 미국에 있었는데, 그곳 상황은 그가 예상했던 것보다 훨씬 안 좋았다. 설상가상으로, 일리야가 학창 시절부터 수집해온 아방가르드 문학작품 컬렉션을 맡긴 독일인이 차일피일 미루며 아무것도 돌려주지 않고 있었다. 경매 카탈로그를 보니, 일리야가 수집한 책들의 경매가는 그가 생각했던 것보다 훨씬 높았다.

일리야는 자주는 아니었지만, 무척 흥미로운 내용의 편지를 보내왔다. 올가는 그의 편지로 하루하루를 버텼다. 우체국에서 우편물이 계류되기도 했지만, 그녀가 쓰는 편지의 수가 훨씬 많아서 그가 편지를 한 통 보내면 그녀가 열 통꼴로 편지를 보냈다.

하지만 1년 후에 올가는 끔찍한 소식을 접하게 된다. 두 사람 모두 아는 지인을 통해 일리야가 결혼했다는 소식을 전해 들은 것이다. 화가 잔뜩 난 그녀는 그에게 편지를 썼다. 얼마 후 답장을 받았는데, 미안해하면서도 다정한 투로 이렇게 적혀 있었다. "응, 결혼했어. 사람이 이렇게 약하다니까. 그런데 사실상 위장 결혼이고 상대는 파리에 사는 사람이라서 같이 살지도 않아. 올가, 자기가 나 좀 이해해줘. 미국 상황이 너무 안 좋아서 유럽으로 가야겠어. 러시아계 프랑스 여자와 결혼하면 그게 가능하다나 봐. 지금으로서는 그 방법밖에 없어. 잠시 행복했던 과거와 밝은 미래를 생각하며 조금만 참으면 우리 모두 행복할 거야……." 그리고 가벼운 질책도 덧붙였다. "함께 떠났으면 좋았잖아. 코스탸는 1년 후에 우리가 데리고 올 수 있었을 테고……."

올가는 질투심에 사로잡혔다. 이 여자는 뭐 하는 사람인지, 도대체 어떤 사람이며, 어디에서 굴러먹다 온 사람인지 등이 궁금했다. 그리고 그녀는 지인을 통해서 그 여자의 이름을 알아냈다. 그 여자는 우크라이나 키이우 출신이고, 프랑스 남자와 결혼해서 프랑스에 수년간 살다가 사별했다는 것이다. 젊지 않다는 것 정도는 알 수 있었다. 하지만 그녀가 알아낼 수 있는 정보는 딱 그만큼이었다. 올가는 그길로 바로 키이우로 떠났다. 올가와 일리야 두 사람을 모두 아는 지인은 차고도 넘쳤다. 천성적으로 올곧은 올가였지만 만나는 모든 키이우 사람들에게 거짓말을 하기 시작했고, 덕분에 그녀는 그 여자에 대한 각종 정보를 캐낼 수 있었다. 심지어 일리야가 이번에 결혼한 여자의 멍청한 여자 친구한테서 두 사람의 결혼사진까지 구했는데, 사진 속 뚱뚱한 중년의 여자는 뻔뻔하게 웃고 있는 일리야의 한쪽 어깨에 자신의 통통한 손을 올려놓고 있었고, 이 사진은 파리 시청에서 찍은 것이었다. 바로 이 한쪽 손이 결정적인 증거였다.

뒤이은 철저한 조사 끝에 올가는 그 여자에 대한 온갖 정보를 찾아냈고 일리야가 알려준 정보와 상반되는 수많은 정보로 인해서 반쯤 넋이 나간 채 집으로 돌아왔다. 그녀는 일리야가 자기를 속이고 있으며, 그 결혼은 절대로 위장 결혼이 아니라고 확신했다.

모스크바에 도착하자마자 그녀는 병원으로 향했다. 또다시 출혈이 시작됐기 때문이다. 병이 위중했기 때문에 바로 수술을 했고, 위의 대부분을 떼어냈다. 하지만 진짜 궤양은 세면도구를 넣는 가방에 비닐봉지로 둘둘 싸서 넣어둔 그 문제의 컬러사진이었다. 이제 그녀는 뻔뻔한 전남편 얘기만 했다. 그녀는 수술 뒤 마취에서 깨어나자마자, 그녀를 간호하려고 옆에 앉아 있는 친구 타마라에게 말했다.

"너 사진 속 꽃 봤어? 꽃다발이 어마어마하지, 그치?"

겉으로 드러나는 상처는 치료했다지만, 피가 철철 흐르는 가슴은 의사도 어찌할 도리가 없었다…….

올가는 세상 사람 모두가 두 사람의 갈등에서 자기편을 들어주기를 원했다. 이 갈등은 자신을 떠나 지구 반대편에 사는 낯선 여자와 결혼한 남편과의 일로, 가해자도 피해자도 존재하지 않는다는 점에서 다른 갈등과 달랐다. 한편 영원히 사랑하겠다는 그의 약속과 맹세는 갈등의 원인이라기보다는 그가 남긴 말에 불과했다…….

한편 이때 아들 코스탸는 또 다른 충격적인 사건을 준비하고 있었는데, 그와 함께 대학교에 입학한 여자애와 사랑에 빠져 여생 동안 그녀만 사랑하기로 작정했던 것이다. 그리고 놀라우면서도 진부하다고 할 수 있는 것은 이때부터 코스탸와 레나라는 여자애는 이제는 성인이 된 자기 자식들과 함께 그 장군의 집에서 지금까지도 살고 있다는 것이다.

올가는 코스탸가 자기를 안쓰러워하고 위로해주기를 원했다. 하지만 세상에서 가장 가까운 코스탸는 그런 그녀의 바람을 단호하게 거부하고 위로도 하지 않았을 뿐만 아니라 누구의 편도 들려 하지 않았다. 그는 어머니를 사랑했지만 일리야도 사랑했기 때문에 어머니가 계부를 끊임없이 원망하는 말을 듣고 싶지 않았다. 올가는 그런 아들을 용서할 수 없었다. 그녀는 아들이 입은 검은색 스웨터의 어깨 부분을 손가락 두 개로 들어 올리고는 식식거리면서 말했다.

"일리야가 보내준 거지? 고작 이런 거에 넘어가다니……."

일리야는 이따금 코스탸 앞으로 소포를 보냈는데, 거기에는 코스탸를 위한 옷 말고도 올가에게 잘 보이려고 넣은 '가정에 필요한' 이상한 물품들도 넣어서 보냈다. 올가는 기묘하게 생긴 최신식 캔 따개나 스코틀랜드풍 체크무늬가 그려진 방수 처리된 식탁보같이 잡다한 싸구려 물건들을 벌레 보듯 하며 제 어머니에게 넘겨주었다.

안토니나 나우모브나는 각종 외제 부엌 도구를 좋아했지만 교묘하게 이것을 숨기는 데 소질이 있었다.

"러시아는 모든 것을 할 수 있는 능력이 있고, 우리 학자들은 우주발사체와 원자력발전소를 잘 만드는데, 이쪽 사람들은 통조림 따개를 잘 만들더라. 인정할 건 인정해야지."

안토니나 나우모브나는 이 모든 갈등 속에서 유일하게 행복한 사람이었다. 그녀는 승리를 숨기지 않았다. 그런 그녀가 미워서 올가는 그녀 쪽으로는 눈길도 주지 않았다.

코스탸의 경우 내색은 하지 않았지만 어머니가 일리야에 대해 나쁘게 말하는 것을 듣고 싶지 않았다. 해외에서 일리야가 보내온 통조림 따개 얘기는 더욱더 듣기 싫었다. 때마침 코스탸는 다른 데 온통 마음을 쏟았다. 눈에 넣어도 아프지 않은 레나가 임신 3개월이었기 때문에 그녀에게서 눈을 뗄 수 없었다. 이렇게 연인을 사랑하는 모습은 올가를 쏙 빼닮은 것이었다.

올가는 일리야에 관한 자료를 수집했는데, 무슨 연유에서인지 그가 모든 면에서 나쁜 사람이라는 증거를 찾고 싶어졌다. 그래서 전에는 연락도 잘 하지 않던 조용한 성격의 시어머니와 일리야의 사촌 누이 그리고 낡은 수첩에 적힌 어릴 적 친구들과 그 외 모든 사람들과 연락하기 시작했다. 그리하여 그녀는 일리야가 7학년 때 '피오네르 궁전'에서 하는 사진 동아리에서 카메라 렌즈 하나를 훔쳐서 경찰서에 갔고 조사 기록까지 남아서 이 일로 학교에서 퇴학당한 적이 있다는 사실을 알아냈다.

그리고 별로 심각한 일은 아니지만, 역사도서관 열람증을 위조했다가 발각된 일도 있었다고 했다. 어쨌거나 좋은 일은 아니지 않은가? 일리야의 첫 부인과 가족에 관해서도 알게 되었다. 그들 사이에는 아픈 아들이 있으며, 그는 자신이 처음으로 꾸린 가족에게 어떤 도움도 주지 않았다고 했다. 그의 첫 번째 아내는 조용하고 조금 멍청하지만 그들이 함께 사는 동안 일리야를 먹여 살린 것은 그녀였다는 사실도 알게 되었다.

"내 이럴 줄 알았다니까!"

일리야의 먼 친척이 이 모든 끔찍한 일에 대해서 이야기해줬을 때 올가는 오히려 기뻤다. 사실 일리야는 올가와 살 때도 기생충처럼 그녀에게 빌붙어 있었다. 그녀가 쉬지 않고 일하면서 적지 않은 돈을 버는 동안 그는 도서관에 가거나 사진을 찍거나 자전거를 타거나 여행을 했는데, 이 모든 것을 그녀가 번 돈으로 했던 것이다! 물론 그도 책이나 사진으로 돈을 벌긴 했지만, 집에는 1코페이카도 안 가져오고 전부 자기를 위해 썼다. 기생충 같은 그의 생활 방식은 소련 정부와는 전연 무관했다.

올가가 미쳐가고 있다는 것을 제일 먼저 알아차린 사람은 친구 타마라였다. 마치 고결하고 관대한 사람 속에 악마가 자리 잡은 것만 같았다. 올가는 일리야에 대해 말할 때면 목소리의 음색, 말투, 심지어 쓰는 단어마저 달라졌다. 과거의 올가는 그런 단어를 사용하지 않았다. 타마라는 오랫동안 망설이다가 결국 친구에게 그녀 안에 있는 광기와 맞서 싸워야 하며 만약 그녀가 이대로 질투에 휩싸여 미쳐 날뛰면 정신병원에 가게 될 거라고 말했다.

하지만 올가는 언변이 뛰어나서, 자신이 아프거나 질투해서 그러는 것이 아니라 진실과 공정함에 대한 이야기를 하고 싶은 것이라고 조리 있게 말해서 모두를 납득시켰다. 이렇게 말하는 동안은 그녀의 모든 말이 굉장히 논리적이고 설득력을 띠었지만, 문밖을 나서는 즉시 다시금 타오르는 광기에 휩싸이는 것 같았다. 사람들은 올가의 설득에 넘어갔지만, 코스탸만큼은 그녀 뜻대로 되지 않았다. 그는 여전히 일리야를 사랑했고, 그를 비인간적이고 뻔뻔한 인간으로 비난할 생각이 전혀 없었다.

하긴 코스탸가 그런 생각을 할 정신이나 있었을까? 그는 작고 연약하며 손톱 주변에 손거스러미가 인 여자아이 생각뿐이었다. 게다가 그의 모든 삶은 이곳에 붙박여 있었기 때문에 어디로

든 떠날 생각이 전혀 없었다.

"엄마, 가고 싶으면 엄마 혼자 가요. 전 안 가요."

그리고 올가가 코스탸의 책상 서랍에서 일리야가 집 주소로 바로 보내지 않고 우편 보관 서비스*를 활용해서 보낸 편지 한 뭉치를 발견했을 때에는 집안이 발칵 뒤집어졌다. 우체국은 그들이 사는 건물 1층에 있었다. 그녀는 떨리는 손발을 진정한 후에 편지를 읽었다. 아주 잘 쓴, 장문의 편지에는 소련을 처음으로 떠난 사람이 느낀 인상이 적혀 있었다. 빈에서 보낸 첫 번째 편지는 그녀에게 보낸 편지에 쓴 내용과 거의 똑같았는데, 모든 것이 신기루와 같은 환상일 뿐이라고 느꼈으며, 평생 그가 익숙하게 감각해왔던 것과 극심히 다른 그곳의 현실에 대한 불신이 적혀 있었다. 빈에서 미국으로 떠나기 전에 코스탸에게 쓴 다른 편지에서 그는 서유럽에서 살아남기 위해서는 러시아에서 겪은 모든 것을 부정해야 한다고 적었고, 거기에는 속상함이 짙게 묻어났다. 이제 그녀는 그가 살아남기 위해 그녀 역시 부정할 수밖에 없었다는 사실을 깨달았다. 그다음에는 뉴욕에서 보낸 편지가 있었고, 거기에는 그가 그녀에게 보내는 편지에 쓴 내용과 겹치는 내용이 많았는데, 비극적이지만 러시아 문화와 미국 문화

* 우체국에서 보관 중인 우편물을 수신인의 신원 확인 후 전달하는 제도.

는 너무 다르며, 미국 문화는 깨끗하게 씻은 인간의 피부 표면, 세탁비누와 드라이클리닝 냄새가 나는 옷, 반짝반짝 빛날 정도로 깨끗한 아스팔트, 모든 표지, 포장지, 껍데기를 사람의 내면만큼이나 중시해서 겉모습을 중요하게 생각한다고 쓰여 있었다. 그리고 편지에는 그가 사진 찍을 대상을 찾아서 꼬박 하루를 허비한 끝에 할렘가 한복판에 쌓여 있는 건축자재와 쓰레기 더미를 발견했는데, 그 앞에서 이빨 없는 흑인이 눈처럼 하얀 러닝셔츠 하나만 입고 양손에 밴조를 들고서 웃고 있는 사진을 찍었다고도 적혀 있었다.

날짜로 봤을 때 미국에서 보낸 마지막 편지는 슬프고 이상했다. 일리야는 그 편지에 어린 코스탸에게 다음과 같이 썼다. "이곳에서는 내가 가진 피부를 완전히 벗고 새로운 감각기관이 달린 표면을 가져야만 비로소 살아남을 수 있어. 그리고 이상하게도 이건 인간의 내면과는 무관해. 그리고 아무리 독창적인 것일지라도 자기 생각을 표출해서는 안 돼. 내가 그들의 삶을 이해하지 못한다는 것도……. 아무도 관심이 없으니까. 하지만 이 사회에 들어가려면 그들의 단순한 의사소통 방식을 따라야 해. 우리는 이해할 수 없는 이상한 서유럽식 발레 같은 거지. 앞으로 수많은 난관에 봉착하겠지만, 난 준비돼 있어."

편지를 읽고 나자 올가는 모든 것이 명료해지는 것 같았다.

일리야가 젊고 예쁘고 똑똑한 여자와 사랑에 빠졌다면 그와의 이별이 조금 덜 힘들었을지도 모른다는 생각마저 들었다. 하지만 즉시 그녀는 그것이 착각에 불과하며, 그 경우에도 똑같이 힘들었을 것이라고 생각했다. 새로운 사랑 때문이든 자신의 이익을 위해서든 결과적으로 그가 그녀를 떠난 사실에는 변함이 없지 않은가? 두 이유 모두 나쁜 결과를 초래했으리라. 결국 그녀는 그가 자기를 떠난 진짜 이유를 밝혀내지 못했다. 그녀는 자신의 사랑, 순진함, 영혼의 순수함 때문에 그것을 깨닫지 못했다.

한편 올가는 아들을 나무라는 것이 정당하지 않다고 느끼면서도 자신을 배신한 코스탸를 꾸짖었고, 그에게서 편지를 빼앗았다. 코스탸는 아무 말도 하지 않았다.

그도 어머니가 딱했지만 그렇다고 그녀에게 완전히 동의할 수는 없었다. 그녀가 뒤진 그의 책상 서랍에는 편지 말고도 콘돔이 있었기 때문에 그녀의 이러한 행동은 더욱 참을 수 없었다. 이 일로 그는 무척 화가 났다. 질투에 눈이 먼 그녀가 콘돔 상자에는 눈길도 주지 않았다는 것을 알지 못했다.

이 무렵 올가는 같은 대학을 다니던 친구의 여자 사촌이 파리에 살고 있고 키이우에서 온 문제의 옥사나라는 여자를 잘 안다는 사실을 알게 되었다. 그리고 그녀로부터 의문을 해소해주는 새로운 정보를 얻게 된다. 그들의 결혼은 절대 위장 결혼이 아니었다는 것이다! 늙은 고양이 같은 옥사나가 일리야한테 폭 빠져서 젊은 남편을 기다리는 동안 방 두 칸짜리 파리의 아파트를 팔고 방 세 개짜리 더 큰 아파트로 옮겼다…….

타마라가 부탁했다. "올가, 이제 제발 그 얘기는 그만해. 이제 그만 잊어, 이러면 안 돼. 그가 죽었다고 생각해. 네 삶을 살아야지." 올가는 손사래를 칠 뿐이었다.

일리야가 떠난 지 1년도 채 안 돼서 아파나시 미하일로비치가 죽었다. 군대 내 고위직 간부들이 묻힌 바간콥스코예 묘지에 묻혔는데, 그들과 다른 점은 장례식에서 예포를 쏘지 않았다는 것이다. 그가 어떤 장군이었는지 기억하는 사람은 없었다. 군 복무를 하는 동안 그는 유럽 전역에서 근무했고, 중령으로 전역한 곳 역시 빈이었다. 참전한 경험도 있지만 그마저 사령부 소속은 아니었다. 그는 교량을 건설하고 도항을 지휘했다.

올가는 아버지의 죽음에 대해 생각할 겨를도 없었다.

이제 당 간부에게 주어지는 이 아파트에 얼마 뒤면 은퇴하는 어머니와 코스탸와 그가 사랑하는 레나와 함께 남게 될 생각을 하니 피가 거꾸로 솟는 것 같았다. 이제 그녀의 삶은 어떻게 될 것인가?

바보, 바보, 그때 일리야와 떠났어야 했다. 하지만 이제는 돌이킬 수 없다. 무엇보다도 이 사실을 받아들이는 것이 가장 힘들었다. 그때 일리야와 함께 떠났더라면 그녀의 삶은 완전히 다른 방향으로 흘러갔을 것이다.

전남편에 대한 불만과 불평이 심해질수록 그녀의 분노는 그에 상응하는 미움으로 변했다. 살이 점점 빠지고 피부가 노랗게 떠 수분 빠진 양파처럼 변해갔고 배가 아팠으며 그 밖의 다른 증상도 나타났다.

이 무렵 일리야는 유럽에서 자리를 잡아보려고 했지만 이 또한 쉽지 않았다. 일리야와의 편지 교환은, 올가가 현재 그의 아내인 옥사나에게 두 사람의 결혼은 일리야가 그곳에 정착해 올가와의 영원한 사랑을 이어가기 위해서 올린 불가피한 위장 결혼이라고 써서 보낸 뒤로 중단되었다.

일리야와 헤어진 지 2년째 되던 무렵 올가는 암을 진단받게 된다. 종양 연구소에서 치료를 받았지만 증상은 점점 악화되었고, 의사들은 친구 타마라에게 병의 진행을 막을 수 없으니 마음의 준비를 하는 것이 좋겠다고 조심스럽게 말했다. 안토니나 나우모브나는 병원에 다니는 일을 그만두었다. 무엇보다도 올가의 임종을 보는 것이 두려웠던 것이었다.

기독교를 받아들인 지 얼마 안 된 타마라는 모든 일을 좋게 해결하고 싶었고, 마지막까지도 올가에게 일리야와 화해하고 그를 사랑하라고 설득했다. 하지만 뜻대로 되지 않았다. 올가는 교회에 전혀 관심이 없었고, 타마라가 사제 얘기를 꺼내기가 무섭게 겁을 먹고 거부했으며, 자신이 겪은 모든 불행과 불치병에 걸린 것까지 일리야 탓으로 돌렸다. 한편 그 무렵 일리야는 금전적인 어려움 때문에 뮌헨으로 갔고, 그곳에서 '자유'라는 라디오 방송국에서 일하며 러시아인들을 위한 방송을 했다. 올가는 그의 방송을 꼬박꼬박 챙겨 들었다. 밤마다 트랜지스터라디오를 켜서 방해 전파를 뚫고 뮌헨에서 들려오는 그의 목소리를 포착해서는 방송이 끝날 때까지 자리를 뜨지 않고 집중해서 들었다. 라디오에서 들려오는 그의 목소리를 들으면서 올가는 어떤 기분이 들었을까?

타마라는 그녀의 고통스러워하는 얼굴을 보며 일리야에게 올가가 죽어가고 있으며, 신은 모든 사람들로부터 용서와 사랑을 기다리고 있으니 그가 먼저 결단을 내려야 한다는 내용을 담은 편지를 쓰기로 마음먹었다.

일리야는 코스탸와 편지를 주고받으면서 올가와 관련된 슬픈 소식을 이미 모두 알고 있었기 때문에 타마라에게서 온 편지 내용이 전혀 새롭지 않았다. 그도 마음이 편할 리 없었다. 그는 문장 하나하나를 저울질하고 고민하며 오랜 시간 공들여 올가의 상황에 알맞게 편지를 썼다.

때는 12월 말이었고, 많은 환자들이 새해를 집에서 보내기 위해 퇴원했고, 몇 명은 며칠간 외박을 받았다. 타마라는 올가도 새해를 집에서 보낼 수 있도록 해달라고 주치의에게 부탁하러 갔다.

"제가 책임지고 돌볼게요."

타마라가 고집을 부렸다.

의사는 그녀의 얼굴을 빤히 쳐다보고 말했다.

"좋아요, 타마라 그리고리예브나. 내보내드리죠. 그때까지 살아 계시기만 한다면요……."

마침 이때 일리야가 보낸 편지가 도착했다. 그것은 편지가 아니라 한 편의 훌륭한 문학작품이었다. 그는 두 사람의 과거를 그의 인생에서 가장 멋진 시기였다고 묘사하면서 추켜세웠으며, 용서를 구하고 자신의 죄를 회개했고, 감정에 호소하면서도 굉장히 설득력 있게 그들은 꼭 다시 만날 것이며, 함께 만나게 될 날이 점점 가까워지고 있다고 썼다.

편지를 받고 나서 올가에게 여러모로 변화가 일어났다. 그녀는 편지를 다 읽고 그걸 한쪽에 두고는 타마라에게 화장품이 들어 있는 파우치를 달라고 부탁했다. 작은 거울 속에 있는 자신의 모습을 보고 한숨을 쉬더니 코에 파우더를 두드렸는데 창백하고 누렇게 뜬 올가의 얼굴에 발린 파우더는 분홍색 얼룩처럼 보였고 얼굴 전체의 누런색을 가려주지 못했다. 그녀는 타마라에게 좀 더 밝은 색 파우더를 사달라고 부탁했다.

"이 분홍 파우더는 내 얼굴에서는 연지처럼 보여서."

올가는 예전처럼 미소를 지었고, 그러자 얼굴에 보조개 네 개가 한꺼번에 생겼다. 입가에 동그란 보조개가 두 개 생겼고, 볼 한가운데 기다란 보조개가 두 개 더 생겼다.

그녀는 편지를 한 번 더 읽더니 또다시 파우치에 손을 뻗어서 화장을 살짝 수정했다. 그러고는 나가려는 타마라에게 내일은 크고 좋은 서류 봉투 하나를 갖다달라고 부탁했다.

타마라는 그녀가 답장을 쓰고 싶어 한다고 생각했다. 하지만 이것은 그녀의 착각이었다. 이튿날 아침 올가는 일리야로부터 받은 편지를 커다란 서류 봉투에 넣어서 협탁 밑에 숨겼다. 타마라는 올가가 편지를 자기한테 읽어주기를 기다렸지만 정작 올가는 그럴 생각이 없는 것 같았다. 결국 타마라가 참지 못하고 일리야가 편지에 뭐라고 썼는지 물었다. 그러자 올가는 천진난만한 미소를 지으면서 굉장히 이상한 대답을 했다.

"그게 말이야, 사실 새로운 내용은 하나도 없었어. 그냥 모든 것이 제자리로 돌아왔을 뿐이야. 그는 똑똑한 사람이고 이제 모든 것을 이해한 거야. 우리는 서로 떨어져서 살 수 있는 사람들이 아니니까."

그날 올가는 일어나서 힘들게나마 천천히 식당까지 걸어갔다.

인체에는 어떤 예비 프로그램이 있어서 가끔 차단된 기계장치에 전원이 들어오면 변화가 일어나고 활기를 얻는 등의 일이 일어난다고 한다. 그게 뭔지 정확히 알 길은 없다……. 기적적인 치유의 순간 인체에 일어나는 바로 그런 현상 말이다. 예수 그리스도의 이름으로 기적을 행하는 성자들은 생화학을 모르고, 종양으로 인체가 파괴되는 과정에 대해 정통한 생화학자들은 요한 크론시타츠키* 혹은 성 마트로나가 인체의 어떤 비밀스러운 단추를 눌렀는지 전혀 알지 못한다.

새해가 지나고 나서 올가는 병원으로 돌아가지 않았다. 그녀는 아픈 고양이가 약초를 먹으러 숲으로 뛰어가듯이 직접 병을 치료하기 시작했다. 올가의 주변에 치유자와 주술사들이 모여들었고, 파미르고원에서 유명한 약초 전문가도 왔다. 그녀는 약초 달인 물을 마시고 자연보호구역에 있는 흙을 먹고 오줌을 마셨다. 그녀의 집에 점쟁이들이 오기도 했다. 그런 사람들은 어떻게 알고 찾아온 걸까?

딸의 죽음이 임박한 것을 직감한 안토니나 나우모브나는 무척 걱정스러웠다. 민망할 정도로 원시적인 이 모든 치료법을 동

* 요안 크론시타츠키(1829~1908). 본명은 요한 일리치 세르기예프. 러시아정교회 사제였고 성자로 추앙받고 있다.

원하고도 딸의 죽음이 임박했다는 것을 알 수 있었다. 환자가 곧 죽을 것이라고 말한 의사는 올가의 집에 와서 그녀를 진찰한 뒤 피나 소변 검사를 받고 정밀 검사도 받자고 청했지만, 환자는 수수께끼 같은 미소를 지으면서 거절의 뜻으로 고개를 내저을 뿐이었다. 왜 그래야 하느냐는 것이다.

의사는 믿을 수 없다는 눈치였다. 이런 유의 종양은 일반적으로 사라지지 않는 법이다. 여자 의사는 겨드랑이를 만져보고 사타구니를 눌러봤다. 분비샘의 크기가 줄어들어 있었다. 하지만 정말로 종양이 죽은 것이라면 중독 증상이 나타나야 한다. 하지만 올가의 경우 황달기가 사라졌고, 심지어 체중도 조금 늘었다. 그렇다면 증상이 완화된 것인가? 어떻게? 원인은 뭘까?

반년이 지나자 올가는 밖에 나가기 시작했고, 타마라도 아픈 올가를 방문하는 횟수가 점점 더 줄었다. 타마라는 제 눈앞에서 신이 행한 기적을 올가가 제대로 인지하지 못한다는 사실에 조금 속상했다. 타마라는 올가에게 기적을 행하시는 하느님에 대한 감사의 표시로라도 세례를 받아야 한다고 설득했다. 올가는 너무 우스워서 눈물이 날 것 같다는 듯이 특유의 천진난만한 미소를 지으면서 말했다.

"브린치크, 자기는 똑똑하고 총명한 여자인 데다 대단한 학자인데 왜 그렇게 우스꽝스러운 신앙을 선택해서 하느님을 믿기로 한 거야? 하느님은 마치 우리가 강아지라도 되는 것처럼 감사를 강요하고 벌을 주고 상이랍시고 간식이나 주는데 말이야. 차라리 불교 신자가 되는 편이 낫지 않나……."

타마라는 속상해서 입을 다물었지만 올가의 건강을 위해 초에 불을 붙이고 예배 시간에 기도 제목을 썼다. 올가의 말을 들을 때마다 속상해하긴 했지만, 타마라는 올가에게 굉장히 큰 변화가 일어난 것을 깨달았다. 올가도 더는 일리야 얘기를 하지 않았다. 한마디도 꺼내지 않았다. 좋은 말도 나쁜 말도 하지 않았다. 그리고 타마라가 일리야에 대한 이야기로 대화를 이끌어가려고 하면 오히려 올가 쪽에서 그에 대해 말하지 않으려고 했다.

"이제 괜찮다니까! 그이는 이미 결정을 내렸고, 이제 기다리는 일만 남았어. 이 얘기는 하지 말자."

이것 역시 기적이었다. 몇 달 동안 일리야 이야기만 하던 올가였기 때문이다.

새롭게 변한 자신의 삶에 몰입한 올가는 코스탸의 결혼을 완전히 잊고 있었다. 코스탸는 집에서 나와서 교외인 오팔리하에 있는 처가로 이사를 갔고, 얼마 뒤에 아들 하나, 딸 하나인 이란성 쌍둥이를 낳았다. 올가도 기뻐하기는 했지만, 오래가지는 못했다. 올가는 오로지 건강 회복에 쓸 에너지밖에 없었고, 그것에만 집중했다. 생각도 오로지 몸을 회복하는 데만 몰두했다.

병이 낫기는 했지만, 올가는 여전히 병의 악화 여부를 주시했다. 부엌 창가에 두고 밀을 키웠지만 시큼한 빵은 멀리하고 쌀이나 보리의 속겨나 검부러기로 만든 빵을 구워 먹었으며 은수저를 넣었던 물에 약초를 넣고 끓여 마셨다. 창가에는 물 항아리가 두 개 있었는데, 그 속에는 수돗물에 질병을 치료하는 효능을 전달해준다는 은수저들이 들어 있었다.

생각을 바꿨기 때문인지 몸속의 어떤 나사를 조인 것인지 올가는 1년 만에 몰라보게 건강해졌고 또다시 일감을 많이 받고는 타자기를 치며 하루에 적어도 여섯 시간씩 일했다. 이제 그녀는 커다란 아파트에서 어머니와 함께 단둘이 살았다.

올가가 자기 자신, 좀 더 정확히는 일리야가 그녀에게 약속한 함께할 미래에 어찌나 집중했는지 안토니나 나우모브나가 살이 빠지고 피부색이 누렇게 변한 것을 눈치채지 못했다. 그녀는 자기 딸이 앓던 바로 그 병을 앓고 있는 것 같았다. 그녀 또한 병이 위에서 시작됐고 장으로 전이됐다.

병을 알게 된 올가는 어머니를 세심하고 헌신적으로 간호하기 시작했다. 그런데 이상하게도 스스로를 병간호하는 것 같은 기분이 들었다. 어쩌면 자기 자신이 최근까지 앓았던 병이었기 때문인지도 몰랐다.

그들은 단 한 번도 이렇게 가까웠던 적이 없었다. 올가는 자신이 일리야와 함께 떠나지 않아서 다행이라고 생각했다. 어머니의 팔을 쓰다듬고, 자기는 먹지 않지만 어머니가 먹을 고깃국을 끓이고, 침대보를 갈고, 어머니의 입가를 닦을 수 있어서 기뻤다. 안토니나 나우모브나는 계속해서 딸에게 병원에 입원시켜 달라고 부탁했지만 올가는 웃으면서 이렇게 말할 뿐이었다.

"엄마, 병원은 건강한 사람만 버틸 수 있어요. 엄마는 집이 싫으세요? 아니라고요? 그럼, 병원 얘기는 잊으세요."

안토니나 나우모브나의 판단력은 흐려지고 있었다. 그녀는 인생의 상당 부분을 잊었는데, 사소한 기억은 오히려 생생하게 떠올리곤 했다. 할머니 댁에서 어느 날 닭이 모두 죽은 일이나 말이 너무 빨리 달려서 자신과 어머니가 썰매에서 떨어진 일처럼 오래전 일만을 구체적으로 기억했고, 가장 최근 기억은 공산당 학교에서 남편 아파나시를 처음 만난 것이었다. 그 이후 자신이 참석했던 잡지사 편집부 회의나 당 지역위원회 회의, 상임 간부회나 보고서, 컨퍼런스 같은 것은 기억하지 못했다. 가족들과 있었던 사소한 일들만 기억할 뿐이었다.

"아, 머리가 이상해졌나? 뭔가 뒤집어진 것 같아. 죄다 구덩이에 빠져버린 것 같단 말이지……."

그녀는 올가에게 이렇게 속삭이고는 얼마 전에 있었던 일을 떠올리려고 노력했다.

초록색 램프가 비추는 방에서 홀로 굉장히 또렷한 소리로 "엄마, 엄마, 아빠……"라고 말하고 나서 안토니나 나우모브나는 죽었다.

하지만 아무도 이 말을 듣지 못했다. 아침에 올가는 싸늘하게 굳은 어머니를 발견하고 즉시 작가 연합에 연락했으며, 그곳에서 특별 장례 절차를 준비했다.

장례 절차는 일사천리로 예를 갖춰서 진행되었다. 바간콥스코예 묘지에 있는 남편의 묘 옆에 매장하기로 정해졌다.

장례식은 그 어떤 장례식보다 슬펐다. 눈물, 통곡, 슬픔과 그리움 때문도, 죄책감을 동반하는 회한 때문도 아니었다. 오히려 그 반대였다. 고인을 배웅하러 온 사람들 가운데 누구 하나 눈물을 흘리거나 슬퍼하지 않았고 통상적인 위로의 말조차 건네지 않았다. 살짝 냉동된 얼굴은 장례식에 맞게 정돈된 모습이었다. 장례식을 준비한 아리 리보비치 바스도 문학계에서 활동하다 운명을 달리한 그녀에 대한 주변인들의 철저한 무관심에 대해 언급했다.

코스탸는 할머니가 돌아가시고 나서 모스크바로 돌아왔다. 그는 만나자는 올가의 부탁에 일말의 기대도 없이 응했다. 당시 코스탸는 4학년이었고, 레나는 휴학했던 탓에 3학년이었다.

많은 변화가 있었다. 올가의 강요로 코스탸는 전에 할아버지가 쓰던 방을 쓰게 되었다. 거기에는 편하고 커다란 책상과 아담한 크기의 비서용 책상이 있었다. 원래 서재로 쓰던 곳이었다. 침실은 코스탸가 '금욕주의적인 세간살이'라고 부른, 할머니가 쓰던 작은 방에 꾸몄다. 참나무 탁자에는 초록색 전등 갓을 씌운 스탠드가 놓여 있고 벽에는 한쪽 어깨에 통나무를 짊어진 레닌이 전면을 응시하는 그림이 걸려 있었다. 레나는 가죽 소파가 있던 자리에 오토만과 프릴이 달린 베개를 들여놨으며 레닌 그림을 걸었던 자리에는 반 고흐가 그린 해바라기 그림을 걸었다.

올가는 자기 방을 손주들에게 양보하고 전에 식당으로 쓰던 곳으로 방을 옮겼다. 기둥과 아기 천사가 달린 문제의 침대는 스몰렌스카야강 가에 있는 중고 가구점에 도로 갖다줬다. 그들은 이제 캄무날카를 떠나서 각자 아파트로 돌아갔지만 부르주아식 서재나 부엌에 대해서는 들어본 적도 없는 평범한 소련 사람들처럼 공동 부엌에서 식사를 했다.

조용한 레나는 청소도 깨끗하게 하고 음식도 맛있게 하는 등 가정의 이것저것을 신경 쓰며 어느새 집주인 노릇을 했다. 매일 아침 레나의 어머니인 안나 안토노브나가 와서 손주들을 먹이고 산책시키고 재웠다.

레나는 정말 대단했다. 학교에서 돌아오자마자 어머니를 배웅하고 교대했다. 올가는 손주들을 돌보지 않았지만, 레나는 그런 시어머니에게 서운해하지 않았다. 오히려 감사했다. 신혼 초에 살았던 오팔리하의 방은 창문이 두 개밖에 없고, 방바닥이 경사져 유아 침대가 굴러가지 않도록 바퀴 밑에 나무토막을 괴어야 했다. 그 방에서 네 식구가 함께 살았다. 교외에 있던 그 집은 뜨거운 물도 안 나왔다. 그나마 다행인 것은 아이들이 태어나기 2년 전에 상하수도가 설치된 것이었다.

장군의 아파트는 늘 소요 상태였다. 할아버지가 모은 중고 가구들은 인정사정없이 이리저리로 옮겨졌다. 두 살짜리 미샤와 베라가 고사리손으로 자작나무를 움켜잡았다. 코스탸가 거실 장식장을 스몰렌스카야강 가에 있는 중고 가구점에 갖다주기 전까지 미샤는 장식장의 새 머리들을 열심히 잡아당기곤 했다. 가구점 사장은 그들을 잘 알았기에 뜻밖의 거금을 주었다.

변함없이 올가를 챙기는 타마라는 꽤 자주 집에 왔다. 올가가 건강해지면서 그들의 관계도 예전처럼 변했는데, 올가는 명령을 내렸고 타마라는 그 명령을 이행했다. 한편 친구 갈랴의 경우 외국으로 나갈 때를 대비해서 저녁에는 외국어 수업을 들으러 다녔기 때문에 올가의 집에 거의 오지 않았다. 남편 게나가 올가와의 우정을 반대한 탓도 있었다.

이제 일리야 생각도 안 하는 것 같았다. 타마라는 드디어 올가가 정신을 차렸다고 믿고 기뻐하면서도, 망상이 병에 지대한 영향을 끼쳤던 것을 떠올리면서 굉장히 놀랐다…….

하지만 타마라가 모르는 것이 있었다. 올가는 사실 멀리서 일리야를 지켜보고 있었다. 마지막으로 작별을 고하는 그의 편지를 받은 뒤로 그들의 관계는 단절된 듯했지만 이제 그녀는 일리야가 인생에서 중요한 결정을 내렸고, 최종적인 승리를 거두기까지는 시간문제라 생각했다. 올가는 코스탸가 여전히 계부와 소식을 주고받는다는 것을 알고 있었는데, 손자들이 본 적 없는 장난감을 갖고 놀고 외제 옷을 입고 있었기 때문이었다. 하지만 이제는 화가 나기보다는 오히려 얼마간 시간이 지나면 그들이 만나게 될 것이라는 확신이 들었다.

또 올가에게는 몰래 일리야와 옥사나에 관한 정보를 알려주는 사람이 있었는데, 그 소식통에 따르면 일리야의 아내가 술을 많이 마셔서 그가 그녀를 창피해하며, 사람들과 만날 때 결코 그녀를 동반하지 않으며 이따금 그녀를 뮌헨에서 파리로 보내지만 그녀는 그를 따라다니며 무척 귀찮게 한다는 것이다.

이런 말을 들으면 위로가 됐다. 올가는 일리야가 곧 스스로 모습을 드러낼 때까지 남몰래 기다렸다. 그녀의 생각은 여기에 멈춰 있었고 그다음 계획은 아직 없었다. 이것만으로도 충분했기 때문이다.

건강을 완전히 회복한 올가는 또다시 일감을 많이 가져와서 종이와 사전 틈에서 일했으며 무엇보다도 일하는 것이 즐거웠다. 밤에는 '자유' 채널을 잡아서 일리야의 목소리가 들리는 방송을 하나도 빠짐없이 들었는데, 그러면 모든 일이 이제 잘 마무리될 것이라는 확신이 들었다……. 그녀는 여전히 소련 정부에 반대하는 내용을 듣는 것이 재미있었지만, 일리야가 떠나고 나자 예전의 분노는 식었다.

올가는 이제 특허 문건을 번역했고 벌이가 아주 좋았다. 이런 종류의 작업을 위한 교육 과정은 병에 걸리기 전에 이미 수료한 상태였다. 이따금 그녀는 중앙 전신국에 가서 파리로 전화를 걸었다. 때로는 아무도 받지 않았만, 대부분은 여자가 전화를 받았는데, 시간이 늦을수록 "알로, 제쿠트"* 하고 말하는 여자의 목소리는 술에 취해 있었고, 올가는 이 말을 듣고 전화를 끊고는 했다. 일리야는 한 번도 전화를 받지 않았다. 이를 통해 올가는 그들이 헤어졌거나 적어도 서로 떨어져서 살고 있다고 생각했다.

올가는 일을 하면서 자신의 운명이 결정되기를 기다렸고, 머지않아 모든 일이 해결될 것이며 다시금 일리야와 함께 살게 되리라는 확신을 갖게 되었다.

그러던 어느 날 일리야가 직접 뮌헨에서 전화를 걸어 왔다.

* Allo, j'écoute. 프랑스어로 '여보세요, 말씀하세요'라는 뜻이다.

목소리를 알아들을 수는 있었지만 무슨 연유에서인지 쉰 목소리였다.

"올가! 난 늘 자기 생각만 해! 사랑해! 평생 당신만 사랑해! 난 당신을 오랫동안 찾았어. 나 신장암이래. 다음 주에 수술해."

"암이라는 건 어떻게 알았어? 조직 검사를 하기 전까지는 알 수 없는데! 내가 알아! 자기도 알다시피 내가 암을 이겨냈잖아. 그것도 내 힘으로 말이야! 무슨 일이 있어도 수술은 하면 안 돼!"

그녀는 수화기에 대고 소리를 질렀고, 그는 그녀의 말을 끊을 생각도 않고 듣기만 했다.

하지만 이보다 더 중요한 것은 그가 그녀를, 아니 그녀만을 사랑하고 있고 영원히 사랑할 거라는 사실이었다.

두 번째로 전화했을 때는 병원에 있었는데 수술을 한 뒤였다. 이제 그들은 거의 매일 대화를 나눴다. 그가 그녀에게 검사 결과가 적힌 종이를 읽어주면 그녀는 그가 어떤 약초를 달인 물을 마셔야 하는지 일러주었다. 또 약초를 잘 아는 모스크바의 지인들에게서나 약국에서 고약이나 연고를 사서 뮌헨으로 가는 항공편으로 보내면서 무엇을 언제 어디에 발라야 하는지 자세히 설명해주었다. 그가 항암 치료를 시작했을 때 그녀는 화가 머리끝까지 나서 수화기에 대고 그렇게 하면 죽고 말 거라고, 항암 치료가 암보다 몸에 더 해롭다고 소리쳤다.

"지금 당장 퇴원해서 나한테 와요! 내가 다 안다니까! 나 스스로 병을 이겼으니까 당신도 고칠 거라고!"

공기 중에 어떤 변화가 일어나고 있었다. 올가는 이제 소련 체제에 반대하는 친구들을 아예 멀리하고 있기는 했지만, 80년대와 달리 시대가 많이 변했다는 것을 느꼈고, 일리야를 향한 그녀의 돌아오라는 외침이 헛되지 않은 것 같았다. 게다가 그는 그녀가 가장 듣고 싶던 그 말을 그녀에게 했다.

"아니, 올가, 그건 불가능해. 내가 만약 병원에서 살아서 나가면, 당신이 여기에 올 수 있게 할게."

그 뒤로도 그는 그녀에게 전화했지만 목소리는 점점 쇠약해졌고 전화하는 횟수도 줄어들었다. 그런 다음에는 마치 땅 밑에서 얘기하는 듯한 목소리로 그녀에게 마지막으로 전화를 걸었다.

"올가, 나 지금 당신한테 이동전화로 전화하는 거야! 내 친구가 내 병실로 갖다준 거야. 이런 날이 올 거라고 상상이나 했냐고! 이거야말로 과학의 발전이지! 내 몸은 지금 우주 비행사처럼 관과 전선으로 연결돼 있어. 출발 신호만 주면 바로 날아갈 수 있을 것 같아……."

그는 숨을 헐떡이는 와중에도 웃으면서 말했는데 쉿소리가 섞인 웃음이었다.

이틀 뒤에 올가는 뮌헨으로부터 전화를 받았고 그의 부고를 전해 들었다.

"아, 이럴 거였구나."

그녀는 수수께끼처럼 알 수 없는 말을 하고는 입을 다물었다.

저녁에 타마라가 왔고, 그들은 말없이 보드카를 한 잔씩 마셨다. 코스타는 술을 따라주고 치즈와 콜바사*를 접시에 더 내왔다.

며칠 후에 올가는 머리에 지방종 같은 것이 여러 개 생긴 것을 발견했다. 지방종은 피부에 퍼져 있었고 통증은 없었다. 겨드랑이에도 혹이 났는데 포도송이처럼 서로 붙어 있었다.

일리야의 부고를 듣고 난 이후 올가는 힘이 빠져 그대로 몸져눕더니 일어나지 못했다. 타마라는 매일 저녁 그녀의 집에 와서 밤늦게까지 같이 있었고, 의사를 만나보라고 계속 설득했지만 올가는 알 수 없는 미소를 지으면서 어깨를 으쓱할 뿐이었다. 평생 내분비학을 연구한 데다 박사 학위도 있었지만, 한 번도 의료업에 종사한 적도 없고 환자를 거의 만나지 않은 타마라였다. 하지만 종양이 빠른 속도로 전이되고 있어서 속히 항암 치료를 받

* 러시아식 소시지.

아야 한다는 것 정도는 알고 있었다. 하지만 올가는 환한 미소를 지으면서 타마라의 팔을 쓰다듬고는 밝은 목소리로 속삭였다.

"브린치크, 자기는 아무것도 몰라."

어느 저녁 올가는 타마라에게 전날 꾼 꿈 얘기를 했는데, 널따란 카펫 같은 목초지에 커다란 초록 천막이 서 있고, 그 안에 들어가려고 엄청나게 많은 사람들이 줄을 섰는데, 올가도 꼭 들어가야 해서 줄의 맨 끝에 서 있었다는 내용이었다.

불쑥 신비주의적 직감에 사로잡힌 타마라는 경계 태세로 몸이 얼었다.

"천막?"

"응, 서커스 천막 같은 거였는데 굉장히 컸어. 주위를 둘러보니 사람들이 줄을 서 있는데 죄다 아는 얼굴인 거야. 어렸을 때 이후로 못 본 피오네르 캠프의 여자아이들, 학교 선생님, 같은 대학교에 다니던 사람들과 우리 교수님도……. 다 같이 모여 시위하는 것 같기도 하고!"

"안토니나 나우모브나는?"

"당연히 계셨지. 한 번도 본 적 없는 할머니도 있었고 미하도 보였는데 옆에는 처음 보는 아이들이 같이 있었어. 사냐도 봤고, 갈랴도 어떤 사람이랑 같이 있었는데 누군지 모르겠더라고."

"그러니까 산 사람들과 죽은 사람들이 같이 있었다고?

"응, 물론이지. 그리고 어떤 개 한 마리가 내 발밑에서 뛰어다니면서 날 보며 웃는 것 같았어. 개한테 목줄이 연결돼 있고, 어떤 여자아이가 그 목줄을 잡고 있더라고. 마리나라는 여자애인데 굉장히 사랑스러웠어. 개 이름은 뭐였더라……. 게라! 개 이름은 게라였어! 이들 말고도 사람이 많았어……. 그리고 갑자기 저 멀리 입구 바로 앞에서 일리야가 보이는데 줄 맨 앞에서 나한테 손을 흔들면서 말하는 거야. '올가! 이리로 와! 오라고! 내가 네 자리 맡아놨어!'

나는 사람들 틈을 비집고 그에게 갔고, 그러자 모두들 술렁이기 시작했는데, 내가 새치기를 했기 때문이었어. 그러자 엄마는 나한테 왜 순서를 지키지 않느냐고 물었어. 그런데 이때 턱수염을 기르고 체구가 크고 잘생긴 할아버지가 나타났어. 나는 이분이 우리 할아버지인 나움 할아버지라는 것을 깨달았지. 그분이 한 손을 들어 사람들 위로 흔들자, 사람들이 내게 길을 내줘서, 그 덕분에 천막 쪽으로 달려갈 수 있었어. 그런데 가까이서 보니 천막은 초록색이 아니라 금색으로 빛나는 것 같았어. 가보니 일리야가 나를 향해 미소를 지으면서 나를 기다리고 있는 거야. 혈색이 굉장히 좋아 보이고, 건강하고 젊어 보였는데, 나를 자기 옆에 세우고는 한쪽 어깨에 한 손을 얹더라고. 그런데 이때 옥사나가 나타나서 그를 향해 다가오는데 그는 그녀를 못 본 척하는 거야. 천막 입구엔 제대로 된 문은 없고 웬 커튼 같은 두꺼운 천이 늘어져 있었는데, 이 커튼이 젖혀지더니 안에서 음악이 흘러나오는데 무슨 음악인지는 모르겠더라고. 무슨 냄새도 나고 빛이 나는 것 같기도 했어."

"궁전."

타마라가 입술만 움직여서 속삭였다.

"브린치크, 무슨 말이야! 궁전은 무슨! 젠장맞을, 너 무슨 말을 하는 거야?"

"올가, 너 설마 욕한 거야?"

타마라가 공포에 질린 목소리로 말했다.

"알았어, 알았어, 너무 그렇게 겁먹지 마. 네 말대로 궁전이라고 치지 뭐. 어차피 달리 표현할 단어가 떠오르지 않으니까. 아무튼 우린 그곳에 함께 들어갔어."

"거기에 뭐가 있었는데?"

타마라가 속삭이듯이 말했다.

"아무것도 없더라고. 그때 잠에서 깼어. 이거 좋은 꿈이지, 그렇지?"

올가는 일리야가 죽고 40일째 되던 날 죽었다.

황혼의 사랑

한 달에 한 번꼴로 아파나시 미하일로비치는 평소와 달리 아침 7시가 아닌 새벽 5시에 일어나서 특별히 더 신경 쓰며 면도를 하고 깨끗한 속옷을 입었다. 차를 곁들여서 빵을 먹고 낡은 재킷 위에 도톰한 모직 코트를 입고 귀까지 덮는 모자를 썼다. 민간인 복장을 하고 있으면 그는 자신이 가장 무도회에서 왕의 복장을 한 것 같은 기분이 들었다. 그를 알아보는 사람은 없었고 심지어 별장이 있는 마을 입구를 지키는 수위도 그에게 인사하지 않았다.

폭설이 내린 뒤로 사방의 모든 것이 깨끗하고 상쾌해져 세상은 꼭 대청소를 끝낸 집 같았다. 아파나시 미하일로비치는 버스 정류장까지 걸어갔다. 어제 쌓인 눈 때문에 배차 시간표를 알아볼 수 없어서 다음 버스가 언제 오는지 알 수는 없었지만 그는 정류장 차양 밑에 섰다. 여자 둘이 버스를 기다리고 있었다. 한 명은 간호사인데 그를 못 알아봤고, 나머지 한 명은 모르는 여자였다. 하지만 처음 본 여자도 그 지역 사람인 것 같았다. 그는 그들을 등지고 서서 다른 쪽을 보기 시작했다.

그는 소피야라는 사랑하는 여자와 비밀 데이트를 하러 가는 길이었다. 그는 그녀와 얘기를 나누고 자신도 알 수 없는 속마음을 털어놓고 싶어 했다. 뭔지는 몰라도 털어놓고 싶은 이야기가 있는 것처럼 느껴졌고, 장군은 자신이 왜 그토록 괴로워하는지 그녀에게 묻고 싶었다.

소피야에게는 그가 하고 싶은 말을 정확하게 표현할 줄 아는 재능이 있었다. 그가 국방대학에서 전공했던 건축과 관련된 일을 국방인민위원회에서 하던 1936년에 그녀가 그의 비서로 일을 하기 시작했을 때부터 그녀는 그가 정확한 어휘로 표현하기 힘들어하는 모든 말을 대신 표현해왔다.

게다가 한 번도 실수한 적이 없었다. 단 한 번도. 그녀는 늘 필요한 말만을 해왔다. 불필요한 말은 하지 않았다. 전쟁이 있던 때를 빼고 그녀는 1949년까지 그렇게 해왔다. 전쟁이 끝나고 아파나시 미하일로비치가 국방건축학교의 교장이 되었을 때, 그는 자신의 예전 비서를 수소문했고, 그녀는 모세 옆에 아론이 있었던 것처럼 다시금 그의 곁에 있게 되었다. 그가 알아듣기 힘든 말을 할 때면 부하 직원들은 소피야에게 달려가서 그가 한 말의 의미를 물었다.

그녀는 교양 있고 사려 깊고 상황 판단이 빨랐다. 교양은 혁명 전 열다섯 살까지 학교에 다니면서 습득한 것이며 사려 깊음과 빠른 판단력은 타고난 것이었다. 게다가 그녀는 진한 눈썹과 커다란 눈을 가진 미인이었다. 1949년까지 그녀는 머리를 뒤로 젖히고 다녔는데, 하나로 땋은 숱 많은 머리가 너무 무거워서 자꾸 뒤로 기울어졌기 때문이었다. 훗날 그녀는 머리카락을 잘랐고 더는 땋지도 않았다. 키는 크지 않았지만 펑퍼짐한 파란색과 초록색 원피스 안에 숨겨진 풍성한 가슴과 빨갛고 큰 손톱이 달린 통통한 손 때문에 양팔을 써서 큰 동작을 할 때면 덩치 큰 여자처럼 보였다. 그녀는 '큰 사람'이었는데, 눈에 띄는 신체적 특징보다는 성격 때문이었다. 그녀의 별명은 젖소였다. 그녀는 실제로 젖소를 닮았다. 그것도 커다란 유럽 젖소를 닮았다. 하지만 장군은 이것을 몰랐다. 여신을 닮았다는 것은 알았다. 그리고 그런 그녀를 맹목적으로 사랑했다. 하지만 아내를 배신하고 있다는 생각은 한 번도 한 적 없었다. 아내에게는 아내의 역할이 있었고, 소피야는 또 소피야대로 필요했기 때문이었다. 각자의 역할이 달랐으니까 말이다. 만약 그녀가 아파나시 미하일로비치의 삶에 등장하지 않았다면 그는 사랑의 달콤함을 깨닫는 일도 여자에 눈뜨는 일도 없었을 것이며, 건축 일로 지친 그가 온전히 쉬도록 도와줄 수 있는 여자가 있을 수 있다는 것도 몰랐을 것이다.

1949년까지 그의 밑에서 일하는 동안 그녀는 딱 한 번, 퇴사하기 직전에 그를 난처하게 한 적이 있다. 그녀는 그의 앞에 무릎을 꿇고 개버딘 재질의 승마복 형태의 군복 바지에 얼굴을 묻고 자신의 빨간색 립스틱 자국을 민망한 부위에 남겼다. 그는 안 된다고 말하면서 그녀의 형제 이야기는 꺼내지도 말라고 했다. 당시에 그는 생각했다. '형제는 무슨. 난 당신 하나를 지키는 것도 버거운데…….' 하지만 그의 뜻대로 되지는 않았다.

소련 육군 및 해군 정치국에서 그를 불러서 비서를 해고하라고 통보했다.

그는 비록 말이 서툴고 표현력이 부족했지만, 꼭 필요하고 중요한 일꾼이었다. 하지만 하늘색 견장을 달고 군데군데 고불고불한 금발에 미간이 좁고 하얀 사랑니가 보이는 젊은 대위는 이 공훈 장군이 연대장으로 참전까지 했다는 사실은 안중에도 없었다.

"애인을 감싸고 도시는 겁니까? 장군님이 아시는 것은 저도 안다는 것을 알고 계시잖아요……."

"그렇다면 아는 대로 하게. 어차피 위에서 하라는 대로 할 거고 나는 내 길이 있으니까."

아파나시 미하일로비치는 대화한 지 한 시간이 넘었을 때 고집을 꺾었다.

피부가 흰 남자는 억지 미소를 지으면서 고개를 끄덕였다. 하지만 그가 그녀를 해고하는 데 동의한 것만으로 만족하지 않았다. 대위는 계속 조금씩 떠보기 시작했다. 사무적인 대화 같아 보였지만 대위는 장군의 집무실에서 있었던 일과 비밀 데이트 등 장군에 대한 모든 일을 알고 있었기 때문에 장군의 숨통을 조였다. 그는 이리저리 돌려서 말하다가 갑자기 "다예프 골목*은 정말 안 가십니까? 소피야의 자매인 안나 마르코브나와도 만난 적 없나요? 왜, 그 교수 말입니다. 형제 이오시프 마르코비치는 모스크바 유대인 극장에서 일하는 배우인데 전혀 모르는 사람입니까?"라는 질문으로 허를 찔렀다.

문득 아파나시 미하일로비치는 '과연 소피야의 뒤만 캐는 것일까?' 싶은 생각이 들었다. 그러자 온몸에 땀이 흥건해졌다.

"이제 그만 헤어질까요?" 하지만 헤어지기 전에 그는 서명을 해야 했다. 다음 날 그에게는 새로운 비서가 왔고, 더는 소피야

* 모스크바에 있는 골목.

의 모습은 볼 수 없었다. 그녀의 모습을 못 본 지도 4년이 훌쩍 지나 있었다. 1954년 초 그녀는 카자흐스탄의 카라간다에서 돌아왔다. 그로부터 1년이 더 흐른 뒤에야 그들은 재회했다. 그것도 전혀 의외의 장소에서 말이다. 말하기도 우스울 정도였다. 나하비노에 있는 시장에서 6월의 이른 아침에 일어난 일이었다. 아파나시 미하일로비치는 순무와 당근을 사러 갔다. 일요일에 손님이 오기로 했는데 안토니나 나우모브나가 정신이 없어서 가정부를 시장에 보내는 것을 깜빡한 탓이었다. 사실 아파나시 미하일로비치도 일요일에 부엌일에서 해방되고 싶은 마음에 흔쾌히 가겠다고 했다. 그는 자가용 '포베다'를 직접 몰고 갔다.

그녀 쪽에서 그의 옆모습을 보고 먼저 알아봤다. 그녀는 더는 머리를 땋지도 않았고 살도 빠졌고 한 손으로 얼굴을 가렸는데 손은 예전에 봤던 대로 여전히 크고 손가락과 손등이 만나는 부분에 홈이 파인 것도 여전했다. 그때와 다른 점이 있다면 매니큐어 색깔이 빨간색이 아니라 연분홍색이라는 것이다. 그는 그녀의 손을 알아봤다. 그녀는 이 손으로 수년 전에 그의 대머리를 쓰다듬었고, 그러고 나면 그의 근심 걱정이 사라지곤 했다. 그는 그녀를 뒤쫓아 가서는 그녀를 따라잡았다.

"소피야 마르코브나!"

"아파나시! 맙소사!"

그녀는 입을 가리고 말했다.

이때 그녀의 이가 보였는데, 흰 이빨이 하나 걸러 하나씩 빠져 있었다.

"이제 완전히 나온 건가?"

"작년 6월에요, 11개월 됐어요."

"왜 연락 안 했어?"

그는 그녀의 이름을 부를 수도, 부칭으로 부를 수도 없었다.

그녀는 자신의 예쁜 손을 한 번 흔들고는 그에게서 멀어지면서 길을 따라 앞으로 가는 듯했다. 하지만 그가 그녀를 따라잡았고 한쪽 어깨를 잡았다. 그러자 그녀는 멈춰 서서 울기 시작했다. 그도 밀짚모자를 벗고 따라 울었다. 그녀에게서 과거의 모습은 거의 볼 수 없었지만, 이내 과거의 엄청난 미인과 지금의 덜 예쁘고 핼쑥해진 여자가 하나로 합쳐졌고, 그러자 그녀는 여전히 세상에서 가장 아름다운 사람이 되었다.

그녀는 부근에 있는, 자매 안나 마르코브나의 별장에서 살았다. 그는 차를 시장 근처에 세워두고 그녀를 별장까지 바래다주기로 했다. 두 사람 모두 숨이 멎을 것만 같아서 말없이 걷기만 했다. 그는 걷는 동안 내내 과거에 자신이 어떤 문서에 서명했던 일을 그녀가 아는지 궁금했다. 별장에 도착하기 전 그녀가 멈춰 섰다.

"여기서 헤어져요. 가족들 눈에 띄어서 좋을 건 없잖아요. 당신도 우리 가족을 굳이 볼 필요는 없고요. 저기서, 제 친형제가 총살당했거든요."

'아는군.'

그가 생각했다. 그러자 심장이 철렁 내려앉아서 토할 것 같았다.

'하지만 뭘 아는 걸까? 내가 그를 밀고했다고 생각하는 걸까?'

그에게 이오시프를 소개해준 건 소피야였다. 그는 쾌활한 청년이었는데, 극장에서 미호엘스* 밑에서 일했고 히브리어로 재미있는 이야기를 쓰기도 했다. 그와는 두 번 정도 만났다. 하지만 아파나시 미하일로비치가 서명한 것은 단 한 번이었다. 그리고 그 일은 이오시프와 아무 상관이 없었다.

"당신 지금도 다예프에 있나?"

"자매네 집에 살아요. 제 방에 다른 사람을 배정했거든요. 지금은 청소부가 살아요."

그녀는 아무렇지도 않다는 듯 말했다. 그는 '붉은 모스크바'라는 향수 향이 나고, 그녀가 수집하던 다양한 향수병과 수많은 쿠션, 도자기, 유리, 돌로 만들어진 고양이 컬렉션이 있던 그녀

* 솔로몬 미호엘스(1890~1948). 유대인 극장의 배우이자 연출가. 스탈린의 지시로 살해당했다.

의 방이 떠올랐다.

"청소부를 내보내고 내가 다시 살 수 있게 해준대요."

얼마 후에 당국은 방을 정말로 돌려줬다. 아파나시 미하일로비치는 전처럼 가끔 공중전화로 그녀에게 전화를 걸었고 그녀가 사는 집으로 가고 싶어 했다. 하지만 소피야 마르코브나는 오랫동안 거절했다.

"그럴 필요도 없고, 그러고 싶지도 않고, 그럴 수도 없어요."

그러던 어느 날 그녀가 오라고 말했다.

그는 마당에 있는 비상계단으로 올라가야 했는데, 소피야의 방이 그쪽 벽 쪽으로 나 있었기 때문이다. 예전에도 그는 커다란 문이 있고 가족이 자주 초인종을 누르는 현관 쪽으로 가지 않고, 그녀의 방이 있는 벽을 두드렸는데, 그러면 그녀는 현관문에 걸어놓은 커다란 문고리를 열고 자기 자신과 달콤한 향수 향으로 어두운 복도를 가득 채우면서 그의 손을 잡고 자신의 둥지 안으로, 자신의 베개와 이불 속으로 그를 데리고 갔고, 그러면 그는 그의 밑으로 가라앉는 그녀 몸의 풍성한 온기 속에 몸을 파묻었다.

이내 그들은 친밀했던 과거로 돌아갔다. 영원히 잃어버린 줄로만 알았던 서로를 되찾았기 때문에 그들의 사랑은 과거보다 더 강렬했는지도 모른다.

강렬한 사랑을 다룬 장편영화의 2탄이 시작된 셈이었다. 사실 속편은 전편과는 달랐다. 과거와 달리 이제 일 얘기는 전혀 하지 않았다. 소피야 마르코브나는 여전히 사려 깊었다. 그녀는 아무것도 묻지 않았다. 궁핍하게 살던 시기에 대한 이야기도 하지 않았다. 그가 먼저 어떤 말을 하면 그 얘기를 했다. 그들은 가족에게 일어난 일이나 가족에 대한 이야기를 했다. 특히 딸 올가 얘기는 빠지지 않았다. 소피야 마르코브나는 올가를 태어날 때부터 알고 있었지만, 직접 본 적은 없었고 사진으로만 봐왔다. 그러던 어느 날 1949년 문제의 그 일이 일어나기 전에 그는 소피야 마르코브나에게 올가를 보여주기로 마음먹고 극장표 세 장을 사서 함께 '아이볼리트'*라는 어린이 발레를 보게 했다. 1열의 두 장은 올가와 친구에게 주었고, 거기에서 멀지 않은 3열의 표 한 장은 소피야에게 주었다. 소피야 마르코브나는 가까이에 앉아 있는 여자아이들을 보았고 아이들은 무대를 응시했다.

어린 올가의 사진들을 액자에 넣어서 벽에 걸어둔 뒤로도 소피야는 올가에게 관심이 많았다. 만약 올가가 학교에서 받은 받아쓰기 시험지나 지난주 일요일에 갔다 온 박물관 표 같은 것을

* 러시아 작가 코르네이 추콥스키의 《의사 아이볼리트》이라는 동화를 원작으로 한 발레이다.

소피야에게 보여줄 목적으로 모으지 않았다면 아파나시 미하일로비치는 딸에 대해 많은 것을 모르고 지나칠 뻔했다.

시간이 흘러서 소피야는 올가가 대학교에 입학한 것과 때 이른 결혼을 하게 된 것에 대해서도 알게 되었다. 그녀는 처음부터 올가의 결혼을 탐탁지 않게 생각하고 반대했다. 그녀는 "우리 올가는 그 남자보다 더 총명해서 그 남자보다 더 좋은 남자를 만날 수 있을 거예요. 내 말 잊지 마세요"라고 말했다. 이번에도 그녀의 말이 옳았다. 이번뿐만 아니라 그녀는 늘 옳았다. 올가에게 안 좋은 일이 일어나기 시작했을 때도 소피야 마르코브나는 그에게 누차 "자기, 이제 은퇴해요"라는 올바른 조언을 해주었다.

그녀 덕분에 그는 옳은 결정을 내렸고, 덕분에 제때 은퇴도 하고 건강도 지킬 수 있었다. 은퇴 후 달라진 삶은 본질적으로 더 좋아졌다. 그것도 아주 많이 말이다.

아파나시 미하일로비치는 소피야를 한 달에 한 번 방문했는데, 날을 정하고 오지는 않았다. 가기 전에 미리 연락도 하지 않았다. 그녀는 항상 그를 기다렸고, 12시까지 집 밖으로 나가지 않았다. 냉장고의 냉동실에는 그에게 블린*을 만들어주기 위한

* 러시아식 팬케이크. 얇게 구워낸 후 안에 여러 재료를 넣어 싸 먹는다.

다진 고기가 항상 있었다. 그녀는 잽싸게 반죽을 만들어서 빠른 손놀림으로 종이처럼 얇은 블린을 구운 후에 고기를 넣어서 두 개를 말고 하나는 달콤한 트보로크를 넣어서 말았다. 고기를 넣은 블린은 백리향을 넣은 보드카 안주로 좋았고 트보로크를 넣은 블린은 차와 마시면 좋았다. 그녀가 만든 모든 음식은 고기와 생선을 포함해서 모두 조금 단 편이었다. 이 단맛은 설탕으로 인한 것이 아니라 그녀의 체취, 옷, 침구 냄새처럼 그녀 자신에게서 비롯된 것 같았다.

3월 20일에 장군은 그녀의 집에 갔고, 이날 방문이 마지막이 될 줄은 꿈에도 생각하지 못했다. 그는 다만 그녀의 집에 간 지 한 달이 채 지나지 않았고, 2주가 조금 넘었을 뿐인데 갑자기 그녀가 보고 싶어서 평소와 달리 일찍 그녀의 집에 가게 된 것이었다. 버스도 제때 왔고, 기차도 제때 왔다. 그는 정확히 시간표대로 9시 50분에 리시스키 기차역에 도착했다. 교외는 조용했고 광장에는 눈보라가 쳤다. 그가 미모사꽃을 사는 동안 눈보라가 갑자기 그치더니 해가 모습을 드러냈다. 잠시 후 그는 전차에 탔다. 평소와 비슷한 시간이었지만, 웬일인지 아파나시 미하일로비치는 그날따라 조바심이 났다.

'집에 없으면 어떡하지? 병원에 갔을 수도 있고 식료품을 사러 갔을 수도 있으니까.'

이렇게 생각하고 그는 주머니 속에 있는 열쇠를 만져봤다. 소피야는 이미 오래전에 그녀가 집에 없을 때를 대비해서 방 열쇠를 주었다. 현관 열쇠가 없었기 때문에 의미 없는 일이기는 했지만 말이다. 게다가 항상 커다란 걸쇠가 걸려 있어서 비상구로도 들어갈 수 없었다.

그가 집 앞에 거의 다 왔을 때 또다시 눈이 내리기 시작했다. 아파나시 미하일로비치는 그녀의 집 근처에 사람들이 모여 있고, 버스 한 대, 승용차 몇 대가 세워져 있는 것을 발견했다. 하지만 자기와는 상관없는 일이라 여겼다. 그는 비상계단으로 올라가서 벽을 잠시 두드린 다음 계단으로 내려가서 안에서 그녀가 걸쇠를 풀고 문을 열어주기를 기다렸다. 꽤 긴 시간이 흘렀지만 문은 열리지 않았다. 미리 전화를 걸지 않은 것을 후회하며 그는 또다시 벽을 두드렸다. 사실 그들은 원래 서로에게 전화를 걸지 않았다. 오래전부터 소피야 마르코브나는 전화를 믿지 않았기 때문이다.

'정문으로 가봐야겠어.'

아파나시 미하일로비치는 이렇게 결심하고 나서 1층 마당으로 내려갔다.

버스 한 대가 집 앞을 향해 후진을 하면서 속도를 줄이고 있었다. 꽃을 든 사람들이 양쪽으로 흩어졌다.

'영구차군.'

아파나시 미하일로비치는 심드렁하게 생각했다.

그러다 문득 '그런데 누구를 묻는 거지?' 하는 생각이 들었다.

그 순간 그는 다름 아닌 소피야 마르코브나가 죽었을지도 모른다는 생각이 들었다.

그는 현관에서 멀리 떨어진 창문을 바라보았고, 그 순간 창문이 그의 추측에 힘을 실어주기라도 하려는 듯이 활짝 열렸다. 양쪽으로 활짝 열어젖힌 현관문 사이로 뚜껑을 덮지 않은 거대한 관이 나왔다. 보통은 다리 쪽이 먼저 나오는데 머리 쪽이 먼저 나오기 시작했다. 그러자 높은 베개에 받쳐놓은 창백하고도 누런 그녀의 얼굴이 보였고 입술에는 빨간색 립스틱을 바르고 있었다. 달콤한 향이 그의 코를 자극했다.

장군은 휘청하더니 천천히 무너져 내렸다. 마침 누군가 잡아줘서 그는 쓰러지지 않았다. 누군가 그의 코 밑에 암모니아수를 가져다 대자 그는 정신을 차렸다. 그의 앞에 있는 사람은 여자였고, 웬일인지 낯이 익었다. 소피야 마르코브나처럼 머리가 크고 큰 갈색 눈을 갖고 있었고, 남자처럼 어깨가 넓었다. 소피야의 자매인 안나 마르코브나였던 것이다.

"당신이! 어떻게!"

그녀는 화를 억누르면서 굉장히 조용히 말했다.

"여기서 뭐 하시는 거죠? 감히 여기가 어디라고 온 거죠? 당장 꺼져요!"

그래서 그는 그곳을 떠났다. 그는 그녀의 체구에 맞는 기성품 관이 없어서 주문 제작한 관이 영구차의 활짝 열어젖힌 뒷문으로 힘들게 들어가는 모습과 그녀의 수많은 유대인 친척들이 버스에 타는 모습은 보지 못했다. 그는 또한 소피야 마르코브나가 카라간다에서 돌아오고 나서 서로 연락을 주고받았던, 과거 자기 밑에 있던 여직원 두 명도 보지 못했다.

하지만 그들은 그를 알아보고 서로 시선을 교환했다. 그들은 그 후로도 그와 소피야에 대해 헛소문을 퍼뜨리고 다양한 추측을 하다 결국 소피야가 실제로는 옛사랑을 만나고 있으면서 고혈압과 노년, 외로움에 대해 이야기하며 자신들을 속였다는 결론에 도달할 것이었다. 그러면서 머릿속으로 생각하고 계산하리라. 두 사람이 처음으로 만난 건 1935년이었으니까, 어쩔 수 없이 떨어져 지낸 기간을 제외하면 32년간 만난 셈이다.

장군은 창백해진 주먹에 미모사 꽃가지를 꽉 쥐고는 전차 쪽으로 다가갔다. 소피야는 모든 것을 알고 있었던 것이다. 그리고 이미 오래전에 그를 용서했으리라.

고아들

눈물과 통곡, 슬픔과 그리움은 없었지만, 장례식은 어느 때보다 슬펐다. 고인을 마지막으로 보려고 온 사람들 중 눈물을 흘리거나 슬퍼한 사람은 없었다. 작가 연합의 장례식을 거행해온 아리 리보비치 바스는 장례식에서 그녀의 지인들이 평생 문학에 종사한 고인의 죽음에 지나치게 무관심하다고 생각했다. 그가 74년이라는 세월을 살아오는 동안 사람들의 장례식을 준비한 기간은 60년이다. 이 일은 가족 대대로 해온 일이었다. 그의 할아버지는 그로드노*에 있는 장례인 연합의 대표였다. 아리 리보비치는 장례에 관해 아주 속속들이 잘 알고 있었다. 그는 사양길

* 벨라루스의 서부에 있는 도시.

에 접어들고 있는 장례업을 아주 잘 이해하고 있을 뿐만 아니라 이 고대의 기술에 정통한 시인과 같은 사람이었다.

그는 장례식 진행 실력도 무척 뛰어났는데 알렉세이 톨스토이, 알렉산드르 파데예프, 심지어 막심 고리키의 장례식에도 일부 관여하는 등 유명인들의 장례를 도맡은 바 있었다. 총책임자는 아니지만 제1보조로 참여했던 대규모 장례식은 1930년이었다. 그때 그는 안토니나 나우모브나를 처음 만났다. 잊지 못할 기억이었다. 절대 잊지 못할 기억 말이다.

4월의 어느 날 오후, 아리 리보비치는 전화로 고인이 된 남자의 관을 주문하기 위해 시신 사이즈를 알아오라는 지시를 받고 겐드리코프 골목으로 갔는데, 잘못 간 것이었다. 유명한 시인이 권총으로 자살한 곳은 그의 작업실이 있던 루반카 거리였고, 겐드리코프 골목이 아니었다. 겐드리코프 골목에서 아리는 고인 대신에 산 사람 셋을 발견했는데 합동국가보안부에서 온 두 남자와 나머지 한 명은 작가라고 할 수 있는 안토니나였다.

남자 둘은 책상 서랍에서 종이를 꺼냈고, 안토니나 나우모브나는 뭔가를 적고 있었다. 그런데 검고 풍성한 머리카락을 가진 한 남자가 아리의 오만한 집시 눈을 흘겨봤다. "여기서 꺼져!"라는 뜻이었다. 아리는 초주검이 되도록 놀란 나머지 계단에서 굴러떨어져서 계단 끝에서야 정신을 차렸다. 그는 직업이 직업인

만큼 죽은 사람은 무서워하지 않았다. 오히려 산 사람들이 무서웠다. 두 시간 뒤 고인을 실어 와서 들것으로 4층까지 날랐고, 서류 가방을 든 두 남자를 포함해 문제의 세 사람이 건물에서 나갔을 때에야 비로소 아리는 다시 위로 올라갔다.

위에는 몇 사람이 있었는데, 그중 여자 두 명은 복도에 서 있었고 한 사람은 심하게 울고 있었다. 방문은 활짝 열려 있었고, 문 옆에서 두 사람이 서로 다투고 있었다. 그들은 방금 문에 붙어 있던 인쇄물을 떼어낸 일로 옥신각신하는 중이었다. 둘 중 한 남자가 말했다.

"네가 책임져야 할 거야. 인쇄물을 붙여놨다면 들어가지 말라는 뜻이라고."

다른 남자가 퉁명스럽게 되받아쳤다.

"그러면 고인은 어떻게 할까요? 복도에 세워두나요? 인쇄물이 뭐라고 사사건건 그렇게 시비를 거나요? 나도 지시를 받고 왔으니 어디에 세워둬야 할지 말만 하쇼!"

아리는 고인의 키를 쟀는데, 키가 190센티미터였다. 관은 주문 제작으로 만들어지게 되었다.

어마어마한 장례식이었다. 수천 명의 인파가 보롭스키 거리를 가득 메웠고, 그들은 모두 함께 관과 낫과 망치처럼 이상한 물건들이 달린 흉측하고 거대한 조형물을 싣고 가는 트럭을 뒤 따라 걸어서 돈스코이 수도원으로 향했다. 꽃은 하나도 없었다. 이상하면서도 대단히 성대한 장례식이었다. 그는 그렇게 많은 사람이 한꺼번에 슬퍼하는 모습을 처음 봤다. 그 전에도 없었고, 그 후에도 그런 경험은 하지 못했다. 그로부터 30년 뒤에 치러진 파스테르나크의 장례식만 빼고 말이다.

아리는 장례업계에서 입지를 확고히 굳혀서 이제 누구도 작가들의 장례식에서 그를 배제하지 않았다. 모스크바에서 멀리 떨어진 곳에서 누군가 죽었다면 모를까. 전쟁 이후 그는 안토니나와 자주 마주쳤는데, 안토니나는 작가들의 장례 의전에 참석하거나 장례식에서 추모사를 낭독했다.

어린 아리는 당시만 해도 그가 이렇게 많은 사람들의 장례를 치르게 될 줄은 생각도 못 했을 것이다. 아리는 자신이 장례를 치른 고인들을 사랑했다. 스쳐 지나간 고인들의 작품만이 그가 읽는 모든 것이었다. 작가들이 살아 있는 동안은, 그들을 좋아하는 건 고사하고 책 한 권 읽지 않았다. 그들이 생전에 어떤 인물이었는지는 장례식에서 결정되기 때문이기도 했다.

안토니나는 텅 빈 초라한 사람으로 밝혀졌다. 그녀의 마지막 길을 배웅하는 사람은 딸 올가, 고인의 손자 코스탸와 그의 아내, 딸의 친구, 아파트에서 같은 층에 사는 옆집 여자와 10년쯤 왕래가 없던 고인의 친자매 발렌티나로, 총 여섯 명밖에 없었다.

어머니와 마침내 화해한 딸은 어머니에 대한 마음의 빚을 마지막 1코페이카까지 청산해서 아주 홀가분했고, 게다가 안토니나 나우모브나가 심하게 아프지 않고 모르핀 주사를 맞고 편안히 갔기 때문에 마음이 굉장히 편안했다. 모녀 사이에 사랑이야 존재하지 않은 지 오래였다.

이날 가장 많이 괴로워한 사람은 아리 리보비치였다. 이렇게 초라한 장례식은 아주 오랜만이었기 때문이다. 안토니나 나우모브나의 장례는 물론 작가에 걸맞은 예우를 갖춰 치러졌고, 관은 문학인의 집으로 옮겨졌다. 하지만 이곳에서는 민간인들의 장례를 교회식으로 치렀는데 그때마다 조문객이 1천 명씩 오곤 했다. 그녀의 장례식은 작은 홀에서 치러졌는데 그마저도 텅 비었다. 친구도 없고 공직에 있는 주요 인사의 모습도 볼 수 없었다. 잡지의 새 편집장은 전임인 안토니나를 너무 싫어해서 이날 일부러 회의 일정을 잡고는 잡지사 직원들이 장례식에 못 가게 만들었다. 하지만 그녀의 옛 비서 편으로 전나무에 흰 리본을 단 화환을 '직원 일동'이라는 문구를 넣어 보내왔다. 아리 리보비치는 늘 하던 대로 고인은 진정한 공산주의자이자 믿을 만한 레닌주의자였다는 형식적인 추모사를 했다. 이어서 고인과 마지막 작별 인사를 나눌 수 있도록 했다.

그런 다음 관을 돈스코이 화장터로 싣고 갔다. 잡지사 편집부의 비서는 연로해서 따라가지 않았다. 관을 지지대에 세워두자 입이 푹 꺼지고 코가 툭 튀어나온 안토니나 나우모브나의 회색빛 얼굴은 마분지처럼 보였고 그녀는 흐르는 음악 속에서 지하 화장터 문이 닫힐 때까지 아래로 내려갔다.

코스탸는 올가와 팔짱을 끼고 이를 바라보고 있는 동안 코트 속 어머니의 팔뚝이 얼마나 가는지, 그녀의 키는 또 얼마나 작은지, 장수한 할머니의 삶이라 할지라도 얼마나 보잘것없는지를 느꼈다. 그리고 누구의 사랑도 연민도 받지 못한 사람의 장례식이 얼마나 슬픈지도…….

'쓰레기 더미 속 낡은 장화처럼 버려지셨군.'

코스탸는 씁쓸해하며 생각했다. 하지만 이런 생각을 하고 있는 자신도 할머니를 사랑하지 않았다는 사실을 부정할 수 없었다.

관이 인공의 지옥에 빠지고 난 뒤 아리 리보비치는 올가와 코스탸의 손을 잡고 그들이 만약 정부에 장례비를 신청할 경우 그 돈을 받을 수 있도록 조치하겠다고 말했다.

유골함은 화장 후 2주가 지나야 찾아갈 수 있다고 했다.

'아무래도 바로 땅에 뿌리는 것이 좋을 것 같아. 보관소에 넣어둔다 하더라도 2주 동안 어디에 가 있을지 모를 일이니까.' 코스탸가 생각했다.

올가는 고인을 함께 추모하기 위해 손님 모두를 집으로 초대했다. 며느리 레나는 화장터에서 바로 아이들이 있는 곳으로 돌아갔다. 아리 리보비치는 자신의 일이 밤까지 이어질 거라고 생각했기 때문에 버스 문을 활짝 열고 생기 없는 눈을 한 여자들을 태웠다. 코스탸가 마지막으로 버스에 탔다. 그는 어머니 옆에 앉고 싶었지만, 어머니는 이미 오랜만에 만난 이모 옆에 자리를 잡은 뒤였다. 어머니의 이모는 안토니나 나우모브나보다 어렸지만, 진지한 표정과 커다란 코가 할머니를 닮아 있었다. 아리 리보비치는 창밖을 봤다. 그러고는 회상에 잠겼다.

올가는 집을 나서기 전 미리 상을 차려두었다. 고인의 시신은 사망 즉시 영안실에 안치되었고, 올가는 천천히 꼼꼼하게 환기하며 집을 청소했다. 하지만 사흘이 지나도 여전히 퍼티와 광택제 냄새를 뚫고 약품 냄새가 났다.

그들은 올가의 아버지가 복원해놓은 타원형 식탁 앞에 앉았고, 거친 리넨 식탁보가 덮인 식탁에 깨끗하게 씻은 손을 얹자 올가는 문득 아버지가 보고 싶어졌다. 돌출한 윗입술 쪽으로 처진 푸석한 코와 별장 작업실에서 나무 표면을 깎을 때 짓던 진지한 표정, 그리고 아버지한테서 나던 래커 냄새와 대팻밥 냄새가 떠올랐다. 그것은 아버지가 말년에 연금을 받던 때의 기억이었다. 바보 같은 자신이 대학교에서 벌인 불미스러운 일 때문에……. 당시 어머니는 화가 머리끝까지 나서 소리를 질러댔고, 아버지는 눈을 내리깔고 고집스럽게 침묵했다. 침묵 끝에 그는 결국 은퇴했다.

"아버지, 아버지……."

올가가 작게 속삭였다.

그 옆에 앉아 있던 타마라가 그 말을 들었다. 민감한 그녀는 모든 것을 자기 방식대로 해석했다. 그래서 그녀에게도 이렇게 속삭였다.

"그래, 올가야, 나도 이제 너희 부모님이 다시 만나셨을 거라고 생각해."

아리 리보비치는 고인이 된 아파나시 미하일로비치가 직접 복원해놓은 값비싼 가구를 예리한 눈으로 둘러보고 그들의 재정 상태를 과대평가했다. 제국풍의 가구는 부유한 집에서 선호하는 가구였고, 그는 평범한 당원에 불과해 보였던 나우모브나의 집에서 이렇게 구하기 힘든 가구를 보게 되리라고는 예상하지 못했다. 무척 흥미로운 상황이었다. 그는 자기보다 먼저 자리를 털고 일어설 지체 높은 사람이 있지는 않은지 살펴본 뒤에 자리에서 일어났다.

"오랜 전통에 따라 친애하는 안토니나 나우모브나를 추억합시다. 잔을 부딪치지 말고 마십시다!"

모두들 잔을 비웠다. 코스탸는 한 모금만 마시고는 잔을 식탁에 내려놨다. 보드카가 마음에 들지 않았던 탓이다. 와인을 마셨으면 했지만 와인을 제안하는 사람이 없었다.

올가는 한 잔을 다 비우고는 순식간에 취기가 돌았다. 머리끝부터 발끝까지 열이 올랐고, 긴장이 풀린 탓인지 다리에 힘이 빠졌다. 그녀는 홀쭉해진 볼을 한 손으로 괬는데, 얼굴이 불그레해져 주근깨가 한층 도드라져 보였고, 심지어 한층 젊어진 것 같았다. 오랜 항암 치료로 인해 완전히 다 빠진 머리카락이 새로 나면서 이마 위로 곱슬머리가 올라오고 있었고, 끔찍한 항암 치료가 끝나자 부활절 계란 같고 양파 껍질 같은 혈색이 원래대로 되돌아왔다.

친구 타마라는 그런 올가를 놀라운 눈으로 바라봤고, 그녀가 예뻐졌다고 말하며 그토록 힘든 병을 앓고 나서 다시 일어났다는 것에 기뻐했다. 그리고 그녀는 안토니나 나우모브나가 죽으면서 올가의 병도 가져갔다고 생각했다. 이런 새로운 생각은 러시아정교회 신자인 그녀의 머릿속에서 자연스럽게 흘러나왔다. 이제 삶의 모든 움직임과 전환점, 꼬여버린 운명이 우연이 아니며 의미로 가득하고 정해진 목적을 향해 바르게 가고 있다는 생각이 드는 것이었다.

하지만 올가의 생각은 다른 방향으로 흘러가고 있었고, 그녀는 자신이 과거에 일리야와 떠났다면 어머니 장례를 치를 사람이 없었으리라는 생각을 했다. 하지만 이제 부모님이 모두 돌아가셨고, 코스탸도 결혼했으니 일리야에게로 떠나도 좋을 터였다. 일리야 옆에서 함께 살려면 얼마나 더 기다려야 할까…….

안토니나 나우모브나의 여동생인 발렌티나는 식탁 끝에 조용히 앉아 있었다. 그녀의 모습은 아주 시골 사람 같지는 않았지만 소탈한 면이 있었다. 그녀는 모스크바에서 1백 킬로미터 정도 떨어진 프로트비노라는 과학 도시에 살고 있었고, 겉으로는 청소부처럼 보이지만, 실제로는 대단히 존경받는 생물학 박사였다. 하지만 올가는 이러한 사실을 몰랐다. 올가는 어머니가 여동생을 그다지 존중하지 않았고 심지어는 여동생이 평생 양을 돌봐온 것에 대해 조소를 섞어서 말한 것을 기억하고 있었다. 그리고 그건 사실이었다. 발렌티나는 수의대를 졸업했다. 하지만 당에서 직급이 높은 언니는 늘 이런 동생을 경멸했다.

발렌티나는 올가의 오른쪽에 앉아 주위를 둘러보지 않고 자기 앞에 놓인 접시만 봤다. 그러고는 갑자기 조카에게 몸을 돌려서는 말했다.

"올가, 나 이제 가봐야 할 것 같아. 이 도시에 아는 친구가 있어서 오늘은 그 친구네 집에서 묵을 거야. 그리고 내가 너 주려고 뭘 좀 가져왔어. 이젠 네가 갖고 있어야 할 것 같아서……."

올가는 의아해하면서도 식탁에서 일어나서, 이모를 어머니가 쓰던 서재로 데리고 갔다. 거기서 어머니는 평생 쪽잠을 자면서 여성 직조공이나 실을 잣기 위해 염소 털을 빗어내는 여자, 소젖을 짜는 위대한 프롤레타리아 여자들에 대한 수필을 썼고, 보고서나 발표 자료, 명령서와 선고문을 작성했다. 한번은 장편소설을 써서 스탈린상을 받을 뻔한 적도 있었다. 오래된 타자기는 인조가죽으로 덮어뒀고, 그녀는 애정을 담아 이 타자기를 '순교자'라고 불렀는데, 책상 한가운데 작은 관처럼 놓여 있었다. 그것은 미국 언더우드사의 타자기였다. 그 옆으로는 근육질의 노동자 조각이 붙어 있는, 주철로 된 필기도구와 톨스토이의 흉상, 평생을 통틀어서 가장 예쁜 자기 자신의 모습을 담은 사진이 놓여 있었다. 사진 속에는 입술을 꼭 다문 채 가죽 재킷을 입은 한 아가씨가 있었다.

안토니나 나우모브나는 남편이 들여놓은 오래된 가구를 절대 자기 서재에 들이지 못하게 했다. 그곳에 있는 모든 것은 전부 스탈린 시대의 것이었으며, 심지어 한때 상부에서 배급받은 수많은 사적인 물건들 틈에는 금속 태그가 달린 것들도 있었다. 그녀는 정부에서 지급한 기다란 가죽 소파 위에서 죽었다.

올가는 고인의 시체를 싣고 가기가 무섭게 소파에서 매트리스를 떼어냈다. 코스탸가 그걸 쓰레기장에 가져가서 버렸다. 올가가 어머니의 약병도 갖다 버렸기에 서재에는 냄새 말고는 아무것도 남지 않게 되었다.

발렌티나 나우모브나는 언니의 방에 들어갔고, 사람이 살았던 기운이 느껴지지 않는 것에 적이 놀랐다. 벽에는 정부로부터 받은 초상화 세 개가 걸려 있었는데 통나무를 한쪽 어깨에 메고 있는 키 큰 레닌, 키 작은 스탈린, 제르진스키의 초상화였다. 그녀는 가죽 소파 끝에 앉아서 작은 서류 가방을 무릎 위에 단정히 올려놓았다.

'엄마도 저것과 똑같은 서류 가방을 갖고 계셨는데…….'

올가는 속으로 생각했다. 이모는 어머니보다 키가 작았지만 이모 역시 말랐고 코가 길었다. 옷 입는 스타일도 비슷했는데, 발렌티나도 낡은 스웨터 안에 회색 블라우스를 입고 있었으며, 치마에는 고양이 털이 잔뜩 묻어 있었다.

'이모한테 엄마가 입던 옷을 드려야겠어. 모피 코트와 트렌치 코트가 저기 있으니까.'

올가는 속으로 생각했다.

"올가, 너네 엄마가 살아 있었다면…… 아마 싫어했을 거야. 하지만 그래도 내가 갖고 있는 가족사진을 아무래도 너한테 줘야 할 것 같아서……."

'시작부터 뭔가 거창한걸. 참, 신발도 있지. 15년쯤 전에 털 달린 부츠를 유고슬라비아에서 사 오셨지. 잊지 말아야지…….'

한편 발렌티나는 그사이에 가방의 자물쇠를 끌러 봉투에서 신문으로 싼 얇은 뭉치 하나를 꺼냈다.

"이건 사실상 우리 가족의 유일한 가보란다."

발렌티나는 사진이 드러날 때까지 신문을 한 장 한 장 조심스럽게 펼쳤다. 그러고는 일어나서 책상 위에 혁명 이전의 러시아 제국에 존재했던 사진관에서 찍은 듯한 판지 액자 속의 사진 한 장과 아마추어가 찍은 것 같은 빛바랜 사진 두 장을 펼쳐놓았다.

"뒷면에 내가 연필로 언제 찍은 누구의 사진인지 살짝 적어 놨어."

그녀는 판지에 풀로 붙인 사진 한 장을 조심스럽게 문질렀고, 아마추어가 찍은 두 장의 사진은 고집스럽게 돌돌 말려 있어서 그녀가 그 사진들을 계속 폈다.

"내가 너와 코스타에게 이 사진들을 전해주지 않으면, 우리 선조를 기억해줄 사람이 없어지니까……."

'선조와 후손이라니 무슨 말이지? 어머니는 일찍 부모님을 여의었고 친척들은 기억 못 한다고 했는데, 그나마 기억하는 친척들도 이러저러한 이유로 돌아가셨다고 하셨는데…….'

"이분은 우리 아버지 나움 이그나티예비치고, 이분은 어머니셔. 너네들한테는 할아버지, 할머니가 되겠구나."

이렇게 말하면서 그녀는 나이 들어서 곱은 한 손가락으로 가족사진을 가리켰다. 안락의자에 사제가 한 명 앉아 있었는데 머리카락은 어깨까지 오고 턱수염은 허리춤까지 길렀으며, 검은 눈썹은 마치 붙인 것처럼 어색했다. 안락의자 뒤에는 귀족 부인처럼 깃에 비즈 장식이 박힌 실크 원피스를 입고 여느 평민처럼 손수 뜬 어두운색 숄을 두른 사랑스러운 여자가 한 명 서 있었다. 사제 옆에는 청소년기의 아이 세 명이 있었고, 부인 옆에는 어린아이 둘이 있었다. 한 아이는 그녀의 무릎에 앉아 있고, 머리카락이 검고 피부가 가무잡잡한 여자아이는 심각한 표정을 지은 채 어머니 무릎에 앉은 아이의 손을 잡고 있다.

"우리 어머니 타티야나 아니시모브나는 처녀 때 성이 카미시나인데, 역시 사제 가문 출신이란다. 외할아버지는 니즈니노브고로드 신학교의 장학사였지. 할아버지, 증조할아버지, 숙부들 모두가 종교와 관련된 일을 하셨단다."

"엄마는 한 번도 이런 말을 해주신 적 없어요."

올가는 목소리가 나오지 않아서 속삭이듯이 말했다.

"다들 사제들이었기 때문이지."

이모는 고개를 끄덕이고는 세월의 흔적이 느껴지는 밝은 갈색 사진을 손가락 하나로 찌르면서 말했다.

"아버지 나움 이그나티예비치는 당신 어머니인 프라스코비야를 닮았는데, 그분도 사제 집안 출신이고 그리스인이었어. 아버지도 검은 눈에 피부도 가무잡잡했어. 프라스코비야 이후에 가문은 더 이어지지 않았고 피부색도 많이 밝아졌지."

"엄마는 이런 얘기를 해주신 적이 없어요."

"그럼, 당연하지. 말 안 했을 거야. 두려웠을 거야. 지금이라도 내가 아는 걸 다 말해줄게. 안토니나 언니는 어렸을 때 집안일을 많이 도와드렸어. 착했지. 당시에 언니를 뺀 다섯 명은 다 남자 형제들이었어. 세 명은 언니보다 나이가 많았고 두 명은 언니보다 어렸는데, 모두 언니가 돌봤어. 안드레이와 판텔레이몬은 둘 다 어머니를 닮아서 머리카락 색이 밝았어. 그 둘은 같은 해에 유배지에서 죽었지. 언니는 나보다 열 살 많았고, 나는 1915년에 태어나서 이 사진에 나는 아직 없어. 하지만 나는 언니가 나한테 밥도 먹여주고 옷도 입혀줬던 걸 기억해. 굉장히 착했어. 정말 착했지."

이모는 계속 그 부분을 강조했다.

발렌티나는 판지에 붙인 사진을 쓰다듬었다. 아마추어가 찍은 사진 두 장은 계속 말리고 있었다.

"1920년에 코스모데먄스키*에 있는 성당의 신부였던 우리 아버지 나움 이그나티예비치는 유배를 가게 되었어."

* 모스크바주에 있는 마을.

발렌티나는, 험상궂은 표정을 지은 채 팔 한쪽을 소년의 어깨에 올려놓은 여자아이를 한 손가락으로 가리켰다.

"나는 부모님에 대한 기억이 별로 없어. 대부분은 카탸 이모한테 들어서 아는 거야. 아버지를 마지막으로 본 건 1925년에 유배에서 돌아오셨을 때야. 어머니는 그 무렵에 이미 돌아가시고 안 계셨어. 카탸 이모가 나를 아버지한테 데리고 갔어."

"카탸 이모라뇨?"

이모를 쳐다본 올가는 이모가 절대 볼품없지도 아둔하지도 않다는 사실을 깨달았다. 그녀는 조용하고 차분했으며 그녀의 발음은 정확한 정도가 아니라 이보다 더 정확할 수 없을 정도로 완벽했다.

"카탸 이모인 예카테리나 아니시모브나 카미시나는 엄마의 자매이고, 우리 부모님이 유배를 갔을 때 나를 막내 여동생으로 받아준 사람이야. 표트르와 세라핌 오빠는 그때 이미 많이 컸을 때였고 처음부터 사제 아버지를 부인한 덕분에 유배를 떠나지 않았어. 니콜라이 오빠가 아버지와 함께 떠났는데 그 무렵 그는 이미 신학교를 마치고 볼가강 유역에 있는 작은 마을에 보제(輔祭)로 있었어. 사진에는 성직복을 입고 있었는데 당시 그는 신학교에 재학 중이었어. 나중에는 서품을 받아서 사제로 근무했는데, 몇 년인지는 모르겠지만, 수용소에 간 뒤로 소식이 끊겨서 그에 대해 아는 게 없어. 카탸 이모와도 연락이 끊긴 것 같았어. 남자 형제인 안드레이와 판텔레이몬이 부모님과 함께 유배를 갔는데, 둘 다 죽었어."

"그럼, 엄마는요?"

올가는 이모한테서 엄마 얘기도 들을 수 있을 것 같았다.

"안토니나는 오빠들을 따라 떠났어. 그때가 열다섯 살 때였지. 표트르와 세라핌은 언니보다 먼저 아스트라한으로 떠났고, 세 사람 모두 성직자인 아버지를 부인했어. 이제 그들의 아버지는 레닌이며, 당이 어머니라고 신문에 광고를 냈지."

사진 속 가죽 재킷을 입은 아가씨가 이 말을 확인해주고 있었다.

"그럼 할아버지는 그다음에 어떻게 되셨어요?"

"5년 동안 아르한겔스크주에서 유배 생활을 하고 나서는 코스모데먄스키로 돌아오셨지. 1928년에 감옥에 수감되셨다가 그 후 감옥에서 나오셨고, 1934년에 완전히 사라지셨지. 카탸 이모도 그를 찾아낼 수가 없었어. 나와 카탸 이모는 1937년이 되어서야 너네 엄마를 찾아갔어. 너네 엄마 앞에서 무릎을 꿇고 생사만이라도 알 수 있게 도와달라고 사정했어. 하지만 안토니나는 자기가 나설 일이 아니라고 말했어."

이때 살짝 열린 문에 대고 아리 리보비치가 조심스럽게 노크했는데, 작별 인사를 하려는 것이었다. 큰 방에서는 타마라와 옆

집 여자가 음식이 차려진 식탁 앞에 앉아 조용히 대화하고 있었는데, 그들은 올가는 완치되었지만 안토니나 나우모브나를 죽음으로 내몬 수수께끼 같은 병에 대해 이야기하고 있었다. 옆집 여자 조야는 코스탸에게 일리야에 대해 꼬치꼬치 캐물었다. 조야는 올가와 친했지만 올가의 전남편에 대해 당사자에게 직접 질문하지는 않았다.

올가는 장례식을 준비해준 업체 직원에게 감사를 표했다. 그러자 그는 존경하는 마음으로 고개를 한 번 끄덕였다. 그런 다음 문지방에 서서 풍성한 털로 뒤덮인 모자를 손에 들고 정중하게 몸을 숙이고 우아하게 말했다.

"언제든 불러만 주세요, 올가 아파나시예브나. 선생님 부탁이라면 언제든 달려오지요."

'정말 뇌가 없는 바보인가 봐. 자기 도움을 필요로 할 거라 생각하다니!'

올가는 이렇게 생각하고 발렌티나에게 돌아갔다.

복도를 따라 걷는 동안 그녀는 이모가 더 들려줄 법한 이야기에 대해서 생각했다. 이를테면 유배, 체포, 탄압, 총살 같은 것 말이다.

하지만 발렌티나는 그런 이야기는 전혀 하지 않았다. 동그랗게 말리기만 하는 빛바랜 사진 두 장을 계속 펴기만 했는데, 그중 한 사진 속에는 한 노인이 아래로 처진 재킷을 입고 나무 울타리 옆에 서 있었고, 울타리 위로는 기다란 항아리 두 개가 올라가 있었다. 그의 얼굴을 보자 올가는 숨이 멎을 것만 같았다. 그는 두 번째 사진에도 있었는데, 검은 사제복 차림으로 책상 옆에 앉아 있었다. 책상 한가운데에는 작고 하얀 피라미드가 우뚝 솟아 있고 접시에 검은색 계란 세 개가 있었다.

"1934년 부활절 때 찍은 거야. 이른 아침에 부활절 예배를 드리신 것 같아."

그들은 잠시 말없이 앉아 있었다. 이윽고 발렌티나는 사진을 전부 신문지에 싸서 갈색 봉투에 넣었다.

"올가, 너 말고는 이 사진을 전해줄 사람이 없구나. 우리 가족 중에 남은 사람은 이제 너와 코스탸밖에는 없어. 나는 너에 대해서 아는 것이 없어. 어쩌면 이 사진을 받고 싶어 하지 않을지도 모르지. 나는 이 사진들을 평생 간직해왔어. 카탸 이모가 갖고 계시던 걸 내가 넘겨받았지."

"당연히 받아야죠, 이모. 고마워요. 정말 끔찍한 이야기네요!"

올가가 봉투를 받기가 무섭게 발렌티나는 갈 채비를 했다.

"난 이만 가봐야겠어, 늦었어. 툐플리 스탄*으로 가야지.

* 모스크바 남서쪽에 있는 지역.

"이모, 이모의 오빠들은 어떻게 됐어요? 소식 알아요?"

"다 달라. 표트르는 알코올중독자가 됐고, 세라핌은 전쟁에 나가서 행방불명됐어. 표트르는 결혼을 했었는데 부인이 딸을 데리고 떠났다나 봐. 세라핌한테 가족이 있는지는 잘 모르겠어."

"정말 파란만장하군요. 이모, 언제 한번 우리 집에 놀러 오세요. 엄마 물건 중에 드릴 것도 있고……."

이 말을 하고 올가는 입을 다물었는데, 발렌티나 이모의 얼굴을 보자 유고슬라비아산 털 달린 부츠 얘기는 차마 나오지 않았다.

"제가 이모한테 전화할게요. 꼭 전화할게요."

볼에 작별 인사를 한다는 것이 이모의 회색 니트 모자에 얼굴을 박은 올가는 그녀를 현관까지 바래다주면서 중얼거렸다.

"다음에 보면 꼭 이모가 아시는 걸 전부 다 이야기해주셔야 해요."

"그럼, 당연하지. 얘야, 다만 엄마한테 서운해하지는 말았으면 해. 끔찍한 시기였어. 끔찍한 정도가 아니었어. 모두 고아나 다름없을 때였으니까. 지금이야 살 만하지만 말이야……."

어머니 등 뒤에 서 있던 코스탸는, 그날 하루 종일 힘들어도 잘 버티던 어머니가 갑자기 기운을 잃고 통곡하는 모습을 보고 영문을 알지 못했다. 올가는 어머니 방으로 돌아가서 망각의 심연으로부터 떠오른 사진들을 다시 책상 위에 펼쳐놨다.

어머니는 이미 오래전에 말라비틀어진 껍데기로 변했으며, 수많은 결벽증적인 습관과 기계적으로 내뱉던 무수한 말을 남긴 채 세상을 떠났다. 그리고 자식의 배신, 아내와 어린 자식들의 죽음, 감옥살이를 견뎌낸 낯설지만 잘생긴 남자가 갑자기 등장해서 그녀의 빈자리를 채웠다. 부활절 풍경을 보여주는 빛바랜 사진 한 장이 눈물샘을 자극했다. 올가는 눈물을 홍수처럼 쏟아낸 뒤에 어머니 서재에 앉아서 수술을 받는 것 같은 고통을 견뎌내고 있었다. 그녀는 마치 접목용 가지라도 되는 것처럼 칼로 잘려서 할아버지 나움과 턱수염 난 수많은 친척들과 길게 머리를 땋아 내린 사람들과 시골이나 마을에서 살던 학식이 깊거나 얕은 신부들과 그들의 훌륭하거나 평범한 아내들과 아이들이 있는 가계도에 접붙여졌다. 그녀는 자신에게 지금 일어나고 있는 놀라운 일을 설명하기에 적합한 어휘를 찾지 못했다. 게다가 지금 그녀 옆에는 모든 것을 적합한 곳에 배치하며 정확한 어휘를 찾아내곤 했던 일리야도 없었다.

B 전차가 날카로운 마찰음을 일으키면서 커브를 돌았다. 밤에는 전차의 운행이 뜸하기 때문에 아리 리보비치는 발걸음을 재촉했다. 그는 이미 오늘 장례를 치른 고인을 잊었다. 이번에는 작가 연합 비서 중 한 명의 생명이 위태로웠다. 아리는 이번

주 금요일에 별장에 가기 위해 성대한 장례식을 미리 준비해두었다. 그는 젊은 아내가 있는 집으로 돌아가기 위해 서둘렀다. 10년 전, 아내와 사별한 지 얼마 되지 않았을 때 그는 장례식장에서 클라라라는 무척 상냥한 여자를 만났고, 사랑에 빠져서 결혼했으며 엠마라는 딸도 얻었다. 삶이 새로워지고 너무나도 행복해져서 자신도 언젠가는 죽으리라는 것은 생각조차 할 수 없었다. 그에게 죽음은 가깝고도 먼 것이었고, 그는 죽음에 대해 두려움보다는 의무감을 갖고 있었다. 지금껏 망자들을 위해 열심히 일해왔으니 이만하면 특별한 혜택을 기대해도 좋지 않을까?

'어쩌면 할아버지처럼 95세까지 장수할지도 모르지. 그러지 말라는 법도 없지 않은가? 첫 번째 결혼으로 얻은 큰딸 베라는 벌써 애들이 다 커서, 증손자를 볼 날도 머지않았다. 만약 95세까지 살 수 있다면 엠마의 손자도 볼 수 있을 것이다. 충분히 가능한 일이다. 아직은 건강하고 일의 보수도 좋고 존경까지 받고 있다. 게다가 자기만족도 얻을 수 있는 흥미로운 일이 아니던가. 그리고 이 뻔뻔한 비서란 놈이 오늘도 아니고 내일도 아니고 월요일도 아니고 화요일까지만 죽지 않고 살아 있으면 서두르지 않고 준비해서 장례식을 치를 수 있을 것이다. 그리고 오크 홀에서 열리는 장례식장에는 1백 명분의 음식을 준비하면 될 것이다.'

아서왕의 결혼식

어렸을 때부터 올가는 사람들이 무슨 말을 할지 미리 추측이 가능했기 때문에 마음이 편안했다. 그녀는 여자 친구, 학교 선생님, 그리고 엄마가 무슨 말을 할지 미리 알고 있었다. 특히 엄마의 경우가 그랬다. 어렸을 때부터 안토니나 나우모브나는 딸을 올곧은 사람으로, 사회를 위해 자신을 희생하는 사람으로 키웠다. 딸은 태어날 때부터 사회 정의가 몸에 밴 것 같았다. 아이들 중 누군가가 버터를 바르고 설탕을 뿌린 빵을 집에서 가지고 나오면 늘 올가가 혼자서 책임지고 아이들 수대로 빵을 분배했다. 만약 분배가 정확하게 되지 않은 경우 여기서 조금 떼고 저기에 조금 보태 양을 똑같이 맞출 줄 아는 사람도 그 아파트를 통틀어 올가밖에는 없었다. 올가는 전쟁이 끝날 무렵 태어났기 때문에 빵 배급이라든지 수용소의 배식이 뭔지 전혀 몰랐다. 하지만 그런 감각은 그녀의 척수를 타고 흐르는 것 같았다.

안토니나 나우모브나는 늦은 나이에 낳은 딸을 보며 무척 흐뭇해했다. 올가는 부모로부터 장점만 물려받았는데, 어머니에게는 원칙주의와 강직함을, 아버지에게는 선한 마음과 밝은 피부색과 예쁜 외모를 물려받았다. 어머니의 검은 머리나 큰 코 같은 그리스 혈통의 특징은 전혀 드러나지 않았다. 아파나시 미하일로비치가 젊었을 때 보이던 우유부단함도 닮지 않았다.

올가가 어렸을 때 안토니나 나우모브나는 젊은이들을 위한 잡지사 편집장이었고, 자신의 교육학적 지식을 사생활, 즉 딸 양육에서 구현했으며, 딸을 양육하면서 얻게 된 경험을 잡지 기사에 녹여냈다. 이를테면 아이들이 모래에 물을 섞어서 엉성한 성을 만드는 모습을 관찰하면서 하나의 예술적 비유를 구상해냈는데, 모래는 잘게 부서지는 개개인이고, 물은 반죽을 만들 때 사용하는 이념이며, 이 건축자재를 이용해서 위대한 건물이 만들어진다는 것이었다. 그녀는 잡지 기사와 보고서에 이러한 비유를 활용했다. 그녀의 발표는 언제나 독특하고 뛰어났으며, 특히 당원들 앞에서 발표할 때면 더욱더 그랬다. 그녀는 대학의 인문학부에서 철학·문학·예술을 공부했는데, 당시 당원들 사이에서는 흔치 않은 경우에 속했다. 하지만 작가들은 다들 뜻밖의 말이나 표현을 얼마든지 쓸 줄 알았기 때문에 그것에 놀라지 않았고, 그래서 그녀는 작가들과 있을 때에는 다른 패를 활용했다. 그래도 당원들 사이에서 그녀는 언어의 마술사로 통했고, 다들 그녀를 존경했다.

하지만 안토니나 나우모브나가 자신의 딸만큼 사람들 틈에서 편안한 것은 아니었다. 사람들 사이에서 불편한 마음이 들 때면 안토니나 나우모브나는 한 손을 가슴에 대고 "부러워하라지!"라고 되뇌곤 했다. 그녀의 지위와 권력, 당의 고위직 간부들에게 받는 존경을 부러워하는 못난 사람들이 아직 존재했기 때문이다.

반면 어린 올가는 늘 또래와 함께 있는 것이 좋았다. 안토니나 나우모브나는 아이들 사회가 어른들로 이루어진 단체보다 건강해서 그런 것이라고 생각했지만, 이것은 큰 오산이었다. 실은 올가가 태어날 때부터 리더 기질이 있어서 스스로도 인지하지 못한 채 재능을 발휘하고 있었기 때문에 가능한 것이었다. 올가가 애써 노력하지 않아도 여자아이든 사내아이든 아이들은 그녀를 따라 세상 끝까지라도 따라갈 준비가 돼 있었다. 예쁘고 쾌활한 데다 착한 성품 덕분에 여자 친구들은 항상 그녀를 따라다녔다. 5월의 노동절이면 절정에 다다르는 공동체 의식과 단결심처럼 그녀는 아이들을 이끌면서 또래들의 무리 속에 자연스럽게 흘러 들어가는 느낌이 좋았다.

한번은 어머니가 딸을 데리고 레닌 묘 위에 있는 단상에 올라갔고, 올가는 올라간 순간부터 내려오기 전까지 위에서 내려다본 광경을 하나도 놓치지 않고 빨아들인 다음, 시간이 좀 흐른 뒤에 그때 일에 대하여 다음과 같이 말했다.

"정말 멋졌어요! 하지만 엄마가 다른 사람들과 다 함께 걸을 때가 훨씬 멋졌어요!"

오, 얼마나 멋진 공동체 의식과 단결심이란 말인가! 모래알 한 알 한 알은 평등하며, 서로 대체가 가능하고, 그것들은 가는 길에 만나는 모든 것을 쓸어버리면서 하나의 거대한 강으로 합류한다. 그리고 이 거대한 강을 이루는 작은 입자가 되는 것은 행복하다. 사랑하는 마야콥스키! 사랑하는 블라디미르 블라디미로비치 마야콥스키!

하지만 일리야의 등장과 함께 올가는 새로운 사실에 눈을 떴다. 그가 올가에게 이야기해주는 사실은 올가가 알고 있는 사실과 많이 달랐다. 마야콥스키의 초기작들은 일리야의 컬렉션 중에서 가장 가치 있는 소장품 중 하나였는데, 누렇게 바랜 데다 낡아서 쉬 부서져버릴 것 같은 열정적인 마야콥스키가 신문지에 싸여 있었다. 학교 교과서에 실리지 않은 내용을 일리야는 얼마나 많이 이야기해주었던가! 마야콥스키는 혁명을 선동했으며, 결벽증과 천진한 자기애를 갖고 있었고, 비밀경찰과 연루된 여자*를 평생 사랑했는데, 그는 올가와 올가 또래의 수백만 명이 생각한 것보다 훨씬 복잡하고 흥미로운 인물이었다. 물론 올가에게 가장 중요한 사람은 일리야였는데, 그의 옆에 있으면 모든 것이 달라졌고 사물이나 현상의 새로운 가치가 드러났으며 날씨조차 달라졌다. 사진은 또 얼마나 잘 찍었는지! 예를 들어 비 내리는 풍경을 찍는다면…… 창밖에 있는 나무들과 유리창 표면에 휘어지며 흘러내리는 빗방울과 구슬 같은 물방울이 맺힌 가죽 옷깃을 얼마나 잘 포착했던가……. 그뿐 아니라 물웅덩이 한가운데 떠 있는 신문 속의 '공산주의'라는 단어가 물 안으로 가라앉는 모습을 생생히 표현한 사진도 있었다.

과거에 올가는 세상에 얼마나 흥미롭고 다양한 사람들이 사는지, 얼마나 다양한 철학과 종교가 존재하는지 전혀 알지 못했다. 평생을 통틀어 올가는 특별한 것을 넘어서서 천재적이라고 할 수 있는 사람을 만났는데, 그는 대학교수이자 그녀의 논문 지도교수였고, 금서를 써서 해외에서 책을 출간한 작가요, 그녀가 학교에서 제적당하도록 한 장본인이기도 했다. 일리야 주위에 있는 사람들은 모두 특별한 사람들뿐이었다. 물론 모두가 작가

* 마야콥스키의 연인이던 릴랴 브리크는 러시아 내무인민위원회의 요원이었다.

는 아니었다. 하지만 한 명 한 명이 뛰어난 사람인 데다 이상한 관심사를 갖고 있었고, 정상적인 삶에서는 상상하기도 힘들고 전혀 불필요한 분야에서 뛰어난 지식을 갖고 있었다. 이를테면 킴벌라이트 광맥의 다이아몬드를 몇 개 갖고 있는 할머니, 다리를 절며 금지된 형태의 연극 전문가, 교외에 살면서 쓰레기장과 담장을 그리는 화가, 미확인 비행 물체를 연구하는 학자, 별자리를 연구하는 사람, 티베트어 통번역사까지 정말이지 다양했다. 다이아몬드를 갖고 있는 할머니를 제외하면 나머지는 모두 경비원, 승강기 운전원, 짐 싣는 사람, 가상의 연구 보조원으로 일했다. 혹은 일하는 아내나 어머니한테 빌붙어 사는 사람들, 끊임없이 무언가를 하는 백수들, 건달들이었다. 그들은 하나같이 사회에 적응하지 못하고 위험해 보이지만 매혹적인 사람들이었다. 그들이 국가를 위해 일하는 것을 거부하는 것인지 국가가 그들과 엮이기 싫어하는 것인지 알 수 없었다…….

이들 중 일리야가 올가에게 제일 먼저 인사시켜준 사람은 '아서왕'이라는 별명을 가진 아르투르 코롤료프*라는 은퇴한 선원이었다. 그는 타라숍카**에서 한쪽으로 기울어진 집에 살았는

* '아르투르'는 '아서'의 러시아식 이름이며, '코롤료프'는 '왕'을 뜻하는 '코롤'을 연상시킨다.

** 모스크바주에 있는 마을.

데, 집 안에는 벽난로가 있고 마당에 난 쪽문 옆에는 우물이 있고 집에서 멀리 떨어진 곳에 나무판자로 만든 재래식 화장실이 있었다. 쪽문은 녹슨 자물쇠로 잠겨 있었고, 일리야는 굳게 닫힌 철판을 상당히 오랫동안 두드렸다. 이윽고 현관 계단에 검은색 장교복 상의를 입은 덩치 크고 머리가 벗겨진 사람이 모습을 드러냈다. 남자는 해군답게 경쾌하게 걸어서 다가와서는 손가락 하나로 쪽문을 밀었고, 그러자 문은 쉽게 열렸다. 그는 일리야에게 삽날만 한 손을 내밀었는데, 손가락 하나하나는 굵은 당근 같았고 마치 방금 전까지 빨래를 하던 사람처럼 발그스름했다. 올가는 이렇게 특이한 사람은 태어나서 한 번도 본 적이 없었다. 자세히 보니 얼굴에 눈썹이 없었다. 피부는 붉은 기가 돌고 얼굴은 농부처럼 그을린 데다, 심지어 머리가 벗겨져 드러난 부위도 햇볕에 타 있었다. 굵고 낮은 목소리는 파이프에서 나오는 것 같았는데, 웃을 때는 마치 다른 사람의 목을 빌린 듯 가느다란 소리를 내면서 웃었다. 올가를 보는 둥 마는 둥 그녀에게는 전혀 관심도 없는 것 같았는데, 남자는 자기 이름조차 말하지 않았다.

'얼마나 무례한 사내인가! 이런 사람이 해군 장교였다니!' 뜻밖에 무례한 그의 태도에 적이 놀란 올가는 이렇게 생각했다.

집주인이 앞장섰고 그들은 그를 따라 집으로 들어갔다. 그는 눈 녹은 땅 위를 고무 플립플롭을 신고 걷고 있었다. 특이했다……. 집에는 먼지뿐 아니라 쓰레기도 많은 것 같았다. 눈지 방에 들어서자 벽난로에서 장작 타는 소리, 벽 속에서 쥐들이 기어다니는 소리가 들렸고, 사방에 산처럼 쌓여서 끈으로 묶여 있거나 덩어리진 헌책들 때문에 온통 사각거리는 소리가 들렸다. 책은 바닥과 책상 위 그리고 방 안에 놓인 작업대에도 널려 있었다.

일리야는 등에 메고 있던 커다란 배낭을 내려놓고 거기서 보드카 한 병을 꺼냈다. 집주인은 손잡이 부분을 천 조각으로 고정한 안락의자에 앉아서 병을 보면서 눈을 흘겼다. 그런 그의 시선을 눈치챈 일리야가 말했다.

"왕, 안 마셔도 돼요. 마시려고 가져온 건 아니니까."

그러자 왕은 이해할 수 없다는 투로 말했다.

"마시지도 않을 거면 보드카로 뭘 하려고? 이봐요, 예쁜이, 저기 현관 옆에 있는 창고에 가면 포크도 있고 접시도 있으니까 상이나 차려보구려……. 필요한 건 다 있을 거요. 솔직히 나는 집안일 하는 걸 안 좋아하거든."

올가는 화가 나서 숨이 멎어버릴 것 같았다.

'어쩜 저렇게 뻔뻔하지! 뻔뻔해도 분수가 있지! 예쁜이라니! 만약 자기, 라고 했으면 가만있지 않았을 거야!'

잔뜩 화가 난 얼굴로 일리야를 쳐다보니 그는 웃지도 않고 가벼운 윙크를 보내지도 않았다.

믿었던 일리야로부터도 도움을 받지 못한 올가는 보조개가 패는 특유의 매력적인 미소를 짓고는 왕의 얼굴을 똑바로 쳐다보며 거침없이 말했다.

"솔직히 저도 싫어해요. 게다가 여긴 남의 집이기도 하고요."

"알았어요. 충분히 이해해요."

주인은 고개를 끄덕이고는 창고로 나갔다.

"잘했어, 올가! 똑똑한걸!"

일리야가 귓속말로 그녀를 칭찬하자 올가는 옳은 행동을 했다는 생각에 자신이 자랑스러웠고 행복감마저 들었다.

잠시 뒤 아서왕은 검은색 냄비에 깊은 접시 세 개를 얹고, 그 위로 커다란 절인 오이 한 개와 큼지막하게 썬 빵 몇 조각과 술잔 세 개를 피라미드처럼 쌓아서 가져왔다. 포크는 군복 상의 주머니에서 삐져나와 있었다. 작은 물건들은 자석이 달린 것처럼 그의 손에 붙어 있었고 그는 운동선수인 듯 무용수인 듯 정확하게 움직였다. 떨어지는 것은 하나도 없었고, 모든 것이 정확하게 균형을 잡고 서 있었다. 그는 주머니를 뒤져서 주머니 깊숙이 들어가 있던 양파 하나와 커다란 접이식 칼 하나를 꺼냈다. 양파 뿌리를 잘라낸 뒤 껍질을 벗기지 않고 4등분해서 자르자 나무로 된 도마 한가운데에서 하얀 수련 꽃잎처럼 펼쳐졌다. 그는 한 사람 앞에 접시를 하나씩 두었고, 냄비에는 껍질째 넣고 삶은 감자가 들어 있었는데, 아직 따끈따끈했다. 그는 보지도 않고 긴 팔을 뒤로 뻗어서 백조 모양의 작은 은색 소금통을 집어서 식탁 위에 놓았다. 동작 하나하나가 아주 정확했다. 올가의 마음속에 행복이 효모처럼 차올라, 기포 가득한 반죽처럼 점점 위로 부풀어 오르는 기분이었다.

"이제, 따봐."

아르투르가 일리야에게 상냥한 투로 말했고, 그러자 일리야는 초록빛 병의 양철 뚜껑을 땄다.

올가는 문득 깨달았다.

'보드카를 초록색 와인이라고 부르는 이유가 이거였군. 병 색깔이 초록색이었어!'

올가는 한 손으로 자기 술잔을 살짝 가리고는 말했다.

"아니, 전 괜찮아요. 보드카 안 마실래요."

"코냑은?"

집주인이 물었다.

"아니요, 괜찮아요. 대낮부터 마시고 싶지는 않아요."

그는 고개를 끄덕였다. 그러고는 오이를 얇게 썰고, 냄비 안에 있던 감자 하나를 꺼내서 껍질을 까고 썰었다. 감자와 오이를 안주 삼아 그와 일리야는 함께 술을 마셨다. 그는 양손을 이용해서 안주를 먹었고, 손가락 세 개로 소금을 집어서 감자에 뿌렸지만 신기하게도 그 동작은 아름다웠고 심지어 우아했다.

"리사는 어떻게 됐어?"

일리야가 물었다. 올가는 오는 길에 일리야로부터 아서왕에게 예쁜 아내가 있었는데, 얼마 전에 그를 떠났다는 이야기를 들어서 알고 있었다.

"제가 뛰어봐야 벼룩이지. 며칠 전에도 왔다 갔어."

"다시 받아달라고 매달리던가?"

일리야가 물었다.

"아니, 안 돌아올 모양이야. 그런데 떠날 결심은 서지 않나 봐. 서류상으로도 이혼했고 재혼하려고 하는데 떠날 용기가 안 나는 모양이야. 두고 보면 알겠지. 우리가 함께 산 세월이 15년이잖아. 이제 해외로 나가고 싶은가 보더라고. 핀란드 남자 하나를 만났다나."

"뭐라고? 이라크 출신 사내가 있지 않았나?"

일리야가 놀라면서 말했다.

"그랬지. 부자였어. 그 남자하고는 끝냈어. 자기 같은 유럽 여자는 중동에서 살 수 없다나? 그 핀란드 남자는 라플란드 사람이라나 봐. 리사가 극동 지방 출신이라 추위는 안 무서워하거든. 사실 이탈리아에 가고 싶어 했는데, 이탈리아 남자는 못 만났나

보더라고."

올가는 그들의 대화를 들으면서 깜짝 놀라서 눈을 동그랗게 떴다.

'아니, 어떻게 된 여자가 신랑감을 외국인 중에서만 고르지? 망측해라! 나중에 일리야한테 자세히 물어봐야겠어.'

그런 다음 그들은 함께 차를 마셨는데, 아르투르는 거창한 연극이라도 하는 듯 천천히 차를 우려냈다. 찻주전자는 금속 재질에 에나멜을 칠한 것이었고 입에서 파란 불길을 내뿜는 용이 몇 마리 그려져 있었다.

"중국산이지. 싱가포르에서 샀어. 참 예쁜 녀석이야!"

아서왕은 찻주전자의 볼록 튀어나온 옆면을 쓰다듬으면서 다정히 말했다. 사내가 아가씨를 쳐다보듯 눈에서는 꿀이 떨어졌다.

하긴 아르투르가 상선을 타고 다니면서 온갖 대양을 전부 항해했다는 이야기를 일리야로부터 전해 들은 터였다. 이제 올가는 이 특이한 사내가 눈에 익기 시작했고, 시간이 가면 갈수록 점점 더 마음에 들었다. 좀 더 가까이 다가가서 그를 살펴보니 털 없이 매끈한 피부가 묘했는데, 마치 머리에 머리털 한 번 난 적 없고, 아이같이 보송한 얼굴에도 수염 한 번 난 적 없는 것 같았다. 하지만 털 없이 반드러운 몸이 퍽 자연스러워 보였다.

이제 아서왕은 접시를 가져올 때와 마찬가지로 냄비 위에 접시를 얹어서 가져갔고, 이어서 식탁을 닦았다. 그러자 일리야가 식탁 위에 타자기로 친 얇디얇은 종이 한 뭉치를 꺼내놨다. 그리고 오래돼서 너덜너덜해진 책 몇 권도 꺼내놨다. 종이를 넘기자 사각거리는 소리가 들리기 시작했다.

"딱 맞는 재료가 없어. 캘리코*를 쓸 수밖에 없겠어."

아르투르가 말했다.

"꽃무늬만 아니면 돼."

일리야가 부탁했다.

"파란색 표지로 해줄게."

아서왕이 고개를 끄덕이면서 말했다.

그러더니 전보다 더 의미심장한 표정을 짓고는 옆방에서 어두운색 가죽 표지에 둘러싸인 낡은 책 한 권을 아이 다루듯 조심스럽게 가져와서는 일리야에게 보여줬다.

"믿을 수 없을걸! 무려 18세기 거야. 1799년판이라고! 《양조기술과 증류주 제조에 관한 모든 것》이라는 책이야!"

"대단해!"

일리야는 숨을 내쉬고 큰 소리로 웃으면서 말했다.

* 올이 촘촘한 무명베에 무늬를 찍은 직물.

"그래서 가양주*는 어떻게 만드는 건데?"

"그게 중요한 게 아니야. 속표지를 봐! 보고 쓰러지지나 마!"

아서왕은 겉표지를 펼쳤다.

일리야는 휘파람을 불고는 환호하면서 말했다.

"설마! 폐지로 만든 책이네?"

"그래. 책 주인인 베르댜예프**가 직접 적은 글씨도 있어. 그래도 확인은 해야지."

"전문가가 필요하군. 사샤 고렐리크에게 보여줘야겠어."

일리야가 조언했다.

"아니, 집 밖으로 갖고 나가지는 않을 거야. 자네가 사샤를 여기로 데려와줘. 그럼 내가 그 친구에게 술을 대접하지."

아르투르가 제안했다.

"술은 그 친구도 가져올 수 있어. 어쩌면 책을 살지도 모르지."

"책은 절대로 팔지 않을 거야!"

올가는 일리야의 어깨 너머로 목을 길게 빼고 책의 속표지를 보았는데, 거기에는 밝은 보라색으로 '니콜라이 베르댜예프'라고 적혀 있었다.

* 집에서 빚은 술.

** 니콜라이 베르댜예프(1874~1948). 소련의 철학자.

이름이 뭔가 낯익었고, 올가는 일리야가 같이 어울리는 패거리들 사이에서 누군가 이 이름을 말한 것 같다는 생각이 들었다. 하지만 묻지는 않았는데, 수준 떨어지는 사람처럼 보이고 싶지 않았기 때문이다. 실제로 대학 교육을 전혀 받지 않은 일리야가 대학교를 졸업할 뻔한 그녀보다 역사와 문학을 훨씬 많이 안다는 것은 명백한 사실이었다. 은퇴한 해군 또한 집을 가득 채우고 있는 책을 보건대 지식인 같았는데, 곧장 그는 소파 밑에서 영국 작가 찰스 디킨스가 쓴 손바닥만 한 책을 꺼내서 이러한 사실을 확인시켜주었다.

"일리야, 여기 이 작가 말이야, 얼마나 멋진가? 어렸을 때 이런 작가의 작품을 읽었어야 했는데 말이야!"

그는 손을 한 번 내젓더니 웃으면서 말했다.

"실은 나 어렸을 때 책을 안 읽었어. 이줌*** 도시를 통틀어서 영어 책이 한 권도 없었던 것 같아. 카자크인들이 살던 지역이거든. 우리가 살던 지역은 걷기도 전에 사내아이들을 말에 태우는 곳이었어. 글을 배우기 전에 칼춤 추는 법부터 배우는 곳이었지."

올가는 그 어떤 질문도 하지 않기로 굳게 다짐했지만, 참지 못하고 질문했다.

*** 우크라이나의 하리코프주에 있는 도시.

"그럼 칼춤도 출 줄 아세요?"

"아가야, 나는 어렸을 때부터 자유분방한 카자크인들이 싫어서 열세 살에 집을 나와서 나히모프 해군학교에 입학했어. 로맨티시스트였지. 백치였다고. 군대가 뭔지도 모르고 들어간 거니까."

물론 '아가야'라는 표현은 기분 나빴지만, 아르투르의 말투는 상당히 부드러웠다. 게다가 그는 시선을 피하지 않고 그녀의 눈을 똑바로 보고 말했다.

잠시 뒤 올가와 일리야는 떠날 채비를 했다. 일리야는 텅 빈 배낭에 신문지에 싸서 끈으로 묶은 책 꾸러미를 넣었고 아서왕에게는 얄팍한 돈다발을 건넸다. 그런 다음 두 사람은 역을 향해 발걸음을 재촉했는데, 9시가 넘은 시각이었고, 그 시간에는 열차가 잘 안 다녔기 때문이다. 집에 가는 길에 올가는 일리야에게 이것저것 캐물었고 그는 간략하게 대답했다.

"그래, 그는 실제로 해군 장교였고 폭발 사건을 겪었어. 정신병을 빌미로 함대에서 나왔고, 이제는 은퇴해서 연금을 받고 있고 폐지 수거 업체에서 조수로 일하고 있지. 처음에는 책 수집을 잘 이해하지 못했지만, 시간이 지나면서 이것저것 알게 되었어. 감각을 익혀갔지. 하긴, 사람들이 자발적으로 책을 자루 단위로 들고 오면 알고 싶지 않아도 알게 되지. 그는 오래된 신문과 그림이 잔뜩 그려진 교과서 더미 속에서 카람진*이 살아 있을 때 출간된 책이나 흘레브니코프의 책 같은 별의별 책을 다 손에 넣었지. 슈타이너**의 책은 그가 찾아냈지. 그 책은 세기 초에 출간된 책이기 때문에 헌책방에서도 구하기 힘들었어. 처음 듣는 이름이라고? 그 사람들은 내 관심 밖이지만, 누군지는 알아둬야 해. 최근에 아르투르는 요가에 빠졌어. 폐지 사이에서 비베카난다***의 책을 찾아냈거든. 요가 수련도 하고 명상도 해."

"나도…… 비베카난다 책 읽고 싶어."

어렸을 때 어서 피오네르가 되고 콤소몰에 들어가서 선두에 서고 싶었을 때처럼 올가는 온갖 종류의 다양한 책, 다양한 사람들과의 대화, 음악, 연극과 영화, 베르댜예프, 인도의 비베카난다의 책을 읽고 싶었고, 디킨스의 책을 당장 영어로 읽고 싶었으며, 본 적은 없지만 들어본 적은 있는 사람들과 일리야와 아서왕이 속한 알 수 없는 무리에 자기도 끼고 싶었다. 그들은 그녀의 논문 지도교수를 재판할 때 법원 마당에 서 있던 사람들이었고, 그들과 함께 있는 것이 철학부 콤소몰 회의에 있는 것보다 훨씬 재미있었다.

* 니콜라이 카람진(1766~1826). 러시아의 소설가, 시인, 역사가, 비평가.
** 루돌프 슈타이너(1861~1925). 오스트리아 철학자이자 인지학의 창시자.
*** 비베카난다(1863~1902). 근대 인도의 종교가.

일리야는 올가에게 비베카난다와 베르댜예프의 책은 물론 그녀에게 엄청난 충격을 준 조지 오웰의 책을 갖다주었다. 올가는 대학교에서 제명되었기 때문에 시간은 아주 많았다. 파이나가 코스탸를 먹이고 산책시키고 낮잠을 재우는 동안 올가는 방에서 빈둥거렸고, 어머니가 퇴근하고 집에 오는 저녁 무렵에 데이트를 하러 나갔다. 그들이 좋아하는 데이트 장소가 몇 군데 있었는데, 이를테면 인쇄술을 창시한 이반 표도로프의 동상 근처나 키타이고로드의 벽 근처나 헌책방이나 푸시킨 광장에 있는 오래된 약국에서 만나곤 했다. 여름부터는 표트르 1세 때에 설립된 작은 식물원인 '압테카르스키 오고로드'에서 만나기 시작했다.

반년이 지나서 일리야는 올가를 다시 한번 타라솝카에 초대했고, 이번에는 결혼식이 기다리고 있었다. 올가는 놀랐다. 도대체 누가 그런 기인에게 시집을 간단 말인가?

그러자 일리야가 오히려 이해할 수 없다는 투로 말했다.

"올가, 당신이 몰라서 하는 소리야. 그가 리사한테 장가가기 전만 하더라도 그에게 시집가려는 여자들이 줄을 섰었어. 다들 그의 빨래를 해주고 싶어서 안달이었지. 모스크바에서 블라디보스토크까지 한 달에 두 번씩 유명 배우가 그와 섹스를 하려고 비행기를 타고 왔다 갔어. 그런데 그는 그런 그녀를 보고 미안하지만 휴가증이 없다고 했지. 그러고는 식당에서 일하는 여자랑했어. 리사가 나타난 뒤론 완전히 정리됐지. 그는 그녀에게 지조 있는 남편이었어. 다른 여자들한테 한눈팔지도 않고. 그러자 리사가 바람을 피우기 시작했어."

이렇게 말하고 일리야는 웃었다.

올가는 그녀 자신이 전에 입 밖에 내는 것도 주저했던 그런 일들에 대해서 일리야가 너무나도 쉽고 편안하게 말할 때마다 감탄했다. 올가는 '젠장' 같은 단어도 목에 걸려 나오지 않았는데 일리야는 듣기 민망한 욕도 자연스럽고 우스꽝스럽게 내뱉곤 했다…….

"그래서 이번에는 누구랑 결혼하는데?"

올가가 궁금하다는 투로 물었다.

"예상대로 흥미로워. 리사의 언니와 결혼해. 이건 리사의 음모야. 보면 알 거야."

아서왕의 결혼식은 6월 중순에 있었다. 아직 초여름이어서 날씨는 상쾌한 데다 5월 한 달간 내리 비가 내리고 나서 처음으로 맑은 날이었다. 전날 일리야의 어머니 마리야 표도로브나는 자매가 있는 키르자치*로 떠났다. 그래서 올가는 저녁부터 일리야의 집에 와 있었는데, 그날 두 사람은 처음으로 일리야가 이때

* 러시아 블라디미르주에 있는 도시.

금 올가를 데려가곤 했던 남의 집 침대에서 느끼던 불편한 마음 없이 서두르지 않고 편안하게 그들만의 밤을 즐겼다. 아침에 둘은 고요하고 공허하고 기진맥진한 기분에 빠져 있었다. 이 황홀한 공허감은 그들의 몸과 마음에 무중력 상태에 가까운 감정을 불러일으켰다. 두 사람 모두 여태 없었던 놀라운 일을 경험했는데, 불가능과 가능의 경계선에 존재하는 육체의 자기표현과 황홀한 섹스를 통해 그들은 일반적으로 통용되는 경계선을 가로질렀고, 이는 마치 예상치 못한 곳에서 계시가 발견된 것과도 같았다. 최고의 섹스 후 두 사람에게는 스스로가 분해될 것 같은 어지러운 행복감과 몸이 공기처럼 가벼워져서 비행을 하는 듯한 묘한 감정이 펼쳐졌다.

"너무 좋아서 무서울 정도야."

기차 안에서 올가가 일리야에게 속삭였다.

"아니, 무서울 것 없어. 황홀한 순간을 맛보았을 뿐인걸. 감사의 표시로 뭔가를 해야 할 것 같은 느낌이랄까."

"어떤 행동? 어떤 행동으로 감사를 표하지?"

올가가 놀라서 물었다.

"글쎄, 잘 모르겠어. 이를테면 결혼 같은 것? 그렇게 되면 당신을 떳떳하게 소유할 수 있겠지."

이렇게 말하고 그는 신들린 사람처럼 호탕하게 웃기 시작했다.

올가는 마치 민망한 단어에 몸이 데기라도 한 듯한 기분이 들었지만, 그녀의 몸은 무슨 연유에서인지 즉각적인 동의로 응답했다. '나 완전 돌았나 봐, 이러면 안 되지.' 그렇게 생각하며 광대뼈를 붉히던 그녀가 수줍은 듯 말했다.

"아니, 나는 아이를 낳아야 한다고 생각해."

그러자 일리야의 얼굴에서 웃음기가 사라졌다. 자식과 관련해서 끔찍한 경험을 갖고 있던 그는 두 번 다시 그 일을 반복하고 싶지 않았다.

"아니, 그건 안 돼. 무슨 일이 있어도 그것만은 절대 안 돼. 기억해둬."

순간 올가의 마음속에 있던 뭔가가 무너져 내린 것 같았다. 이 무슨 감정의 롤러코스터란 말인가? 대체 무슨 말이지? 그가 이토록 잔인한 사람이었나? 아니면 멍청한 걸까? 어떻게 이런 말을 할 수 있지? 하지만 그는 잔인하지도 멍청하지도 않았다. 왜냐하면 그 말을 하기가 무섭게 상대의 마음을 상하게 했다는 것을 깨달은 그가 그녀의 손을 잡아서 팔꿈치보다 높게 들어 올리고는 세게 쥐었기 때문이다.

"자기는 이해 못 해. 나한테서는 정상적인 아이가 태어날 수 없어. 나 스스로가 불구자니까. 자기는 내 아이를 낳으면 안 돼."

올가는 그의 손을 꼭 맞잡았다. 그러자 속상했던 마음은 순식간에 사라지고 그에게 강한 연민을 느꼈는데, 그 순간 그녀는 과거에 그의 아이가 건강하지 않다고 했던 말이 떠올랐다. 이제야 그녀는 아이가 앓고 있는 병이 어렸을 때 한 번쯤 앓고 나면 지나가는 그런 병이 아니라 불치병이라는 것을 깨달았다. 그들은 말없이 창밖에 시선을 두었다. 창밖에는 오래 내린 비로 싱그러워지고 깨끗해진 초록색 나뭇잎들이 보였고, 말없이 보고만 있어도 기분이 좋아졌다. 그의 고백 후 그들은 더없이 가까워졌다.

식탁들은 한 줄로 길게 이어붙여 집 쪽으로 난 길을 따라 차려졌다. 길을 제외한 공간은 우엉이나 산딸기 덩굴, 쐐기풀이 뒤덮고 있어서 식탁을 놓을 수가 없었다. 40여 명의 하객이 와 있었지만, 아직 올 사람이 더 있었다. 마당 뒤편에는 직접 만든 캠핑용 바비큐 안에서 장작불이 타며 연기가 피어오르고 있었고, 연기에서는 젖은 풀과 재스민 냄새가 났다. 여행객처럼 흥에 겨운 청년 둘이 바비큐 근처에서 부산하게 움직이고 있었다.

다양한 샐러드가 담긴 커다란 볼들이 이미 식탁 한가운데 자리 잡고 있었지만 사람들은 아직 식탁 앞에 앉지 않았다. 손님들은 언제 무너져도 이상하지 않을 정자나 빗물받이 통, 혹은 화장실 뒤에 있는 통나무 위에 앉아서 이미 술을 마시고 있었다. 집에서는 리사가 모두에게 큰 소리로 명령하는 소리가 들려왔다. 아름답고 농염한 리사는 가늘고 흰 다리에 하이힐을 신고 있었으며, 정수리 부분의 머리카락이 분수대처럼 풍성했다. 그녀는 커다란 옅은 색 선글라스를 쓰고 양쪽 끝의 날카로운 송곳니가 보일 만큼 활짝 웃으면서 집에서 나왔다. 흡혈귀인가? 마녀인가?

"판노치카*네!"

올가가 일리야의 귀에 대고 속삭였다.

"저 모습 그대로 바로 영화 찍어도 되겠어. 판노치카 역을 하면 될 것 같아."

"그럴 수도……."

일리야가 건성으로 동의했다.

그 순간 올가는 아서왕을 발견했다. 그는 캠핑용 의자에 눈을 감고 누워 있었다. 커다랗고 매끈한 턱은 하늘로 향해 있었는데, 잠을 자는지 명상을 하는지 알 수 없었다.

"왕! 식탁으로 와요!"

리사가 소리를 지르자 왕이 한쪽 눈을 떴다.

"그렇게 누워 있으면 어떡해요? 당신이 없어서 시작을 못 하고 있잖아요!"

그러자 이미 술에 조금 취한 손님들이 식탁을 향해 가는 통에

* 고골의 단편소설 〈비이〉에 등장하는 마녀.

길가에 심긴 관목이 들썩였고, 그들은 각자 긴 의자에 자리를 잡고 앉았다. 일리야는 기다란 한쪽 다리를 의자에 뻗고 거의 첫 번째로 자리에 앉았다. 올가는 그의 옆에 자리를 잡았다. 그녀가 아는 사람도 몇 명 있었지만, 모르는 사람이 더 많았다.

전부 어찌나 특이하던지! 연령대도 다양해서 젊은이들부터 중년인 사람들, 아주 연로한 노인도 두 명 있었고, 굉장히 특이한 할머니도 한 명 있었다. 모두들 하나같이 소련을 좋아하지 않는 사람들이었다. 좀 더 정확히는 소련 체제에 반대하는 사람들이었다! 다들 철저한 반체제 인사들이었다. 물론 감옥에 들어간 교수도 이 사람들과 친분이 있을 터였다.

"누가 누군지 좀 말해줘."

올가가 귓속말로 말했다.

"누가 그렇게 궁금한 건데?"

"이를테면 저기 빨간 머리 아저씨?"

"아, 그 친구는 바샤 루힌이라는 철학자이고, 신학 전문가야. 걸어다니는 백과사전이지. 아주 재미있는 대화 상대야. 빨리 술에 취하는 단점이 있긴 한데, 술에 취하면 유대인과 프리메이슨이 함께 음모를 꾸미고 있다는 얘기를 하거든……."

철학자이자 신학 전문가인 그는 아직 맨정신이었고, 그래서 견디기 힘들어하는 것 같았다. 그가 어떤 알 수 없는 술을 잔에 따라주자 그의 옆에 앉아서 한 갈래로 단단히 땋은 머리를 수시로 가다듬던 여자는 조용히 거절했다. 한편 칼로 조각해서 만든 것 같은 전형적인 캅카스인의 얼굴에 가짜 콧수염을 붙인 듯하고 허리가 구부정한 사내가 오른팔을 위로 들고 왼손은 한쪽으로 뻗은 후에 느릿느릿 시를 낭독하듯 다음과 같이 말했다.

"아, 문학에는 재능을 가늠하는 잣대가 존재하는데 이 시인은 쉽게 글을 쓰는구나……."

"아, 저 사람은 다미아니*인데, 그는 천재야. 흘레브니코프처럼 말이야. 회문, 이합체시**뿐 아니라 온갖 종류의 새로운 형식을 실험했지. 훌륭한 시도 많이 썼어. 엄청난 천재야. 더 일찍 태어났더라면 좋았을 뻔했어. 20세기 초에 살았더라면 흘레브니코프를 뛰어넘었을 텐데 말이야. 그런데 사샤 쿠만이 안 보이네. 둘은 친한 동시에 앙숙이어서 항상 같이 다니거든. 그도 시인이지만 결이 완전히 달라. 둘이 만나면 꼭 시와 관련해서 소란을 피우지."

일리야는 이제 올가가 질문하기도 전에 먼저 이야기했다.

"저기 저 둘은 인권 옹호자들인데 뚱뚱한 사람은 수학자이고,

* 다미아노 다미아니(1922~2013). 이탈리아의 배우, 영화감독, 시나리오 작가이자 소설가.

** 각 시구의 첫 글자를 조합하면 다른 의미가 나타나는 시.

이름이 알리크야. 이론가지. 논리가 아주 기가 막혀. 내 생각에 그는 정보국에서 엮이기를 두려워하는 유일한 인물인 것 같아. 마음만 먹으면 무엇이든지 증명해낼 수 있기 때문이지. 그는 머리 회전이 자동소총 같아서 아무도 그를 이길 수가 없어. 그의 옆에 카우보이 복장을 하고 있는 사내는 유대인이고 우리는 그를 '나사로'라고 부르는데, 기계번역을 개발해낸 사람이야. 언어학자이면서 사이버네틱스 전문가야. 그 옆에 파란색 원피스를 입은 여자는 이름이 안나 렙스이고, 역시 시인이야. 시인이라는 것 말고는 특별한 것이 없는 여자 같아."

"아서왕은 어디에서 저 사람들을 다 알았대?"

올가가 질문했다.

"다들 책을 통해 알게 된 거야. 왕은 제본을 아주 잘해서 다들 그와 친하고 좋은 관계를 유지하고 있어. 서로 간에는 소통하지 않고 왕을 통해서만 교제하는 무리가 몇 팀 있어. 일종의 서클이지."

일리야는 마지막 문장이 핵심이라는 듯이 강조해서 말했다.

이때 리사가 "슈라! 슈라! 파이는 도대체 어디에 있는 거야?"라고 소리를 지르면서 바람처럼 현관을 향해 뛰어가자 문이 열렸고, 두 치수나 작아서 곧 터질 것 같은 흰색 드레스를 입은 얼굴이 붉고 덩치가 큰 여자가 모습을 드러냈다. 그녀는 양손으로

베이킹용 트레이를 들고 있었는데, 빵틀 밖으로 두툼한 시골식 파이가 튀어나와 있었다. 분홍빛 팔뚝에 조금 전에 생긴 듯한 가로 형태의 빨간 화상 자국이 보였고, 그녀의 등 뒤로 어린 아가씨의 모습이 보였는데, 그녀도 얼굴이 빨갰으며 역시 흰색 드레스를 입고 양손에는 뭔가로 가득 찬 양동이를 들고 있었다. 올가가 목을 길게 빼서 보니 두 양동이 모두에 고깃덩어리가 가득 담겨 있었다. 고기로 샤실리크 꼬치를 굽던 청년들이 뛰어와서 양동이를 낚아채고는 어딘가로 사라졌다.

"올가, 저기 비쩍 마르고 눈동자가 까만 저 사람 말이야. 신코라는 남자인데, 굉장히 유명해. 예전에 저 사람 노래 녹음본을 보제노프의 집에서 들었잖아."

일리야가 지난 일을 상기시켜주었다.

"그럼, 당연히 기억하지. 노래가 전부 다 너무 좋았어."

"기타를 가져왔으니까 노래도 몇 곡 부를 거야."

"슈라, 파이는 여기 두고 청어 좀 가져와. 까먹은 건 아니지?"

리사는 뚱뚱한 여자에게 명령조로 소리쳤다. 리사의 뾰족한 코가 맹수의 코처럼 움직였고, 그때 올가는 '리사'*라는 이름은 엘리자베타라는 이름의 애칭이 아니라 그녀의 뾰족하고 제멋대

* 러시아어로 '리사'는 '엘리자베타'라는 이름의 애칭이면서 '여우'라는 뜻이다.

로 움직이는 코 때문이라는 것을 깨달았다. 뚱뚱한 여자는 엉덩이를 흔들면서 집 쪽으로 뛰어갔다. 리사는 '정말이지 너무 느리고 멍청하단 말이야'라고 생각하면서 겉으로는 관대한 미소를 지으며 고개를 끄덕였다. 흰 원피스를 입은 젊은 여자가 리사에게 다가와서 뭐라고 조용히 말했지만, 리사는 손사래를 치면서 말했다.

"넌 보조라고. 홀로데츠*도 안 갖고 왔잖아!"

그러자 젊은 여자는 즉시 종종걸음으로 집을 향해 뛰어갔다.

아서왕은 드디어 캠핑용 의자에서 일어나서 식탁의 상석에 있는 자신의 안락의자에 자리를 잡고 앉았다. 그리고 온통 흰 옷을 입고 동양인 특유의 표정을 짓고 있는 큰 눈과 도톰한 입술, 커다란 콧구멍을 가진 한 짧은 머리 아가씨가 아르투르 옆에 있는 목제 의자에 앉았다. 그러자 그가 그녀를 끌어안았다.

"신부 스타일이 정말 멋진데."

올가가 일리야에게 귓속말로 말했다.

"아니, 이 사람은 렌카 바빌론이라는 여자고 아르투르랑은 아무 상관 없어. 오세트족 여자이고, 모스크바 국립대학교에서 아시아·아프리카학을 공부했어. 캅카스에 속한 나라의 언어들을

* 돼지기름을 식혀서 젤리처럼 만든 음식으로 속에 고깃덩어리가 들어 있다.

하지. 페르시아어도 해. 왕의 신부는 나도 아직 한 번도 못 봤어."

이때 리사가 스타일이 멋진 그 여자한테 다가와서 그녀가 앉아 있는 의자를 잡아당기면서 말했다.

"렌카, 자리 비워줘."

그러자 렌카는 당황하는 기색 하나 없이 말했다.

"리사, 나한테는 명령조로 말하지 마."

"그건 네가 앉을 자리가 아니라 신부 자리야!"

리사가 잔뜩 화가 난 목소리로 소리 질렀고, 그러자 렌카는 의자를 반대로 놓고는 아르투르의 무릎 위에 앉았다.

그도 싫지 않은 것 같았다.

"슈라, 이제 시작하자고! 식탁으로 와!"

리사가 외치자 즉시 문이 활짝 열리더니 슈라가 손에 행주를 쥔 채 모습을 드러냈다.

"갑니다, 가요!"

슈라는 손을 행주에 닦고 행주로 부채질을 하면서 리사에게 이렇게 속삭였는데 올가는 그 말을 들었다.

"리사, 마샤 좀 앉으라고 말해줘. 너도 알다시피 말 안 하면 안 앉을 애잖아."

마샤는 손가락을 쫙 펴고 양손 가득 청어가 담긴 접시를 두 개씩 나르고 있었다.

목제 의자에 다가간 슈라라는 여자는 다시 의자를 식탁 쪽으로 향하도록 돌려놓은 다음 의자 등받이에 행주를 걸고는 지친 듯 앉았다. 그녀가 바로 신부였던 것이다. 그리고 그때 렌카 바빌론은 아르투르의 무릎에서 감쪽같이 사라졌다. 이른 아침에 슈라는 미용실에 다녀왔는데, 머리카락을 양털처럼 심하게 꼬불거리게 만들어놔서 노발대발한 리사가 한참 동안 소리를 지르며, 드라이하고 스프레이를 뿌린 머리를 다시 감으라고 하는 바람에 슈라의 머리는 가망 없이 엉망이 되었다. 슈라는 동생이 쓰는 외제 샴푸 한 통을 다 써서 이제 그녀의 머리카락은 어느 때보다 깨끗했지만, 사방으로 뻗치는 바람에 어떤 헤어핀으로도 모을 수 없게 되었다. 슈라는 1분에 한 번씩 파마를 하지 않은 붉은 기가 도는 머리카락을 손질했고, 그때마다 땀에 젖어 얼룩진 흰색 드레스 너머로 겨드랑이가 드러났다. 슈라의 얼굴은 마치 조금 전에 사우나에서 나온 사람처럼 벌겋게 달아올라 있었다. 방금 전까지 부엌 가스레인지 앞에서 일했기 때문이라는 것은 누가 봐도 알 수 있었다.

그리고 또다시 리사의 쩌렁쩌렁한 목소리가 들렸다.

"어서 따르세요! 술 안 따르고 뭐 해요? 아르투르, 왜 그렇게 앉아 있어? 신랑, 어서 일어나! 누가 건배사를 할 건가요? 세르게이 보리소비치, 당신이 오늘 주인공이에요!"

키가 크지 않고 날씬하며 쉰 살 정도로 돼 보이는 안경 낀 남자가 불만스러운 표정으로 작심한 듯 사람들을 향해 손사래를 치면서 말했다.

"리사, 모두를 이렇게 우스꽝스러운 결혼식에 끌어들인 건 당신이니 당신이 책임지라고!"

"누구야? 방금 말한 사람은 누구야?"

올가가 몸서리치면서 말했다.

"체르노파토프란 사람이야. 하는 일이 많아. 자기 주관이 뚜렷한 사람이지. 그는 열네 살 때부터 수용소 생활을 했는데, 그러니까 아직 학교에 다닐 때 들어갔다나 봐. 이 사람 얘기는 나중에 자세히 해줄게."

리사가 마지못해 손을 내저으며 말했다.

"알았다고요! 사실 이 결혼식은 내 결혼식이나 다름없어요! 내 남편이 우리 언니랑 결혼하는 거니까요."

그리고 그녀는 언니에게 한쪽으로 비키라는 식의 손짓을 했다. 슈라는 일어났고, 리사는 언니가 비워준 의자 위에 올라섰다. 흰색의 실크 블라우스 안에 입은 검은색 레이스 브래지어가 드러나는 데다 핫팬츠가 블라우스 아래로 살짝 보였다. 그녀는 의자 위에서 휘청거렸는데, 그 이유는 의자 다리가 고르지 않고 무른 땅에 있는 데다 높은 구두 굽이 위태로웠기 때문이다. 정돈

안 된 머리카락 몇 가닥이 산들바람에 흩날렸다. 아르투르는 리사를 잡을 준비를 하고는 상황을 예의 주시 했다. 다른 쪽에서는 이렇듯 위태롭게 서 있는 동생이 신경 쓰인 슈라가 언제든 안을 준비를 하면서 양손을 펴고 제자리걸음을 했다. 사실 슈라는 이 상황이 얼마나 위태한지 아직 가늠하지 못했다. 리사가 만취 상태라는 것이 밝혀지기 전까지는 말이다.

"이봐, 도대체 어디에 있는 거야? 샴페인 가져오라니까!"

누군가가 친절하게도 그녀 손에 잔을 들려줬고, 그러자 그녀는 잔을 위로 들어 올리고는 쉿소리로 소리쳤다.

"키스해!"

그러자 아르투르가 그녀를 낚아챘고, 그녀는 그의 목을 잡고 그의 대머리, 볼, 코, 입술까지 차례로 입을 맞추며, 침착한 아서왕의 표정을 마주 대할 때까지 키스를 퍼부었다.

"사랑하는 남편을 장가보낸다고요! 사랑하는 언니한테 말이에요! 마샤! 내 조카 어디 있지? 마샤, 이리 오렴! 내가 네 아빠 구해 왔어!"

마샤는 자기 어머니 옆에 서 있었고 표정으로 봤을 때 농담할 기분은 아닌 것 같았다.

앞으로 무슨 일이 벌어질지 아무도 짐작할 수 없었지만 뭔가 불길한 기운이 감돌았다.

올가는 두 눈을 동그랗게 뜨고 그들을 지켜봤다. 일리야가 사라지는 것도 몰랐다. 일리야는 장작불을 때던 청년과 함께, 고기를 끼운 샤실리크 쇠꼬챙이를 양손에 잔뜩 들고는 3분 뒤에 돌아왔다.

리사는 샤실리크 꼬치 하나를 낚아채더니 아서왕에게 내밀었다.

“슈라! 내가 하는 거 잘 봐! 첫 번째 고기는 항상 남편한테 주는 거야! 마샤! 너도 잘 봐! 만약 이대로 안 하면 눈알을 빼버릴 거야!”

하지만 슈라의 눈은 이미 눈물로 가득 차서 눈알을 빼지 않아도 충분히 충혈돼 있었다. 그녀는 너무 창피한 나머지 땅 밑으로 꺼져버리고 싶었지만 바보처럼 망연자실해서 서 있었다. 일리야가 손님들에게 샤실리크 꼬치를 나눠주자 결혼식의 하이라이트인 키스는 사람들의 관심 밖으로 밀려났다.

“일리야, 어쩜 저렇게 소란을 피울 수 있죠?”

일리야가 샤실리크 꼬챙이를 갖고 올가에게 다가갔을 때 그녀가 불만 섞인 투로 말했다.

“맞아, 가는 데마다 소란을 피우지. 이쪽으로 천재적인 재능을 타고났어! 리사는 왕을 감옥에서 빼내더니 정신병원에 집어넣으면서 그를 제대시켰어. 돈을 주기도 하고, 그걸 주기도 하면서 말이야. 법률가가 다 됐어. 아니, 아니, 실제로 야간학교에서 법학부를 졸업했어. 당신은 저 여자가 얼마나 이상한 행동을 잘 하는지 상상도 못 할 거야. 나는 사실 저 여자를 먼저 알고, 그다음에 왕이랑 알게 됐거든. 극동 지방 출신인데 아버지가 사냥꾼이야. 그녀는 어렸을 때부터 아버지와 함께 타이가를 쏘다녔어. 술도 사내처럼 마셔. 굉장히 기가 센 여자인데 그걸 좀 밝혀. 그런데 왕이 발기가 안 되거든. 이제 저 여자가 자기 입으로 직접 떠벌릴 거야."

잠시 후 상황은 일리야가 말한 대로 됐다. 손님들이 서로 사이좋게 샤실리크를 씹던 길지 않은 식사 시간이 끝나고 있었다. 샤실리크를 다 먹은 리사가 작은 꼬치를 흔들었다.

"여러분, 전 이제 가봐야 할 것 같아요. 난 이제 핀란드로 떠나요. 백색 침묵의 나라 말이에요! 당신들 모두 이제 지…… 겨워!"

그녀는 코를 벌렁거리더니 키득거렸다.

"하지만 난 여러분 모두를 아주 좋아해요. 하지만 내가 돌아와서 확인할 거란 걸 잊지 마세요! 여러분은 나한테 아무것도 숨기지 못할 거예요. KGB랑은 차원이 다르죠! 나 스스로가 에이전트예요. 왕을 속상하게 하지 마시고요! 슈라도 잘 부탁해요. 덩치만 컸지 아직 모르는 게 많아요. 모두를 위해 음식을 만들고, 착한 의사 아이볼리트처럼 병도 치료해줄 거예요. 간호사니까요. 정맥이든 엉덩이든 필요한 곳에 주사도 잘 놓아줄 거예요. 하지만 치근덕대지는 마세요! 그런 행위라면 치를 떠니까요. 호르몬이 없어요. 이젠 정말 여러분 모두에게 질렸어요! 두 사람 모두 성불구자이니 환상적인 커플이죠!"

그녀는 몸을 축 늘어뜨리고는 왕의 목에 양손을 걸어 깍지를 꼈다. 그러고는 청승맞게 목 놓아 울기 시작했다.

"어머, 다정한 내 주인님! 불쌍한 성불구자 같으니! 왜 다들 히죽대는 거죠? 이이는 최고예요! 작은 고추나마 서기만 하면 완벽할 텐데……."

왕은 인내심을 갖고 관대하게 전 부인이 짖어대는 소리를 들었다. 그는 모든 남자에게 치명적인 치부가 까발려지는 것에 조금도 반응하지 않았다. 그는 키로 보나 품위로 보나 모든 사람보다 뛰어나 보였으며, 심지어 섹스를 좋아하는 사람들과 사랑에 빠진 연인들, 사랑받는 사람들과 사랑받지 못하는 사람들 사이에서 오히려 성불구자라는 수혜를 받은 것처럼 보였다.

'그를 왜 왕이라고 부르는지 이제 알겠군!'

올가가 생각했다.

슈라와 마샤는 창피해서 부엌에 숨어 있었다. 슈라는 엉엉 울었고 딸이 위로했다.

"엄마, 엄마도 이모 잘 알잖아요. 이모가 떠나고 나면 다 괜찮아질 거예요."

마샤는 모스크바에 정착해서 그곳에 아파트를 가진 사람한테 시집가서 대학을 졸업한다는 자신만의 계획이 있었기 때문에 이 결혼식에 모여든 잡다한 사람들에는 관심이 없었다. 그녀도 이모처럼 목표 지향적이었지만, 이모와 달리 꿈이 소박했다.

결혼식은 빠른 속도로 진행되고 있었다. 보드카 앱솔루트와 화이트 버치 큰 병은 몇 분 만에 동이 났고, 대신 옆집에서 산 3리터들이 병에 담긴 가양주는 아직 있었다. 짚을 예쁘게 엮은 와인 주머니 속 예쁜 병에 담긴 불가리아산 시큼한 감자(Gamza) 와인은 인기가 없었고, 그에 반해 포트와인은 한 상자를 다 마셨다. 활짝 열린 창문 쪽으로 붙인 책상 위에는 왕이 최근 해외 출장에서 사 온 트로피 같은 오디오가 있어서 마당 전체에 강력하고 아름다운 비밥을 흘려보내고 있었다. 미국에서 생산된 오디오—진귀한 물품, 사내아이들의 꿈의 장난감—와 잘 다듬어지고 영감으로 충만한 다른 문화의 음악……. 이것은 어울리지 않는 것을 넘어 익살극 같았다. 남녀 간의 사랑이라는 필수 요소 없이 6월의 부드러운 녹음 속에서 거행된, 어색하고 어수선하고 술로 얼룩진 결혼식이었다. 오디오도 지쳤는지 잠시 지지직거리더니 멈췄다.

그러자 신코가 기타를 양손에 쥐었고, 모두들 음악가에게 가까이 다가갔다. 그는 길게 자라서 끝이 갈라진 손톱이 달린 길고 가느다란 손가락으로 기타 줄을 한 번 튕겼고, 그러자 기타는 감미로운 여자 목소리 같은 소리를 냈다. 그가 또다시 손가락으로 기타 줄을 튕기자 기타는 또다시 그에게 뭐라고 대답했다.

"마치 둘이서 무슨 대화라도 나누는 것 같아."

올가가 감탄하면서 말했다.

그러자 일리야가 그녀의 어깨에 한 손을 얹었고, 함께 앉아 있는 몇 시간 동안 올가는 무척 기뻤다. 일리야의 몸에 손을 대고 이제 막 사라질 것 같은 다정한 감촉을 다시금 느끼고 싶었지만 자기가 먼저 그의 손이나 어깨에 손을 대자니 조심스러웠다. 다행히도 그가 그녀의 몸에 손을 댔고, 그것은 그들 사이에 아무것도 사라지지 않았음을 뜻했다.

"이 사람 연주를 라이브로 듣는 건 처음인가?"

"응, 녹음된 것만 들었어."

"녹음된 걸 듣는 거랑은 차원이 다르지. 그는 진정한 예술가야. 노래를 쓴 알렉산드르 아르카디예비치 갈리치*보다도 잘 불러."

* 알렉산드르 아르카디예비치 갈리치(1918~1977). 러시아 시인이자 극작가면서 싱어송라이터.

리사는 그날 저녁에 헬싱키로 떠나기로 돼 있었다. 그것도 기차로. 저녁 동안 내내 먼발치에서 리사를 지켜보던 세르게이 보리소비치 체르노퍄토프가 9시 30분이 되자 그녀에게 다가와서 한 손을 한쪽 어깨에 얹고는 말했다.

"리사, 갈 때가 됐어. 이제 가지."

그러자 리사는 잠시 움찔하더니 체르노퍄노프와 함께 집 안으로 들어갔고, 얼마 뒤 그들은 여행 가방을 들고 나왔다. 세르게이 보리소비치는 리사를 레닌그라드 기차역까지 바래다주기로 사전에 약속이 돼 있었다. 사람들은 모두 밖으로 나와서 그의 차 쪽으로 다가갔다. 세르게이 보리소비치는 사무적이고 신경질적으로 보였다. 그가 파란색 낡은 '모스크비치'의 뒤 트렁크를 열었을 때, 갑자기 리사는 낮은 목소리로 투덜대고 제자리에서 빙글빙글 돌면서 왕의 몸에 매달려서는 그의 예전 잘못을 들춰서 비난하고 또다시 그가 성불구자라는 말을 했다. 아르투르는 붉은 기가 도는 매끈한 손으로 그녀의 머리를 쓰다듬더니 갑자기 그녀에게 떠나지 말라고 설득하기 시작했다.

"리사, 핀란드 남자는 잊고 우리랑 같이 있어. 아무도 당신을 쫓아내는 사람은 없어!"

그러자 리사가 큰 소리로 울면서 전남편을 욕하기 시작했다.

"쫓아내지 않는다고? 슈라는 어쩌고? 내가 당신을 위해서 슈라를 여기로 이사시켰다고! 슈라는 이제 어쩌냐고! 걔는 집도 팔고 왔단 말이야! 딸도 데려왔고! 아니, 난 이제 당신 아내가 아니야! 끝내자고! 당신 아내는 이제 슈라야!"

그리고 그녀는 슈라에게 말했다.

"넌 지금 왜 눈을 크게 뜨고 보고 있는 거야? 뭐? 어서 짐 챙겨서 나 바래다줘야지! 아르투르는 네가 옆에 없어도 돼! 렌카 바빌론 보이지? 렌카가 잘하겠지. 안 그래, 렌카? 슈라, 왜 그렇게 서 있는 거야? 가자니까!"

체르노파토프가 리사를 멈춰 세웠다.

"이봐, 언니를 다시 집까지 바래다주지는 않을 거야. 여자 혼자서 기차역에서 타라숍카까지 한밤중에 어떻게 오라고 이러는 거야?"

리사는 핸드백에서 상당히 두툼한 돈뭉치를 꺼내서 흔들면서 말했다.

"페테르부르크까지 언니가 바래다줄 거지? 그치, 언니?"

슈라는 피곤한 기색이 역력했는데, 그녀는 하루 종일 아무것도 안 먹고 샴페인 한 잔만 마셔서 머리도 아프고 배에 경련이 일었다.

"잠깐만, 웃옷만 걸치고!"

이 말을 하고 그녀는 허리를 굽힌 채로 천천히 집 안으로 들어갔다.

세르게이 보리소비치의 표정이 어두워지고 있었다. 차 문을 활짝 열고 그 옆에 서 있더니, 잠시 후에 결심한 듯 차에 타고는 운전석 문을 세게 닫고 시동을 걸었다. 리사는 점점 술이 깨고 있었고, 웃옷을 가져온 언니 슈라를 안으로 밀어넣어서 차에 태웠다. 그런 다음 리사도 차에 탔다. 그러고는 창문을 내리고는 소리를 질렀다.

"여러분은 더 노세요, 놀라니까요! 제가 사는 마을에서는 결혼식을 최소 사흘 동안 했어요!"

차는 아서왕의 아내들을 데리고 출발했다. 왕은 그들을 흐뭇하게 바라보며 잠시 한 손을 흔들었다.

올가가 일리야의 한쪽 어깨에 손을 댔다.

"집에 가자. 나도 이젠 이 모든 이야기에 질린 것 같아."

일리야는 집 안에서 겨우겨우 자기 배낭을 찾았고 그런 후에 그들은 영국식으로 아무하고도 작별 인사를 하지 않은 채 잔치 자리를 떠났다. 그들은 기차가 도착할 즈음에 역에 도착했기 때문에 기차를 기다릴 필요도 없었다. 기차에 타고는 서로 끌어안고 곧바로 잠에 빠져들었다. 그대로 그들은 모스크바에 도착할 때까지 잠을 잤다.

이튿날 이른 아침에 왕은 자신의 서재에서 카세트 플레이어를 수리하기 시작했다.

지난밤을 신나게 보낸 손님들은 각자 의외의 장소에서 자고 있었다. 렌카 바빌론은 잠에서 깨서 마당으로 나갔고, 화장실 옆에서 오줌을 누고 있는 한 낯선 사내를 발견했다. 조금만 더 가면 화장실이어서 충분히 들어갈 수 있는 거리였기 때문에 사내의 행동을 이해할 수 없었다. 잠시 뒤 그녀도 화장실에 들어갔고, 그제야 그가 밖에서 오줌을 누는 이유를 알 수 있었다. 잠시 뒤에 그녀는 산딸기 덩굴 속에 자리를 잡고는 편리하면서도 사적인 공간을 찾으려고 애쓰는 사람이 그녀 말고도 더 있을 거라는 확신이 들었다.

식탁 위에서는 참새 떼가 잔치를 벌이고 있었고, 사시나무 가지 위에는 박새 두 마리가 앉아서 천박한 사람들 틈에 자기들이 있을 자리가 있을지를 계산하고 있었다. 렌카 바빌론은 식탁 위에 있던 더러운 식기를 모았고, 양동이에 남아 있던 물을 냄비에 쏟은 후에 가스통의 밸브를 열고는 옆집에서 키우는 새끼 돼지가 먹을 것에 대비해 담배꽁초를 솜씨 좋게 골라내면서 쓰레기통에 음식물 찌꺼기를 모으기 시작했다.

슈라는 리사를 페테르부르크까지 바래다주었다. 리사는 그녀에게 1등급 침대칸이 아니라 2등급 침대칸 티켓을 사주었고, 슈라는 기분이 상했지만 내색하지는 않았다. 그녀는 여동생의 잠자리를 만들어주고는 자기 자리로 돌아갔다.

'내가 여섯 살이나 많은데 바보처럼 자존심도 없이 평생을 리사의 명령대로 살다니…….'

슈라는 그런 자신을 원망했다.

슈라는 업어 가도 모를 정도로 푹 잤고 아침에는 제일 먼저 플랫폼으로 나왔다. 리사는 자기가 탄 칸에서 제일 마지막에 내렸다. 술이 덜 깬 그녀는 용서를 구하며 슈라의 울퉁불퉁한 손에 키스를 했는데, 특히 어제 생긴 화상 흉터에 집중적으로 뽀뽀했다. 슈라는 늘 조급했고 실수를 자주 했다. 오븐에서 파이를 꺼낼 때면 늘 손의 같은 부분을 데곤 했다. 리사 자신은 산뜻하지 않았지만 슈라가 미리 다림질해둔 산뜻한 새 블라우스를 입고 있었다. 이번에는 브래지어를 입지 않았고, 목에는 〈미국〉이라는 잡지를 가늘게 자르고 말아서 직접 만든 목걸이를 주렁주렁 걸었다. 손톱을 바짝 깎은 손가락은 싸구려 은과 싸구려 원석의 무게 때문에 휘어 있었고 하늘색 짧은 치마를 입고 있었다. 비나르가 결혼식 때 한 다스나 사 온 새 스타킹인데, 종아리 중에서도 눈에 잘 띄는 곳에 넓은 길을 내놓았다.

자매는 마지막으로 뽀뽀를 했고 리사는 슈라의 등에 대고 마지막으로 큰 소리로 지시를 내렸다.

한 시간 반 후에 리사는 소련과 핀란드의 국경에서 세관 검사를 받았다. 먼저 소련의 세관들이 트렁크와 핸드백의 내용물을 흔들어서 쏟아냈다. 어제 마신 술이 덜 깬 리사는 사진 뭉치 몇 개를 꺼내서는 아빠, 엄마, 언니, 사냥 전리품들의 사진과 극동 지방의 자연 풍경 사진을 보여줬다. 외환은 없었고 러시아 돈은 언니에게 주고 없었다. 새로 만든 해외용 여권, 비자, 혼인 증명서와 같은 서류에는 아무 문제가 없었다. 국경 수비대원들은 그녀를 보면서 '별 희한한 여자도 다 보겠네! 창녀가 핀란드에서 행복을 찾았나 보군' 하는 표정을 지으면서 악의 없는 웃음을 지어 보였다.

그중 능글맞은 한 명은 한 손을 그녀의 비쩍 마른 엉덩이에 댔고, 그러자 그녀가 웃기 시작했다. 하지만 나이가 지긋한 다른 사내는 그녀가 딸 같아 보였는지 진심 어린 조언을 했다.

"이봐, 거기 가거든 남편이 술을 못 마시게 해. 금주법이 있지만 핀란드 남자들은 죄다 술꾼들이니까!"

기차는 국경을 지났는데, 국경을 넘기 전이나 후나 줄곧 나무가 드문드문 있는 보기 흉한 숲과 크고 동그란 바위가 널브러진 돌밭이었기 때문에 국경을 넘었는지도 모를 정도였다.

국경을 지나고 곧 기차가 멈춰 섰다. 핀란드의 국경 수비대원들과 세관 직원들이 들어왔고 똑같은 절차가 반복되었는데, 차이가 있다면 그들은 트렁크를 열어서 물건을 다 쏟아내지 않았다는 것이다. 검사도 훨씬 빨랐다.

핀란드인들이 기차에서 내리자 기차가 출발했다. 리사는 몸을 흔들면서 화장실로 향했고, 가느다란 줄에 매달린 핸드백도 이리저리 흔들렸다. 화장실에 들어가서는 고리에 핸드백을 걸었다. 그러고는 거울 속에 비친 자기 얼굴을 봤는데, 마음에 안 들었고, 거울을 향해 혀를 내밀어봤다. 그런 다음 변기에 걸터앉아 은밀한 부분에서 보통 그곳이 수용하는 덩어리보다는 훨씬 작은, 관처럼 생긴 것을 꺼내더니 그것을 감쌌던 콘돔을 벗겨냈다. 콘돔은 변기에 버리고, 관처럼 생긴 것은 펼치지 않고 그대로 핸드백에 넣었다. 그런 다음 다시 한번 혀를 내밀었다. 이것은 책 한 권을 마이크로필름 세 개에 나눠 스캔한 것이었고, 복잡한 경로로 이동 중이었다. 하지만 앞으로가 더 위험했다.

비나르는 자신의 러시아인 아내를 무척 사랑했다. 그는 처음부터 "나는 당신이 나를 버릴 거라는 걸 알아. 하지만 나는 당신 전에도 없었고, 당신 이후에도 그 누구도 사랑하지 않을 거요"라고 그녀에게 말했다.

한때 그는 러시아에서 기자로 일했지만 현재는 실직 상태였다. 하지만 그런 것은 중요하지 않았다. 그들은 스톡홀름으로 떠나 파리로 갈 것이었다. 그러면 수용소에 있는 저자가 쓴 금지된 원고는 오래전부터 그것을 기다려온 출판사의 책상에 올려갈 것이다.

비나르는 공산주의를 싫어했지만 러시아는 사랑했고, 아내인 엘리자베타는 굉장히 많이 사랑했다. 일리야는 자기 일을 사랑했다. 원고를 쓴 저자의 아내가 은밀한 부위에 숨겨서 반출한 원고의 마이크로필름의 품질은 최고였다. 세르게이 보리소비치 체르노퍄토프는 최소 3단계에 걸친 항문-산부인과 작전의 총책임자였고, 아무 문제 없으리라는 것을 알고 있었다. 게다가 리사는 단 한 번도 그 누구도 배신한 적 없었다.

조금 작은 부츠

여동생을 바래다주고 슈라는 새신랑에게 돌아왔고, 자기 결혼식의 흔적과 마주했다. 손님 대부분은 떠났지만 지나치게 놀기 좋아하는 몇 명은 사흘째 되는 날까지 남아서 집주인들을 아랑곳하지 않고 놀았다. 슈라는 청소를 시작했다. 그녀는 아르투르의 낡은 셔츠 두 장을 걸레로 만들어, 부엌을 시작으로 조용하지만 강력한 트랙터처럼 뒷걸음질하면서 태곳적부터 낀 때를 벗겨내면서 청소했다. 마샤는 우물에서 물을 길어 오거나 창문을 닦고 낡은 커튼을 빠는 등 조용히 엄마를 도왔다. 아르투르가 자기 방에는 들어오지 못하게 했지만, 슈라는 때가 되면 자신이 그곳에도 들어갈 것을 알고 있었다. 아르투르는 이제 그녀의 남편이지만, 그녀는 여전히 그를 사랑하는 제부로 대했다.

나흘째 되는 날, 여전히 술이 안 깬 톨리크 하나만 빼고 나머지 손님들은 어찌어찌해서 떠났고, 아르투르는 그녀를 서재로 불러서는 책상 서랍을 열고 커다란 손가락 하나를 깊숙이 집어넣고는 말했다.

"슈라, 돈은 여기서 꺼내 써요."

책상 속에는 돈이 수북했고, 슈라는 내키지 않는 듯 손사래를 치면서 말했다.

"당신이 직접 줘요."

그러자 그는 얼마인지 보지도 않고 돈을 움켜쥔 손을 그녀에게 내밀었다. 그녀는 속으로 '부자였어?' 하고 놀랐다. 리사는 그가 빈털터리여서 어떻게든 자기가 직접 돈을 마련해야 한다고 말했는데……. 듣던 얘기와 달랐다.

그녀는 서랍에서 스스로 꺼내든 이렇게 남편이 꺼내서 주든 그 돈을 받기가 불편했다…….

마샤가 고작 두 살일 때 남편이 죽고 그 뒤로 줄곧 자기 힘으로 살아왔기 때문이다.

"그럼 그 돈은 아버지한테 보내드릴게요."

슈라는 미리 생각해둔 말은 아니었지만 재치 있게 말했다.

"그래, 이반 루키야니치 장인 어른한테 보내요. 암, 보내야지. 그럼 더 가져가요."

그는 또다시 한 손을 서랍 안에 넣었고 돈뭉치를 또 꺼냈다. 새장가를 들었는데, 장인이 똑같은 이 상황이 그는 재미있었다.

"여보, 고마워요. 아버지가 최근 들어서 몸이 안 좋아지셨어요."

다음 날 슈라는 마샤를 중앙 전신국으로 보내서 우골리노예*에 사는 아버지한테 돈을 보내라고 시켰다. 마샤는 아직 18세가 되지 않았지만, 슈라보다 모스크바 지리를 더 잘 알았다. 리사가 모스크바에 조카를 두 번 데리고 갔었고, 마지막으로 갔을 때 마샤는 리사가 임차한 아파트에서 한 달 반 동안 머물렀는데 그동안 내내 아침부터 밤까지 혼자 모스크바 시내를 쏘다녔다. 그녀는 혼자 돌아다니면서 도시 구경을 하는 것이 좋았다.

마샤는 전신국에서 돈을 송금한 뒤 붉은광장에도 가고 운이 좋으면 레닌 묘에도 가볼 생각으로 발걸음을 재촉했다. 하지만 전신국에 가보니 그녀가 일을 봐야 할 창구는 닫혀 있었고 엉성하고 의심스러운 팻말이 걸려 있었는데, 팻말에는 "기술적인 문제로 15분간 쉽니다"라고 적혀 있었다. 마샤는 15분 동안 줄을 서 있다가 붉은광장 쪽으로 갔다. 3년 사이에 변한 것이 있다면 사람만 조금 더 많아진 것 같았다. 바로 그 순간 우골리노예에

* 러시아 연방을 구성하는 야쿠티야 공화국에 위치한 마을.

있는 친구 카탸와 레나 생각이 났다. 이렇게 예쁜 것을 그들도 봤다면 좋았겠다는 생각이 들었다.

'이곳에 자리 잡으면 초대해야지. 먼저 레나를 초대하고 그다음에는 카탸를 불러야겠어.'

마샤는 결심했다.

레닌 묘로 들어가는 줄은 굉장히 길어서, 마샤는 국영 백화점 쪽으로 방향을 틀었다. 거기에도 사람들이 줄을 서 있었고, 줄은 측면에 있는 문으로 이어져 있었다. 마샤 또래로 보이는 한 여자아이가 길고 하얀 상자에서 부츠를 꺼내서는 다른 여자아이에게 보여주고 있었다. 그러자 상대 여자아이는 부러움에 얼굴이 하얗게 질렸다. 그런 부츠를 난생처음 본 마샤 역시 심장이 멎을 것만 같았다. 부츠는 무릎에 닿을 정도로 길었고, 굽이 높지 않았으며, 굉장히 예쁜 갈색 섀미 가죽으로 만들어져 있었다. 마샤의 할아버지가 가죽을 잘 다루기는 해도 결코 이런 부츠는 못 만들어봤을 터였다.

단 한 번도 무언가를 이렇게 미치도록 갖고 싶었던 적이 없었던 마샤는 처음으로 이런 부츠를 살 수만 있다면 뭐든 지불할 각오가 설 만큼 간절했다. 물론 그녀에게 부츠를 살 돈은 없었다. 그 순간 주머니 속에 손수건으로 감싸고 영국제 옷핀으로 고정한 돈뭉치가 있다는 사실도 까맣게 잊고 있었다.

"당신이 맨 끝인가요? 그럼 전 당신 뒤에 설게요!"

유행하는 헤어스타일을 한 아가씨가 살짝 밀면서 말했다.

그제야 마샤는 자기한테 무려 1백 루블이라는 돈이 있다는 사실을 떠올렸다. 게다가 그녀는 이미 줄을 선 모양새였고, 좀 끝 쪽이기는 하지만 맨 끝은 아니었다.

그렇게 마샤는 네 시간 동안 줄을 서 있었다. 줄을 선 사람들 사이로 부츠가 다 떨어져간다는 소리를 들렸지만, 사실 37사이즈가 동이 난 것이고, 다른 사이즈는 아직 있었다. 마샤의 차례가 되었을 때는 작은 사이즈와 큰 사이즈 모두 동이 난 상태였다. 하지만 가게 선반에는 상자가 산처럼 쌓여 있었고, 돈이 없는 여자들은 두 시간 동안 유효한 예약 표를 발급받아서 돈을 구하러 갔다. 하지만 정해진 시간에 부츠값을 지불하지 못한 사람은 영원히 부츠와 이별해야 했다. 똑같은 행복을 얻기 위해 현금을 갖고도 손에 땀을 쥐고 초조히 기다리는 사람들이 있었기 때문이다. 그중에 마샤도 서 있었다. 그리고 결국 부츠를 손에 넣었다. 그녀는 갈색의 부드러운 존재가 든 얇은 마분지 상자를 받았다……. 그녀는 집으로 돌아가는 동안 내내 한 손을 상자 안에 넣어, 어두운 상자 속에 있는 녀석의 옆구리를 만지작거렸다…….

'머리가, 완전히 돌았나 봐' 하고 마샤는 생각했는데 자기도 어쩔 수 없었다. 기차를 타고 타라솝카의 별장이자 그들의 새 보금자리가 된 집으로 오는 동안 마샤는 엄마와 아르투르 이모부에게 무슨 말을 해야 할지 몰라 울었다. 할아버지께 보내야 할 돈을 부츠를 사는 데 쓴 것은 정말 창피한 일이었다. 이제 그분들에게 뭐라고 말한담?

집 앞에서 멈춰 섰다. 가장 합리적인 결정이라고 볼 수는 없었지만 결정을 내렸다. 그녀는 쪽문으로 소리나지 않게 조용히 들어가서 마당 구석에 위치한 화장실 뒤로 조용히 가서는 작년에 떨어진 낙엽 더미 속에 상자를 숨겼다.

모스크바에서 길이라도 잃었을까 봐 걱정을 많이 했던 슈라는 늦게 온 딸을 보고도 혼내지 않았다. 다만 돈을 보냈는지만 물었다. 마샤는 고개를 끄덕였다.

"길을 잃어버렸어요. 정류장을 착각해서 다른 데서 내렸어요. 그러고는 대학교를 구경하러 갔어요."

평소 거짓말을 잘 못하는 마샤는 이런 식으로 둘러대 위기를 넘겼는데, 거짓말이 술술 나오는 것을 보고 스스로도 놀랐다. 다음 날 아침 슈라는 아르투르와 함께 공구 가게에 갔다. 슈라가 집수리를 하고 싶어 했기 때문이다. 아르투르는 내키지 않았지만 동의했다. 성격이 온순한 탓도 있었지만, 벽지를 붙이거나 천장을 흰색으로 칠하는 것 모두 슈라가 혼자 할 것임을 알고 있었기 때문이다. 여동생은 항상 그런 언니를 보며 '슈라는 자신의 성적인 욕구를 좋은 걸레를 이용해서 해소한다'며 비웃었고, 자기는 좋은 ……를 이용해서 욕구를 충족한다고 말했는데, 리사는 늘 그런 식으로 거침없이 자기 의사를 표현하곤 했다.

집에 혼자 남은 마샤는 낙엽 더미 밑에 있던 상자를 꺼내서 가슴에 꼭 붙이고는 집 안으로 가져왔다. 그러고는 부츠를 상자에서 꺼내 발바닥의 물기를 손으로 닦아내고는 맨발을 부츠 안에 밀어 넣었는데 발이 안 들어갔다. 그러자 그녀는 트렁크에서 엄마의 스타킹을 찾아내서는 그걸 신고 부츠에 다시 발을 밀어 넣었다. 부츠가 조금 작아서 꼭 끼었다. 하지만 가죽이 어린아이의 피부처럼 부드럽고 연해서 어쨌든 들어가긴 했다.

마샤는 발이 여름에는 수분 때문에 조금 붓고 겨울에는 건조해지니 괜찮다고 스스로를 위로했다. 하지만 부츠가 조금 더 커지도록 그 안을 종이로 가득 채워두기로 마음먹었다. 집 안에 더러운 신문지가 널려 있었다. 이렇게 더러운 신문지를 하늘에서 내려온 것 같은 이런 부츠에 넣으면 안 되지. 그녀는 식탁 밑으로 기어 들어가서 부츠에 넣으면 좋을 법한 얇은 담배 종이 뭉치를 발견했다. 마샤는 종이 하나하나를 구겨서 동그랗게 만든 다음 양쪽 부츠에 가득 채워 넣었다. 마지막 종이 한 장까지 부츠에 구겨 넣었다. 그러자 사람이 발을 넣은 것처럼 부츠가 팽팽해졌다. 마샤는 부츠 한 짝을 한쪽 볼에 갖다 댔다. 부츠 표면이 아이 피부처럼 부드러웠다. 상자에는 '도른도르프'라고 적혀 있었다. 이 '도른도르프'라는 건 대체 어디 있는 걸까? 독일? 오스트리아? 그나저나 부츠를 어디에 숨긴담? 화장실 뒤편 낙엽 더미 밑에 다시 숨길 수도 없고…….

생각에 생각을 거듭한 끝에 집 안에는 두지 않기로 결심했다. 마샤는 부츠를 갖고 화장실로 갔다. 화장실 천장 바로 밑에 선반이 있는데 거미줄이 잔뜩 쳐져 있었다. 아무도 들여다보지 않는 선반이었다. 페인트 통 두 개가 오래전부터 세워져 있긴 했지만 잊힌 지 오래였다. 선반을 확인해보니 건조했는데 화장실 지붕 위로는 질 좋은 방수포가 펼쳐져 있었고, 심지어 지붕을 다 덮고도 아래로 조금 늘어져 있었기 때문에 비를 맞지 않을 것 같았다.

'나중에 회사에 취직해 돈을 벌면 할아버지한테 돈을 부쳐드릴 거야. 그럼 아무도 모를 거야. 겨울이 오면 부츠를 신고 다녀야지! 젠장칠 대학교는 내년에 입학하면 되지.'

마샤는 결심했다.

혁명처럼 멋진 생각이 하루 만에 마샤의 머릿속에 떠올랐다. 그러자 마음도 편안해졌다. 그녀는 성적 우수자에게 주는 메달을 받을 뻔했을 정도로 좋은 성적으로 고등학교를 졸업했고, 그 후에는 바로 대학교에 진학하고 결혼도 하고 어머니와 이모부한테 짐이 되지 않도록 모스크바에 아파트도 마련하려고 했지만 부츠 하나 때문에 이 모든 것을 1년 뒤로 미뤘다. 그녀는 부츠가 든 상자를 선반의 제일 안쪽 구석으로 밀어 넣고 앞에는 페인트 통을 놓았다. 상자는 통 안에 아주 안정적으로 세워졌으며 아무도 눈치채지 못할 만큼 감쪽같이 가려졌다.

어머니와 아르투르는 한참 만에 집에 돌아왔다. 그들은 자가용을 타고 타라숍카에서 푸시키노에 가야 했는데, 그곳에 규모가 큰 공구 가게가 있었기 때문이다. 그들은 벽지와 풀 그리고 천장에 칠할 흰색 페인트와 창틀을 칠할 흰색 페인트를 사서 저녁이 다 돼서야 집에 도착했다. 슈라는 기분이 좋아져서 황동 세숫대야처럼 빛났고, 부산스럽게 움직이면서 직접 벽지 두루마리를 날랐다. 아르투르는 평소처럼 사람 좋은 표정에 피곤한 듯 느릿느릿 움직였다.

'귀족 어르신이 따로 없군.'

그런 그를 탐탁지 않게 보며 마샤가 생각했다.

아직 짐을 다 나르기도 전에 갑자기 한 무리의 사람들이 등장했는데 세 명은 제복을 입고 있었고 두 명은 사복 차림이었다. 그들은 코롤료프 아르투르 이바노비치를 찾았다. 그중 창백한 얼굴의 직급이 높은 사람이 손바닥을 펼쳐서 책 한 권을 보여주고는 거기에서 종이 한 장을 꺼내 아르투르의 얼굴 앞에 내밀었다.

아르투르는 안락의자에 앉아서 빙긋 웃고 있었다.

"어서들 일하세요, 일하시라니까요, 여러분은. 슈라, 당신은 먹을 것 좀 준비해요. 이분들 일하시는 동안 우리는 식사를 할 거니까요."

가택수색은 오후 4시 반부터 새벽 3시까지 이어져 거의 하루 반나절 동안 계속됐다. 그들은 다락에도 올라가고, 1층 바닥 밑에 있는 지하에도 내려갔으며, 벽이란 벽은 죄다 두드려봤다. 정자에 있는 테이블을 망가뜨리고, 헛간에 있던 장작을 다 꺼내고 그곳에 있는 모든 물건을 헤집어놨다. 화장실을 손전등으로 비춰보기도 했다. 아르투르는 그들에게 장애인 등록증과 표창장을 보여줬다.

"법대로 할 겁니다. 허가증도 없고 세금도 안 내는군요. 제본하는 책은 죄다 반소련적인 책이고……."

대위가 어두운 얼굴을 하고 중얼거렸다.

새로 제본을 했거나 낡고 찢어진 책 더미가 작업대 위에 쌓여 있었다.

"반소련적인 책이라뇨!"

아르투르는 손사래를 치면서 부정했다.

"함순*과 레스코프**의 책은 요리책이죠……. 지금까지 반소련적인 책은 구경도 못 해본 거요?"

마샤 역시 그들이 화장실 선반에 숨겨놓은 부츠를 발견해서 거짓말이 탄로날까 봐 조마조마했다.

동이 틀 무렵에 젊은이들이 떠났다. 그들은 아르투르의 모든 책과 제본 도구를 챙겨서 갔다.

"차 끓여요, 슈라."

아르투르가 부탁했다.

마샤는 앉아서 아르투르가 감옥에 가면 자기는 엄마와 함께 도로 우골리노예로 돌아가야 할 텐데 비행기 삯은 충분할지, 돈이 모자라면 기차로 나흘은 가야 할 거라는 생각을 하면서 내심 걱정하고 있었다…….

아르투르는 식탁 밑으로 기어 들어갔다. 책이 가득 쌓여 있던 그곳은 수색자들이 다 끄집어내서 압수해버린 탓에 지금은 텅 비어 있었다. 아르투르는 안락의자에 앉아 털이 없어 매끈한 턱을 잠시 긁으면서 말했다.

* 크누트 함순(1859~1952). 노르웨이의 소설가.
** 니콜라이 레스코프(1831~1895). 러시아의 소설가. 민중의 세태와 풍속에 관한 광범한 지식을 바탕으로 설화적인 작품 세계를 구축하였다.

"정말 믿을 수가 없어, 믿기지가 않는다니까! 슈라, 여기 식탁 밑에 솔제니친의 《수용소군도》가 한 권 있었는데 말이야. 그걸 노리고 온 게 분명해. 어떤 개새끼가 밀고한 게 분명하다고. 그런데 그게 어디 간 거지? 여기에 두꺼운 종이 뭉치가 있었는데 말이야! 정말이야, 나 안 미쳤어!"

사람을 이유 없이 정신병원에 집어넣지는 않을 테니, 슈라는 그가 제정신이 아니라는 걸 알고 있었다. 한편 그 시각 마샤는 온종일 부츠 걱정, 한밤중에 있었던 가택수색 걱정으로 지쳤지만, 홀로 간직한 행복감에 젖어 벌써 단잠에 빠져들었다.

높은 음역대

포타폽스키 골목에 있는 그 집은 수많은 세입자들을 갈아치우면서 벽만 해도 실크 벽지, 앙피르 양식의 벽지, 세로 줄무늬 벽지, 장미 문양 벽지, 초록색과 파란색의 거친 유성페인트, 신문지, 수없이 뗐다 붙였다 하면서 구멍이 숭숭 뚫린 싸구려 종이 벽지로 교체됐고, 150년이라는 세월을 지나면서 부와 가난, 생과 사, 살인과 결혼, 밀집과 공산화, 화재만도 못한 집수리, 가벼운 화재와 홍수를 견뎌냈고, 1960년대에는 집 안이 체코산 가구와 삼각형 테이블로 장식됐었다. 이 집은 오랜 시간에 걸쳐 느리게나마 변했지만, 1층 계단 밑에 있는 청소부용 창고만큼은 최초의 모습과 용도를 완벽하게 보존하고 있었는데, 벽은 벽돌을 쌓아 건축한 후에 회반죽도 바르지 않은 상태로 남아 있었고, 그곳에는 여전히 나뭇가지를 엮어 만든 빗자루와 쇠지렛대, 모래가 든 양동이가 있었다. 거기에는 또 소중한 보물 가운데 하나인 동그랗게 말아놓은 기다란 호스가 있었다. 창고는 자물쇠로 잠가놓았다. 커다랗고 동그란 쇠 자물쇠는 조금 더 값나가는 것을 보관해줄 수 있었겠지만, 동네에서 험상궂은 외모와 심한 오다리로 유명한 청소부 리시코프는 단순히 무게가 0.5푸트*쯤 나가는 자물쇠처럼 튼튼한 물건을 좋아했다. 덕분에 그의 손녀인 나댜는 남자를 창고에 데리고 올 때마다 자물쇠를 여느라고 진땀을 빼곤 했다. 하지만 나댜는 이 일을 좋아했는데, 더 정확히는 뭐든지 열심히 오랫동안 하는 것을 좋아했다. 그녀는 워낙 성에 일찍 눈을 떠서 언제 이 흥미롭지만 비난받을 만한 행위를 터득했는지 기억조차 안 날 정도였다. 그녀는 9학년 무렵에는 이 일의 전문가가 되었고 다른 전문가들처럼 자기만의 방식과 선호하는 남성상도 생겼다. 그녀는 자신에게 치근덕거리는 성인 남자들은 싫어했고 사내아이들을 더 선호했다. 같은 반 남학생들과 한두 살 어린 동네 꼬마들은 그녀의 재능을 높이 평가했고 서운하게 하지도 않았으며 그녀에 대해서 저속한 말을 하지도 않았는데, 그녀는 모두가 공동으로 소유하는 소중한 자산이었기

* 러시아의 옛 무게 단위로, 1푸트는 약 16킬로그램이다.

때문이다.

나댜의 할아버지는 아침 일찍 일어났다. 과거에는 2층짜리 저택 마당에 마구간이 있었는데, 마구간 곁에 두 채의 가건물을 만들어 그중 하나에서 닭을 키웠던 것을 몸이 여전히 기억하고 있어서 이른 시간에 잠자리에 들었기 때문이다. 할아버지가 이른 저녁에 깊은 잠에 빠져들 때면 나댜는 못에 걸어둔 열쇠를 가지고 계단 밑에 있는 창고로 가서 한두 시간을 보내곤 했다.

그곳에서는 파벨 1세 황제* 시대에 카렐리야 자작나무로 만든, 등받이가 망가진 안락의자와 동그랗게 만 호스와 빗자루 사이에서 흥미로운 일들이 많이 일어났는데, 가끔은 여드름도 채 나지 않은 비쩍 마른 사내아이들이 자신의 힘을 시험해보고 미래를 위해 무기를 연마했다. 근처에 사는 사내아이들의 절반가량은 첫 경험을 그곳 청소부용 창고에서 가졌으며, 나댜는 사실상 한 명 빼고는 동네의 모든 사내아이들과 단순하면서도 몸에 좋은 행위를 했다.

일리야도 자기 차례가 오면 헤픈 나댜에게 가곤 했다.

경험이 없는 사내아이들을 무척 좋아했던 나댜는 늘 그렇듯이 주저 않고 일리야와 그 짓을 하는 중에 물었다.

* 파벨 로마노프(1754~1801). 1796년부터 1801년까지 러시아 제국을 통치했다.

"그런데 스테클로프는 왜 나한테 안 오지? 네가 개를 좀 데리고 와."

사냐는 차분하고 날씬한 데다 손도 깨끗하고 그녀가 아는 모든 사내아이들 중에서 가장 예의가 발라서 그녀의 취향에 가장 부합하는 사내아이였다.

일리야가 사냐에게 나댜를 만나볼 것을 제안했다. 그는 미하의 빨간 머리만큼 얼굴을 붉히고는 즉시 거절했다. 하지만 문제는 거절한 다음이었다. 그 전까지만 하더라도 그는 같은 반 여자아이들 중에서 다소 무례하며 뚱뚱한 데다 눈동자가 검고 앞머리를 내린 나댜에게 아무런 관심이 없어서 그녀와는 말도 길게 하지 않았다. 하지만 일리야로부터 제안을 받고 일주일 동안 나댜 생각이 머리에서 떠나지 않고 줄곧 초조했던 사냐는 일리야가 한 번 더 제안하면 가는 데 동의하겠노라고 결심했다.

일리야가 한 번 더 제안했을 때 그는 동의했고, 일리야가 그를 바래다주기로 했다. 밤 9시 30분에 그들은 약속 장소에 도착했다. 나댜는 그들을 기다리면서 미하일 숄로호프의 소설《개척되는 처녀지》를 읽고 있었고, 이는 다분히 의도된 것이었다.

일리야는 나댜를 보자마자 즉시 자리를 비켜주었고, 그러자 나댜는 창고 안쪽에 달린 고리에 걸쇠를 걸었다.

"먼저 보여줄까, 아니면 그냥 바로 할까?"

남자 경험이 많은 나댜가 그에게 먼저 물었다.

사실 사냐는 엄마의 책장에 꽂혀 있던 독일의 우르반 운트 슈바르첸베르크 출판사에서 출간한 해부학책에서 본 것을 직접 보고 싶은 마음이 간절했지만 입을 다물었다.

"겁먹지 마. 이건 아주 좋은 거야."

그녀는 파란색 모직 상의의 단추를 모두 끌렀고, 그러자 따뜻한 땀 냄새와 함께 흰색 레이스가 달린 핑크색 슬립 안에 있는 꽉 끼는 브래지어 위로 봉긋한 가슴의 윗부분이 보였다.

사냐가 뒷걸음질 쳤다. 그러자 나댜는 흰 이와 진주처럼 반짝거리는 잇몸을 보이면서 말했다.

"무서워하지 말고 손 줘봐."

사냐는 악수할 때처럼 한 손을 뻗었다. 그녀는 그의 손을 뒤집어서 자기 브래지어 안에 집어넣었다. 가슴은 신선한 바게트처럼 따뜻하면서도 단단했다.

"우리 초면도 아니잖아."

나댜가 불만 섞인 투로 말하면서 상대가 긴장을 풀도록 불을 껐다.

그녀는 남자들을 유혹하는 데 도가 텄지만, 마음만은 자기 자신도 모르는 동물적 순수함으로 가득 차 있었다. 불을 끄자 그녀는 조금 더 적극적으로 행동했다. 창고에 창문은 없었고 불을 끄자 빛 하나 들지 않는 창고는 새까만 어둠으로 가득 찼다.

"사냐, 나무토막도 아니고 뭐 하는 거야? 좀 움직여봐……."

그는 정말 나무토막 같았다. 그녀는 따뜻하고 큰 손으로 그의 차가운 양손을 잡고 나무 위를 더듬듯이 그녀의 몸을 만지게 하기 시작했다. 그 순간 사냐는 도망가고 싶었지만 어디로 가야 할지 몰랐다. 칠흑같이 어두운 이 창고보다 어두운 곳이 또 있기는 할까…….

뭔가 옆구리 쪽에서 바스락거리는 소리가 들리더니 무언가가 찍찍거리는 소리가 들렸다. 순간 그는 나댜의 한쪽 어깨를 낚아챘다. 그때 그는 그녀가 나체라는 것을 깨달았다. 이제 가슴뿐만 아니라 몸 전체가 하나의 신선한 바게트 같았다.

"안심해. 이건 쥐들이 내는 소리야, 여기에 둥지가 있거든. 나중에 보여줄게."

쥐 소리를 듣고 나자 무슨 연유에서인지 사냐는 마음이 편해졌다. 그는 나댜가 그의 손으로 제 몸을 만지게 하는 것을 그만두고 직접 그의 몸을 만질까 봐 두려웠다. 곧이어 그의 우려는 현실이 됐다. 아, 얼마나 도망치고 싶었던가. 하지만 이제는 돌이키기엔 너무 늦어버렸다……. 그녀는 그의 부드러운 손바닥을 잡고 말했다.

"작고 귀여운 내 아기……."

일견 이런 식의 표현이 생뚱맞아 보였지만, 결과적으로는 이 말이 그를 자극했고 성적 흥분이 느껴졌다. 그녀는 양손으로 그의 수줍은 남근이 단단해지도록 부드럽게 쥔 채 자기도 달아오르는 것을 느꼈다.

"봐, 네가 얼마나 잘하는지……."

어둠 속에서 나댜가 숨을 깊게 쉬면서 말했다. 그녀는 승리감에 도취되었다. 이번에도 그녀가 이긴 것이다. 그녀는 사냐의 머리를 자기 가슴에 갖다 댔다. 그들 모두를 차지한 그녀는 얼마나 강력한 권력을 갖고 있단 말인가!

사냐는 속으로 '난 싫어, 난 싫어'라는 말을 되뇌었지만 소용없었다. 그는 이미 그녀 안에 있었고, 이젠 돌이킬 수 없었다. 곧이어 나지막한 그녀의 웃음소리가 들렸다.

"물은 구멍에 들어가는 법이라니까."

시작은 동시에 끝일 수도 있었다.

순간 그것이 수축하면서 무언가가 흘러나왔다. 끈적끈적하고 뜨거웠다. 그러고 나자 미치도록 창피했다. 이것이 바로 그것이란 말인가?

나댜는 입으로 그의 입술을 찾았다. 그는 고분고분하게 그녀에게 입술을 맡겼다. 그녀는 커다란 혀로 그의 입을 핥았고, 윗입술과 아랫입술 사이에 혀를 조금 집어넣었다. 그녀가 공기를 빨아들였다. 그러자 입술을 빼는 소리가 들렸다.

"사랑 없이 키스하느니 죽어버려."

그녀가 그에게 속삭였다.

맞는 말이었다. 차라리 죽는 편이 나으리라…….

밖에는 여전히 보슬비가 내리고 있었다. 일리야가 골목 반대편에서 그를 기다리고 있었다. 그를 본 일리야가 먼저 다가왔다.

"괜찮았어?"

일리야는 웃지도 않고 사무적인 말투로 물었다.

"괜찮긴 했는데 상당히 끔찍했어."

사냐가 아무렇지도 않은 듯이 대답해서 일리야는 얼마나 끔찍했는지 짐작할 수도 없었다.

그들은 말없이 사냐의 집까지 가서 건물 입구에서 헤어졌다.

다음 날 사냐는 학교에 가지 않았다. 몸이 아팠기 때문이다. 늘 그렇듯이 이번에도 열이 40도까지 올라갔지만, 그것 말고 다른 증상은 없었다. 그는 매독이나 그보다 중한 병에 걸려서 죽어가는 꿈을 꿨다. 하지만 그런 일은 일어나지 않았다. 사흘 뒤 열은 내렸지만 그는 며칠 더 침대에 누워 있었다. 할머니가 그에게 모르스*를 끓여주고, 기다란 소라 모양의 크림 파이도 만들어주

* 베리류의 열매, 설탕, 물을 넣고 끓인 후에 열매를 걸러낸 러시아식 주스.

고, 풋사과를 강판에 곱게 갈아주는 동안 그는 수시로 찾아드는 자기혐오, 그를 배신하고 그의 의지와는 무관하게(아니었나?) 타인의 부름에 응한 자기 몸에 대한 혐오감과 싸우고 있었다.

그는 누워서 《오디세이아》를 읽었다. 그는 오디세우스의 선원들이 귀를 밀랍으로 막은 덕분에 세이렌의 목소리를 향해 바닷속에 뛰어들지 않고 무사히 세이렌의 섬을 지나는 동안, 밧줄로 돛대에 묶인 오디세우스가 세이렌의 노랫소리가 들리는 곳으로 가기 위해 매듭을 풀려고 몸부림치는 대목을 읽고 있었다. 오디세우스는 이 소리를 듣고도 살아남은 유일한 생존자였다. 바위가 많은 바닷가에는 섬에 도달한 여행가들의 말라비틀어진 살가죽과 수분기가 모두 사라진 뼈가 흩어져 있었다. 유혹하는 겹겹의 목소리에 걸려들어 피를 빨아 먹는 세이렌들에게 잡혀서 피를 빨아 먹힌 것이었다.

"할머니, 할머니는 세이렌이 나오는 이 대목이 남성을 이긴 여성의 권력에 관한 것이라고 생각하세요?"

안나 알렉산드로브나는 그 말을 듣고 양손으로 작은 접시를 쥔 채로 멈춰 섰다.

"솔직히 나는 이 장면에 대해서 그렇게 생각해본 적이 없단다. 하지만 네 말이 전적으로 옳아. 세이렌은 남자를 이겼을 뿐만 아니라 여자도 이겼지. 사실상 인간을 이긴 거야. 끔찍하리만치 저속하지만, 사랑과 허기가 세상을 지배하고 있다는 것은 부정할 수 없는 사실인 것 같구나."

"절대 피할 수 없는 걸까요?"

안나 알렉산드로브나는 웃기 시작했다.

"가능할지도 모르지. 하지만 나는 잘 안 되더라고. 실은 그렇게 되기를 원하지도 않았어. 다들 언젠가는 그 소용돌이 안으로 빨려 들어가더라."

그녀는 차갑고 까슬까슬한 손을 사냐의 이마에 댔는데 그 감촉이 치유자의 손길처럼 순수했다.

"열은 없네."

사냐는 반지를 주렁주렁 낀 뼈만 앙상한 할머니의 손을 잡고 뽀뽀했다.

'언제 저렇게 컸담. 참 좋은 애야. 하지만 너무 여리고 지나치게 감수성이 풍부해……. 앞으로 얼마나 힘들까?'

안나 알렉산드로브나는 그런 손자가 안쓰러웠다.

사실 사냐의 시련은 안나 알렉산드로브나가 추측한 것보다 훨씬 일찍 시작되었다. 아직 학교에 입학하기도 전에 그는 자신이 어떤 결함으로 또래 아이들을 포함해 다른 사람들과 다를지도 모른다는 의구심으로 인해 괴로워했다. 좋은 쪽으로 보면 그는 특별했다. 어떤 방식으로든 이것이 음악과 연관이 있다는 것은 확실했다. 엄마와 할머니는 검을 든 대천사처럼 외부 세계로부터 그를 보호했고, 그를 위해 열 평짜리 방에 동화책에 등장할 법한 자연보호구역을 만들어놓긴 했지만, 그가 그들이 없는 방 밖에서 사는 모습과 그들이 죽고 나서 혼자 이 세상에 남겨질 일을 상상하면 겁이 났다. 처음에 그들은 그를 학교에 보내지 않고 집에서 가르치려고 했지만 그렇게 극단적인 조치를 취할 결심은 서지 않았다.

조언을 구하기 위해서 부른 바실리 인노켄티예비치는 그들을 실망시키지 않았는데, 그는 가장 끔찍한 논증을 펼쳤고 극단적인 결론까지 제시했다. 만약 사내아이가 어린 시절에 적응하는 법을 못 익히면 학교에도 적응하지 못할 것이며, 사회에도 적응하지 못하다가 결국 감옥에 갇히는 신세를 면치 못하리라는 것이었다.

사냐의 어머니와 할머니는 서로 시선을 교환하더니 그가 사회에 적응할 수 있도록 세상으로 내보냈다. 학교에서의 처음 5년은 거의 감옥의 독방에서처럼 보냈다. 신기하게도 사람들은 마치 투명 인간이라도 되는 것처럼 사냐의 존재를 알아채지 못했다. 그 덕분에 사냐 역시 마음이 편했는데, 사내아이들 특유의 거친 언행으로부터 예의 바른 미소로 자신을 보호했고, 결국 그는 자신이 속한 무리에서 아무런 관계도 형성하지 못했다.

하지만 6학년 1학기 초에 기적이 일어났다. 같은 반 아이들과 개에게 괴롭힘을 당하던 새끼 고양이 덕분에 사냐가 일리야와 미하와 친해진 것이다. 그리고 이 우정은 당시에 그들이 염려하던 가장 내밀한 비밀을 서로 나누면서 더 끈끈해졌다.

하지만 고등학교를 졸업할 무렵 각자 새로운 비밀을 갖게 되었다. 어른이나 다름없던 그들은 서로에게 비밀을 가질 권리가 있다는 사실을 받아들였다. 사냐의 비밀에는 이름이 없었지만, 그는 자신도 이름을 붙일 수 없는 비밀에 대해 일리야와 미하가 알게 될까 봐, 또 그것이 밝혀질까 봐 노심초사했다. 그의 미래는 열매가 맺히기는커녕 아직 싹도 트지 않았기 때문에, 느껴지는 것이라고는 막연한 두려움뿐이었다. 셋 사이에 침묵하는 일이 잦아졌지만, 침묵을 이유로 우정에 금이 가지는 않았다.

그들은 절대 말다툼하지 않았고, 의견이 갈릴 때면 말다툼 대신 장난스러운 대화나 짧은 즉흥 연극으로 대체했는데, 연극의 규칙은 그들 세 사람, 트리아농만 아는 것이었다.

사냐는 자신의 비밀을 친구들에게 얘기하고 싶어도 걸맞은 표현이 떠오르지 않아서 말하지 못했을 것이다. 그렇다고 대충 떠오르는 단어로 말하는 것은 완벽주의 때문에 용납할 수 없었을 것이다.

그를 이해할 수 있는 사람은 솔메이트인 리자가 유일했다. 그녀는 바실리 인노켄티예비치의 손녀였고 피아니스트였다. 아직 음대에 입학하지는 않았지만 이미 거의 피아니스트라 할 수 있었다. 결국 입학도 할 터였다. 사냐는 절대 아닐 테지만 말이다.

그가 아침이면 민트 가루로 이빨을 닦고, 엄마나 할머니가 만들어주는 음식을 먹고, 그런 다음 먹은 걸 화장실에서 몸 밖으로 내보내고, 신문을 읽고, 저녁이면 머리를 베개에 대고 잠자리에 드는 이 세계가 가짜인 것 같다는 의구심을 나눈 사람은 그녀가 유일했다. 다른 세계가 존재한다는 확실한 증거는 저쪽 세계에서 생겨나 알 수 없는 방법으로 이곳에 온 음악이라는 것이었다. 음대의 홀을 가득 채우던 것도 음악학교 복도에서 들리던 불협화음도 검은색 레코드판에 숨어 있던 소리도 음악이었다. 심지어 라디오에서 흘러나오는 것도, 널을 뛰며 오르락내리락하는 음표들도, 가끔 생겨나는 공백도, 세계와 세계 사이에 있는 갈라진 틈으로부터 비집고 들어오는 것도 전부 음악이었다.

사냐는 할머니가 있고 가루 치약이 있고 복도 끝에 화장실이 있는 이 세계가 기만이고 환각이며, 만약 갈라진 틈이 더 넓어지면 이곳에 있는 모든 것이 대야 속 비눗방울처럼 터져버릴지도 모른다는 끔찍한 추측에 사로잡혀 몸이 얼어붙곤 했다.

"그러니까 이곳은 토할 것 같고 도저히 못 살 것 같은데 저기로 갈 수는 없다는 거야. 내가 정상이 아니라서 이런 생각을 하는 걸까?"

리자는 어깨를 으쓱하고는 대답했다.

"맞아, 당연하지! 그런데 정상 아닌 게 뭐 어때서? 물론 이 두 세계 사이에는 경계가 있겠지……. 악기를 연주해봐, 그럼 너도 거기에 가게 될 테니."

그녀는 많은 이들이 이에 대해 알고 있다고 확신하고 있었다. 그건 아마 그녀가 음악학교 출신이며, 동기들의 손이 악보와 보이지 않는 사슬로 묶여 있기라도 한 것처럼 하루에 여덟 시간씩 피아노나 바이올린, 첼로를 연습해서 그런 것인지도 몰랐다.

고등학교 졸업을 앞둔 해에 사냐는 피아노를 거의 치지 않았다. 그에겐 가망이 없었다. 개인 수업도 마다하는 그를 보며 안나 알렉산드로브나는 한숨만 쉴 뿐이었다.

대신 다른 사람과 같이 음악회는 다니곤 했다.

그는 할머니보다 리자와 함께 음악회에 가는 것이 더 좋았다. 두 사람은 함께 음악을 듣고 비교하고, 반쯤 고개를 끄덕이고, 조용히 숨을 쉬거나 숨을 참기도 하는 등의 미세한 동작을 교환하며 자기가 이해한 것을 표현했고, 서로의 이해가 완전히 통할 때면 손을 잡았다. 서로 마음이 너무나도 잘 맞았다. 그러고 나서 그는 그녀를 전차가 서는 곳까지 바래다주거나 가끔은 그녀의 집이 있는 노보슬로보츠카야 지하철역까지 같이 걸으면서 쇼팽과 슈베르트에 대해 이야기했고, 얼마 뒤에는 프로코피예프, 스트라빈스키, 쇼스타코비치에 대해서도 이야기했다. 당시 그들은 둘 중 한 명이 죽을 때까지 앞으로 평생을 함께 바흐, 베토벤, 알반 베르크에 대한 대화를 서로 나누며 살아가게 되리라고는 상상조차 할 수 없었다. 그리고 파리나 마드리드, 런던에서 딱 한 번만 하는 어떤 위대한 음악가의 연주회에 함께 가서 음악을 감상하고 동이 틀 때까지 대화를 한 뒤에 각자 비행기를 타고 집으로 돌아가는 날이 오리라는 것 역시 상상하기 힘들기는 마찬가지였다.

하지만 리자에게 청소부의 손녀에 대해, 어둠에 대해, 그 칠흑 같은 어둠 속에서 한 교합에 대해, 성적 교합이라는 엄청난 일을 한 뒤에 그가 사로잡힌 괴로움에 대해 어떻게 말한단 말인가? 잇몸이 반짝거리던 나댜 얘기는 또 어떻고?

새해가 지나고 얼마 뒤 나댜는 성적이 우수했지만 학교에서 쫓겨났다. 그것은 부당한 처사였다. 그녀는 튼튼한 몸뿐만 아니라 똑똑한 머리도 타고났기 때문이다.

학교에서의 행실도 나쁘다고 할 수는 없었는데, 그녀는 수업 시간에 앉아서 졸지언정 선생님한테 무례한 말을 하지도 않고 공부도 잘해서 늘 우수한 점수를 받았다. 여자 교장은 그녀를 불러서 청소부용 창고에 스며든 비밀과 관련해서 자신이 아는 모든 사실을 이야기했고, 학생 기록부를 챙겨서 떠날 것을 제안했다. 나댜는 울면서 기술학교로 옮겼고 그녀의 선택은 옳았다.

친구들이 그녀를 보러 오긴 했지만, 이제 그녀는 아침부터 포크롭카에 있는 빵집에서 일하고 저녁에는 학교에 갔기 때문에 시간이 많지는 않았다.

사냐와 나댜는 그 뒤로도 수년 동안 같은 동네에서 살았지만, 스레텐카 거리에 있는 '우란'이라는 영화관 근처에서 어느 날 우연히 딱 한 번 만났을 뿐인데, 사냐는 안나 알렉산드로브나와 함께 있었고, 나댜는 친구 릴카와 같이 있었다. 사냐는 멀리서 그녀를 보고 허리를 숙여서 인사를 했고, 그녀는 뭔가를 친구의 귀에 대고 재잘거리더니 키득거렸다.

사냐는 뒤를 돌아서 모든 일을 잊어버리겠노라고 머릿속으로 되뇌었다. 아무한테도 말하지 않을 거야, 절대로……. 그리고 그것은 기억의 가장 밑바닥으로 사라졌다.

아, 리자, 리자, 넌 정말 너무…… 말로 표현할 수도 없어!

사냐는 크리스털 같고 연약한 리자도 고무줄이 들어간 브래지어와 가터벨트에 연결된 스타킹을 착용한 뚱뚱한 나댜와 같은 유의 여자일 것이라고는 상상하기도 싫었다. 그렇게 상상해

보는 것조차 모욕적이었다. 사냐는 천사들은 고무줄이 들어간 그런 유의 속옷을 입을 리가 없다고 생각하며 저속한 의혹을 떨쳐버렸다.

하지만 이것은 사냐의 엄청난 착각이었다. 천사도 이 모든 장비들을 갖추고 다녔으며, 그녀도 사냐가 청소부의 창고에서 처음 겪은 그 행위를 언젠가는 하게 될 터였다. 느리긴 했지만 리자와 젊은 바이올리니스트와의 연애는 꽤 진전이 있었는데, 그는 유명한 음악가 가문에서 성장한 음대 학생이었다. 곰처럼 행동이 둔하고 얼굴에는 붉은 기가 돌고 여드름 자국이 있으며 검은 머리를 덥수룩하게 기른 뚱뚱한 보리스를 리자가 좋아한다는 것은 믿기 힘든 일이었다. 어쩌면 음대의 작은 연주용 홀 로비에 있는 대리석 판에 적힌 그의 할아버지의 이름이 매력을 돋보이게 했는지도 모른다. 4년 뒤 리자와 보리스의 결혼식을 조금 앞둔 시점에서야 사냐는 비로소 그들의 관계를 알고 심한 충격을 받았는데, 그 이유는 남성과 여성이 나누는 모든 육체적인 것은 청소부의 창고에서 나눈 더러운 행위와 사실상 동일하며, 티없이 깨끗한 소리로 이루어진 세계와는 너무나 다르다고 생각했기 때문이다. 이 관계가 어떻게 리자와 연관이 있단 말인가? 그녀의 연주 실력은 나날이 일취월장했고, 훌쩍 성장해서 학생의 수준을 넘어 자신만의 소리와 억양을 만들어냈다. 그렇다면 뚱뚱한 보리스는? 아니, 이건 질투가 아니라 당혹감에 가까운 감정이었다…….

결혼식이 있기 2주 전에 리자는 보리스와 함께 듀엣으로 모차르트의 '바이올린과 피아노를 위한 소나타'를 연주했다. 사냐는 군데군데 빈자리가 있는 홀에 앉아서 괴로워했다. 그는 이 소나타를 알았고, 두 파트가 서로의 소리를 듣지도 않고 화합하지도 않으며 연주하는 동안 내내 균열을 일으켜서 듣고 있기 힘들었다. 피아노 파트와 바이올린 파트 사이에는 어떠한 정서적 교감도 없었고, 사냐는 멍청하고 이기적이며 끔찍하리만치 자기애가 충만한 보리스가 미웠다. 절대로 리자는 그와 결혼해서는 안 되었다!

그는 꽃도 건네지 않고 결혼식 홀을 떠났다. 흰 종이에 싼 빨간 카네이션 세 송이를 코트 소매에 넣고 홀 밖으로 나와서는 차이콥스키 동상 근처의 쓰레기통에 버렸다.

결혼식 피로연은 집에서 했는데 간소하면서도 화려했다. 부모님과 친한 친구들만 초대한 자리였다. 지금까지 잘 간직한 보리스의 할머니와 할아버지의 결혼식 때 받은 결혼식 선물인 피로연용 식기 세트에 있는 접시 개수에 맞춰 손님은 총 스물네 명이었다.

유명한 바이올리니스트이자 교육자였던 할아버지 그리고리

리보비치의 초상화는 레오니트 파스테르나크*가 할머니 엘레오노라의 어린 시절을 그린 초상화 옆에 걸려 있었다. 그의 할아버지는 '근본 없는 코스모폴리타니즘'**을 척결하는 캠페인의 희생자가 되어 돌아가셨고, 오래전에 가수였던 할머니도 코스모폴리타니즘으로 고생했다. 이제 그녀는 남편과 아들을 앞세운 뒤 자신의 집이 사교계에서 뛰어난 입지를 차지할 수 있도록 누구보다도 멋지게 진두지휘하고 있었다.

식탁은 태양 아래 빙산처럼 은은히 빛났고, 흰색으로 보일 정도로 깨끗하게 닦은 은수저도 윤이 났으며, 와인 잔의 크리스털은 서로에게 윙크하듯 반짝거렸고, 원형 접시들에는 투명한 레코드판처럼 얇게 썬 생선과 치즈가 담겨져 있었다. 성경 속 유명한 스승처럼 그녀도 빵 다섯 개로 많은 사람들을 배부르게 할 수 있었을 법했는데, 그녀에게는 식재료를 아주 얇게 써는 재주가 있었기 때문이다. 음식이 남은 적은 단 한 번도 없었다. 접시 수에 비해 음식이 항상 모자랐기 때문이다. 신랑 신부는 연주회 복장을 하고 있었는데, 신랑 보리스는 스모킹 재킷을 입고 있었고, 리자는 레이스가 달린 엷은 황갈색 드레스를 입고 있었는데 굉

* 작가 보리스 파스테르나크의 아버지이며, 유명한 화가이다.

** 세계시민주의를 모토로 자기 나라의 전통이나 문화를 부정하는 것을 뜻했다. 소련 시대에 부르주아적 이념으로 간주돼 탄압받았다.

장히 안 어울렸다.

초대받은 사람 중에 유라시아 최고의 음악가 네 명이 아내와 함께 참석했다. 위대한 피아니스트의 돔 지붕 같은 대머리에서는 빛이 났고, 위대한 바이올리니스트는 팔걸이가 낮은 안락의자에 몸을 파묻었다. 다섯 번째 연주자 역시 천재적인 음악가였는데 한 번도 결혼한 적 없는 여자였다. 그녀는 초록색 케피르***병의 주둥이가 툭 튀어나온, 낡아서 해진 가방을 식탁 위에 빛나는 수저 옆에 세워뒀다. 고인이 된 집주인의 가장 가까운 친구였던 위대한 첼리스트는 끝이 뾰족한 성냥으로 이를 쑤시고 있었다. 저명하지만 그다지 위대하지는 않은 지휘자는 어떤 접시에 무엇이 담겨 있는지를 자세히 살펴보면서 아내의 험상궂은 시선을 애써 외면하며 얇은 입술을 이따금 깨물었다. 양가 친척을 제외하면 음악과 연관이 없는 사람은 별장에서 가장 가까운 곳에 사는 부부뿐이었는데, 화학자와 그의 아내였다. 사교계에서 엄청난 인맥을 자랑하는 엘레오노라 조라호브나는 위대한 작곡가의 아내가 막 전화를 걸어 부부 모두 오지 못한다는 소식을 전하자 언짢아졌다.

그녀가 만든 세기의 만남에 문제가 생겼기 때문이다.

*** 러시아 및 동유럽 국가에서 주로 마시는 캅카스 지방의 전통 발효유.

"데자뷔네. 50년 전에 내가 엘레오노라의 결혼식에 갔었거든. 바로 이 아파트에서 했어……. 1911년에……."

안나 알렉산드로브나가 손자의 귀에 대고 속삭였다.

"손님도 똑같고요?"

사냐가 조소 섞인 투로 질문했다.

"거의 그렇지. 스크랴빈도 왔어. 막 해외에서 귀국했을 때야."

"스크랴빈이요? 여기에?"

"오만한 쇼스타코비치와 달리 그는 결혼식에 참석했어. 다들 그리고리 리보비치는 좋아했지만 엘레오노라를 좋아하는 사람은 아무도 없었어."

"또 누가 왔는데요?"

"레오니트 오시포비치 파스테르나크와 로잘리야 이시도로브나 파스테르나크*가 왔어. 그녀는 정말 뛰어난 피아니스트였고, 안톤 루빈시테인이 그녀가 아직 어렸을 때 재능을 알아봤지. 혈연, 지연, 직업이라는 끈으로 연결된 관계지……. 나는 이 집에 네 나이 때, 아니 너보다 더 어렸을 때 처음 왔어. 그때 그 결혼식은 평생 기억에 남더구나. 넌 이 결혼식을 평생 기억하겠구나……."

* 작가 보리스 파스테르나크의 어머니.

그녀는 한숨을 쉬면서 말했다.

"그런데 그때 할머니는 여기에 어떻게 오시게 된 거예요?"

사냐가 문득 떠오른 듯 질문했다.

"첫 번째 남편이…… 음악가였거든. 신랑의 친구였어. 그 얘기는 다음에 해줄게."

"전에는 왜 말씀 안 하셨는지 이해가 안 가요."

안나 알렉산드로브나는 마음 여린 손자에게 자신의 과거 중 일부는 이야기하지 않기로 오래전에 결심했기 때문에 이런 말을 한 스스로에게 화가 났다. 그때 그 신랑 친구는 맞은편에 앉아서 이를 쑤시고 있었다. 문득 당시의 기억이 떠올라서 자기도 모르게 쓸데없는 말을 한 것이었다.

"리자가 힘들 거야."

그녀가 갑자기 화제를 바꿨다.

리자는 하객들 사이에서 아주 잘 버티고 있었다. 바실리 인노켄티예비치와 그의 아들이자 리자의 아버지인 알렉세이 모두 이 무리에서는 외부인이었지만 두 사람 모두 유명한 의사이기 때문에 음악가들과 어느 정도 어깨를 나란히 할 수 있었다. 하지만 뚱뚱한 데다 보기 싫게 금발 염색 머리를 한 리자의 어머니는 이곳에 전혀 어울리지 않았고 그녀 자신도 응접실에 있는 것이 불편했다. 한때 그녀는 간호사였고 야전병원 수술실에서 일했다. 리자의 아버지와는 전쟁터에서 우연히 맺어진 인연이었고 한쪽이 기우는 결혼이었지만 딸 덕분에 그들은 결혼 생활을 유지할 수 있었다. 보리스는 장모의 얼굴에서 자랑스러움, 무례함, 당혹감, 불편함 같은 여러 감정을 읽을 수 있었다. 리자는 어머니를 자기 옆에 앉히고는 이따금 한쪽 손을 쓰다듬으면서 어머니가 술을 많이 마시지는 않는지 지켜봤다.

안나 알렉산드로브나는 사냐의 오른쪽에 앉아 있었고, 왼쪽에는 사자 갈기를 양 갈래로 빗어 넘긴 것 같은 헤어스타일에 보헤미안식으로 옷을 입고 목에는 표범 무늬의 숄을 두른 남자가 앉아 있었다. 가수일까? 배우일까? 그의 이름은 유리 안드레예비치였다.

메인 요리를 내오기 전에 고깃국을 담았던 찻잔과 초대받은 스물네 명분의 작은 파이가 담겨 있던 빈 접시를 치웠을 때 사냐의 오른쪽에 앉아 있던 그 남자는 양손으로 술잔을 쥐고 일어났다.

"사랑하는 리자와 보바!"

'보리스를 보바라고 부르는 걸 보니 가까운 친척인가 보군.'

사냐가 생각했다.

그의 입은 굉장히 바삐 움직였는데, 윗입술은 홈이 패 양쪽으로 갈라졌고 아랫입술은 약간 돌출해 있었다.

"두 사람은 결혼이라는 위험한 길로 들어섰어요! 어쩌면 그 길은 위험하다기보다는 예측 불가능하다는 표현이 더 맞을지도 모르겠습니다. 나는 두 사람이 결혼한 후에도 음악을 좋아했으면 좋겠습니다. 내 생각에는 이것이 가장 중요합니다. 음악을 네 귀로 듣고 네 손으로 연주하며, 이전에 세상 어디에도 없던 새로운 소리의 탄생에 두 사람이 직접 참여한다는 것은 엄청난 행복입니다. 손끝에서 나오는 음악은 파동이 일어나는 공간에서 흩어지기 전 아주 잠깐 동안만 존재하지요. 하지만 음악의 순간성은 음악의 영원성과 맞닿아 있습니다. 마리야 베니아미노브나, 당신 앞에서 쓸데없는 말을 지껄이는 저의 무례를 용서하십시오……. 사랑하는 보바, 리자! 나는 진심으로 두 사람이 일구는 가정에 음악이 늘 함께할 뿐만 아니라 음악이 두 사람 속에서 더 깊고 풍성해지길 바랍니다."

"노라!"

이때 갑자기 낮고 조금 새된 목소리가 들렸다.

"파이가 환상적이에요! 두 개만 싸주세요!"

엘레오노라는 이 말을 한 상대를 노려보면서 대답했다.

"마리야 베니아미노브나, 파이는 싸드릴 겁니다, 싸드려야지요!"

"사냐, 이건 꼭 네 회고록에 적어야 한다. 잊지 마!"

안나 알렉산드로브나가 귓속말로 했다.

사냐는 안 그래도 극장 1열에 앉아 있는 것처럼 한꺼번에 많은 위대한 사람들과 같은 공간에 있음을 느끼고 있었다. 표범 무늬의 숄을 목에 두른 남자는 그냥 우연히 결혼식 피로연에 온 것이 아니며, 표정으로 봤을 때 뭔가 중요한 것을 아는 눈치였는데, 그는 도대체 누구란 말인가? 게다가 파이를 싸달라고 한 노부인 마리야 베니아미노브나는 사냐가 어렸을 때 처음 그녀의 음악회에 간 날부터 그의 우상이었다.

식사 후에 고대 러시아부터 내려오던, 신랑 신부에게 키스를 강요하는 순서를 건너뛰고, 그들은 서재로 이동했다. 보리스의 가문은 마르크스와 엥겔스 거리(과거에는 말리 즈나멘스키 골목이라 불렸다)의 푸시킨 박물관 뒤편에 있으며, 이 건물을 완공한 때인 1906년부터 증조할아버지, 할아버지, 아버지, 보리스까지 오는 동안 누구도 내쫓기지 않았고, 다른 사람들이 강제로 이 집으로 이송되지도 않았으며, 식구 중 단 한 명도 체포당한 적이 없다는 점에서 러시아에서 유일한 가족일지도 몰랐다. 가문 대대로 전해 내려오는 전설에 따르면 페시코바의 아파트가 아니라 바로 이 아파트에서 엘레오노라 조라호브나의 남동생인 이사이 도브로베인이 연주하는 베토벤 소나타 23번을 레닌이 들었다고 했다. (고리키가 지어낸 것이 아니라면) 이 집의 서재

바로 옆방에서 레닌은 이렇게 말했다.

"인간이 내는 소리라고 믿기 힘들 정도로 놀라운 음악이군……. 신경이 곤두서서 자주 들을 수는 없지만, 이토록 더러운 지옥에 살면서 이렇게 아름다운 것을 창조해낼 수 있는 사람들의 머리를 쓰다듬으면서 다정한 빈말을 하고 싶어지는군……."

하지만 그 '빈말'은 그리 다정하지 않았고, 그가 쓰다듬은 수천 명의 머리가 날아갔다…….

리자는 사냐를 발코니로 불러내서는 제 가문의 전설이 된 이 모든 이야기를 조용히 들려주었다. 그리고 도브로베인이 피아노를 연주한 것은 맞지만 그가 연주한 것은 베토벤의 피아노 소나타 23번이 아니라 14번 '월광'이었는데 전문가들조차 착각했다는 것이다.

사람들이 서재에서 담배를 피우기 시작했고, 하인이 쟁반에 커피를 준비해 들어왔다.

"모든 게 정말 심하게 영국식이네요."

사냐가 할머니에게 귓속말했다.

"아니, 유대인식이지."

안나 알렉산드로브나가 사냐의 말을 바로잡았다.

"할머니, 뭔가 반유대주의적으로 들리는데요. 할머니가 그럴 거라곤 생각을 못 했어요."

안나 알렉산드로브나는 얇은 콧구멍을 벌렁거리면서 담배 연기를 깊게 빨아들인 후에 머금었다. 이어서 연기를 입 밖으로 내보내고는 머리를 잠시 흔들었다.

"사냐, 우리나라에서 반유대주의는 상인들과 지체 높은 귀족들의 특권이었고 우리 가문은 귀족 가문이기는 하지만 여러모로 봤을 때 인텔리겐치야야. 게다가 너도 알다시피 나는 유대인들을 좋아해."

"알아요. 미하를 좋아하시잖아요. 저는 사실 누가 유대인인지 아닌지 전혀 관심이 없어요. 그런데 무슨 이유인지 저랑 제일 친한 두 명의 친구 중에 1.5명이 유대인이에요."

"그러게 말이다. 혹시 네가 감수성이 지나치게 예민해서 그런게 아닐까?"

안나 알렉산드로브나는 진심으로 반유대주의를 경멸했기에, 지금 그녀가 언짢은 이유는 다른 데 있었다. 젊은 시절, 오직 그녀만을 사랑한 바실리의 사랑을 받아들이지 않았고, 이제 그의 손녀딸인 리자가 얼굴선이 섬세한 사냐를 마다하고 평퍼짐한 유대인 청년을 선택하면서 운명의 복수가 실현되었다고 생각한 탓이었다.

하지만 안나 알렉산드로브나의 이런 생각은 사실과 달랐다. 사냐는 리자를 마음이 잘 통하는 친한 친구로만 대했기 때문에 리자가 그를 거절하고 말고 할 것이 없었다. 하지만 안나 알렉산드로브나는 두 사람이 어렸을 때부터 서로 맺어질 운명을 타고 났다고 확신했다. 그래서 리자의 선택을 철저히 출세를 위한 이해타산적인 것이라고 간주했다. 게다가 리자의 신랑이 하필 유대인이라는 점도 마음에 안 들었다.

리자가 술잔을 들고 다가왔고 손가락에 반짝거리는 결혼반지가 보였다. 그녀는 사냐 옆에 앉았던 남자의 팔짱을 끼고 있었다.

"유리 안드레예비치 씨와는 구면이지? 이분은 대학교에서 음악 이론을 가르치는 교수님이셔. 아마 음악과 관련된 네 모든 고민에 해답을 제시해줄 수 있는 적임자일 거야."

"음악과 관련한 고민을 갖고 있는 사람을 볼 기회는 흔치 않은데요."

유리 안드레예비치는 호기심 가득한 눈으로 사냐를 쳐다봤다.

"리자, 무슨 그런 말도 안 되는 말을 하는 거야?"

사냐는 당황했고 한편으로는 리자에게 서운했다.

'어떻게 이렇게 무례할 수가 있지?'

이때 육중한 노파가 겨드랑이에 핸드백을 낀 채로 그랜드피아노 쪽으로 다가갔기 때문에 사냐는 그다음 말을 이어갈 수 없었다.

계획에 없던 엘레오노라 조라호브나의 연주가 이어졌다. 안주인의 계획대로라면 다음 순서는 커피와 아이스크림, 하인이 부엌에서 이미 내온 작은 파이를 곁들인 디저트를 먹는 것이었다. 하지만 노부인은 쟁반에 담긴 파이는 미처 못 보고, 링에 오르는 권투 선수처럼 무거운 머리에 힘을 뺀 채로 고개를 숙이고 양팔을 축 늘어뜨린 채로 피아노를 향해 걸어갔다. 페달 오른쪽에 무거운 가방을 내려놓자 둔탁한 소리가 들렸고, 그런 다음 그녀는 자기 가방 안을 잠시 뒤지더니 케피르병 밑에 깔려 있던 악보를 꺼내서는 악보대에 올려놓았다. 그러고는 등받이 없는 회전의자에 앉아서 잠시 몸을 흔들더니 마치 천장에 흐릿하게 적힌 메시지를 자세히 살펴보기라도 하는 듯이 위를 쳐다봤다. 그녀는 원하는 메시지를 얻기라도 한 듯이 눈을 지그시 감고 수박처럼 단단한 화음을 짚었다. 이어서 그다음 화음, 그리고 또 그다음 화음……. 그녀가 짚은 화음은 어딘가 달랐고, 특별한 곡을 연주하려는 것 같았다.

"앉으세요. 일반적인 템포로 연주하면 18분이 걸릴 겁니다."

유리 안드레예비치가 귓속말을 했다.

노부인의 연주는 사냐가 전에 접한 적 없는 음악이었다. 그는 적대적이고 낭만적 전통을 부정하며 규칙과 카논을 무시하는 음악이 존재한다는 것을 알고 있었지만, 그런 음악이 실제 연주되는 순간은 난생처음이었다. 그에게 이 음악은 너무도 낯설어서 강한 거부감이 일었다. 뭔가 상당히 새로운 것을 들은 것 같았지만 이것이 어떻게 만들어진 것인지는 이해할 수 없었다. 그는 여태껏 '정상적'이고 명확히 이해되며 익숙한 다른 종류의 음악을 들어왔고, 그런 것들을 들을 때 느껴지는 음악의 흐름과 집요하게 구축된 소리의 화합을 좋아했다. 그래서 곡의 흐름을 미리 상상해보고, 음악이라는 글의 결말을 미리 예측하곤 했다…….

그래서 그는 과장되고 꾸며낸 시적 표현으로 곡의 내용을 요약하려고 하는 시도가 얼마나 어리석고 비합리적인지 알고 있었다. 음악의 내용은 문학적 비유와 시각적 묘사라는 틀 안에 넣어서 해석할 수 있는 것이 아니기 때문이었다. 그는 쇼팽을 이해하는 방법이나 차이콥스키가 무엇을 염두에 두고 작품을 작곡했는지가 적혀 있는 프로그램 북의 개관이 싫었다.

어른들이 가르치는 수업을 어린아이가 보면서 도무지 이해할 수 없다는 듯이 '저 사람들 참 멍청하다!' 하고 생각하는 것과 같았다.

그가 지금 들은 음악은 집중력과 예리한 관찰력을 필요로 했다.

'이 곡의 언어는 지금껏 내가 알던 음악의 언어와 달라.'

사냐의 머릿속에 문득 이런 생각이 떠올랐다.

노부인의 손끝에서 나온 음악은 실로 놀라운 것이었다. 음악을 듣고 온몸이 이렇게 반응하는 것은 과거에도 자주 일어난 일은 아니었다. 사냐는 마치 소리가 두개골을 가득 채우는 데 그치지 않고 공간을 더 넓어지게 만든 것 같은 기분을 느꼈다. 마치 몸속에 헤모글로빈이 만들어지거나 핏속에 강력한 호르몬이 작동하는 것처럼 알 수 없는 생물학적 반응이 시작된 것 같았다. 그녀의 연주를 들으면서 식물이나 나무의 호흡이나 광합성 작용이 떠오르기도 했는데…….

"이게, 이게 뭐죠?"

사냐는 무례한 줄도 모르고 옆에 앉은 남자에게 귓속말로 물었다.

그러자 상대는 예쁘게 조각한 것 같은 입술 모양을 만들며 미소를 지어 보였다.

"슈토크하우젠의 곡이에요. 우리나라에서는 그 사람 곡을 연주하는 사람이 없어요."

"세계의 끝 같아요……."

사냐는 종교적 의미의 종말이나 학문적 의미의 멸종을 두고 한 말이 아니었다. 최근 10년 동안 젊은이들이 많이 쓰는 은어를 사용한 것이었다. 한편 콜로소프는 이 말을 한 젊은이를 흥미롭다는 듯 한 번 쳐다봤다. 음악 이론가로서 그는 이 새로운 음악이 한 시대의 끝과 미지의 시대의 시작을 의미한다고 생각했다. 그는 대부분의 사람들이 보지 못하고 알지 못하는 이 변화에 엄청난 의미를 부여했으며, 자신과 같이 세계나 인간 의식이 진화하는 한 과정일지도 모르는 이러한 변화를 감지하는 사람들을 높이 평가했다. 시대를 앞서가는 사람들은 드물었고 좀처럼 만나기 힘들었는데, 이들은 새로운 세계를 예감했을 뿐만 아니라 이것을 분석하고 연구하는 능력도 갖추고 있었다.

"저는 이 음악이 어떻게 만들어진 것인지 이해할 수 없습니다."

콜로소프의 이 말에 사냐는 그의 사고의 흐름과 완벽하게 일치하는 대답을 했다.

"어쩌면 이건 새로운 스타일이 아니라 어떤 새로운 사상일지도 몰라요. 아주 놀라워요……."

콜로소프는 행복감을 느꼈다.

"음악가시죠?"

"아니, 아닙니다. 그럴 뻔했는데……. 부상 때문에, 어린 시절에 겪은 끔찍한 사건 때문에……. 그 후로 음악은 듣기만 합니다."

사냐는 오른손을 들어서 영원히 구부러진 두 손가락을 보여줬다.

"모스크바 외국어대학교를 내년에 졸업합니다."

"놀러 오세요. 같이 대화나 합시다. 말이 통할 것 같으니……."

슈토크하우젠 연주 이후에 이곳에서 일어난 모든 일은 기억 속에서 흐릿해졌고, 심지어 마리야 베니아미노브나에 대한 관심도 빛이 바랬다. 사냐가 결혼식에 관해 기억하는 건 발트해 연안으로 신혼여행을 떠나는 신랑 신부를 기차역까지 바래다준 것뿐이었다.

무엇보다 그는 자신의 인생에서 엄청난 사건이 일어날 것 같다는 예감이 들었다. 바로 다음 날, 유리 안드레예비치의 음대 수업이 끝날 무렵에 사냐는 그의 음대 연구실로 찾아갔다. 전날 멈춘 부분부터 대화는 다시 시작되었다.

그런 다음 그들은 함께 먼 길을 떠났는데, 보이콥스카야 역에서 전차로 30분을 가야 하는 거리에 있는 곳이었다. 그들은 시골티를 벗었지만 아직 도시는 되지 못한 다소 우울한 그곳에 얼마 전에 지어진 개성 없는 건물을 향해 발걸음을 옮겼다. 유리 안드레예비치가 그에게 개인 수업을 해주기로 했기 때문이었다.

얼마 전에 다 읽은 장편소설 《우리들》*에 등장한 것과 같은, 현관에 아파트 호수가 적힌 철판이 붙어 있는 자먀틴식 작은 원룸에는 피아노, 책과 악보가 꽂혀 있는 책장과 캐비닛, 선반만

* 예브게니 자먀틴(1884~1937)의 장편소설.

있었다. 식사를 할 수 있는 식탁도, 잠을 잘 수 있는 소파도, 코트를 걸어둘 옷장도 없었다. 유리 안드레예비치는 자기 집에 있으면서도 손님처럼 다림질한 정장에 동화 〈암탉 랴바〉에나 나올 법한 원색 숄을 목에 두르고 반짝이는 무대용 구두를 신고 있었다. 사냐는 한동안 이 아파트는 선생님의 연구실이며, 그가 사는 곳은 이보다는 멀쩡한 곳일 거라고 생각했다. 얼마 뒤 사냐는 부엌에서 테라코타 찻주전자와 중국산 차를 보관하는 나무 보석함을 자세히 살펴볼 기회가 있었다. 그보다 더 나중에 사냐는 다림질이 잘된 정장을 입고 군대식으로 목도리를 칭칭 감은 유리 안드레예비치는 사실 은둔자이며, 그의 정장 속에 진짜 수도사가 숨겨져 있는지도 모른다고 생각했다.

그는 이 저속하고 더러운 속세에서, 역겨운 북새 속에서, 그리고 무엇보다 위험한 소련 체제하에서 어떻게 수도사처럼 자신의 음악을 지킬 수 있었을까? 참으로 놀라워, 놀라울 따름이야…….

첫날 저녁부터 사냐의 음대 음악이론학과 입시 준비가 시작되었다. 유리 안드레예비치는 목수가 단 한 번의 망치질로 못 박는 법을 가르치거나 요리사가 밀리미터 단위로 당근과 양파 써는 법을 가르치듯, 혹은 외과 의사가 메스로 손쉽게 예술적으로 절개하는 법을 알려주듯 사냐를 가르쳤다. 그는 사냐에게 일종의 수공업을 전수해주었다. 7화음을 해결할 때 으뜸화음에 무엇을 두 배로 넣어야 하는지, 온음계적 전조는 어떻게 연주해야 하는지, 황금 비율로 나누는 부분에서 가장 낮은 음역대와 가장 높은 음역대가 어떻게 상응하는지 등을 이해하기 쉽게 잘 설명해준 것도 좋았지만……. 그보다 더 중요한 것은 사냐는 공부가 즐거웠고 콜로소프도 가르치는 것이 좋았다는 것이다.

"당신은 당신이 얼마나 훌륭한 손을 타고났는지 모를 겁니다. 진정한 음악가는 연주가가 아니라 이론가, 즉 작곡가입니다. 특히 이론가에 더 가깝습니다. 음악이라는 것은 가장 본질적인 것이며 최대로 축약된 텍스트이고, 우리의 청력과 지각과 인지 바깥에 존재하는 것입니다. 이것은 가장 높은 수준의 플라톤주의이며 가장 순수한 형태로 하늘에서 내려온 에이도스입니다. 이해하시겠어요?"

사냐는 그의 말을 이해했다기보다는 느꼈다. 하지만 스승이 어린 시절 자신의 손끝에서 음악이 발생했을 때 느낀 행복감을 다시금 떠올리고는 음악의 탄생에 대해 조금 거창하게 얘기하는 것이 아닌가 하는 의구심도 들었다.

이 시기는 사냐의 인생에서 가장 행복한 때였다. 거칠고 더러운 세계의 외피가 갈라져 벌어진 틈으로 새로운 공기가 쏟아져 들어왔다. 이것은 마음의 호흡에 꼭 필요하면서도 유일한 공기였다. 또한 10년 전에 빅토르 율리예비치가 교실에 들어오면서 시를 읊었을 때 6학년 학생들이 겪은 충격과도 같은 것이었다. 그때와 다른 점이 있다면 이제 사냐는 어른이었고, 아픔 끝에 음악과 영원히 이별했다고 생각했는데, 이별 후에 음악에 대한 사랑이 오히려 더 깊어졌다는 사실을 깨달았다는 것이었다. 10년 동안 잠든 채 바닥에 가라앉아 잊혔던 그의 재능이 다시 깨어났고 힘차게 비상했다. 어렸을 때 다소 지루하게 느껴졌던 솔페지오도 음악의 구성에 대한 흥미로운 학문으로 탈바꿈했다. 몇 년이 더 지나고 사냐는 그가 어린 시절에 배운 솔페지오는 세상과 가장 가까운 거리에서 이해하기 쉬운 어휘를 이용해서 세상이 어떻게 만들어진 것인지 이야기한 것이라는 확신을 갖게 된다.

사냐는 일주일에 두 번, 한 시간 반씩 유리 안드레예비치의 집에서 아주 어려운 청음 연습과 곡을 듣고 암기하고 악보 보는 능력을 향상하는 연습을 끝도 없이 했다. 유리 안드레예비치가 피아노를 치면 사냐는 그걸 듣고 음정, 화음 그리고 한 조성에서 다른 조성으로의 전환이 발견될 때 코드 진행을 맞혀야 했다.

그는 또다시 예브게니야 다닐로브나를 집으로 모셔서 개인 수업을 받게 되었는데, 당시 신동들을 가르쳤던(그 제자들 중 최소 열 명이 훗날 모스크바 국립 음악학교의 명성을 드높였다)

그녀는 바쁜 일정 가운데서 일주일에 두 시간씩 시간을 내서 사냐를 가르쳤다. 뛰어난 연주자들을 키우는 유명한 선생님이었던 그녀가 장애가 있는 사냐를 가르치는 것은 시간 낭비에 불과했지만, 안나 알렉산드로브나의 세대에서는 잘될 가능성이 없는 아이더라도 친한 친구의 아이라면 거절할 수 없었기 때문에 그를 가르치기로 마음먹은 것이다. 결국 장애가 있는 두 손가락에 적합하게 만든 새로운 운지법을 터득한 사냐는 그에게 유리하도록 짜인 프로그램을 완벽하게 터득했고, 이 프로그램은 브람스가 편곡한 바흐의 곡 '왼손을 위한 샤콘' 연주를 끝으로 완성되었다. 그해에 안나 알렉산드로브나는 사냐의 개인 수업료를 마련하기 위해 팔지 않고 남겨둔 다이아몬드가 박힌 귀걸이와 펜던트를 팔았다.

사냐는 마치 데이트를 하듯이 수업을 들으러 달려갔고, 유리 안드레예비치 역시 이해력이 아주 빠르고 가끔은 배우지 않은 것도 질문하는 새 제자를 가르치는 것이 무척 재미있었으며, 유리 안드레예비치 자신도 덕분에 발전에 발전을 거듭했고, 미소를 짓다가도 제자가 자만할까 봐 즉시 얼굴에서 미소를 거두곤 했다. 그는 정확히 약속한 시간에 수업을 시작하고 끝냈으며, 한번은 버스가 고장 나는 바람에 사냐가 15분을 지각했을 때도 늦은 15분만큼 보충해주지 않고 약속한 시간에 끝냈다.

솔페지오, 화성, 음악사 외에도 사냐는 작문이나 외국어, 소련사 같은 일반 과목 시험도 봐야 했다. 이 시험은 전혀 걱정되지 않았다. 사실 사냐에게 가장 어려운 시험은 피아노 공통 실기였다. 준비한 곡도 연습하지만, 즉석에서 악보를 보고 연주할 수 있어야 했다. 물론 이론 전공자에게 전문 피아니스트 수준의 실력을 요구하지는 않았지만 무리긴의 '접이식 칼'에 힘줄이 끊어진 뒤로 그는 연주할 의욕을 완전히 상실했다.

이론 과목은 아주 잘 봤다. 예브게니야 다닐로브나의 지도 덕분에 피아노 공통 실기도 무난히 통과했다. 그리고 무엇보다도 가장 기쁜 것은 음대 심사위원들 가운데 누구도 그의 오른손 손가락 두 개에 장애가 있다는 것을 눈치채지 못했다는 것이었다. 사냐에게는 이것이 가장 큰 성과였다.

모스크바 외국어대학교의 동기들이 5학년으로 올라갈 때 사냐는 음대 음악이론학과 1학년에 입학했다. 안나 알렉산드로브나는 행복했다. 예브게니야 다닐로브나의 행복은 더 컸다. 그녀는 기쁜 나머지 사냐에게 스크랴빈의 친필 사인이 적힌 악보를 선물했다. 하지만 이 무렵 사냐는 스크랴빈의 재능에 의문을 제기했다.

'스승을 만나면 두 번째로 태어난다'고 한 빅토르 율리예비치의 말에 사냐는 전적으로 동의했다. 다만 이제는 빅토르 율리예비치가 아니라 다른 선생님이 그의 삶에 새로운 좌표 시스템을 넣어줬으며, 새로운 의미를 알려줬고, 세계관을 넓혀주었다. 예민한 제자들은 등골에 서늘한 전율을 느끼며, 스승이 음악에 대해서만 이야기하는 것이 아니라, 우주 전체의 구조, 원자물리학, 분자생물학의 법칙, 별똥별과 나뭇잎이 사각거리는 소리에 대해 이야기하고 있다는 사실을 깨닫곤 했다. 비단 학문뿐 아니라 무척 다양한 시와 온갖 종류의 예술에 대해서도 배웠다.

"형식이란 작품의 내용을 작품의 본질로 바꾸는 것입니다. 이해해요? 음악에서 작품의 특성이라는 것은 뜨거운 물에서 수증기가 올라가듯이 그렇게 형식으로부터 발생합니다."

유리 안드레예비치가 말했다.

"표현이 가능한 모든 것을 아우르는, 형식의 공통된 법칙을 잘 이해할 때 우리는 특수하고 개별적인 특징을 발견할 수 있습니다. 이때 공통되는 것을 제거한 뒤에 남는 잔여물을 느낄 수 있는데 바로 거기에 가장 맑고 깨끗한 형태로 기적이 숨겨져 있습니다. 여기에 바로 이론의 목표가 있어요. 발견하거나 이해한 것이 많으면 많을수록 발견하지 못한 것들은 더욱 신비로운 빛으로 반짝인다는 이치와 맞닿아 있죠. 들으면서 그것을 포착해 보세요."

그는 검은색 레코드판을 턴테이블에 올려놓았다. 턴테이블 바늘은 그다지 완벽한 소리를 내지는 못했지만 사냐는 악보를 보고 눈으로 그것들을 빨아들였고, 눈으로 받아들인 것을 귀와 뇌로 보내자 이전과 다른 새로운 세계가 열렸다. 그러자 그의 생각이 미지의 공간을 향했다.

하지만 스승은 파토스와 고상한 단어들과 무의미한 대화들을 경멸했고, 우아한 문학작품에 빗대어 음악을 논하는 온갖 종류의 시도를 차단했다.

"우리는 화성학에 대수학을 적용하는 게 아닙니다! 우리는 화성학을 공부하는 거예요! 이것은 대수학처럼 정확한 학문이죠. 시문학은 잠시 잊기로 합시다!"

그는 마치 그의 의견에 반대하는 사람이 있기라도 하는 것처럼 흥분해서 말했다.

제자들은 그를 무척 좋아했지만 학교 간부들는 그가 반소련적인 성향을 지니고 있을지도 모른다고 의심하고 있었다.

유리 안드레예비치는 구조주의자였는데, 당시만 하더라도 이 용어의 의미는 정확하게 확립되지 못한 상태였다. 게다가 간부들은 늘 그들이 이해하지 못하는 것에 특별히 더 예민하게 반응했다.

콜로소프는 제자들에게 고대 이야기를 해주는가 하면 음악의 최신 경향을 알려주기도 하면서 화성학과 음악사, 음악 이론사 교과 과정의 경계를 넓혔다. 당시는 안톤 베베른에게 영향을 받은 피에르 불레즈, 슈토크하우젠, 루이지 노노가 등장하던 시기였고, 소련에는 이제 막 제2의 아방가르드가 시작되고 있었다. 당시에 이미 에디손 데니소프나 소피야 구바이둘리나나 알프레드 시닛케같이 소련에서 활동하는 작곡가들이 이미 음대 복도를 돌아다녔다…….

새로운 것들이 계속 생겨났지만 아직 제자리를 찾지 못한 탓에 모든 것이 불안정한 상태였다. 당시에는 쇤베르크의 곡도 새로웠다.

모든 것이 강력한 파도처럼 밀려왔다. 바로크, 초기 고전주의, 모든 것을 포용하는 바흐, 거부당했다가 시간이 흘러 다시 돌아온 낭만주의, 클래식 음악의 마지막 경계선에 있는 것 같았던 베토벤과 새로운 작곡가들과 새로운 소리들과 새로운 의미들로 인해 사냐는 현기증이 날 지경이었다.

밖에는 비가 왔고, 눈발이 날렸고, 사시나무 꽃가루가 날아다녔고, 사람들은 모이기만 하면 이미 따라잡았다느니, 거의 추월했다느니 하면서 높은 정치적 이상의 실현과 승리에 대한 대화들을 나눴다. 부엌에서는 차와 보드카를 마셨고, 반소련적인 내용이 적힌 전단지들이 바스락거렸으며, 알렉산드르 갈리치와 블라디미르 비소츠키의 목소리가 녹음된 테이프가 돌아갔는데, 거기서도 새로운 소리들과 새로운 의미들이 탄생하고 있었다. 하지만 사냐는 이것을 거의 눈치채지 못했다. 문학은 친구 일리야와 미하의 세계였고, 그는 그들로부터 점점 더 멀어지고 있었기 때문이다.

흐루쇼프의 해빙기는 여전히 진행 중이었지만, 흐루쇼프는 어느 날 당 연설에서 "해빙에 대한 개념은 사기꾼 예렌부르크가 교묘하게 던져놓은 것이다"라고 발표하면서 자신의 결정을 철회했다.

이것이 일종의 신호였던 셈이고, 이때부터 냉전이 시작되었다.

이 역사적인 시기에 정부를 위해 활동하는 음악 전문가들은 회화 전문가들로 대체되었다. 이와 관련해서 사냐는 일리야를 통해 마네시 전시장에서 벌어진 스캔들*의 여파에 대해 들었을 뿐이었다.

미하는 교외에 있는 기숙학교로 옮기면서 거의 시야에서 사라졌다. 그를 누구보다 자주 본 사람은 안나 알렉산드로브나였는데, 그는 그녀에게 자신이 농아들을 향해 가슴을 활짝 열어젖

* 1962년 12월 1일에 마네시 전시장에서 열린 아방가르드 화가들의 작품 전시회를 방문한 흐루쇼프가 화가들과 그들의 그림을 비난하고 작품 활동 금지 명령을 내린 사건을 가리킨다.

히고 열의를 갖고 일하게 된 것에 대해 이야기했다. 사실 그는 마음의 절반은 웅얼거리는 아이들의 무리에게 쏟았지만, 나머지 절반은 그에게 관심을 주는 듯 싶다가도 비를 맞은 눈 아가씨처럼 사라지기도 하던 알료나 때문에 졸이고 있었다. 그녀에게는 실제로 얼음 같고 물 같고 갑자기 나타났다가 금방 사라지는 변덕스러운 기질이 있어서 옛날이야기 속 주인공 같았다.

미하는 사냐에게 알료나를 소개했다. 사냐는 그녀의 매력을 느끼고는 위험한 여자라고 생각하면서 경계했다. 절대로 미하처럼 그녀를 사랑할 수는 없을 것 같았다. 그렇다고 해서 청소부 창고에서 벌어진 악몽을 떠올리게 하는, 일리야의 여자 문제에 대한 자신감과 성공에 질투가 나는 것도 아니었다. 그는 여자가 무서웠다. 음대에서는 가깝게 지내는 사람도 없었지만, 만나는 사람도 그나마 대부분은 남자들이었다. 사냐는 포타폽스키 골목에 있던 창고 냄새를 연상케 하는 여자들이 그에게 달려드는 것보다 사내아이들이 그를 의미심장하게 쳐다보는 것이 더 견딜 만했다. 표트르 일리치 차이콥스키 청동상의 등 뒤에서 소란을 피우는 음대생들은 성경이 금하는 죄를 짓고 있었다. 사실 이건 죄라기보다는 질투와 허영에 훨씬 가까운 것이었다. 그것 때문에 감옥에 들어가지는 않았기 때문이다.

사냐는 음대를 지배하는 열정에서 빗겨 서 있었다. 음대 밖에서 부는 바람도 거의 느끼지 못했다. 해빙기와 냉전기 모두 그와는 무관했다.

저 위 높은 곳에서 고위 간부들은 불안해하고 있을 수도 있지만, 다행히도 '인간의 능력을 뛰어넘을 정도로 아름다운' 음악과 난해한 음악 모두 흐루쇼프의 관심 밖이었다. 그는 러시아 민요 '정원인지 텃밭인지'와 같이 멜로디가 단순한 노래를 무척 좋아했다. 단순하고 무식하며 술을 좋아하는 흐루쇼프는 거대한 나라를 자기 마음대로 주물러댔다. 스탈린을 위협했고, 그의 시신을 영묘에서 파내서 이장했으며, 죄수들을 풀어줬고, 처녀지를 개간했고, 볼로그다주에 옥수수를 심었고, 니트웨어를 비밀리에 생산하는 자들, 우스운 일화를 이야기하는 자들과 놈팡이들을 잡아다가 감옥에 처넣었으며, 헝가리의 목을 졸랐고, 인공위성을 발사시켰고, 가가린을 통해 소련의 위상을 드높였다. 게다가 그는 사원을 헐고 트랙터 회사를 지었고, 무언가는 쏟아붓고 또 무언가는 쏟아냈으며, 어떤 것은 더 크게 만들고 또 어떤 것은 더 작게 만들기도 했다. 크림반도를 우크라이나에 선물로 주기도 했다…….

그는 문화 예술에 종사하는 사람들을 길거리에서 쓰는 욕을 하면서 비난했으며, 입에 붙지 않는 '콤무니즘(공산주의)'이나 '소치알리즘(사회주의)'과 같은 단어는 따로 발음을 연습하기도 했다. 라디오 아나운서들은 '콤무니짐'*이나 '소치알리짐'이라고 흐루쇼프식으로 바꿔서 발음했다. 여기저기서 타락과 배신과 부르주아적 영향을 느낀 흐루쇼프는 리센코**에게 더 높은 직책을 주며, 유전학자와 인공지능학자처럼 자신이 이해하지 못하는 분야의 전문가들을 배척했다. 예술과 자유, 종교를 죄악시하고 재능을 짓밟던 그는 무식한 자기 눈에 띄는 사람들은 죄다 박해했다……. 사실 가장 무서운 적은 위대한 문학작품과 철학 사상과 회화였는데 그것은 보지 못했다. 베토벤은 고사하고 바흐도 못 봤으며 모차르트의 곡을 들으면서 바보처럼 박수를 쳤다. 사실 그는 이 모든 것을 금지해야 했다!

1964년에 브레즈네프가 부상했다. 당 개편이 일어났고, 새로운 흡혈귀들이 나타나서 기존의 흡혈귀들을 몰아냈다. 국민의 문화 수준이 어리석은 지배자들보다 높아져서는 안 됐다. 그들은 국민들에게 새로운 생활양식을 강요했다. 이제 문학과 예술 작품은 지루하기 이를 데 없었다. 모든 분야를 통틀어 겨우 목숨

* 흐루쇼프는 인생에서 대부분의 기간을 우크라이나에서 살았고, 우크라이나식 발음이 몸에 배어 있었다. '콤무니즘(коммунизм)'을 '콤무니짐(коммунизьм)'이라고 발음하는 것 등이 그것이다.

** 트로핌 리센코(1898~1976). 소련의 생물학자이며, 1930년대에 리센코주의로 알려진 농업 학설에 입각하여 소련의 농업 정책을 펴나갔다.

을 부지한 것이라고는 일부 수학자와 생물학자들, 러시아 과학 아카데미 회원 두 명뿐이었다. 그보다 훨씬 많은 수의 시시한 인물들과 기인들이 대부분 하급 관리 노릇을 하거나 삼류 과학 연구소에 죽치고 있었다. 화학과의 천재 학생 두세 명, 모스크바 물리·공업대학교나 음대 학생들이 나라의 정신을 지탱하면서 음지에서 투명 인간들처럼 활동했다.

도서관의 옷 보관소, 필하모니 홀의 옷 보관소, 텅 빈 박물관의 조용한 구석에서 서로 마주치는 그들의 수가 얼마나 많았을까? 이것은 특정 정당도 아니고, 동아리도 아니고, 비밀 단체도 아니고, 심지어 같은 생각을 가진 동지들의 모임 같은 것도 아니었다. 그들의 공통분모는 스탈린에 대한 혐오라고 할 수 있었다. 물론 그들은 책을 읽었다. 열정적이고 광적인 독서는 그들의 취미이자 노이로제이자 마약 같은 것이었다. 많은 이들에게 책은 삶의 스승에서 삶의 대체재로 변모했다.

당시에 사냐 역시 독서라는 전염병에 감염됐는데 그는 피아노 악보에 완전히 빠졌다. 수업이 없을 때는 늘 악보 도서관에서 시간을 보냈다. 하지만 대여가 안 되는 악보들이 많았다. 한 손의 장애 때문에 그는 악보를 읽는 식으로 갈증을 해소했다. 그는 가끔 꾸는 꿈으로나마 위로를 받았는데, 최근 10년 동안 적어도 다섯 번은 꾼 꿈 속에서 그는 피아노를 연주했고, 연주하는 동안 짜릿한 생리적 만족감을 얻곤 했다. 그의 몸이 악기로 변하는 꿈도 꿨다. 한 번도 본 적 없는 팬플루트로 변하기도 했는데, 그는 손끝까지 음악으로 가득 찼고, 음악은 그의 뼈로 만들어진 관들을 울려서 소리를 만들어냈으며, 공명기 역할을 하는 두개골로 소리가 모였다. 그의 가능성은 무한히 확장됐다. 이때 그가 연주한 악기의 소리는 피아노를 연상시켰는데 뭔가 특별하고 복잡해서 이승에서의 소리가 아닌 것처럼 들렸다. 이때 그는 이 음악이 굉장히 익숙하면서도 전에는 한 번도 들어본 적 없는 음악이라는 것을 깨달았다. 그 음악은 독창적이고 요즘 스타일이고 갓 만들어진 곡이었다. 동시에 그의 곡, 그러니까 사냐의 곡이었다…….

사냐는 악보를 처음 보자마자 곡에 빠져들었고, 더 나아가 눈으로 악보를 '읽는 것'의 장점을 발견했는데, 눈으로 악보를 읽으면 곡이 더 이상적으로 들렸다. 손으로 연주할 때 종종 겪게 되는 기술적 어려움이 사라진 듯했고, 악보 안에 있는 곡이 바로 머릿속에 흘러 들어와서 인지되었다.

사냐는 파르티타*를 분석하는 것이 즐거웠다. 그는 오케스트라 음악에 빠졌고, 다양하게 곡을 해석할 수 있다는 점이 놀라웠

* 바로크 시대에 쓰던 악곡의 형식.

다. 눈으로 악보를 읽고 머릿속으로 생각하면 기쁨이 배가됐는데 소리와 기호가 하나가 되어서 뭔가 자신만의 독특하고 해독하기 어려운 내용을 갖는 흥미진진한 작품이 만들어졌다. 그는 악보를 다 읽기도 전에 모호하게나마 곡의 의미와 구조를 알 것 같았고 그러면 그 곡의 내밀한 비밀이 손에 잡힐 듯 가깝게 느껴졌다. 세계가 가장 단순한 형태에서 복잡한 형태로 진화하면서 생성되었듯이 그는 음악도 이 진화의 법칙에 따라 발전해 온 것 같다고 생각했다. 이 진화는 비단 소리에만 국한되지 않고 악보, 즉 한 시대의 음악적 사고를 표현하는 기호에서도 나타났다. 악보, 표기법 자체는 비록 큰 시간차가 존재하긴 하지만 수 세기에 걸쳐서 하나의 음악적 사고에서 발생한 변화를 반영하는 것이라는 것을 깨달았는데, 물론 이 발견은 그가 깨닫기 훨씬 전에 누군가가 이미 발견한 것이므로 대단한 발견이라고 할 수는 없었다. 이를 토대로 이러한 사고의 발전 법칙, 즉 음계 진화의 법칙을 찾는 시도를 해볼 수 있었다. 사냐가 콜로소프에게 아주 조심스럽게 음악의 진화와 관련된 자기 생각을 더듬거리면서 말했을 때, 콜로소프는 테이블 밑에 수북이 쌓여 있는 악보 중에서 미국의 음악 잡지 한 권을 정확하게 끄집어내서는 순식간에 필요한 페이지를 펼쳤는데, 거기에 작곡가 얼 브라운에 대한 기사가 있었다. 잡지는 '1952년 12월'이라고 하는 시트 뮤직*의 사본을 실었다. 이것은 흰 종이 한 장이었고 거기에는 검은색 직사각형이 많이 그려져 있었다. 충격에 빠진 사냐가 이 페이지를 자세히 살펴보는 동안 콜로소프는 키득거리면서 이것이 여정의 마지막은 아니라고 말했다. 그 후 얼 브라운은 '25페이지'라는 곡을 썼고, 제목 그대로 25장짜리 곡이었고, 이 곡은 연주 순서나 연주자의 수에 다양하게 변화를 주면서 연주가 가능한 곡이었다. 이 기사에 따르면 사냐가 만들려고 머릿속으로 그려본 그림은 굉장히 전망이 밝은 것 같았다…….

유리 안드레예비치가 고의로 헛기침하며 조소하는 듯한 소리만 내지 않았다면 말이다. 그때 사냐는 선생님이 그의 말을 진지하게 받아들이지 않는다는 것을 깨닫고는 기분이 나빠서 입을 다물었다.

하지만 그의 머릿속에 음악의 진화와 관련된 생각은 어렴풋이 남아 있었다. 그는 갑자기 알 수 없는 자신감이 차올라서 음악의 공통 이론 격인 하나의 통일된 법칙을 만들어보기로 마음먹었다. 이 결심은 장이론**을 만드는 것과 견줄 만한 것이었다. 누에고치가 자기 자신으로부터 귀한 실을 계속 뽑아내듯이 사

* 멜로디와 코드만 표기된 악보. 즉흥 연주를 하는 재즈 음악가들이 많이 활용한다.

** 전자기력, 핵력, 중력 등의 힘이 장을 통하여 작용한다고 하는 인지심리학 이론.

냐도 화려한 고치를 만들어내서는 고치 속에서 머릿속으로만 그려보던 진짜 세계로 나가기 위해 번데기가 될 준비를 했다. 하지만 한 번의 실수로 광기 가득한 세계로 빠질 수 있기 때문에 이것은 위험한 행위였다.

여전히 그와 많은 시간을 보내던 콜로소프는 1967년 말에 사냐가 음대를 졸업할 즈음 그에게 음악사를 공부하는 학과에 조교 자리를 하나 만들어줬다. 음악이론학과에는 자리가 나지 않았기 때문이다. 가을 학기부터 사냐는 강의를 시작했지만 여전히 자신의 음악 이론을 만들고 싶은 생각이 머리를 떠나지 않았다. 콜로소프와의 관계는 틀어졌다. 사냐는 그가 그런 자신의 생각을 지지해주길 바랐지만 돌아온 것은 회의적인 조소뿐이었고, 속상했다.

안나 알렉산드로브나는 이따금 사냐가 자신의 인생에서 지나치게 높은 음역대를 선택한 건 아닌지 걱정스러웠다.

여자 동기들

폴루시카*라는 애칭을 갖고 있는 갈랴 폴루히나와 올가가 사랑스럽게 브린치크라는 별명을 지어준 타마라 브린은 아주 어렸을 때부터 두 사람 모두에게 유일한 친구인 올가와 함께 있을 때면 늘 긴장했다. 불필요한 말을 하지는 않을까 마음을 졸이곤 했던 것이다. 다른 이유가 아니라 친구를 사랑하는 마음 때문이었다. 자신들의 어쭙잖은 소시민적 견해로 친구의 기분을 상하게 할까 염려한 탓이었다.

두 사람 모두 올가를 진심으로 사랑했는데, 그들은 올가에게

* 옛날 러시아에서 쓰던 구리 동전. 1코페이카의 4분의 1 정도의 값어치여서, 비유적으로 '하찮은 존재'를 뜻한다.

맹목적인 사랑뿐 아니라 늘 고마워해야 한다는 부채감 같은 것을 품고 있었다.

가난한 가정에서 태어난 갈랴 폴루히나는 고귀한 올가의 집 반지하에 살고 있었고, 외모도 뛰어나지 않은 데다 성적도 간신히 중간을 유지하는 정도였다. 이미 3학년 때부터 올가는 선생님으로부터 갈랴의 공부를 도와주라는 지시를 받았고, 올가는 그런 갈랴가 안쓰러워서 열심히 공부를 도와줬다. 올가의 관대함은 그야말로 흠잡을 데가 없었다. 아름다운 부자가 가난하고 못생긴 사람을 깔보는 태도 같은 것은 전혀 없었다. 그리하여 이 가난하고 못생긴 존재는 삼색메꽃처럼 단단한 줄기로 올가를 칭칭 감고 기근을 뻗어서 영양분을 조금씩 빨아 먹었다. 하지만 워낙 재능도 많고 가진 것도 많은 올가는 이를 알아차리지 못했다.

폴루시카는 온순해서 시기를 몰랐고, 사람과 사람 사이에 생겨나는 감정 소모 같은 것도 전혀 모른 채 그저 고마운 마음으로 올가를 좋아했다.

하지만 타마라는 달랐다. 책상 앞에 앉아 오랫동안 공부하는 노력파였던 올가와 달리 별로 노력하지 않는 모범생인 타마라는 학교에서 가르치는 내용에 대해 한쪽 눈을 재빨리 깜빡이고 우수가 깃든 것 같은 속눈썹을 파닥거리며 평가했다. 그녀의 외모는 특이하고 인상적이었다. 고대사 교과서에 나오는 아시리아 왕을 닮았는데 차이가 있다면 아시리아 왕처럼 턱수염이 입술 밑에 반듯이 아래로 난 것이 아니라 꼬불꼬불한 턱수염이 좁은 이마 위에 달려 있다는 점이 그러했다. 어떻게 보면 예쁘다고 할 수 있는 외모였다. 그런 여자를 좋아하는 남자도 있을 테니까 말이다. 유대인인 그녀는 단단한 고치 속에 살면서, 자신을 향한 적대감을 의젓이 견뎌내고 있었다. 올가에게는 특별히 깊은 고마운 마음을 갖게 된 계기가 있었는데, 아홉 살 타마라의 등 뒤에 대고 아이들이 끔찍한 단어를 사용하며 수군거리던 1953년 겨울, 올가가 반 아이들 중 유일하게 국제주의적 이상을 지키기 위해 타마라의 편을 들어줬던 것이다. 타마라의 등에 꽂히는 '유대인 년'이라는 말을 들은 올가는 악에 받쳐 눈물을 흘리면서 외쳤다.

"너희들 모두 파시스트들이야! 역겨워! 소련 사람들은 그렇게 행동 안 해! 창피한 줄 알아야지! 우리 나라에서 모든 인종은 동등해!"

타마라는 그날 본 올가의 티없이 맑고 깨끗한 정의감을 절대 잊지 못했고, 반에서 최고의 모범생이 정의감에 불타서 화를 낸 덕분에 학교의 끔찍한 동급생 무리, 즉 적대감과 굴욕으로 얼룩진 세계와 화해할 수 있었다.

시간이 지날수록 타마라는 올가 안에 있는 독립심과 용기를 더욱더 높이 평가하게 되었다. 올가는 거짓말하는 법이 없었고 생각한 대로 말했다. 게다가 가정교육을 잘 받은 덕분에 그녀의 생각은 거의 늘 옳았다. 타마라 자신은 출신도 그렇고 가정교육도 철저히 소련식으로 받지는 않았기 때문에 올가가 말하는 진실과 그녀의 열정과 파토스에 동의할 수 없었다. 하지만 절대 올가의 말에 반박하지 못했다. 자신이 슬픈 태생으로 인해 겪는 비극을 누구도, 특히 올가가 연민하지 않길 바랐고, 무엇보다도 친구를 잃을까 봐 겁이 났기 때문이다.

그렇게 해서 그들 세 사람은 학창 시절 동안 내내 친하게 지냈다. 우정은 견고했지만, 한쪽으로 상당히 기운 우정이었다. 올가는 말하고 나머지 두 친구는 말없이 듣고 있었는데, 그중 한 명은 감탄하는 제스처를 취했지만 그녀가 하는 말을 이해하지 못했고, 나머지 한 명은 인내심을 갖고 비판적 사고를 하면서 들었다.

타마라는 문학과 연극이나 학교에서 일어나는 사소하지만 신경이 쓰이는 일들, 이를테면 역사 선생님의 새 구두나 사기꾼이자 배신자인 진카 시파히나의 교활한 행동 등에 대해 이야기를 할 때만큼은 자기 생각을 재미있게 표현하곤 했다. 폴루시카와 브린치크는 올가를 위해 서로 불편한 것이 있어도 참았다.

5학년 때 갈랴는 운동 동아리에 들어갔는데, 그곳에서 뛰어난 운동신경을 과시했다. 그녀는 체조를 했고, 6학년을 마치고 나서는 대표 팀에 들어가더니 머지않아 선두 팀에 들어갔다. 8학년 때는 스포츠 마스터 프로그램에 따라 훈련을 받았는데, 그녀는 이 프로그램을 열다섯 살에 이미 다 이수했지만, 마스터 자격은 16세부터만 받을 수 있었기 때문에 이수하고도 반년을 더 기다린 후에야 마스터 자격을 부여받았다. 공부는 늘 못해서 진정한 명성은 얻지 못했지만, 이렇게 해서 그녀는 교내에서 유명세를 떨쳤다.

고등학교를 졸업한 후, 뜻밖에도 세 친구 모두는 대학에 입학했다. 올가는 예상대로 종합대학교에 들어갔고, 은메달을 받으며 졸업한 타마라는 의대 야간학부에 입학했는데, 유대인에게 적대적이던 당시 상황으로 봤을 때 이것은 굉장한 성과였다. 한편 갈랴는 체육대학교에 입학했다. 이 무렵 갈랴는 스포츠 체조 부문 모스크바 청년 대표부에 들어갔지만 러시아어 문법은 여전히 어려워했다.

세 사람의 대학 입학을 축하하기 위해 올가의 집에서 동기들을 초대해 축하 파티를 크게 열었다. 안토니나 나우모브나는 '문학인의 집' 레스토랑에서 파이와 타르틀레트, 카나페처럼 난생 처음 보는 여러가지 디저트를 주문해주고는 아이들이 마음 놓고 놀 수 있도록 별장으로 떠났다. 올가의 충성스러운 기사 리파트는 2년 전 같은 고등학교를 졸업했는데, 현지식 그대로 플로프*를 만들어 오겠다고 자청했고, 국민경제달성박람회장의 레스토랑에서 빌린 어마어마하게 큰 솥에 플로프를 만들어서 저녁 8시 정각에 올가의 집에 가져왔다. 그의 아버지는 아제르바이잔 정부의 관리였고, 인맥이 위에서부터 아래까지 어마어마했다.

파티는 상당히 성공적이었는데 사내아이 둘과 여자아이 한 명은 필름이 끊길 때까지 술을 마셨고, 비카 트라비나와 보랴 이바노프는 1년 반 동안의 연습 끝에 드디어 성공적으로 키스했으며, 또 다른 커플은 죽기 살기로 싸웠는데, 둘은 이 일을 평생 후회했고, 라에치카 코지나는 난생처음으로 두드러기가 났는데, 그날 이후로 평생 그녀 몸에서 두드러기가 없어지지 않았다.

그날 밤 굉장히 중요한 사건이 많이 일어났지만, 정작 집주인인 올가는 아무것도 눈치채지 못했다. 그날 그녀는 하늘의 별자리나 염색체 유전자 배열로 봤을 때 행복을 타고났다는 것을 처음으로 인지했다. 그 전까지만 하더라도 그녀는 자신이 드물게 좋은 운을 타고났다는 사실을 알지 못했다. 이제 그녀는 앞으로

* 튀긴 쇠고기 또는 닭고기를, 양파나 야채를 튀긴 기름에 쌀을 넣어서 익히고 향신료를 곁들여 만드는 음식.

많은 업적과 승리와 환희를 누리게 될 것이었다. 게다가 이 파티의 세 미남이 그녀를 바라보고 있었다. 하나는 콧수염이 중괄호({)처럼 난 페르시아 왕자 같은 외모를 가진 리파트였고 또 하나는 그가 데리고 온 항공대학교 학생인 친구 보바였다. 그는 세르게이 예세닌*이 아직 재킷에 넥타이를 매지 않고 셔츠를 입은 초기 사진에서처럼 이마에 금발의 곱슬머리가 내려온 데다 어깨가 넓고 키도 컸다. 마지막으로 비탸 보댜긴은 잠수함을 4년 동안 타다 최근에 전역을 했으며, 해군복 재킷 안에 해군용 러닝셔츠를 입고 측면에 단추가 달린 아동복 같은 바지를 입고 나타났고, 그는 올가와 함께 어문학부에 입학했다. 그들은 다양한 의미를 지닌 강렬한 눈빛을 올가에게 보내고 있었는데, 그 눈빛에는 요구, 부탁, 아부, 뻔뻔함이 서려 있었다. 물론 사랑과 제안과 약속도 담겨 있었다.

"수비학**에 따라 결혼식 날짜가 정해지면 남자를 잡아서 결혼할 거야. 아직은 누가 될지는 모르겠어! 누가 됐든 내가 원하는 사람하고 결혼할 거야!"

* 세르게이 예세닌(1895~1925). 시인. 러시아 농촌의 자연과 생활에 관한 서정적이고 민중적인 시를 남겼다.

** 수를 사용해서 사물의 본성, 특히 인물의 성격, 운명이나 미래의 일을 해명 혹은 예견하는 서양 고대의 점술.

남자들의 인기를 한 몸에 받아서 기분이 좋아진 올가는 이렇게 말한 뒤 이번에 같이 춤추자고 먼저 제안하는 사람한테 시집가기로 마음먹었다. 그녀는 로큰롤과 탱고 모두 가장 잘 췄다. 그녀는 누구보다도 허리가 가늘었고, 하나로 땋은 머리카락은 조금 자르긴 했지만 여전히 가장 길어서 허리까지 닿았고, 붉은 기가 돌며 윤기가 났다. 그녀는 거울에 비친 자기 모습을 보고 반해버렸다. 게다가 모두들 그녀를 좋아했다. 사내아이들, 여자 친구들, 이웃, 학부모회의 어머니들까지 모두 그녀를 좋아했다.

그들은 리파트가 가져온 빌 헤일리의 '록 어라운드 더 클록(Rock Around the Clock)'이라는 새 음반으로 바꿔서 틀었다. 그러자 일이 완전히 틀어졌다. 그들은 음악에 맞춰서 바람처럼 빨리 몸을 움직였고, 열광적인 음악이 그들을 파고들어 부드러운 접촉은 전혀 기대할 수 없었고, 서로 몸을 부딪히고 사방으로 흩어졌다가 또다시 부딪혔는데, 어깨가 넓은 보바는 마치 올가를 한 팔에서 다른 팔로 던지다시피 했다. 그가 그녀에게 같이 춤을 추자고 했는지도 의심스러웠다. 4개월 후에 그녀는 그와 결혼했다.

그들은 춤추고 술 마시고 발코니와 부엌에서 담배를 피웠다. 그러고는 모두 지쳤다. 누군가는 한밤중에 떠나고, 누군가는 새벽녘에 갔다. 비카와 보랴는 성교라는 중대한 사건으로 굉장히 행복해했으며 부모님 침실에서 잠들었다. 그들은 앞으로 오랫동안 행복한 결혼 생활을 영위할 테지만, 이것은 지금의 두 사람은 알 수 없는 미래였다. 거실 카펫에는 그들과 달리 운이 좋지 못한 다섯 명 정도가 자고 있었다. 어디선가 옅은 토사물 냄새도 났다.

곧 절친한 브린치크와 폴루시카를 뺀 나머지 아이들은 각자 집으로 흩어졌다. 두 친구는 지난밤 파티의 흔적을 치우는 걸 도왔다. 올가가 커피를 끓였다. 그들은 어른들처럼 작고 화려한 잔에 커피를 따라서 마셨지만, 마치 여전히 놀이용 찻잔을 갖고 노는 듯했는데, 특히 갈랴가 좋아했다. 셋은 저녁 무렵에 헤어지면서 다음 주에 만나자고 약속했지만 이듬해 초에나 만날 수 있었다. 고등학교를 졸업하자 시간이 무서울 만큼 빨리 흘러갔기 때문이다.

소바치야 광장에 있는 건물들이 없어지기 얼마 전에 타마라의 가족은 집에서 쫓겨났다. 타마라의 가족을 모스크바 근교에 위치한 쿤체보라는 도시 너머에 있는 '라보치 포숄로크'라는 마을로 이주시켰다. 당시에는 몰로됴즈나야 지하철역도 설계 도면의 형태로만 존재하던 때였다.

타마라는 새로운 집과 새로운 직장과 의대 사이를 열정적으로 이동했다. 이사한 해에 타마라가 사랑하는 마리야 세묘노브나 할머니가 돌아가셨는데, 그녀는 옐레나 그네시나*의 친구였고, 평생을 이 뼈대 있는 음악 가문에서 비서로 일한 바 있었다. 아르바트 거리에 살던 타마라의 할머니는 정부에 의해 강제로 이사하게 된 것을 힘들어했고, 결국 그 때문에 돌아가시게 된 것이었다.

장례식은 교회식으로 그네신가가 설립한 음악학교에서 치렀다. 어렸을 때부터 이 놀라운 가문의 거의 모든 사람을 봐온 타마라는 마지막으로 그들 가문에서 남은 사람을 보게 되었는데, 그 사람은 소련 시대 때 놀랍게도 살아남은 러시아 제국 유일의 음악학교를 설립한 위대한 옐레나 그네시나였고, 휠체어에 앉아 있었다.

그것은 음악인들의 회동이었지만, 추모객 가운데는 꿋꿋이 살아남은 유명인들도 있었다. 이들은 소련의 집단화와 대규모의 산업화와 정부의 집요한 감시를 뛰어넘으며, 베토벤과 슈베르트, 쇼스타코비치, 심지어 사람들에게서 완전히 잊힌 유명한 그네신 가문의 작곡가인 미하일 그네신이 활동하던 때에 힘겹

* 옐레나 그네시나(1874~1967). 러시아 피아니스트이자 교육자이며, 그네신 음대를 설립한 그네신가의 세 자매 중 한 명이다.

게 존재하던 이들이었다.

할머니의 수많은 친구들을 봐왔던 타마라는 이제야 옷깃에 계란 프라이가 들러붙은 늘어난 상의와 형형색색의 얼룩이 잔뜩 묻은 치마를 입고 다닌 할머니가 어떤 세계에 사셨는지 완벽히 이해했고, 그러한 사실에 충격을 받았다.

포크롭카에 사는 안나 알렉산드로브나를 제외한 할머니의 친구들 대부분은 이곳 아르바트 거리에 사는 사람이었고 걸어 와서 서로 조금씩 간격을 두고 둘러서 있었다. 그들은 할머니의 절친한 친구들은 아니었지만 친분이 있었던 사람들이었고 연주자들이었다.

그들은 메이예르홀트가 연출한 희곡, 고골의 〈검찰관〉을 위해 미하일 그네신이 쓴 곡을 연주하면서 고인에게 작별을 고했다. 이것은 고인이 된 마리야 세묘노브나에게 그네신가에서 보내는 사랑의 증표였다.

그러고 나서 나이 든 음악가들은 타마라와 라이사 일리니치나에게 다가와서 마리야 세묘노브나와 음악과 그녀와의 우정에 대한 덕담을 해주었다. 그러자 그들이 그 모든 진부한 어휘에 완전히 새로운 의미를 부여하는 것처럼 들렸다. 안나 알렉산드로브나도 다가와서 라이사가 마리야 세묘노브나의 친구들을 버리지 않고 그들의 집에 방문해달라고 부탁했다. 그러고는 타마라의 거친 머릿결을 쓰다듬었다.

그들은 새로 이사 온 집을 전에 살던 집처럼 꾸몄는데 이제 넓은 통로방에 피아노가 놓였고, 피아노 옆에 닳고 닳은 빨간 카펫으로 덮인 먼지 묻은 소파가 있었으며, 소파 위에는 아르바트 거리의 옛날 집과 똑같은 그림이 똑같은 순서대로 걸려 있었다. 다만 이제는 피아노를 연주하던 할머니가 안 계셨다. 거실 소파에서 잠을 청하던 타마라는 곧 통로방 바로 옆에 있는 가장 좋은 방인 할머니 방으로 옮겼다. 그러자 그녀는 자기도 모르는 새에 새집의 주인이 돼 있었다.

평생 동안 최대한 작은 공간을 차지하며 존재감을 드러내지 않으려고 노력하던 라이사 일리니치나는 현관문 옆에 있는 작은 방을 썼다. 소심하고 운이 나쁜 그녀는 평생을 통틀어서 단 한 번 용기 있는 행동을 했는데 그것은 혼외 자식인 타마라를 낳은 것이었다. 그렇지 않아도 늘 삶에 지쳐 있던 라이사 일리니치나는 이사를 하고 어머니가 돌아가시자 간신히 몸을 움직일 정도로 기력이 많이 쇠했다. 딸은 쉰이 다 된 그녀를 늙고 재미없는 사람으로 여겼다. 라이사 일리니치나 역시 자기 스스로에 대해 딸과 같은 생각이었다.

더는 어머니의 지시를 받지 못하게 된 라이사 일리니치나는 의기소침했고, 이사 온 집이 있는 모스크바 근교에 있는 지역에도 오랫동안 적응하지 못했기 때문에, 빵 하나를 사기 위해 아르바트 거리까지 갔고, 집으로 돌아와서는 딸 몰래 자신의 세 평짜리 방에서 울곤 했다.

타마라는 이걸 눈치채지 못했고, 알았다 하더라도 나약한 어머니의 눈물에 별다른 의미를 부여하지 않았을 것이다. 타마라의 새로운 삶은 역동적이었고 매일 해야 할 일이 넘쳐났다. 잠 많던 고등학교 시절이 눈 깜짝하는 사이에 끝났고, 모든 것이 톱니바퀴가 서로 연결된 채 모든 바퀴가 돌아가고 너무 빨리 움직이고 지나가버려서 그녀는 간신히 숨만 쉴 수 있을 정도로 정신없는 나날을 보냈다. 게다가 운이 억세게 좋았는데 공부는 재미있었고, 일은 그보다 더 재미있었다. 상사인 연구원 베라 사무일로브나 빈베르크는 수용소에도 수감된 적 있는, 젊지는 않지만 똑똑한 여자였는데, 하늘에서 내려온 천사와도 같은 존재여서 타마라의 험난한 인생에서 중요한 요소가 되었다. 더는 궁핍하지도 않았고, 모든 문제는 해결되었으며, 그녀를 괴롭히던 공포도 사라졌다.

벼룩처럼 작고 비쩍 마른 베라 사무일로브나는 숱 많은 올림머리에서 이마와 볼로 흘러내리는 나선형 머리카락을 흔들면서 새로 온 연구원이 훌륭한 전문가로 성장하리라는 것을 미리 알기라도 한 듯이 그녀를 가르쳤다. 베라 사무일로브나는 타마라의 풍성한 머리카락과 작지만 빠른 손놀림을 보고 그녀의 영민함을 알아보았고, 딸이나 그보다 더 정확히는 손녀로 삼아도 좋을 것 같았다.

베라 사무일로브나는 심지어 타마라를 집으로 초대해서 남편에게 인사를 시키고 가족으로 들일 생각까지 했다. 하지만 결심이 서지 않았다. 얼핏 보면 사교적인 것처럼 보이는 남편 에드윈은 집에 낯선 사람 들이는 것을 좋아하지 않았다.

이 무렵 운명은 타마라가 위대한 사랑을 만날 수 있도록 부산하게 또 다른 길을 만들고 있었다. 마침 빈베르크의 집은 타마라의 연인이 될 남자가 주기적으로 드나드는 집 중 하나였다.

현시점에서 가장 흥미로운 모든 것은 베라 사무일로브나가 자신의 연구원에게 이렇게 말하면서 건넨 낡은 내분비학 교과서에 집약돼 있었다.

"타마라, 이건 외워둬. 우선 이것부터 시작하자고. 화학은 나중에 같이 보고. 이 똑똑한 시스템 안에 존재하는 논리적 연관성부터 공부해야 해."

베라 사무일로브나는 전공인 내분비학에 미쳐 있었고 실험실에서 인공 호르몬을 합성하며 여기에 인류의 불멸의 열쇠가 있다고 보는 것 같았다. 베라 사무일로브나는 호르몬을 하느님처럼 떠받들었다. 세상 어떤 문제도 아드레날린과 테스토스테론과 에스트로겐만 있으면 해결할 수 있을 것처럼 여겼다.

새로운 세상이 펼쳐진 타마라는 이제 사람이 키와 식욕, 기분뿐만 아니라 지적 활동과 습관 외에 머리에서 떠나지 않는 생각까지도 호르몬에 의해 조종당하는 마리오네트 인형 같다는 생각이 들었다. 베라 사무일로브나는 인생이라는 연극의 주요 연출가가 골단, 즉 뇌의 깊숙이 숨겨져 있는 작은 샘이라고 단정지었다. 볼 줄 아는 사람 눈에만 보이는 수수께끼 같은 그림의 해답을 찾은 셈이었다. 다른 학자들은 이러한 역할을 하는 것이 뇌하수체라고 생각했지만, 이쪽 분야에서는 연구 방법이 틀렸다고 감옥에 들어가지는 않기 때문에 염려할 필요는 없었다.

타마라 개인의 내분비계는 시계처럼 작동했는데 골단 혹은 다른 뭔가가 흥분시키는 신호를 보내오면 부신이 아드레날린을 과다 분비하며, 갑상샘이 사용한 에너지를 메우기 위해 신속하게 세로토닌을 분비했다. 그녀의 넘치는 에너지를 달리 어떻게 설명하겠는가? 지나친 에스트로겐의 분비로 이마에는 여드름꽃이 피었다. 여드름이 많이 나지는 않아서 앞머리로 가릴 수도 있었겠지만 앞머리가 제멋대로 뻗치는 바람에 실핀으로 고정할 수밖에 없었다. 모든 것이 완벽했다. 시간이 부족한 것만 뺀다면 말이다.

시간이 부족한 건 폴루시카도 마찬가지였다. 힘이란 힘은 훈련에 모두 써서 남아도는 힘도 없었다. 체육대학교에서는 체육 선생보다는 운동선수를 육성하는 것이 주요 목적이었기 때문에 그들을 위한 수업은 따로 없었다. 처음에는 모든 것이 순조로웠고, 작은 대회에서 우승을 하다가 더 큰 대회에서도 우승을 했고, 올림픽 메달을 받는 꿈도 꾸었는데 최소한 은메달은 목에 거는 꿈이었다. 심각한 부상을 당하기 전까지만 해도 모든 것은 완벽해 보였다.

4학년에 재학 중일 때 갈랴는 모스크바 선수권 대회에 출전해서 평행봉 프로그램을 잘해냈지만, 착지가 너무 안 좋아서 무릎뼈가 부러지고 관절이 손상되었다. 그 뒤로 챔피언이 되겠다는 꿈은 접어야 했다. 잘만 하면 국가 대표 팀에 들어갈 수도 있는 성적이었는데 말이다. 3개월 동안 외상학 연구소에서 입원 치료를 받았고, 그곳에서 최고의 외과 의사인 미로노바가 두 차례에 걸쳐서 그녀를 수술했다. 덕분에 무릎은 구부려졌지만 운동을 할 수 있을 정도는 아니었고 관절의 움직임도 제한적이었다.

훈련과 경기, 전도유망한 미래로 이뤄진 화려한 삶도 끝이 났다. 물론 학교에서 제적되지는 않았다. 전공 서적을 집어 들긴 했지만 의욕을 상실했다. 갈랴는 줄곧 반지하 방에 살았는데, 이제 더는 누구도 그녀에게 관심을 갖지 않았다. 짧지만 화려했던 삶이 끝나자 또다시 그녀는 자신이 쓸모없고 못생기고 하찮은 사람처럼 여겨졌다. '폴루시카'처럼 말이다.

올가는 이번에도 친구를 도와주기로 마음먹었다. 어머니와 상의까지 해가면서 말이다. 안토니나 나우모브나는 능력이 허락하는 한도 내에서는 다른 사람들을 돕는 것을 좋아했고, 야간 학교 타이피스트 과정에 갈랴의 자리를 하나 만들어주는 것으로 문제를 해결했다.

"이다음에 타자 치는 게 능숙해지면 우리 잡지사에 취직시킬 게."

하지만 그녀는 이내 의심 섞인 투로 말했다.

"갈랴, 맞춤법 많이 틀리지?"

대학교를 졸업하고도 갈랴는 학부장실에 남았다. 그리고 비서라는 변변치 못한 직책을 맡았다. 대단한 일도 아니었고 월급도 적었다. 대신 야간 타이피스트 과정 덕분에 부업을 할 수 있었다. 갈랴는 타이핑 속도가 빨랐고, 들어오는 일을 거절하지도 않았다. 하지만 집에 타자기가 없었기 때문에 직장에서 밤늦게까지 회사 타자기로 몰래 일을 할 수밖에 없었다.

갈랴 문제가 해결되자 올가는 그녀에게서 거리를 뒀다. 올가 자신의 삶은 고결했고 의미로 충만했다. 심지어 그녀는 안 좋은 일이 생겨도 다른 사람들과 달랐다. 올가는 불미스러운 일로 학교에서 제적된 후 남편 보바와도 헤어졌는데, 갈랴는 그녀가 무척 경솔했다고 생각했지만, 올가 자신은 이내 새로운 남자를 만났다. 올가는 자기 이야기를 디테일은 생략한 채 아주 짧게 말했고, 힘든 일을 한꺼번에 겪은 사람답지 않게 눈과 머리카락 그리고 보조개가 들어간 미소까지 온통 빛났다.

이때 갈랴는 처음으로 올가가 부러웠다. 그녀는 자신이 당한 일로 평정심을 잃었고 바로 탈모를 겪었으며 노화마저 일찍 시작됐다. 불쌍한 폴루시카 같으니…….

물론 올가의 삶을 가득 메운 무시무시한 비밀과 위험에 대해 폴루시카가 알 리 만무했다. 갈랴가 봤을 때 올가의 새 남편인지 뭔지는 예전의 보바만 못해 보였다. 일리야도 키가 크고 곱슬머리였지만 보바에게 있던 기백이 없었다. 하지만 친아버지로부터 늘 엄격한 군대식 규율을 강요받던 올가의 아들 코스탸는 자신과 함께 시끄러운 놀이를 하고 말처럼 뛰어다니고 앞구르기를 하고 늘 함께 새로운 일을 꾸미는 일리야를 좋아해서 친한 형처럼 잘 따랐다. 이상 행동을 보이는 일리야의 불쌍한 아들은 아이다운 천진난만한 감정을 표현하지 못했고, 이것을 일리야는 코스탸를 통해 보상받았다. 코스탸는 그를 무척 좋아했다. 일주일에 한 번씩 아들을 만나던 보바는 코스탸가 다른 남자의 영향을 받아 달라진 것을 알아차리고는 화가 났고, 아들을 향한 애정도 조금씩 식어갔다. 코스탸도 아쉬울 것은 없었다.

한편 갈랴는 올가의 가정사에 대해서는 전혀 아는 바가 없었다. 갈랴는 올가가 소리 소문 없이 일리야와 혼인신고를 한 것도 몰랐다. 반년 후에 이 사실을 우연히 알게 되었을 때 갈랴는 서운했다. 갈랴에게 올가의 결혼은 전 우주적인 사건처럼 여겨졌기 때문이다. 그런 올가가 간소한 결혼식조차 하지 않았다니. 한편 갈랴 자신은 행복한 결혼을 더는 기대하지 않았다. 그녀는 스물아홉 살이었고 선수로서 커리어가 무너진 이래로 직장 동료든 대학생이든 그냥 지나가는 사람조차 그녀에게 시선을 주지 않았다……. 하지만 이때 운명은 올가를 통해 갈랴의 평생을 통틀어서 가장 값진 선물을 준비하고 있었다.

서로 만날 운명인 사람들의 행동 궤적을 주시하는 일은 흥미롭다. 이따금 이런 만남은 운명이 특별히 애쓰지 않아도 자연스럽게 일어나기도 하는데, 이를테면 같은 아파트에 살거나 같은 학교를 다니거나, 같은 대학교나 회사를 다니는 경우가 그렇다. 또는 열차 시간표에 문제가 생긴다든지, 작은 화재가 발생한다든지, 천장에서 물이 샌다든지, 우연히 영화관 앞에서 어떤 사람으로부터 마지막 영화표 한 장을 사는 일처럼 사소한 문제를 신이 일부러 일으켜서 운명적인 만남이 성사될 때도 있다. 혹은 어떤 감시자가 몰래 서서 자기 목표물을 지켜보고 있는데 갑자기 전혀 상관없는 한 아가씨가 한 번, 두 번, 세 번 나타났다가 사라지면서 우연한 만남으로 이어질 때도 있다. 그리고 그녀가 희미하게 잠깐 미소를 지었을 뿐인데 갑자기 자신의 평생 사랑이 될 사람이라고 느껴질 때도 있다…….

그러면 모든 사람이 이런 식으로 자신의 미래를 상상할 자격이 있을까? 올가는 당연히 그렇다. 하지만 갈랴는?

과연 운명이 별 볼 일 없고 미미한 커플에, 지역 배관공이자 술꾼의 딸과, 이제는 고인이 된 트베리 출신 배관공의 아들의 만남에도 관심을 기울일까? '밸브 아저씨 유라'라는 별명을 갖고 있는 갈랴의 아버지도 때 이른 죽음을 맞게 될 것이었다. 보스타니예 광장에 사는 그들이 새 아파트를 받자마자 모든 밸브와 볼트를 눈으로 보고 만져보기만 해도 문제를 전부 파악하는 뛰어난 기술자와 영원히 헤어지게 될 것이다. 그가 만지면 배관들이 꺽꺽 소리를 내면서 막힌 것이 저절로 뚫렸다.

창백하고 남을 잘 믿지 못하며 툭하면 복수하려고 하는 데다, 같은 아파트에 사는 사내아이들과 학교의 전교생을 통틀어서 오줌을 제일 멀리 누는 그런 소년도 신의 관심과 애정을 받을 자격이 있을지는 의문이다.

운명이 애지중지하는 올가처럼, 운명은 그 또한 잘 인도해서 그가 만나고 싶은 대상이 걸려들 그물을 짜고, 자기처럼 굉장히 밝은 머리카락의 아가씨가 그가 사는 아파트 동으로 쏜살같이 들어갈 날만 골라서 그가 그곳을 지키고 있도록 만들지는 의문이다.

하지만 놀랍게도 운명의 관대함은 그와 같은 삼류 단역 배우들에게도 미친다.

일리야는 책을 판매하는 것과 서로 친분이 없는 다양한 그룹의 사람들 사이에서 사소한 것들을 배달하는 것 혹은 당시 감옥에 있던 미하와 에디크 같은 죄수들과의 친분을 유지하고 있다는 것 중 구체적으로 어떤 일로 자신이 관계 기관들의 집요한 관심을 받게 되었는지 끝내 알아내지 못했다. 1971년 봄에 그는 자신이 미행당하고 있다는 것을 눈치챘다.

한편 이 일은 폴루시카의 운명을 결정하는 사건과 연관이 있었다.

갈랴가 그를 처음 본 건 아파트 현관문에서 마주쳤을 때였다. 키는 크지 않았지만 다부진 몸에 잘생긴 편이었는데 회색 모자에 기다란 코트를 입고 있었다. 그가 현관문을 잡아줬고, 그녀는 미소를 지었다. 바로 그다음 날 그녀는 그를 아파트 단지 안에서 또다시 만났다. 이번에 그는 양손으로 신문을 펼쳐 들고 벤치에 앉아 있었는데 누군가를 기다리는 것처럼 보였다. 이번에도 갈랴는 그에게 미소를 지어 보였다. 세 번째 그를 봤을 때 그는 아파트 정문에 서 있었고, 그들은 처음으로 인사를 나눴다. 그가 그녀에게 이름을 물어봤다. 그때 갈랴는 그가 아무런 이유 없이 그곳에 서 있었던 것이 아니라 그녀를 기다렸다는 것을 깨달았고 기분이 좋았다. 그러자 그녀는 그가 더 마음에 들었다. 그의 이름은 겐나지였다. 멋진 이름이었다. 외모는 평범했다. 그렇다고 추남도 아니었다. 나중에 밝혀진 사실이지만 그와 갈랴는 자세히 살펴보면 닮았는데 두 사람 다 미간이 좁았고 코는 긴 편이었으며 턱이 짧았다. 머리카락 색도 비슷했는데 차이가 있다면 겐나지가 색이 조금 더 밝았고 숱이 많지 않았다는 것이다. 그리고 그의 머리카락은 머리에 매끈하게 붙어 있었다. 또 그는 굉장히 단정한 데다 아주 교양 있어 보였다. 그런데 첫 인사 이후 그는 갑자기 일주일 동안 사라졌고, 갈랴는 혼자 상상의 나래를 펼쳤다. 매일 저녁 퇴근길에 아파트 단지에서 그를 찾아봤지만 그는 더는 보이지 않았다.

그녀는 속상한 마음에 '이럴 줄 알았다'고 생각하며 그녀의 인생에서는 단 한 번도 아무 일도 일어나지 않을 것이며 요 모양 요 꼴로 결국 다른 사람들이 모두 이 아파트에서 이사를 간 후에도 끝까지 이 반지하에서 평생을 살게 될 것이며, 할머니 말씀대로 그 누구에게도 선택받지 못한 채로 불행하게 살 것이라는 생각을 하면서 일주일을 보냈다.

그런 그녀가 심드렁한 표정을 지은 채 대학교에서 나와 이제는 카자코프 거리로 바뀐 고로홉스카야 거리를 따라 쿠르스카야 역 쪽으로 걸어갔다. 거기에서 집에 가려면 지하철로 다섯 정류장을 더 가야 했다. 쿠르스카야 역까지는 걸어서 15분 거리인데, 거기에서 크라스노프레스넨스카야 역까지 지하철로 이동한 후에 역에서 나와서 조금 뛰어가면 집에 도착하기까지 모두 합하여 한 시간 정도 걸렸다. 날씨도 안 좋고 기분도 안 좋아서 머리에는 파란색 베레모를 쓰고 작년에 올가에게서 물려받은 낡은 트렌치코트를 걸친 채 습관대로 허리를 펴고 걷고 있는데 갑자기 누가 억센 손으로 그녀의 팔짱을 끼는 것이었다. 그녀는 대학 동기 중 한 명일 거라 생각했다. 그런데 뒤를 돌아봤더니 그녀가 그토록 기다리던 그 남자가 아닌가!

"갈랴, 여기서 한참 기다렸어요. 같이 영화관 가요!"

그가 말했다.

'내가 여기를 지나갈 걸 어떻게 알았지? 굉장히 보고 싶었던 것이 분명해!'

그녀는 생각했다.

그다음은 모든 것이 영화 속에서 본 것과 똑같았다. 모든 것이 빠른 속도로 진행되었다. 게다가 정확히 갈랴가 원하던 대로 이루어졌는데, 처음에는 조용히 팔짱을 꼈고, 그런 다음에는 손을 잡았고, 그다음에는 여기저기 몸을 더듬지 않고 점잖게 키스를 했다. 포옹도 점잖게 했다. 그로부터 한 달 뒤 그녀는 청혼을 받았다. 그는 그녀의 부모님 댁에 케이크와 와인 한 병을 들고 결혼 승낙을 받으러 갈 참이었다. 갈랴는 아버지에게 미리 말해두었다.

"아빠가 보드카를 꺼내서 술에 취하면 전 아예 집을 나갈 거예요."

아버지는 가무잡잡하고 통통한 손을 관자놀이 옆에 대고 빙빙 돌리면서 말했다.*

"겁먹었나 보지! 어디로 가게?"

그의 말처럼 그녀는 겁을 먹었다. 하지만 그는 이제 딸 갈랴에게 안 좋은 일이 생겼을 때 피할 수 있는 진정한 방패가 생겼다는 것은 몰랐다.

겐나지가 오기로 한 날 저녁, 어머니는 갑자기 당직 호출이 와서 나갔고 남동생은 최근 일주일 동안 아내와 주먹을 휘두르면서 싸웠기 때문에 갈랴는 남자 친구를 집에 인사시켜줄 수 없었

* '미쳤니?'를 표현하는 몸동작.

고, 자신의 가정사를 겐나지에게 전부 솔직하게 밝혔다. 그러자 겐나지가 말했다.

"갈랴, 우리 식구도 똑같아. 가족이란 게 원래…… 평생 도움이 안 되거든. 우리끼리 혼인신고 하고 가족한테는 알리지 말자."

겐나지는 그녀가 말수도 적고 불필요한 질문도 안 하며, 대학을 나온 데다 운동을 잘하는 것까지 모두 마음에 들었고, 가족이야 마음에 안 들면 없는 셈 치면 되기 때문에 문제 삼지 않았다.

한편 겐나지는 결혼을 서둘렀는데, 회사에서 그에게 집을 임대해줄 예정으로, 혼자 살면 원룸을 주고, 결혼하면 오랫동안 행복하게 살라는 의미에서 작은 평수나마 방 두개짜리 아파트를 제공할지도 모르기 때문임을 갈랴도 알고 있었다.

그들은 혼인신고를 했고, 신고 날짜가 확정되었다. 갈랴는 올가에게 와서 결혼 소식을 알렸고 신부 들러리로 초대했다. 올가는 그 무렵 이미 일리야와 결혼한 상태였고, 그런 그녀 때문에 나머지 두 친구는 외로워했었다. 그나마 브린치크는 호르몬을 연구한다고 바빴지만 폴루시카는 삶의 낙이라고는 없이 무료한 생활을 하고 있던 터였다.

올가는 한편으로는 기쁘지만 또 한편으로는 믿을 수가 없다는 투로 말했다.

"아니, 넌 어떻게 나한테까지 연애하는 걸 숨길 수가 있니?"

올가는 이제 브린치크만 시집보내면 끝이라고 생각했다. 올가는 자신이 브린치크의 운명도 우연히 결정했을 것이라고는 짐작도 못 했는데, 타마라는 일리야보다 나이가 많고 멋진 마를렌과 벌써 1년째 만나고 있었다.

올가는 자기 생일 파티에서 타마라를 마를렌 옆에 앉혔는데 파티가 끝난 뒤 그들은 함께 집을 나왔고 그가 타마라를 몰로됴즈나야 역까지 바래다주었다. 알고 보니 그들은 서로 굉장히 가까운 거리에 살고 있었다. 타마라는 정신을 못 차릴 만큼 사랑에 빠졌고 그를 향한 그녀의 사랑은 불타올랐다. 마를렌은 수년간 자기 집과 그녀 집 사이를 오갔는데 두 집 사이 거리가 5분 거리라는 것도 한몫했다. 마를렌은 타마라의 집에도 칫솔, 면도기, 팬티와 셔츠를 갖다 놓았다. 그는 출장을 핑계로 자주 타마라의 집에 들락날락거렸으며, 이따금 조용히 사랑의 도피를 가서 며칠 그녀의 집에서 머물다 오기도 했다. 당연히 이 일은 모두에게 비밀로 했다. 타마라는 그들이 알게 된 첫날부터 마를렌에 대해서는 아무한테도 말하지 않을 것이며, 특히 올가와 일리야에게는 비밀로 하겠다고 맹세했다. 이렇게 해서 자기도 모르게 남의 인생에 개입한 올가는 그들 모두의 짝을 찾아주고 정해주었지만 정작 자신이 이들의 삶에서 중요한 역할을 했다는 사실은 알아차리지 못했다.

갈랴는 결혼식을 하지 않았다. 겐나지는 앞으로 가구도 사야 하고 목돈이 들어갈 데가 많으니 불필요한 지출은 하지 말자고 했다. 갈랴는 그의 말에 "맞아, 그렇지" 하고 말하면서 고개를 끄덕였다. 결혼식을 못 하는 것이 조금 아쉽기는 했지만 겐나지의 말이 옳았다. 그의 말처럼 가구 사는 데 돈이 많이 들어갈 터였다. 혼인신고를 한 뒤에 그녀는 남편의 사택으로 들어갔다. 방은 깔끔했다. 전에 쓰던 낡은 침대는 숙소 사감에게 넘기고 그는 소파로도 쓸 수 있는 침대를 새로 사 들였다. 그날 저녁, 새로 산 침대에서 겐나지는 아내로부터 '처음'이라는 예상치 못한 선물을 받았고, 그 후로는 그 선물에 많은 공을 들여야 했다. 갈랴 폴루히나는 올곧은 아가씨였다. 남편을 위해 순결을 지켰던 것이다. 겐나지는 자기 인생에서 가장 중요한 날 마음에 걸리는 것이 하나 있었는데 다름 아닌 친구 올가였다. 혼인신고를 할 때 아내 측 증인으로 섰던 사람이 그가 2년간 이따금 감시하던 일리야 브랸스키의 아내임을 몰랐던 것은 큰 실수였다. 덕분에 불필요하면서도 흥미로운 인맥이 새로 생긴 것이었다.

새로 산 침대 위에서 온몸과 손발을 이용해서 힘들게 그것을 하는 동안, 아내가 부드럽게 협력하는 것을 기뻐하며 그가 다소 고되게 남자로서 해야 할 일을 하는 동안에도 그는 올가가 자신을 알아보지는 않았을지 걱정이 되었다.

그의 우려대로 올가는 그를 알아봤다. 그녀는 호적 등록소에서 돌아온 뒤에 일리야에게 폴루시카가 '쥐새끼'한테 시집갔다고 알렸다. 그들은 겐나지가 일리야의 뒤를 쫓는 것을 안 뒤로 겐나지를 그렇게 불렀다. 쥐새끼는 수사부의 세 직원 중 하나였고 일리야는 그들 모두를 알고 있었다.

처음에 일리야는 "그럼 이제 서로 친해지는 건가?" 하고 웃으면서 농담조로 말했다. 그런 다음에는 곱슬머리를 긁적이면서 "당신, 갈랴한테 타자 맡긴 거 있어?" 하고 물었다.

최근 몇 년 동안 갈랴는 그들한테서 일을 자주 받았다. 타자를 치는 속도도 속도지만 오타 없이 잘 쳤다. 내용은 깊이 생각하는 것 같지도 않았다.

"이런! 생각지도 못했어! 젠장!"

"뭘 줬는데?"

일리야가 압박하듯 질문했다.

"내 에리카 타자기랑 솔제니친의 《수용소군도》!"

"어서 가서 도로 가져와. 오늘 당장."

올가는 반지하 아파트로 뛰어가다가 갈랴가 남편 집으로 이사했다는 사실을 떠올렸다. 결혼식도 하지 않고 모든 걸 조용히 해치운 딸이 무척 괘씸했던 유라 아저씨는 술에 취해 있었고, 그는 올가를 보자 귀찮은 기색이 역력했다. 올가는 갈랴가 타자기를 집에 두고 가지는 않았는지 물었다.

"짐이란 짐은 싹 다 가져가서 아무것도 안 남았어. 주소도 몰라."

유라 아저씨는 제 할 말만 하고 올가의 코앞에서 문을 세게 닫았다.

올가는 기분이 상한 채로 돌아왔다. 그러자 일리야가 그녀를 위로했다.

"올가, 할 수 없지, 뭐. 당장 원고가 없다고 어떻게 되는 게 아니니까. 갈랴는 평생 당신 집을 드나들었으니까 당장 밀고하러 가지는 않을 거야. 그쪽 남편이랑 차도 같이 마시고 하자고."

일리야가 일그러진 미소를 띠고는 말했다.

일리야 말대로 그들은 함께 차를 마시게 될 터였지만 그러려면 시간이 필요했다. 그것도 적지 않은 시간이 말이다.

올가는 타마라 브린치크에게 폴루시카가 쥐새끼와 결혼한 얘기는 전했지만, 타자기와 원고에 대해서는 얘기하지 않았다. 이대로도 충분히 끔찍했기 때문이다.

"앞으로는 폴루시카를 집에 들이지 마!"

"미쳤어? 걔랑은 거의 태어날 때부터 친구잖아! 어떻게 그래?"

올가가 버럭 화를 냈다.

"위험하잖아. 너 정말 모르는 거야? 집 안에 밀고자를 들이는 꼴이라고."

앞일이 걱정된 타마라가 우려 섞인 목소리로 말했다.

"바보 같은 소리 그만해! 모든 사람들을 의심하는 건 끔찍한 일이야! 그럼 너도 의심해야겠네!"

올가가 화를 참지 못하고 말했다.

브린치크는 얼굴을 붉히더니 엉엉 울면서 나갔다.

다음 날 올가는 갈랴의 직장에 전화를 걸었고, 거기에서 그녀가 오늘부터 휴가라는 사실을 알게 되었다. 이상한 건 폴루시카가 휴가에 대해 그녀에게 아무 말도 안 했다는 것이었다. 실은 그녀 자신도 이것이 남편이 준비한 깜짝 선물이라는 것을 몰랐기 때문이었다. 그렇게 그녀는 휴가를 내서 신혼여행을 떠났다. 갈랴의 어머니가 그녀의 휴가를 다시 한번 확인해주었고 그들이 키슬로보츠크에 있는 별장으로 떠났다는 사실도 추가로 알려주었다. 올가는 갈랴에게 타자기를 빌려줬는데 지금 급하게 필요해서 도로 가져가야 한다고 말하면서 타자기를 찾아봐달라고 했다. 갈랴의 어머니인 니나 아주머니는 잠시 기다리라고 하고 잠시 후에 돌아왔는데 타자기처럼 생긴 것은 집에 없다고 전했다. 크기가 작지 않은 물건이라 있었다면 분명히 찾았으리라.

그러자 유라 아저씨가 타자기를 팔아서 그 돈으로 술을 마시지 않았을까 하는 의구심이 고개를 들었다. 가서 알아봐야 했다.

독일제인 에리카 타자기는 상당히 비쌌고, 그보다도 더 중요한 것은 구하기가 힘들다는 점이었다. 게다가 당장 필요했다. 올가도 타자는 잘 쳤지만 전문 타이피스트만큼 빠르게 치지 못했기 때문에 분량이 많은 경우 직접 치지 않고 폴루시카나 다른 타이피스트에게 맡겼다.

하지만 그보다도《수용소군도》원고가 사라진 것이 더 심각했다.

2주 뒤 갈랴는 푹 쉬어서 힘이 넘치고 거의 예뻐지다시피 해서 돌아왔다. 하지만 몹시 당황한 나머지 눈물까지 흘리며 올가 집에 찾아와서는 부모님 댁에 있던 타자기와 원고가 흔적도 없이 사라졌고, 자기도 그것들이 어디로 갔는지 알지 못하며, 타자깃값은 석 달 정도 일해서 갚겠다고 말했다. 모든 것이 사라졌다면 갈랴가 신혼여행을 떠났을 때 사라졌을 가능성이 높았다.

"아니, 그보다 더 먼저야!"

올가가 말했다.

"너와 겐나지가 혼인신고 한 날 이 일이 생각났고, 그다음 날 저녁에 부랴부랴 네 부모님 댁에 갔었어!"

"그럴 리가 없어!"

갈랴가 큰 소리로 말했다.

갈랴가 식구들을 불러서 캐물었지만 아무것도 나오지 않았다. 아버지는 마침 술에 취해 있었고, 그가 집에 있는 물건을 훔쳐서 팔았다는 의심을 받았다. 하지만 아버지는 분기별로 정해진 시간표에 따라 술을 마시므로 마침 그때가 된 것뿐일지도 몰랐다.

형제 니콜라이는 그녀가 꼬치꼬치 캐물으려고 했더니 갑자기 미친 듯이 화를 내며 악다구니를 쓰면서 자기한테서 떨어지라고 했다. 그는 머리에 문제가 있었고 학창 시절부터 정신병원에 다녔다.

이쯤 되자 올가가 오히려 폴루시카에게 차를 대접하면서 위로해야 하는 입장이 되었다. 그녀는 놀란 마음을 추스르면서 갈랴에게 결혼 생활이 어떠냐고 자세히 물었다. 그러자 갈랴는 남편은 술을 안 마시고 책임감이 강하며 직장도 좋고 자기에게도 좋은 자리를 알아봐주겠다고 약속할 만큼 괜찮은 사람이며 자기 결혼 생활은 더할 나위 없이 좋다고 했다.

잠시 뒤에 스케이트장에 갔던 일리야가 코스탸와 함께 몸에 얼음이 잔뜩 묻고 몸이 꽁꽁 얼어서 돌아왔다. 보통 그들은 페트롭카 거리에 가서 스케이트를 탔는데 이번에는 바로 옆 아파트 단지의 얼음 덮인 곳으로 갔고 거기서 실컷 구른 것이었다. 돌아오기 직전에 어떤 아이가 코스탸에게 던진 눈덩이가 코에 맞는 바람에 피가 나긴 했지만 그 자리에서 바로 얼음덩어리로 냉찜질을 했다.

갈랴는 일리야를 보기만 하면 바로 자리를 뜨고 싶어 했고, 이번에도 그를 보기가 무섭게 떠났다. 올가는 목도리와 손수건을 빨았다. 그런 다음 셋이서 오붓하게 저녁을 먹었는데, 어머니가 별장에 가 주무시는 덕분에 가능한 일이었다. 식사 후에 올가는 코스탸에게 자러 가라고 했다.

"일리야, 폴루시카의 집에 있던 타자기도 원고도 모두 사라졌어. 어디로 사라졌는지도 몰라."

그녀는 남편에게 충격적인 소식을 전했다.

"쥐새끼 짓이 분명해! 우리 집 안에 있는 위험한 물건은 당장 치워야 해."

사태의 심각성을 인식한 일리야가 말했다.

그들은 선반과 위험한 물건들을 숨긴 장소를 뒤지며 중요한 서류들을 모았다. 그중에는 클립으로 고정된, 담배를 말 때 쓰는 종이도 있었는데, 일리야가 화장실에서 불태웠다. 〈시사 연보〉*라는

* 소련에서 검열을 피해 자가 출판한 정기간행물.

매우 위험한 정기간행물도 모았다. 어머니 책장 속 로맹 롤랑과 막심 고리키 책 뒤에 숨겨둔 것이었다. 새벽 3시쯤 위험한 것을 모두 모아서 낡은 트렁크에 넣은 뒤 옷걸이 밑에 숨겼고, 이것을 별장에 갖다 놓을지, 만약에 대비해서 시골에 계시는 일리야의 이모님 댁에 갖다 놓을지는 아침에 결정하기로 했다.

그들은 한참 동안 잠을 이루지 못했다. 알 수 없는 미래에 대한 온갖 종류의 망상적인 가정을 하고는, 로자 바실리예브나**를 통해 저자에게 원고가 KGB로 넘어간 것 같다는 말을 전해야 할지를 놓고 함께 고민했다. 결국 그들은 내일 아침에 바로 로자 바실리예브나에게 가서 일어난 일에 대해 자세히 알리기로 했다. 그러다 일리야는 올가가 말을 하다 말고 잠든 것을 알아차렸다. 그 순간 번개를 맞은 것처럼 그의 머릿속에 '내일 체포될 거야!'라는 생각이 들었다. 몸에서 식은땀까지 났다. 어머니 댁에는 전화번호가 잔뜩 적힌 수첩을 포함해 증거가 많이 남아 있으니, 얼른 어머니 댁에 가서 사진 컬렉션을 가지고 나와 어딘가에 숨겨야 한다. 음화는 따로 모아야 한다. 키르자치에 사시는 이모님 댁에 가는 것이 가장 안전할 것이다. 그럴 시간이 있어야 할 텐데! 새벽 6시에 일어나 곧장 어머니 댁으로 가야 한다는 생각을

** 20세기 초 러시아의 많은 시인들과 친분이 있던 인물이다.

하면서 그는 깊은 잠에 빠져들었다.

8시쯤 올가는 코스탸의 손에 사과를 쥐여주고는 학교에 보냈다. 일리야는 아직 자고 있었다. 올가가 커피 물을 올려놓았는데 이때가 9시 10분이었고, 요란한 전화벨 소리와 동시에 현관 초인종 소리가 들렸다. 일리야는 잠에서 깨서 시계를 봤고 이미 늦었음을 깨달았다.

"어서 빨리 욕실로 가요."

올가가 명령조로 말했다.

일리야는 재빨리 욕실로 들어가서는 문을 잠갔다. 올가는 현관문을 열러 가면서 무슨 말을 해야 하며 무슨 말을 하면 안 되는지를 생각했다.

그녀는 오래전부터 이 일이 어떤 식으로 돌아가는지 알고 있었지만, 제일 먼저 머릿속에 떠오른 생각은 '엄마한테 전화해서 해결해달라고 해야겠다'였다. 하지만 그런 생각을 한 자신이 창피했다.

여섯 명이 들이닥쳤다. 모두 사복 차림이었다. 모자를 쓴 키 큰 남자는 모자를 벗지 않은 채로 자신의 신분증과 수색영장을 동시에 보여줬다. 그들은 웃음기 하나 없이 굉장히 사무적으로 행동했으며 욕실 문만 빼고 문이란 문은 모두 열었다.

"저기에 당신 남편이 있나요?"

키 큰 남자가 모자를 벗으면서 물었다.

모자가 벗겨지면서 머리에 몇 가닥 붙어 있던 부분 가발이 떨어졌고, 그는 아주 자연스럽게 머리에 도로 붙였다.

'코시긴*이랑 닮았어.'

올가는 이런 생각을 하자마자 무서운 마음이 사라졌다.

"네, 남편이 있어요."

그녀가 고개를 끄덕이면서 말했다.

그 남자보다 키가 작은 사내가 욕실로 점프하더니 문을 두드렸다.

"나오세요!"

"나갑니다!"

일리야의 목소리가 들렸다.

그는 소매에 장군이 입던 낡은 가운을 걸치고 몇 분 뒤에 나왔는데 서둘러 면도를 마친 것 같았다.

'잘했어.'

올가는 그런 그를 보면서 혼자 흡족해했다.

"선생님은 거주 등록이 돼 있는 관할 서로 저희와 함께 가주

* 알렉세이 코시긴(1904~1980). 소련의 정치가. 흐루쇼프의 뒤를 이어 총리에 취임했다.

셔야겠습니다."

점퍼를 입은 사내가 말했다. 그는 키 큰 사내와 재빨리 의미심장한 시선을 주고받았다. 특별한 의미가 담긴 시선이었다.

일리야는 천천히 옷을 입었다.

세 명은 책장 옆에 서 있었다.

"모두 당신 책입니까?

덩치가 작은 남자가 물었다.

"책 대부분은 어머니 거예요. 유명 작가시니까요. 저기 저 방에는 군대 건축에 관한 책들이 있어요. 아버지는 장군이셔서 군대와 관련된 책이 많아요."

올가의 목소리는 들떠 있었는데, 떨지 않고 말을 잘하고 있다고 생각됐기 때문이었다. 일리야는 그 순간 그녀가 처음에는 무서워했지만, 어느 순간 두려움이 복잡한 감정으로 바뀌었고, 그 복잡한 감정 속에는 즐거움도 들어 있음을 느꼈다.

'자기, 잘했어!'

올가의 행동이 흡족해서 일리야 자신도 덩달아 기운이 났다. 그는 작별 인사의 의미로 한 손을 흔들고 나왔는데, 양옆으로 기분 나쁜 사내들과 함께였다.

수색을 하는 사람은 총 세 명이었는데, 문 옆에 한 명이 더 서 있었다.

'가택수색 증인이군.'

올가가 깨달았다.

난생처음으로 KGB 요원들을 만났지만, 그녀는 이미 이 일이 어떻게 일어나는지에 관해 여러 사람들한테 들어 알고 있었다. 그녀가 생각했던 것보다 그들은 훨씬 예의가 바른 사람들이었다. 한 사람은 얼굴이 잘생겼는데 트랙터 기술자나 말 사육사처럼 생겼다. 심지어 추운 곳에서 오랜 시간을 보낸 시골 사람처럼 얼굴에 붉은 기가 돌았다. 그들은 이미 중요한 책은 다 치웠다는 것을 알고는 지루하다는 듯 이 책 저 책을 찔러봤다. 그러고는 화장실에서 재가 된 성냥과 불에 그을린 클립이 가득한 재떨이를 찾아냈다.

"뭘 태운 거죠?"

정수리에 머리카락이 몇 가닥밖에 없는 사내가 미소를 지으면서 물었다. 그는 자기 성이 알렉산드로프이며 검찰 수사관이라고 말했지만, 올가는 그 사람 성을 듣자마자 잊어버렸다. 올가는 그들이 경찰인지 정보국 사람들인지 검찰 소속인지 알 수 없었다. 게다가 그녀는 소속에 따라서 수색이 아주 미세하게 다르다는 걸 몰랐는데, 반동분자나 특정 단체 문서에 서명한 사람들에만 관심이 있는 기관이 있는가 하면, 책만 찾는 기관도 있고, 유대인들만 쫓는 기관도 있었다.

“화장실 냄새를 없애려고 다 쓴 화장지를 태웠어요.”

올가가 아무렇지도 않게 거짓말했다.

“클립이 붙어 있는 휴지로 거길 닦나 보죠?”

알렉산드로프가 손가락으로 재떨이를 찔러보면서 말했다. 그는 항의 서한과 〈시사 연보〉 등을 클립으로 고정해놨을 것이라고 짐작하고 있었다.

“이보세요, 저희 어머니가 잡지사 편집장이라고요, 문구류가 많은 게 당연한 거 아니겠어요!”

‘뻔뻔한 년.’

알렉산드로프는 속으로 생각했다. 그는 경험이 많은 사람이었다.

올가는 아버지의 낡은 군용 코트와 어머니의 모피 코트로 반쯤 덮어 옷걸이 밑에 세워둔 낡은 트렁크 쪽을 보지 않으려고 노력했다. 저걸 알아볼까? 못 알아볼까?

하지만 그는 즉시 그 트렁크를 발견했다. 코시긴을 닮은 알렉산드로프는 올가에게 트렁크를 열어달라고 부탁했다. 그녀가 트렁크를 열자 그는 대충 내부를 훑어본 뒤 대번에 다 이해했다는 듯 밝은 미소를 지었다.

“이제 보니 준비를 잘하셨군요.”

그들은 예의상 한 시간 반 정도 더 수색했다. 그들은 트렁크

말고도 어머니의 타자기 두 대, 아버지의 쌍안경과 일리야가 좋아하는 사진기와 어머니의 수첩과 한 장씩 떼어낼 수 있는 벽걸이 달력까지 포함해서 무언가를 메모해놓은 종이란 종이는 모두 챙겼다. 또 그들은 당대에 가장 뛰어난 사람들의 사진을 모은 일리야의 사진 컬렉션인 '골드 컬렉션', 즉 야키르,* 크라신,** 알리크 긴즈부르크,*** 사제 드미트리 두드코, 글레프 야쿠닌, 니콜라이 예실리만, 작가 다니엘과 시냡스키, 나탈리야 고르바넵스카야의 사진을 가져갔다.

이것은 수년이 흐른 뒤 '반체제적 아카이브'로 간주될, 당시로서는 유일한 사진 아카이브였다. 거기에는 서유럽 신문에 실린 사진들도 있었다. 일리야가 독일 기자인 클라우스와 미국인에게 팔아넘긴 사진도 있었고, 벨기에 친구인 피에르를 통해 반출한 사진은 그가 서유럽에서 유포했다.

알렉산드로프가 코스탸의 책상 서랍 깊숙이 숨겨놓은 파일 하나를 끄집어냈을 때 올가는 이제 일리야의 정체가 탄로 났음

* 이오나 야키르(1896~1937). 소련의 군인.

** 레오니트 크라신(1870~1926). 러시아의 혁명가.

*** 알렉산드르 긴즈부르크(1936~2002). 기자이자 출판업자이며, 소련의 인권 운동에 참여하기도 했다.

을 깨달았다.

건물 입구 쪽에 검은색 볼가 한 대가 서 있었고 밖에 회색 승용차 한 대가 더 있었다. 그들은 트렁크와 타자기 그리고 종이를 잔뜩 담은 자루를 회색 차에 실었고, 올가는 검은색 차에 탔다. 그녀는 뒷좌석의 두 요원 사이에 앉아서 갔다. 그들은 그렇게 근처에 있는 말라 루뱐카까지 가서 2층짜리 건물에 도착했는데 거기에는 '모스크바 국가보안위원회* 지도부'라고 적혀 있었다.

오후 2시가 넘은 시각부터 신문이 시작되었다. 올가가 속으로 코시긴이라고 부른 알렉산드로프는 사무실에 앉아 있었지만 그 사람 말고도 말수가 적은 대위가 한 명 더 앉아 있었다. 그는 올가가 그날 처음으로 본, 제복을 입은 사람이었다. 그녀는 이것이 신문이 아니라 대화에 불과하다는 것을 몰랐다.

'뭐라고 하지? 뭘 말해서는 안 될까?' 올가는 거짓말을 할 줄 몰랐다. 일리야는 그녀에게 똑똑하게 행동하라고 했고, 그 말은 아무 말도 하지 말아야 한다는 것을 뜻했다. 그때는 이것이 얼마나 힘든 일인지 알지 못했다. 올가는 자기도 모르게 말하기 시작해서 한 시간, 두 시간, 세 시간 동안 말했다. 질문은 죄다 사소한

* KGB. 반인사 체제들을 감시·통제한 소련 정부의 정보기관이자 비밀경찰.

것들뿐이었는데, 이를테면 누구랑 친한지, 어디에 자주 가는지, 뭘 읽는지에 관한 것들이 대부분이었다. 이민 간 교수에 대해서도 물어봤는데, 물론 그들은 그녀가 교수를 지지하는 성명에 서명한 일로 1965년에 대학에서 제적된 것도 알고 있었다. 심지어 "훌륭한 소비에트 가문 출신인 당신이 뭐가 부족해서 반체제 선전물을 들여오나요? 왜 그런 부류와 어울린 거죠?"라는 식의 질문도 했는데, 질문에는 안타까움이 묻어 있었다.

올가는 지금은 거의 연락도 안 하는 여자 친구들 이야기를 지어내기도 했는데 죄다 결혼도 하고, 아이들도 있고, 일도 하고 있다고 말이다……. 그리고 친한 친구들 중에서 갈랴 폴루히나를 복수하는 심정으로 말한 것 빼고는 올가가 기억하는 한 불필요한 이름은 말하지 않았다.

알렉산드로프는 놀랍게도 타마라 브린에 대해서 질문했다.

"아니, 아니요, 우린 안 만나요. 전에는 친했지만 타마라는 이제는 연구만 하느라 아무하고도 친하게 지내지 않는 것 같더라고요."

"아무하고도 안 만나다니요? 마를렌 코간이랑은 만나고 있죠. 히브리어를 공부하는지도 모르죠."

올가는 눈썹을 치켜뜨고는 물었다.

"무슨 말씀이세요? 정말이에요?"

"여기서는 제 질문에 대답만 하시면 됩니다. 올가 아파나시예브나, 당신은 자기 자신이 꽤 똑똑하고 사리 분별이 뛰어나다고 생각하시나 본데……."

그는 웃으면서 커다란 이를 드러냈고, 올가는 그 순간 그런 그가 무서워졌다. 그녀는 자기 자신이 껍질이 제거된 연체동물처럼 나체 상태로 까발려져서 언제든 주사기에 쉽게 찔릴 수도 있고 날카로운 이빨에 물릴 수도 있을 것처럼 느껴졌다. 하지만 금세 정신을 차리고 작전 짤 시간을 벌 요량으로 화장실에 좀 다녀오겠다고 했다.

알렉산드로프가 어딘가로 전화를 하자 엉덩이가 큰 여직원이 들어와서는 놀랍도록 복잡한 복도를 지나 그녀를 화장실로 데려갔다. 화장실 칸 안에는 화장지 대신 네모난 신문지가 걸려 있었다. 그녀는 깨끗하게 닦아놓은 물탱크가 없는 재래식 변기에 쪼그리고 앉아 FBI 건물의 변소는 어떻게 생겼을지 상상했다. 그러다가 너무 크게 웃은 나머지 여직원이 소스라치게 놀랐다. 잠깐 화장실에 있는 동안 그녀는 생각도 정리하고 신문에 필요한 에너지도 얻었다. 그나저나 타마라 이야기가 진짜인지 궁금했다. 거짓말하는 것 같지는 않았다. 그렇다면 타마라는 왜 그녀에게 아무 말도 안 한 걸까? 참 이상했다. 정말 마를렌과 만나는 사이란 말인가? 타마라는 단 한 번도 그에 대해 말한 적 없었다. '앙큼한 것 같으니! 그런데 마를렌은 참 괜찮단 말이야! 가족도 너무 좋고 준법정신도 투철하고, 그놈의 코셔만 빼면 다 좋아.' 그리고 그녀는 마를렌이 그들의 집에서 아무것도 입에 대지 않고 보드카만 마시던 일이 생각났다. 보드카는 유대인의 규율에 맞는 코셔라면서 말이다. 수염은 듬성듬성하고 머리는 크고 곱슬머리는 헝클어져 있고 어깨는 넓으며 다리는 짧아서 몸의 균형이 맞지 않았다. 하지만 굉장히 똑똑해서 머릿속에 도서관 하나가 통으로 들어가 있는 듯했는데 역사, 지리, 문학이 따로따로 아주 잘 정리돼 있었다. 정말 훌륭한 사람이기는 하지만, 그래도……. 타마라가 그에게 넘어갔다는 건 믿을 수가 없단 말이야! 하긴 별의별 일이 다 생기니 불가능할 것도 없어 보였다.

잠시 뒤에 대위는 시계를 보더니 나갔다가 5분 후에 돌아와서 또다시 시계를 보고는 알렉산드로프에게 뭐라고 중얼거렸고, 그러자 알렉산드로프는 마치 대위의 시계에 명령이라도 적혀 있기라도 하는 듯이 어조를 바꿔서 물었다.

"자, 이제 본론으로 들어가보죠. 이건 전부 당신 책인가요, 아니면 남편 것인가요?"

"물론 제 책이죠. 우리 집에 있는 책은 제 책입니다."

"전부 다 말인가요?"

"뭐 누군가가 우리 집에 두고 간 책이 있을 수도 있긴 하죠. 그래도 대부분은 제 책이에요."

"이 중에 어떤 책이 다른 사람 것이죠?"

"아니요, 다 제 책이에요."

올가가 조금 전에 했던 말을 정정했다.

"어디에서 구한 책이죠?"

올가는 미리 준비한 대로 대답했다.

"산 거예요. 우리 집 사람들은 책을 읽는 사람들이고 책을 많이 삽니다."

"어디서요?"

"뭐, 모스크바에는 암시장이 있고, 거기 가면 없는 게 없는데, 외제도 많아서 외제 향수도 있고 책도 살 수 있어요."

"그 시장은 어디에 있죠?"

"여기저기에 있는데……. 쿠즈네츠키 다리에 있는 시장에서 책을 산 적도 있어요."

"좀 더 정확히 말해보시오. 쿠즈네츠키 어디란 말입니까?"

"모스크바에 책 파는 벼룩시장이 있어요. 거기 가면 이것저것 많이 팔아요."

"쿠즈네츠키 다리에 가면 거리에서 사람들이 서서 지나가는 사람들에게 물건을 사라고 권한다는 거군요."

그는 책 더미에서 압토르하노프의 《권력의 기술》이라는 책을 꺼내 보이면서 말했다.

"그런 식이죠."

올가가 고개를 끄덕이면서 말했다.

이 말을 한 뒤 그는 싫증 날 때까지 책을 한 권씩 차례로 꺼냈다. 대위는 두 번 나갔다가 다시 돌아왔다.

"올가 아파나시예브나 씨, 제가 말씀드릴 수 있는 건 말입니다. 여기 있는 모든 책과 관련된 행위는 반공 행위로 간주되며 형법 제190조에 따라 처벌받게 됩니다. 징역 3년 이상 최대 5년 형을 받을 수 있습니다. 혹시 몰랐나요?"

마지막 문장을 말할 때는 안쓰러운 듯한 투로 말했다.

어렸을 때부터 모든 사람들의 관심과 사랑을 듬뿍 받아왔던 올가는 무엇보다도 대화를 나누는 상대가 자신을 대하는 태도가 불분명한 것이 괴로웠다. 그는 대화 상대로 유쾌한 사람은 아니었고 아군보다는 적군 쪽이었지만, 그녀는 여전히 본능적으로 자신의 매력을 상대가 알아봐주기를 원했다. 감정을 드러내지 않기로 애썼음에도 자기도 모르게 애교와 자신감이 새어 나왔다. 하지만 상대는 듣지도 느끼지도 못하는 사람이었고, 그녀는 갈팡질팡하다가 자신에게 논리가 없다는 것을 깨닫고는 무척 공포스러워졌는데, 이 모든 대화가 어떻게 끝날지 도무지 감을 잡을 수 없었기 때문이었다. 풀려날지 체포될지, 아예 죽어서 나가게 될지 도무지 알 수 없었다……. 아니, 절대 죽이지는 않겠지만, 잠시 동물적이고 생리학적인 공포가 그녀를 덮쳤다. 그것은 인간이 극복할 수 있는 공포 그 이상이었다. 게다가 끔찍할 정도로 오랫동안 지속되었다.

일리야에 대한 질문이 많았다. 그의 일에 대해서도 질문했다. 일리야는 어찌어찌해서 비서로 일한다는 증명서를 갖고 있었다. 그의 뒤를 봐주는 사람들이 있었고, 이번이 세 번째였다. 장인의 주선으로 농학 아카데미 회원이 되었고, 그 후로 사사건건 시비를 거는 늙은 작가가 잠시 그의 뒤를 봐줬지만 반년 후에 계약을 파기했다. 지금 그의 뒤를 봐주는 사람은 점잖은 사람인데 그도 역시 작가이고 레닌그라드에 살고 있었다. 만약 문제가 터지면 일리야가 모스크바 소재의 도서관들에서 그를 위해 일하고 있다고 말하도록 서로 합의돼 있었다.

일리야와 관련된 모든 질문에 대해서 올가는 진실 여부를 증명하기 힘든 문장인 "몰라요, 남편한테 들은 적이 없어요"라고 대답하면서 위기를 모면했다. 이렇게 해서 그녀는 말 잘 듣는 순종적인 아내인 척했다.

"올가 아파나시예브나 씨, 생각할 시간은 충분히 드릴 테니 얼마든지 생각하세요. 우리끼리 다툴 필요는 없으니까요. 부모님이 아시면 속상하실 테고요. 오늘은 우리끼리 서로 처음 만나서 대화를 나눈 겁니다. 이 책은 당연히 여기 둘 겁니다. 워낙 많아서 5년 형은 족히 나올 것 같습니다. 여기, 목록입니다. 네, 네, 이미 서명하셨죠. 조만간 또 만나서 할 얘기가 있으니 그동안 잘 생각해보세요. 우리는 당신 남편이 당신을 반공 행위에 끌어들였다는 걸 압니다. 그러니까 누구와 함께할지를 결정하시란 말입니다……. 여기에 서명하시죠. 우리 대화에 대해 누설하지 않는다는 동의서입니다."

대화가 거의 끝난 것 같았다. 사무실 벽에 걸려 있는 시계가 10시 45분을 가리키고 있었다.

알렉산드로프는 쪽지 같은 것에 서명하고는 그가 서명한 종이를 건네주길 손꼽아 기다리던 직원한테 줬다. 이것은 그 건물에서 나갈 때 필요한 허가증이었다. 복도는 미로 같아서 뜻밖의 모퉁이들이 계속 있었고, 건물 밖으로 나가자 그 안에 그렇게 복잡하고 긴 복도가 있다는 걸 상상하기 힘들 정도로 건물이 작아 보였다.

밖으로 나왔을 때 올가는 택시를 잡으려고 했다. 하지만 차가 한 대도 서지 않아 제르진스키 광장을 가로질러서 지하철역 쪽으로 터벅터벅 걸어갔다.

고향 집은 내장이 밖으로 나오고 여기저기 찢기고 모욕당했다. 어떻게 그토록 짧은 시간에 정리 정돈이 잘된 집을 이렇게 망가뜨릴 수 있단 말인가? 마룻바닥에는 구두 발자국이 있었고 책은 여기저기에 널브러져 있었다. 전쟁 때부터 모아놓은 듯한 속옷과 셔츠 등 장군의 옷은 선반 위에 차곡차곡 쌓여 있었는데 이제는 망가진 부채처럼 넓은 통로에 흩어져 있었다. 어머니가 사흘째 별장에서 주무셔서 이 꼴을 안 보신 게 천만다행이었다.

일리야는 없었다. 탁자 위에 가정부 파이나 이바노브나가 남긴 메모가 있었다.

올가! 코스탸는 내가 학교 끝나고 집에 데려왔어. 오늘 밤은 우리 집에서 재우고 아침에 내가 학교 보낼게. 집에 도착하면 전화해.

파이나.

'엄마도 파이나처럼 절대 불필요한 질문은 하지 않고 늘 나한테 도움이 되는 일만 하는 분이었다면 좋았으련만.'

파이나는 불필요한 말 한마디 없이 올가를 키웠고, 코스탸도 세상 누구보다 잘 돌봐주고 있었다. 어머니가 오늘 집에 안 들르고 별장에 바로 가신 것이 얼마나 다행이란 말인가.

올가는 파이나에게 전화했다.

"파이나, 평생 이렇게 신세를 지네요. 면목이 없어요."

파이나는 잠시 퉁명스럽게 중얼거리면서 조용히 불만 섞인 투로 잠시 혼내더니 만약 올가가 앞으로도 이렇게 행동하면 자기는 집을 떠나겠다고 말했다.

"애가 불쌍하지도 않은지, 원!"

파이나는 허스키한 목소리로 마지막으로 한마디 하고는 전화를 끊었다. 정말이지 황금, 아니 순금 같은 분이었다.

잠시 망설이다가 올가는 일리야의 어머니인 마리야 표도로브나한테 전화할 결심이 섰다. 한참을 기다려도 아무도 전화를 받지 않아서 올가는 결국 전화를 끊었다. 두려움보다 큰 피로가 올가를 덮쳤다. 올가는 소파에 털썩 주저앉았고 그대로 잠들었다. 15분 후에 목에서 심장박동이 느껴지는 통에 잠에서 깼다. 순식간에 잠이 사라졌다.

새벽 2시 30분에 청소를 시작했다. 그러자 아침이 거의 다 돼서 집 정리가 됐다.

'일랴야는 어떻게 될까?'

일리야가 걱정됐다.

올가는 갈랴의 직장에 전화해서 당장 만나야겠다고 말했다. 한 시간 뒤에 갈랴가 올가 집 부엌에 앉아 있었다.

"갈랴, 정보기관 요원들이 우리 집을 수색했어. 이 모든 것이 타자기 때문에 생긴 일인 거 알지?"

올가가 먼저 말을 꺼내기가 무섭게 폴루시카는 온몸을 부들부들 떨면서 눈물을 흘렸다.

"솔직하게 말해줘, 너 남편한테 타자 치는 거 말한 적 있어? 타자기를 나한테서 가져왔다는 건……?"

폴루시카는 맹세코 남편은 타자기도, 자기가 타자 치는 부업을 하고 있다는 것도 전혀 모른다고 말했다. 남편을 떠나서 그 누구에게도 이런 이야기를 한 적 없다고 말이다. 어찌나 강하게 맹세하는지 믿을 수밖에 없었다. 그래서 어떻게 해서 그것들이 국가보안위원회에 들어가게 되었는지는 수수께끼로 남았다. 그리고 왜 하필 그들은 타자기와 원고를 가져간 직후가 아니라 얼마간 시간이 지난 뒤에 올가 부부를 찾아온 것일까?

"올가, 그런데 나는 이제 남편한테 전부 다 이야기해야 해. 그러지 않으면 결국 나는 너도 안토니나 나우모브나도 남편도 배신하는 셈이 되는 거야. 남편도 이 일로 불미스러운 일을 당할 수 있어! 내가 그렇다고 목을 맬 수는 없잖아. 네 가족이 평생 나한테 해준 것도 모르고 배은망덕하게 군다고 생각할 수도 있겠지. 하지만 남편은 이걸 모르잖아. 이건 그와 전혀 상관없는 일이기도 하고 말이야. 그에게는 그의 삶이 있고 세상을 바라보는 시각도 달라. 그는 철저히 이념을 따르는 사람이잖아! 올가, 사실 너도 이념을 철저히 따르는 사람이었잖아! 콤소몰에서 서기로 일한 사람은 내가 아니라 너였잖아! 네가 우리 중에서 소련의 이념을 가장 열렬히 따르는 사람이었잖아! 타마라는 아무 말 안 했지만 소련에 적대적이었고, 나는 열두 살 때부터 하던 평행봉과 평균대에만 관심이 있어서 이념에는 관심도 없었단 말이야!"

이때 찰카닥하는 소리가 들리더니 일리야가 무거운 몸을 이끌고 들어왔다. 피곤한 둘은 오랫동안 못 본 사람들처럼 꼭 끌어안았다.

폴루시카는 눈치껏 겉옷을 빨리 입고는 눈 깜짝할 사이에 그곳을 빠져나갔다.

"당신은 언제 풀어준 거야?"

일리야가 올가를 품에 안은 채로 질문했다.

"밤 11시에요. 자기를 지금까지 붙잡고 있었던 거예요?"

"처음에는 어머니 집으로 데리고 갔고, 거기에 있던 걸 싹 다 가져갔어. 하나도 남김없이. 이제 내 암실은 없어. 그런 다음에는 말라 루뱐카에 데리고 가서 지금까지 거기에 붙잡혀 있었어."

코스탸가 학교에 입학한 이래로 그들은 모스크바에 있는 올가의 아파트에서 살았고, 암실은 어머니 집의 창고로 옮겨놨었다.

"2층짜리 건물 말이에요? 나도 거기 있었는데."

"그래, 모스크바 국가보안위원회 지도부 말이야. 젠장."

일리야는 눈이 초롱초롱한 올가, 자신이 사랑하는 아내만 지킬 수 있다면 다른 건 어떻게 돼도 상관없었다. 힘닿는 데까지 올가를 지키고 자기가 모두 뒤집어쓰기로 마음먹었다. 실제로 그런 책을 집 안에 들인 건 그가 아니었던가! 올가만 무사하다면 자기는 어떻게든 빠져나올 수 있을 거라 생각하고 올가를 지켜주기로 마음먹었다.

입술이 조금 트고 흰 피부에 주근깨가 도드라져 보이는 올가는 이제 그의 인생에서 가장 중요한 존재였고, 그런 그녀가 그의 얼굴을 쓰다듬었다. 국가보안위원회에서 해결해야 할 일이 남아 있었지만 어떤 대가를 치르더라도 올가를 지키기로 굳게 다짐했다.

퇴근하고 온 안토니나 나우모브나는 딸로부터 자초지종을 들었다. 안토니나는 먼저 가슴을 움켜쥐었고, 그런 다음 수화기를 집어 들었다. 내일 국가안보기관들의 지시에 따라 소련 작가 연맹의 후견인 역할을 해온 일리옌코와 만나기로 약속을 잡았다. 그들은 그녀가 막 일을 시작했던 1930년대부터 친분을 이어오고 있었는데, 함께 대숙청도 겪었고, 그 뒤에는 그들 스스로가 숙청에 참여하였고, 부르주아적 형식주의와의 투쟁을 견뎌냈으며, 함께 예렌부르크의 뒤를 캐는 일을 했다.

그것은 쉽지 않은 일인 데다 배신이기도 했다. 하지만 당시 안토니나 나우모브나는 굉장히 중요한 일이라고 확신했다.

일리옌코는 자기 사람들을 챙겼고 이번에도 안토니나 나우모브나를 도와주었다.

그의 전화로 그녀는 다른 장군과 만났고, 상대는 거들먹거리며 말했지만, 그녀는 결국 압수수색 때 빼앗긴 자신의 낡은 언더우드 타자기와 새로 산 옵티마 타자기, 수첩, 원고를 모두 돌려받았다. 돌려받은 것 중에는 일리야의 책도 있었는데 혁명 전에 출간된 종교 서적이었고 안토니나 나우모브나는 그 책을 만지기도 싫어했다. 사진기와 사진 확대기도 모두 일리야에게 돌려줬다. 올가의 에리카 타자기만 돌려받는 데 3개월이 걸렸는데, 그마저도 이의 신청서를 따로 낸 후에야 돌려받을 수 있었다. 하지만 그들이 어떻게 해서 타자기를 손에 넣었는지, 누가 밀고했는지는 듣지 못했다.

안토니나 나우모브나는 소란 피우는 것을 싫어한 데다 올가가 대학에서 제명된 후로 유명 러시아 소설《아버지와 아들》에도 나오는 세대 차이로 인한 모든 아픔을 다 겪은 터였다. 서로를 이해할 수 있을 것이라는 기대는 사라진 지 오래였기 때문에 딸에게 아무 말도 하지 않았다. 사실 그녀는 딸을 최고로 키우고 싶었고 최선을 다했다. 그래서 자신의 부모가 무식하고 하느님

밖에 모르는 사람이라는 걸 올가에게는 말할 수 없었다.

그녀의 눈은 굳은 결심으로 이글거렸고, 입은 꼭 다물고 있었고, 혈관에는 무자비한 그리스인의 피가 흘렀다. 젊었을 때는 사람들이 자주 유대인으로 오해했고, 그녀는 그런 오해가 이루 말할 수 없이 싫었다. 이제는 비잔틴 성상화와 비슷한 모습을 띠게 되었는데 굉장히 영성이 충만하지만 자비도 없고 동정심도 없는 얼굴을 하고 있었다. 성 파라스케바나 성 이리나 정도랄까……. 후광 대신 코바늘로 뜬 베레모나 리트폰트 의상실*에서 만든 카라쿨 양털 모자를 쓰고 있는 것이 달랐다.

안토니나 나우모브나가 제일 먼저 생각한 것은 아파트 하나를 팔아서 그 돈으로 작은 아파트 두 채를 사는 것이었다. 딸도 사위도 안 보기 위해서 말이다. 하지만 자기가 죽고 나면 두 번째 아파트는 국가에 귀속된다는 것을 깨달았다. 그렇게 되면 손자는? 코스탸는 착하고 할아버지를 잘 따랐다. 그런 아이에게서 유산을 빼앗을 이유가 있을까? 아니, 그래서는 안 된다. 게다가 그들을 곁에 두고 주시할 필요가 있었다. 그녀는 이미 못된 사위와 덩달아 올가까지 정부의 감시를 받고 있다는 것을 알고 있었다.

이때부터 안토니나 나우모브나는 생활 패턴을 바꿔서 주말이

* 소련 시대 때 엄청난 인기를 누리던 의상실.

나 휴일에는 어김없이 별장에 가고, 평일에도 가끔 갔으며, 일주일에 두어 번 딸네 집에 갔다. 또 그들이 반동적인 모임을 열거나 소란을 피우는지 감시하기 위해 매번 불시에 찾아가곤 했다.

파이나는 여전히 그들의 집에서 일했고, 경솔한 부부가 저녁마다 외출할 수 있도록 배려해주었으며, 심지어 그들 집에서 자고 갈 때도 있었다. 올가와 일리야는 자주 다른 사람 집을 방문했는데, 이들은 모두 처음 보는 사람들이었으며 흥미로운 사람들이기도 했다.

학교 친구들과는 자연스럽게 멀어졌다. 이제 세 여자 동기들은 1년에 한 번 6월 2일 올가의 생일에만 만났다. 그리고 가끔 통화만 했다. 각자 자기 생활과 자기만의 비밀이 생긴 탓이었다.

타마라는 좋아하는 학문 외에도 사랑하는 마를렌이 있었고, 갈랴는 남편과 일 말고도 말 못 할 비밀이 있었는데, 불임을 발견하고 나서 가능한 모든 병원에서 진료를 받고 각종 요법과 약초를 처방받으며 여러 돌팔이들을 만나는 등 불임을 치료하기 위해 백방으로 노력하고 있었다.

이제 그들에게 남은 것은 학창 시절의 추억 정도였지만 이마저도 점점 멀어지고 퇴색하고 있었다.

한편 올가의 인생에서 가장 행복한 시절이 지나가고 있었다. 모든 것이 얇은 살얼음 위를 지나가는 것처럼 스릴 있었다. 1966년에 법원에서 올가와 일리야를 이어준 대학교수이자 작가인 남자는 구형받은 7년을 다 살고 나서 불현듯 이민을 떠났다.

그가 이민을 준비하는 몇 달 동안 올가와 일리야는 그와 만나지 않았고, 나중에 이를 두고두고 후회했다. 하지만 그들이 그를 만나고 싶어 했더라도 만나기는 쉽지 않았을 것이다. 그가 아무도 만나고 싶어 하지 않았는지, 아내가 그의 주위에 철의 장벽을 쳤는지는 모르지만 그와 접촉하기란 쉽지 않았다. 그는 소리 소문 없이 조용히 떠났는데 정부에서도 그를 놓아주는 편이 낫다고 판단한 것 같았다. 게다가 그가 KGB와 내통했다는 나쁜 소문이 돌았다.

당시에는 모든 지하운동가들, 독자들 그리고 사미즈다트 일을 하는 사람들은 잔뜩 겁을 먹고 양 무리와 염소 무리*로 나뉘어서 뿔뿔이 흩어졌다. 사실 누가 양이고, 누가 염소인지 밝혀내는 것조차 힘들었다. 이렇게 흩어진 무리 속에서도 서로 의견이 나뉘기는 마찬가지였다. 서구주의자들, 슬라브주의자들, 1960년대에 진보적 성향을 지닌 비판적 지식인들은 끼어들 수도 없었다. 이제 사람들은 과거보다 훨씬 다채로워졌다. 이제 정

* 마태복음 25장에 나오는 비유. 양은 천국에 들어가는 의인을, 염소는 악한 일을 한 죄인을 가리킨다.

의를 추구하지만 조국에 반대하는 사람들이 있는가 하면, 정부에 반대하지만 공산주의는 찬성하는 사람들도 있었고, 진정한 기독교를 원하는 사람도 있었으며, 자기 조국인 리투아니아나 서우크라이나의 독립을 꿈꾸는 민족주의자들이 있는가 하면 이민 갈 생각만 하는 유대인들도 있었다…….

그리고 문학 속에는 위대한 진실이 숨겨져 있었다. 솔제니친은 계속 책을 썼고, 그 책은 사미즈다트를 통해 출간되었는데, 구텐베르크의 인쇄술이 발명되기 전의 형태로, 즉 알아보기 힘든 글씨가 적힌, 부드러운 담배 종이를 묶어서 손에서 손으로 전달하는 방식이었다. 이것은 자기 자신과 자기 나라 그리고 범죄와 죄악에 대한 끔찍하고 통렬한 진실을 그대로 담고 있었기 때문에 탄탄한 독자층을 확보했다. 그리고 이 무렵 똑똑하지만 통렬하게 독설을 퍼붓는 데다 평판이 좋지 않았던 교수가 이민을 간 서유럽에서 작가로서 명성을 얻고 러시아를 '쌍년'이라고 표현하고 위대한 작가를 '무식한 애국자'라고 비판하는 일도 있었다.

차와 보드카가 넘쳐흘렀고, 부엌에서는 정치적 논쟁으로 인한 뜨거운 열기가 가스레인지 뒤에 있는 벽을 타고 위로 올라가서 천장에 숨겨진 마이크까지 가 닿았다.

일리야는 모든 사람들을 알고 있었고 모든 것을 알고 있어서 논쟁을 하는 동안에도 침착했고, '한편으로 보면' '다른 한편으로 보면'이라는 표현을 자주 쓰며 중립적 입장을 유지했다. 그리고 올가에게는 이렇게 말했다.

"올가, 의견이란 늘 편협하기 마련이야. 그러니까 한 가지 입장만 고수하면 안 돼. 의자에 다리가 네 개인 것도 그런 이유라니까!"

올가는 그의 말뜻을 어렴풋이 이해할 뿐이었지만, 마음속 깊은 곳에서는 동의했다. 그녀에게 의자의 비유가 설득력이 있었기 때문이다.

그 무렵 브린치크는 마를렌의 영향으로 잠시 유대주의에 빠져들긴 했지만, 내분비학 때문에 완전히 빠져들지는 못했다. 논문은 거의 다 썼고 결과는 아주 좋았다. 호르몬은 아주 잘 합성되었고 실험도 매우 잘돼서 이제 그 결과를 토끼 같은 살아 있는 생명체에 적용만 해보면 됐다.

베라 사무일로브나는 대학교를 졸업하고 고작 80루블이라는 급여를 받으면서 주임 연구원이라는 하찮은 자리에서 일했던 자신의 제자가 진정한 학자가 되었다는 사실에 무척 기뻤다.

타마라는 연구실에서 밤늦게까지 일했고 퇴근 후 몰로됴즈나야 역 앞에서 밤 산책을 개보다 더 좋아하는 마를렌을 만나 그의 개 로비크와 함께 밤 11시부터 12시까지 산책했다.

그들 사이에는 친밀함이 가득했고 사소한 접촉에도 설렜으며 말하지 않아도 서로 모든 것을 이해했다. 함께 침묵할 때도 행복했고 평범한 대화를 나눌 때도 흥분이 일었다. 그들 사이에 특별하면서도 근사한 신호들로 충만한 위대하고 비밀스러운 사랑이 피어났다. 마를렌은 타마라의 엄청난 관대함에 놀랐고, 그녀는 그의 영민함과 해박함과 고귀함에 끊임없이 감탄하면서 그의 단점까지도 장점으로 받아들였다.

그녀는 그의 고귀함을, 그가 자녀와 가족을 사랑하며, 그가 집안에 들인 유대인의 전통을 지키는 데서 찾았다. 언젠가부터 그의 러시아인 아내는 금요일 저녁에 안식일 식탁을 차리고 양초 두 개를 켜놓고 히브리어로 기도문을 읽었다. 마를렌의 공산당 조상들이 알게 되면 관 속에서 놀라 자빠질 일이지만 다행히도 콜리마 강제수용소에 억류된 정치범들의 시신은 관에 넣지 않았다. 기적적으로 수용소에서 도망친 어머니만 보스트랴콥스키 공동묘지에 묻힐 수 있었을 뿐이다.

마를렌의 사랑스러운 아내 리다의 부모님은 딸이 유대인처럼 생활하게 된 것을 알면 무척 놀랄 터였다. 하지만 그들은 금요일에 가족들이 모여서 하는 행위에 대해서 아는 바가 전혀 없었으며, 마를렌이 유쾌하고 상냥하며 러시아 남자들과 달리 술도 절도 있게 마시고 다른 사람들에게 언제나 술을 대접할 준비가 돼 있었기 때문에 사위를 좋아했다. 그들은 사람 좋고 평범한 소련 사람들로 아버지는 기술자이고 어머니는 교사였는데, 마를렌이 가족을 데리고 이스라엘로 떠나려 한다는 것을 아직 몰랐다.

마를렌은 안식일을 맞이한 뒤에 로비크에게 목줄을 연결해서 타마라의 집에 데리고 가서는 탈무드에 명시된 규칙을 지키며 토요일을 함께 보냈다. 로비크는 발깔개에 누워서 기분 좋게 뼈를 뜯어 먹었다. 그동안 라이사 일리니치나는 세 평짜리 자기 방에 숨어서 마치 투명 인간처럼 있었고 화장실에도 안 갔다.

갈라의 삶은 탄탄대로를 달리고 있었다. 남편이 그녀에게 적합한 자리를 찾아줘서 그녀는 이제 모스크바 스포츠 클럽에서 일했는데, 전공도 살리고 월급도 좋았다. 겐나지는 아내를 절대 실망시키지 않았는데, 그는 착실하고 정직한 사람이어서 약속한 것은 언제나 지켰다. 하지만 그의 삶은 녹록지 않았다. 그는 업무도 많고 출장도 잦았는데 원격 교육으로 공부도 했다. 승진을 위해 필요한 공부였고 그는 5년간 점차 승진하더니 결국 그는 쿤체보에 있는 벽돌 건물 아파트에서 살 정도로 높은 자리에 올랐다. 그는 끊임없이 공부하라는 상사의 조언을 결코 잊지 않았다. 업무 능력을 향상하기 위한 다양한 수업에도 다니고 그 와중에 두 번째 학사 학위도 받았다.

하지만 자식 농사만은 뜻대로 되지 않았다. 이것은 운명의 사악한 조소 같았다. 세계에서 낙태를 가장 많이 하는 나라에 살았지만 폴루시카는 씨앗도 생기지 않았고 열매도 맺지 못했으며 기적도 일어나지 않았다.

올가가 행복한 나날을 보내는 동안 타마라는 그녀와 잘 만나지 않게 되었다. 타마라가 비밀리에 누군가를 만난다는 것은 이제 비밀이 아니었지만 올가와 대화할 때 절대 마를렌에 대해서 말하는 법이 없었기 때문에 올가는 이 부분이 속상했고, 그래서 둘 사이에 거리가 생겼다. 서로 사적인 이야기를 나누지 않는 여자들 간의 우정은 생기를 잃었고 의미를 상실했다. 심지어 마를렌이 가족과 함께 갑작스럽게 이스라엘로 떠나야 했을 때도 타마라는 올가에게 아무 말도 하지 않았다. 이쯤 되면 얼마든지 말해줄 만한데도 말이다.

그 후에는 올가에게 힘든 시기가 찾아왔다. 일리야가 이민을 간 것이었다. 올가 삶의 모든 것이 변해버렸다. 과거에 그녀에게 의미 있던 모든 것들이 완전히 무의미해졌고 새로운 의미는 아직 도래하지 않은 탓이었다. 일리야의 부재는 생각보다 훨씬 견디기 힘들었다. 그는 올가의 머릿속에 전보다 더 집요하게 자리 잡았고 올가의 생각은 고장 난 나침반 자침처럼 계속 일리야만 향했다. 충격에 빠져 힘들어하던 처음 몇 달 동안 타마라는 그녀

곁에 있었다. 처음에는 궤양의 전형적인 증상처럼 보였다. 하지만 우울증 증상도 있었는데, 올가가 얼굴을 벽 쪽으로 향하고 말도 하지 않고 침대에서 거의 내려오지도 않으며 식음을 전폐하다시피 했던 것이다. 의사였던 타마라는 상황이 좋지 않다는 것을 직감했다.

"넌 지금 위험해. 너 자신을 구해야 해. 안 그러면 미칠 수도 있고 이러다가 진짜 병에 걸릴 수도 있어. 이제 그만하고 다 잊어. 이렇게 살면 안 돼."

타마라는 올가를 우울증에서 끄집어내려고 노력했다. 먼저 그녀는, 여러 가지 의미로, 지하에 있는 상담실에서 지하운동을 하는 환자들을 진료하는 심리학자한테 데리고 갔다. 그다음에는 정신과 의사한테 데리고 갔다. 올가 자신의 회복력과 타마라의 이타심 그리고 항우울제가 올가를 우울증에서 끄집어냈다. 하지만 일리야가 떠나고 얼마 지나지 않아 올가는 출혈을 하기 시작했다. 타마라는 몸이 아프면 정신이 건강해질 것이라고 여기고 차라리 잘된 일이라고 생각했다. 하지만 올가는 여전히 일리야에 대해서만 얘기하고 일리야 생각만 했다. 병세는 많이 호전되었지만 억울함, 질투, 증오의 불길은 아직 꺼지지 않았다. 예전의 잘 웃고 차분하던 모습은 거의 남지 않았고 툭하면 울고 히스테리를 부리고 비명을 질러댔다.

친구들은 그녀가 배출해내는 이 모든 부정적인 감정을 받아줬는데, 폴루시카는 자주 그녀를 찾아와서 조용히 동정하고 공감해주었다. 올가를 버리고 간 일리야의 잔인한 행동은 올가의 세계관에 고스란히 반영되어서 이제 그녀는 모든 남자들은 비열하고 미녀들은 죄다 창녀들이며 지도부는 불공정하고 여자 친구들은 죄다 시기 질투를 한다고 생각하게 되었다. 역시나 여자 친구이고 미녀인 올가 자신만은 예외라고 생각했다. 폴루시카의 경우도 예외였다. 그녀의 남편은 점잖은 사람이어서 다른 남자의 여자들을 넘보지 않았고, 월급도 전부 아내에게 갖다주었다. 하지만 미신에 사로잡힌 폴루시카는 부정을 탈까 봐 친구들 앞에서 남편 칭찬을 하지 않았다.

한편 브린치크는 폴루시카와는 생각이 달랐다. 그녀는 폴루시카의 어리석은 생각들을 경멸했다. 타마라는 폴루시카에 대해 생각할 겨를이 없었고 올가의 병을 고치기 위해 전문가들에게 올가를 데리고 다니느라 바빴다. 올가의 암은 마치 정밀 검사와 경주라도 하려는 듯이 빨리 진행되고 있었다. 조기에 발견되긴 했지만 암세포가 상당히 공격적이었다. 일리야에 대한 악감정과 속상한 마음이 병의 먹이가 되는지도 몰랐다. 하지만 의사들은 이것을 병과 연결하지 못했다.

이따금 올가는 치료를 거부했고, 한번은 타마라가 자신의 모든 인맥과 베라 사무일로브나의 인맥까지 탈탈 털어서 입원시킨 소련 최고의 병원에서 탈출하기도 했다. 결국 타마라가 다시 한번 강권해서 올가는 힘든 항암 치료를 받았고 덕분에 한 고비 넘겼다.

이제 친구들 사이에서 서열이 바뀌었는데 올가는 자신도 모르는 사이에 절대 권력을 상실했다. 이제 타마라가 올가를 조종했다. 폴루시카는 이 힘의 변화를 무시했다. 그녀는 필요할 때는 침묵하고 질문도 하지 않고 모호하게 고개를 끄덕이면서 변화된 상황에 적응해가고 있었다. 한편 폴루시카를 늘 무시했던 타마라는 그런 그녀가 싫었지만 올가 때문에 참았다.

타마라는 유일하게 타자기와 관련된 일화를 기억하는 사람이었다.

세 친구는 1982년 올가의 생일에 장군의 별장에서 마지막으로 만났다. 당시 그들의 나이는 서른여덟이었다. 폴루시카와 브린치크는 별장에 따로 왔는데 한 명은 버스로 오고, 다른 한 명은 늘 오던 대로 리시스키 기차역에서 기차를 타고 출발했다. 그러고는 별장 대문 앞에서 만났다. 나무 대문은 무척 낡았지만, 부지는 과거보다 더 넓어 보였다. 그들은 한쪽으로 기울어진 쪽문을 열고 들어갔다. 마당에는 청소하지 않은 지 오래인 연못이 있었고 연못가에는 개구리밥이 잔뜩 자라 있었다. 반쯤 썩은 보트가 시커먼 연못 한가운데 떠 있었다. 2층짜리 집도 그새 무척 낡았지만 여전히 예뻤다. 장군은 죽었고 안토니나 나우모브나는 요직에서 물러났으며, 별장은 몰락한 귀족의 저택을 연상시켰다. 키가 크고 예세닌처럼 곱슬거리는 금발이 이마 위로 흘러내리는 코스탸가 앞머리를 연신 뒤로 넘기면서 어머니 친구들을 맞이했다. 체격이나 얼굴은 친아버지 보바를 쏙 빼닮았고, 표정이나 말투는 일리야를 닮았다. 일리야의 재치 있는 입담만 빼고 말이다. 그들의 볼에 뽀뽀한 후 코스탸가 말했다.

"엄마는 저기 계세요."

그가 그들을 베란다로 데리고 갔다.

올가는 얼굴을 카펫 재질의 쿠션에 파묻고 두꺼운 주라비*를 신은 작은 발을 벤치 위에 올려놓고 푹신한 안락의자에 앉아 있었다. 팔은 산 사람의 팔보다는 상아를 깎아 만든 조각에 가까워 보였는데 안락의자에 붙어 있는 책상 위에 한쪽 팔을 얹고 있었다. 불필요한 것은 모두 사라진 올가의 얼굴에는 이제 아름다움과 병마만이 남아 있었다. 작은 머리에는 실크 숄을 단단히 두르고 있었다. 잠시 뒤에 그녀가 숄을 벗자 예쁜 적황색 고슴도치

* 캅카스나 중앙아시아에서 신는, 양모로 짠 두꺼운 양말. 화려한 문양이 특징이다.

한 마리가 모습을 드러냈다. 항암 치료 후에 새로 자란 머리카락은 솜털같이 보송했다.

올가는 퇴원한 지도 반년이 지났는데 여전히 통원 치료를 완강하게 거부하고 있었다. 일리야가 보내는 편지의 영향이 컸다. 이제 올가는 과학보다는 초자연적인 힘에 영향을 받고 있는 듯했다.

코스탸는 어란과 훈제 콜바사를 넣은 샌드위치를 베란다로 내왔다. 이때 갈랴는 샌드위치를 보고 안토니나 나우모브나가 여전히 정부로부터 좋은 식료품을 배급받고 있다는 것을 알게 되었다. 이날 갈랴는 올가와 작별 인사를 하러 온 것이었고, 이대로 영원히 이별하게 될지도 모른다고 생각했다. 하지만 이번에도 그녀는 타마라가 불편해서 무슨 말을 해야 할지 몰랐다.

그녀는 떠나기 직전에 남편과 함께 해외로 떠나게 되어서 오랫동안 못 볼지도 모른다고 말했다. 그러자 올가는 심드렁하게 어디로 가는지 물었다.

갈랴는 씩 웃으며 대답했다.

"중동으로 간다고 생각하렴. 그 이상은 말해줄 수 없어. 타마라가 나를 질투할까 봐."

참 명료한 힌트였다. 머리를 풍성하게 풀어헤친 타마라는 동그란 뒤통수를 돌렸다. 타마라의 목은 몸에 비해 지나칠 정도로 길었고 한때 올가의 농담처럼 360도 회전이 가능할 만큼 유연했다.

학창 시절에 브린치크는 폴루시카를 올가와 친하게 지내기 위해 반드시 내야 하는 세금이나 딸려 오는 부록 같은 존재로 생각했다. 그래서 폴루시카를 싫어했지만 싫은 티를 내지 않았다. 브린치크는 폴루시카가 뻔뻔하고 천박하고 멍청하고 재능도 없으며 착하지도 않은 데다 귀찮게 들러붙는 기생충 같다고 생각한다는 것을 올가에게 단 한 번도 얘기한 적 없었다. 게다가 이제 그녀는 위험한 존재였다. 타마라는 타자기 사건을 항상 기억하고 있었다.

타마라는 연못 쪽을 응시했다.

'어딜 가나 KGB 요원들이 있다. 이스라엘에도! 그들로부터 몸을 숨기는 것은 불가능해!'

"아, 중동이구나…… 프랑스어를 공부해……."

올가가 말을 길게 늘려서 발음했다.

"웬 프랑스어? 난 영어 공부 하러 다니는데……."

갈랴가 이해할 수 없다는 투로 말했다.

"한참 있다가 올 거야?"

올가가 물었다.

"3년쯤 있다가 올 것 같아……."

그 뒤로 갈랴는 휴가로 모스크바에 두 번 돌아왔는데 두 번 모두 4년 동안 지속된 올가의 기이한 용서의 시기였고, 이때는 올가가 일리야에게서 편지를 받기 시작한 때로부터 일리야가 죽을 때까지 기간이었다.

그녀는 예루살렘의 십자가, 성상화, 작은 향로 펜던트 등을 기념품으로 가져왔다. 올가에게 종교와 관련된 물건은 모두 쓰레기나 다름없어서 올가는 이런 유의 물건을 좋아하는 타마라에게 하나씩 갖다 줬다. 올가는 서서히 예전의 활기를 되찾았다.

갈랴가 세 번째로 모스크바에 왔을 때 올가는 더는 이 세상 사람이 아니었다. 그녀는 이미 친구의 죽음을 알고 있었다. 그녀는 코스탸에게 전화해 올가가 떠난 뒤에도 예전 모습을 그대로 간직한 그들의 집에 잠깐 들렀다. 과거와 달리 집은 굉장히 지저분했다. 갈랴는 코스탸의 쌍둥이 아이들에게 주려고 태엽으로 움직이는 플라스틱 재질의 군인 인형, 건전지로 가는 자동차, 다리 긴 인형과 인형 옷 같은 값비싼 선물을 가져왔다.

집에 돌아온 갈랴는 올가 생각을 하면서 한참 동안 울었고, 잠시 후에 타마라에게 전화했다. 저녁 시간이었는데, 함께 수화기에 대고 잠시 운 뒤에 갈랴가 타마라에게 집에 가도 되느냐고 물었다.

"언제? 지금 가도 돼?"

택시를 잡아서 15분 후에 타마라의 집에 도착했다. 그들은 말없이 저녁 내내 차갑게 식은 차를 앞에 두고 불도 켜지 않은 채로 서로 끌어안고 울었다. 처음에는 두 사람 모두 굉장히 사랑하던 올가 생각을 하면서 울었고, 그런 다음에 자기 자신이 딱해서 울고, 행복을 약속만 하고 주지 않은 운명의 횡포가 야속해서 울었고, 침묵하다가 울고, 울다가 침묵했다. 그다음에는 그동안 왕래하지 않은 서로가 안쓰러워서 울었고, 그런 후에는 또다시 올가 생각을 하면서 울었다. 잠시 뒤에 타마라가 코냑 반병을 찾아내서 한 잔씩 마셨고 결국 타마라는 갈랴에게 타자기에 대한 질문을 했다. 사실 타자기가 그들 사이에 있었던 모든 갈등의 시작이었기 때문이다.

"올가가 너한테 말 안 해줬어? 그 일을 알게 된 날 올가한테 바로 말해줬거든. 이제는 고인이 된 내 남동생 니콜라이가……."

갈랴는 이 말을 하면서 맹세의 징표로 양쪽 어깨 끝과 배꼽까지 닿도록 성호를 넓게 그었다.

"……타자기와 《수용소군도》를 그 지역 KGB 사무실에 갖다준 거였어. 하지만 그 애는 자발적으로 그런 일을 할 사람이 아니야. 지금은 고인이 된 그의 아내 라이카가 시켰겠지."

그녀는 이 말을 하면서도 성호를 그었지만 아까와 달리 크지 않게 성호를 그었다.

"그 여자는 날 미워했는데, 제 남편을 설득한 것 같아. 나중에 겐나지가 걔가 쓴 진술서를 봤다고 했어. 진술서에는 '인민의 적들이 벌이는 반소련적인 행위를 막고 내 누이 갈랴 유리예브나 폴루히나를 집에서 쫓아내기 위함'이라고 적혀 있었대. 그들은 지하에서 지상의 아파트로 이사를 가긴 했지. 라이카는 그렇게 하면 그들에게 더 넓은 집을 줄 거라고 생각했나 봐. 그러고는 새로 이사 간 아파트에서 둘 다 불에 타 죽었어. 술에 취한 채로."

이 말을 하고 이번에는 형식적으로 성호를 그었다.

함께 눈물을 흘렸기에 타마라의 마음의 벽이 부드러워졌는지도 몰랐다. 그래서 타마라도 갈랴에게 그녀가 오랫동안 말하지 않았던 속내를 털어놓았다. 다 말하고 나서는 마음속으로 외쳤다.

'주여, 주여, 저를 용서하소서!'

마를렌이 이스라엘로 떠난 뒤부터일 수도 있고, 어쩌면 그보다 더 일찍일 수도 있었는데, 타마라는 예수 그리스도를 진심으로 사랑했고, 그래서 전과 많이 달라져 있었다.

'그동안 왜 이 불쌍한 바보를 미워한 걸까?'

폴루시카는 한 잔 더 하고 싶은 마음이 있었지만 선뜻 달라고 하지는 못했다. 그녀의 존재를 늘 무시해오던 똑똑한 타마라가 자신을 따뜻하게 대하기는 이번이 처음이었기 때문이다.

'올가가 우리를 화해시킨 것 같아.'

이런 생각을 하자 폴루시카는 마음이 따뜻해졌다.

잠시 후에 타마라는 폴루시카에게 자신이 이사한 아파트를 처음으로 구경시켜주었다. 과거에 타마라가 사바치야 광장에 살 때는 두어 번 왔었지만 이 아파트에는 처음 와본 것이었다. 피아노, 안락의자, 책장과 사진까지 모든 물건이 낯익었다. 그런데 그림이 보이지 않았다. 갈랴는 그림은 어디에 갔냐고 물었다. 그러자 타마라가 웃으면서 말했다.

"기억하고 있었구나? 그림은 없어."

"기억하지. 머리가 이렇게 큰 하늘색 천사가 있었잖아. 올가가 날 데리고 너네 집에 두어 번 갔었잖아. 그림도 기억나고 할머니도 기억나."

새벽 1시가 넘어서 타마라는 갈랴에게 택시를 잡아주려고 같이 나갔다. 두 사람 모두 솜씨 좋은 가정주부가 깨끗이 잘 씻어서 양손에 든 우유병들처럼 기분이 아주 산뜻했다. 오랫동안 그들 사이를 가로막은 미움이 녹고 씻겨 나갔다. 그들은 물론 서로가 얼마나 이상한 길을 돌아서 이날 저녁에 만나게 되었는지에 관해서 훗날 다시 이야기하게 되리라는 것을 알지 못했다. 유대인인 타마라는 과거에 유대주의를 따랐지만 끝내 이스라엘로 떠나지 않았고 이제 정교회를 믿는 신자가 되었다. 갈랴는 예루살렘에 있는 러시아인 거주 지역에서 보잘것없어 보이지만 실은 굉장히 중요한 직책을 맡고 있는 관리의 아내가 되었다. 그녀는 최근 몇 년간 모든 신자와 사제, 랍비와 이슬람교 율법학자들과 교활함과 의뭉스러움, 뻔뻔함, 거짓으로 점철된 동쪽 사람들 전부를 증오했다. 대신 예수 그리스도에 대해서만은 따뜻한 감정이 생겼다…….

"이스라엘이라는 나라 자체는 정말 멋진 나라야. 네가 그곳으로 떠났으면 좋았을 텐데……. 종교는 마음에 안 들지만 말이야."

폴루시카가 말했다.

그러자 타마라가 웃으면서 말했다.

"왜 네 멍청한 이마에 대고 성호를 긋는 거야? 바보처럼 말이야. 넌 과거에도 바보였고 지금도 여전해. 그리스도는 존경하면서 기독교는 인정하지 않는다는 게 말이 되니?"

이 말을 들은 불쌍한 폴루시카는 얼굴을 찌푸리더니 난생처음으로 억지를 부렸다.

"그럴 수도 있다, 뭐!"

그토록 오랜 세월 적대적이던 두 사람은 지나온 세월이 무색할 정도로 가까워졌다.

그래서 폴루시카는 서운한 기색 하나 없이 생기발랄하게 대꾸했다.

"박사님이야말로 바보지. 네 머리가 한쪽으로 기운 거야."

갈랴와 남편은 그곳에서 3년을 더 지내야 했지만, 남편이 중병에 걸린 바람에 폴루시카는 허연 얼굴에 생기도 없고 뜨거운 태양 빛을 많이 받아서 잔주름이 가득한 얼굴로 완전히 귀국했다. 그 뒤로 갈랴와 타마라는 세상 그 누구보다 막역한 사이가 됐다.

한편 모든 이야기에는 반드시 끝이 있어야 하는 법. 의학박사이자 존경받는 학회 회원인 타마라 그리고리예브나 브린은 폴루시카를 내분비과에서 검사받게 했는데 병원이 아니라 연구소로 데리고 갔고, 그곳에서 호르몬인지 뭔지 하는 주사를 정맥에 두 번 놓았다. 그러자 폴루시카가 임신을 했다. 마흔여섯 살에 처음으로 임신한 것이었다. 딸이 태어났다면 '올가'라고 지으려고 했다. 하지만 아들이 태어났고, '유리'라는 이름을 지어주었다.

타마라는 KGB 요원 가족의 무언의 동의하에 그의 대모가 되었다. 매주 일요일이면 타마라는 폴루시카의 아들과 산책하러 폴루시카의 집에 왔다. 배관공 가문의 자녀들이 결혼해서 낳은 자손인 소년은 사랑스러웠는데 피부는 하얗고 눈동자는 밝은 파란색을 띠었다. 타마라는 그를 데리고 교회에도 가고 박물관에도 갔다. 그는 그녀를 '대무'라고 불렀다.

산책을 다녀오면 타마라는 겐나지와 함께 차를 마시곤 했다. 그 언젠가 일리야가 말한 대로 말이다. 겐나지는 지금도 여전히 쥐새끼였다. 하지만 타마라는 이에 대해 더는 신경 쓰지 않기로 했다. 겐나지는 심근경색을 앓다가 뇌졸중을 겪었고 그 뒤에는 몸의 절반만 살아남아 몸의 건강한 부분이 아픈 부분을 끌고 다녔다. 갈랴가 불쌍했다. 하지만 이제 타마라는 혼자 중얼거리곤 했다. "주님, 저로 하여금 저 자신의 허물을 보게 하시고, 제 형제들을 심판하지 않게 하소서." 그러자 마음이 편해졌다.

그물

택시에서 내린 후 일리야는 시계를 봤고, 시계는 5시 3분을 가리키고 있었다.

'3분은 늦은 것도 아니지.'

일리야는 애써 태연한 척했다.

호텔 입구 앞에서 그는 걸음을 늦췄다. 밖에는 보슬비가 내리고 있었다. 그래서 후덥지근했다.

'미쳤군! 지각하는 걸 겁내다니! 내가 언제부터 그렇게 약속시간을 잘 지켰다고?'

그는 가슴팍이 굉장히 넓고 목이 강하게 단련된 오페라 가수를 닮은 도어맨 바로 앞에 멈춰 섰다. 그러자 상대가 일리야를 의심스러운 눈초리로 바라봤다.

가택수색 이후에 일리야는 말랴 루반카에 있는 정보기관에 열여덟 시간 동안 억류돼 있었다. 세 명이 차례로 그를 신문했는데, 처음 두 명은 일을 더 복잡하게 만들었고, 마지막 한 명은 무례하긴 했지만 논리적이었는데 조만간 다시 만나게 될 거라고 말하면서 일리야를 풀어줬다. 일주일이 흐른 지금, 그쪽에서 전화를 걸어와 정부 건물에서 보자고 했다. 약속 장소는 모스크바 호텔 7층 724호실이었다.

일리야는 '전화를 안 받았더라면……. 전화를 받았다 해도 약속 장소에 나가지 않고 그냥 소환장을 보내달라고 말했더라면……' 하고 후회했다. 정확히 약속 시간에 맞춰서 도착할 이유는 더더욱 없어 보였다.

'그들에게 빚진 게 하나도 없으니까.'

이런 생각을 하면서 일리야는 주눅 들지 않으려고 애썼다.

'그자들이 나를 감옥에 처넣고 싶다면 내가 아무리 노력해도 집어넣고야 말겠지. 공포를 떨쳐내야 해. 그래야만 해. 나는 태평한 사람이고 경솔하고 공기처럼 가벼워……. 그리고 다소 어리석지. 죄송합니다. 이해를 못 했어요. 뭐라고 말씀하셨죠? 무슨 말씀을 그렇게 하세요! 그럴 리가요! 설마요! 저라면 절대 그런 말은 안 합니다.'

일리야는 머릿속으로 상대를 만나면 무슨 말을 해야 할지 미리 생각했다.

도어맨은 그를 들여보내줬지만, 회색 정장을 입은, 인상이 안 좋은 사내가 그를 향해 달려왔다.

"실례지만 누굴 찾아오셨죠?"

"724호요."

"이쪽입니다."

그는 하인처럼 비굴할 만큼 이가 보이게 활짝 웃으면서 모스크바식으로 빠르게 말했다.

일리야는 바보처럼 보이려고 연습하면서 명랑하게 대답했다.

"안녕하세요!"

엘리베이터에는 프랑스 여자 두 명도 있었는데, 한 명은 계절에 맞지 않게 최상급 검은색 모피 코트를 입은 중년 귀부인이었고, 두 번째 여자는 피부색이 하얗고 얼굴이 길쭉했는데 역시나 계절에 맞지 않는 옷차림이었다. 흰색 모슬린 트렌치코트 비슷한 옷을 입고 있었다. 그들은 뭔가 기분 좋은 일이 있는지 연신 웃으면서 대화를 했고, "트레 비앙, 트레 비앙"*이란 말을 자주 썼다. 이 중 젊은 여자가 여성들 특유의 가벼운 호기심이 담긴 시선으로 일리야를 쳐다봤다. 그들이 그를 너무 빤히 쳐다보는 바

* très bien, très bien. 프랑스어로 '아주 좋다'는 뜻이다.

람에 그는 자신이 무슨 목적으로 7층에 올라가는지 잊어버렸다.

문 앞에 와서야 그는 시계를 봤는데 자신이 10분 정도 늦었다는 사실을 알고 오히려 기분이 좋았다.

'이게 뭐? 난 항상 늦는 사람이니 당신을 만날 때도 예외는 아니지. 당신이 다른 사람보다 나은 게 뭐가 있냐는 말이야?'

이런 생각을 하면서 문을 두드리고 안으로 들어갔다.

"들어오세요, 들어오세요. 좋은 낮…… 아니, 좋은 저녁입니다."

그 사람은 빛을 등진 채로 책상 앞에 앉아 있어서 얼굴이 잘 안 보였다.

"일리야 이사예비치 씨, 늦었군요, 늦었어요. 데이트에 늦는 여자처럼 말이죠."

상대는 느긋한 어조로 말했다.

"네, 네, 나쁜 습관인 줄 아는데 고쳐지지가 않네요."

이렇게 말하면서 일리야는 자신의 목소리에 두려움이나 아첨이 전혀 느껴지지 않다는 걸 느끼며 흡족해했다.

"자유로운 예술가는 그럴 수 있죠. 저는 공무원이고 제 위에 상사가 있어서 시간과 상황으로부터 자유롭지 못하지요."

비꼬는 듯한 말투였고 옛날 모스크바 사람 같은 말투였지만 KGB 요원답지는 않았다.

"앉으시죠. 저 책상 앞에 앉으세요, 안 그러면 대화 분위기가 지나치게 딱딱해질 테니까요."

이 말을 하고 그는 책상에서 일어나서는 안락의자 하나를 한 쪽으로 밀었다.

이런 객실은 '주니어 스위트'라고 불렀는데 방 두 개가 붙어 있는 전형적인 소련 시대 객실이었고 침실 문은 조금 열려 있었다. 아치형 문 옆에는 와인색 태피스트리 커튼이 올라가 있었다.

거실에는 책상 외에 둥근 탁자, 안락의자 두 개 그리고 그림 한 점이 있었다. 순간 일리야의 시선이 그림에 닿았는데, 금도금된 액자 속 그림은 유화 물감을 두껍게 칠한 조잡한 소련 시대 작품이었고, 사내아이 두 명이 무릎 깊이의 물속에서 그물을 잡아당기고 있었다.

"처음 뵙겠습니다."

KGB 요원이 손을 뻗으면서 악수를 청했다.

"아나톨리 알렉산드로비치 치비코프입니다."

일리야는 악수하면서 자신이 밀리고 있다는 기분이 들었다. 이곳에서 만나는 사람과는 절대로 악수하지 않겠다고 다짐했기 때문이다.

그자는 마른 체구에 얼굴은 조금 부어 있고 눈 밑에는 심술주머니가 달려 있었다. 그는 포장을 뜯은 불가리아산 담배 '태양'

을 꺼냈는데 중지와 검지에 누런 물이 든 걸로 봐서 손가락에 니코틴이 배어 있다는 것을 알 수 있었다.

'나랑 같은 담배를 피우는군.'

일리야는 속으로 생각했다.

'검고 윤기 나는 머리카락에 앞머리는 사선으로 내려오고 정수리에 머리카락 한 뭉치가 솟아 있는 걸로 보아 러시아인 같지는 않다. 눈은 아시아인을 조금 닮았어. 얼굴은 마치 세탁해서 줄어든 양모 스웨터 같고 턱 밑에는 혹 같은 것이 달려 있군.'

"일리야 이사예비치 씨, 우리 두 사람이 갖는 공통의 관심사에 대해 이야기를 해볼까 합니다."

아나톨리 알렉산드로비치는 바로 본론으로 들어가서 일 얘기를 시작했다.

이렇게 말하고 그는 일리야가 덥석 그 '공통의 관심사'라는 미끼를 물도록 잠시 뜸을 들였다.

일리야는 미끼를 물었지만 즉시 뱉었다.

"그런 건 없는 것 같은데요."

"있어요, 있다니까요. 수집 말입니다. 값비싼 미래파 작가들의 초상화 수집을 말하는 것이 아닙니다. 제 말은 역사 분야의 수집 말입니다. 네, 맞아요, 현대사죠. 전 역사를 전공해서 좋아하는 주제가 몇 가지 있답니다. 현대사 말고도 관심 있는 분야가 또 있지요. 지금 펼쳐지고 있는 가장 최근의 역사 말입니다!"

일리야는 순간 머리가 무거워지며 뒤통수에서 맥박이 뛰는 듯한 느낌이 들었고 눈까지 뻑뻑해지는 기분이었다.

'미하와 에디크가 같이하는 잡지 얘기일지도 몰라. 아니면 〈시사 연보〉를 암시하는 걸까?'

일리야는 애초에 하려고 했던 바보 행세는 어느새 잊었다. 두 사람은 동시에 필터 없는 '태양'에 불을 붙였다.

"공통의 관심사에 공통의 취향이라……."

치비코프가 자기 담뱃갑을 일리야 담뱃갑 옆에 놓고는 조소하듯 말했다.

"취향이라는 것은 간단한 문제가 아닙니다."

일리야는 반박하듯 이렇게 대답했고, 그러자 마음이 조금 편안해졌다. 그는 다소 당돌하고 소신 있는 자신의 대답이 만족스러웠다.

"글쎄요……."

KGB 요원이 한숨을 쉬면서 말했다.

"아실지 모르겠지만 제 직책과 계급의 특성상 범죄자를 수배하고 수사하는 것은 제 소관이 아닙니다. 하지만 이번에는 바로 제 책상 위에 당신 집에서 압수해 온 자료가 놓여 있단 말입니다."

'최소 대령이야.'

일리야가 생각했다.

"당신이 청소년기에 만들어놓은 자료들을 읽었는데 아주 재미있더군요. 솔직히 러문애와 관련된 이야기는 감동적이었습니다. 과거에는 당신처럼 문학에 심취한 사람들에게 곡괭이와 삽을 들려 저 깊은 곳으로 데려갔을 테지만, 당신은 운 좋게도 곡괭이 대신 볼펜이 있는 곳에 와 있는 겁니다. 1955년부터 1957년까지 이어진 당신의 러문애 모임 기록, 사진, 보고서, 에세이 말인데요……. 이건 일반적으로 사학자와 기록 보관 전문가들이 하는 일입니다. 이 모든 것을 대학교도 들어가지 않은 아이가 했다는 것은 높이 평가하지 않을 수 없습니다. 정말 대단합니다! 당신의 선생님 역시 대단한 분입니다! 저도 젊었을 때 그 분과 만난 적이 있습니다. 동창들과는 지금도 연락을 합니까?"

"거의 안 만납니다."

일리야는 일격이라기보다는 상대를 향해 작은 공을 던지듯 말했다.

'이제 미하 얘기를 꺼내겠군.'

"사람들의 운명을 지켜보는 것은 굉장히 흥미롭죠. 같은 학년이나 같은 아파트에 살았던 사람들의 운명일 경우는 더욱더 흥미롭죠……."

'미하한테 불똥이 튈 것 같아. 아니면 빅토르 율리예비치 선생님한테?'

일리야가 머릿속으로 따져보았다.

감옥에 있는 미하와 서신을 교환한 일도 그렇고 그의 앞으로 보낸 소포도 그렇고……. 하지만 상대는 계속 이런저런 얘기만 할 뿐 미하 얘기는 꺼내지 않았다.

"1956년 동안 내내 당신이 속한 동아리에서는 데카브리스트들만 공부했더군요. 학생들이 쓴 작문도 아주 훌륭했어요. 학생은 물론 선생의 영향을 많이 받기 마련입니다. 지금 제 딸은 10학년을 졸업하는데 열정도 별로 없는 늙은 여자가 문학을 가르친다더군요. 결국 아이들이 그 과목에 아무런 흥미를 못 느끼게 됐어요."

"네, 물론이죠. 선생님의 역할이 상당히 크죠."

일리야가 그의 말에 동의했다.

"당신은 좋은 선생님을 만났어요!"

'잠시 중단하는군. 타자기 얘기를 물어보는 것이 나을까? 하긴 물어본다 한들 어차피 돌려받지도 못할 텐데!'

대령은 뭔가를 골똘히 생각하는 듯한 표정을 짓고 있었다.

"저도 데카브리스트들에 대해서 관심을 많이 갖던 때가 있었어요. 무엇보다도 수사에 관심이 있었어요. 수사위원회에서 남긴 메모는 정말 흥미로웠죠. 데카브리스트들의 회고록에는 그들이 페트로파블롭스크 요새에 수감되고 시베리아로 이송된 기록과 강제 노역과 유배 생활의 어려움에 관한 내용은 많았지만 신문에 관한 언급은 찾아보기 힘들더군요. 트루베츠코이와 바사르긴 빼고는 거의 모든 데카브리스트들이 이 일에 관해서 함구했습니다. 일리야 이사예비치 씨, 선생님은 그 이유가 뭐라고 생각하십니까?"

정작 이때 일리야는 강제 노역과 유배에 대한 이 대화의 끝이 어디로 향할지에 대해서만 정신이 팔려 있었다.

"1930년대에 신문을 받은 사람들이 남긴 증거물이 많이 남아 있단 말씀인가요?"

일리야가 뜻밖의 질문을 했다.

"스탈린 시대에 조사한 결과 엄청나게 많은 자료가 발견되었습니다! 1백 년 후에는 당연한 일이 되었지만, 데카브리스트들이 신문받을 때만 하더라도 신문 중 있었던 모든 일에 관해서 비밀에 부친다는 서명을 받지는 않았죠. 저는 수사위원회의 고문서 중에서 열람할 수 있는 자료는 다 읽었는데 이제 왜 데카브리스트들이 신문받은 일을 회상하길 꺼렸는지 알 것 같아요."

심술주머니가 움직이더니 슬픈 미소를 만들어냈다.

"그들은 서로를 지목했던 겁니다. 네, 바로 그겁니다. 무서워서가 아니라 명예를 지키기 위해서였죠. 지금 생각하면 우습게 들릴지 모르지만, 그들은 거짓말하는 것은 나쁘다는 생각을 갖고 있었어요."

'개새끼! 이제 나한테 거짓말하는 것이 나쁘다고 말하겠군! 내가 말실수를 하게 만들려고 일부러 이런 말을 하는 거야.'

일리야는 정신을 바짝 차리려 했다.

"데카브리스트들이 영웅적으로 행동했지만 그들의 계획이 실현되지 못한 이유는 그것이 귀족들만의 계획이었고 평민이나 농민들과 아무런 결속도 없었기 때문이라고 학교에서 배웠는데요."

일리야가 심드렁하게 대답했다.

그러자 치비코프가 인상을 찌푸리면서 말했다.

"그건 교과서에 쓰여 있는 거고요! 그건 사실과 다릅니다. 유감스럽게도 그들이 한 모든 영웅적인 행위가 그들이 애초에 계획했던 것과는 정반대되는 결과를 초래했다는 겁니다. 그들은 군주가 이미 준비하고 있던 개혁을 늦췄어요. 데카브리스트들의 친척들, 같은 부대 사람들과 친구들은 국력을 높이기 위해 일했기 때문에 데카브리스트들을 반대했지만, 데카브리스들은 국력을 약화하려고 했어요. 양측 모두 개혁이 불가피하다는 것을 알고 있었지만 이 개혁을 실현한 쪽은 데카브리스트들이 아니라 그들의 반대 세력이었어요. 삶이 그렇듯 역사는 변증법적이며 때로는 역설적이기도 하죠. 정작 국가 정책을 만든 이들은 급진주의자들이 아니라 보수주의자들이란 말입니다!"

'또 시작이군. 도대체 하고 싶은 말이 뭐야? 이론에 대해 열띤 토론을 하기 위해서 오라고 한 건 아닐 텐데 말이야. 집중하자, 집중해야 해.'

일리야는 긴장의 끈을 놓지 않았다.

"러시아의 전 역사를 통틀어서 러시아가 지금보다 강력했던 적은 없습니다. 러시아 역사에서 지금 시대와 견줄 만한 시기는 러시아 제국의 대개혁기를 이끈 해방자 알렉산드르 2세가 통치하던 때입니다. 19세기 초에 러시아는 20세기 중엽의 러시아처럼 유럽을 해방했습니다. 데카브리스트의 난으로 인해서 러시아는 오히려 몇십 년 퇴보했단 말입니다! 하지만 역사에서 영예를 얻은 사람은 무라비요프-아포스톨*이고 불명예를 떠안은 사람은 교수형 무라비요프**입니다. 사실 이들은 한 가족이고 같

* 세르게이 무라비요프-아포스톨(1796~1826). 데카브리스트 난의 주모자 중 한 명이다.

** 미하일 무라비요프 백작(1796~1866). 러시아의 국유재산장관으로 농노해방에 반대했다. 1863년 폴란드 봉기 때 총독으로 혁명 운동을 잔혹하게 진압해, '교수형 무라비요프'라는 악명 높은 별명으로 불렸다.

은 무리에 속했는데 말이지요! 데카브리스트였던 세르게이 볼콘스키 공이 다 늙어서 유배를 다녀온 후에 해외로 떠나기 직전 황제 직속 경찰의 수장이자 친구이며 같은 부대에 속했던 벤켄도르프의 무덤에 작별 인사를 하러 왔던 것을 아세요?"

치비코프의 논변은 세련되고 지적이었다. 발음도 말투도 마찬가지였다.

'정말 대령일까? 대령치고는 지나치게 똑똑하단 말이야…….'

"당신과 당신 친구들은 역사와 러시아 국가에 대해서 왜곡된 생각을 갖고 있더군요."

사실 일리야는 러시아의 현대사에는 전혀 관심이 없었다. 그의 관심은 그들이 빼앗아 간 인물 사진 컬렉션에 쏠려 있었는데, 일부는 서유럽 신문과 잡지에 실렸다. 만약 이 신문들과 잡지들이 그들 손에 들어간다면 누가 사진을 보냈는지도 밝혀질 것이다. 해외로 반출된 여러 사진들 중 최소 열한 점은 출간되었을 것이다. 열두 점일 수도 있고……. 그렇게 되면 부인하기 힘들 것이다.

일리야는 한숨을 쉬었다.

그리고 대령은 그의 한숨에 섞인 생각을 읽은 것 같았다.

"당신한테서 빼앗은 인물 사진 컬렉션은 1백 년 뒤 역사 교과서에 실릴지도 모릅니다. 카라코조프나 칼랴예프의 사진처럼 말입니다. 물론 확신할 수는 없지만 말이죠. 어떤 경우라도 당신이 수집한 자료는 역사에 귀속될 겁니다."

그가 서유럽에서 출간된 간행물들을 손에 넣었는지, 그래서 그 속에서 그가 수집한 사진을 찾았는지는 알 수 없었다.

'네가 그렇게 잘났으면 어디 해보시지…….'

일리야는 바보 행세를 하려고 했던 것을 까맣게 잊고 말했다.

"역사와 KGB는 별개입니다. 둘을 하나로 보면 안 됩니다. 이건 제가 개인적으로 모은 것이고 이 사진들도 비밀경찰을 위해서 모은 것이 아닙니다."

"일리야 이사예비치 씨, 아무래도 선생님은 비밀경찰이 어떤 조직인지 전혀 모르시는 것 같습니다. 제가 확실하게 말씀드릴 수 있는 것은 도서관과 개인 아카이브 그리고 박물관에 있는 전시품과 물건들은 자주 사라진다는 것입니다. 사람들은 그걸 훔치고 팔고 교환하고 가끔은 고의로 없애기도 합니다. 하지만 비밀경찰의 아카이브에 보관되는 자료는 절대로 없어지는 법이 없어요. 열람은 허가받은 극소수만 가능합니다. 하지만 이곳이 자료를 보관하기에 가장 적합한 장소라는 걸 믿어주세요. 일단 들어갔다 하면 절대 분실되지 않습니다! 다름 아닌 이곳에 역사의 진실이 보존되어 있습니다."

"죄송하지만, 그래도 저는 제가 개인적으로 수집한 자료는 제 집에 보관했으면 합니다만."

"그럴 생각이었으면 더 일찍 손을 썼어야죠. 이제는 돌이킬 수가 없습니다."

이 말을 하고 일리야가 대령이라고 생각한 자는 척수신경근염이나 치질을 앓는지 인상을 찌푸리며 등받이가 긴 안락의자에서 일어나서 암막 커튼을 한쪽으로 치고 다른 방으로 갔다.

일리야는 시계를 봤다. 어느새 두 시간째 대화를 나누고 있었다. 담배 반 갑을 피웠고 담배 연기가 천장 밑에 걸려 있었다. 환기가 잘되지 않는 것 같았다. 그늘 속으로 사라진 그림 속 소년들은 여전히 물에서 그물을 끌어 올리고 있었다.

옆방에서 바스락거리는 소리가 들렸고, 일리야는 그제야 대화를 시작할 때부터 침실에 누군가가 있었다는 것을 깨달았다. 잠복하고 있었던 것이다. 1분 후에 치비코프는 파일 하나를 들고 나타났다.

"저기 누가 잠복하고 있나요?"

일리야가 궁금증을 참지 못하고 질문했다.

그러자 치비코프는 미소를 짓더니 이내 고개를 내저었다.

"일리야 이사예비치 선생님, '경찰이란 국가의 모든 관련 기관을 끌어당기는 덩굴식물과도 같다.' 어떤 똑똑한 사람이 비밀경찰에 대해서 이런 정의를 내렸답니다. 물론 거기에는 굵지 않은 줄기도 있고 일종의 잔가지 같은 것도 있는 법이죠."

그는 침실 쪽으로 고갯짓을 하면서 말했다.

그런 다음 그는 파일에서 러시아어로 된 이민자 신문 한 부를 꺼냈는데 1면에 아나톨리 마르첸코*의 사진이 있었다.

"정말 흥미롭죠! 당신의 아카이브에 있던 사진입니다. 역사라는 것이 도무지 알 수가 없다, 이겁니다. 어떤 아가씨가 당신이 사진 찍은 마르첸코라는 사람을 보호하기 위해 성명서를 써서 굉장히 적극적으로 유포했나 봅니다. 형사범 한 명을 석방하기 위해서 캠페인을 벌였어요. 그런데 말입니다, 이 사랑스러운 아가씨가 택시에 성명서 뭉치와 자기 신분증이 든 핸드백을 두고 내렸어요. 당신이라면 그 여자의 사진을 더 잘 찍었을 텐데 말입니다. 알고 보니 엄청난 음모가 도사리고 있었다 이겁니다! 마르첸코의 사진은 잘 나왔더군요. 그와 오래전부터 아는 사이인가요? 사실 그 사진은 상당히 어렸을 때 찍은 사진인 것 같은데, 안 그런가요? 1966년과 1968년 사이에 찍은 사진 아닌가요? 감옥에서 형을 다 살고 나와서는 어딘가로 사라졌죠. 사진 참 잘 나왔군요! 물론 신문에 실리면서 해상도가 좀 떨어졌지만 말입니다. 이거 말고도 당신이 찍은 사진이 몇 장 더 있는데 해상도

* 아나톨리 마르첸코(1938~1986). 반체제 성향의 러시아 작가.

가 더 떨어지는 것들도 있더군요. 물론 우리야 이거라도 있어서 다행이다 싶지만 말입니다. 독일 잡지 〈슈테른〉에 실린 사진의 질이 더 좋군요."

'미하와는 아무런 관련이 없군. 생각했던 것보다 상황이 훨씬 심각하네. 〈루스코예 슬로보〉와 〈슈테른〉 말고 뭘 더 갖고 있는 걸까?'

파일이 상당히 두껍고 단단해 보여서 그 안에 종이 두 장만 있는 것인지 자료들로 꽉 차 있는지 분간하기가 어려웠다…….

"당신의 사진들이 서유럽의 신문사에 전달되고 있는데 누가 어떻게 유포하는지 알 수가 없단 말입니다. 혹시 당신의 벨기에인 친구 피에르 장드 짓일까요? 이리저리 잘 빠져나가는 사람인데 서유럽의 스파이로 일하죠. 우리 일도 가끔 도와주고요."

'완전히 걸려들었군! 피에르에 대한 얘기는 거짓말일 거야. 하지만 개새끼, 퍼즐 조각들의 아귀를 잘도 맞췄어. 눈치 못 채길 바란 내가 바보였어. 루뱐카에 있던 요원들은 그나마 순진한 놈들이었고 이놈은 A급이로군.'

"아니, 솔직히 이 문제에는 전혀 관심이 없습니다. 이 자료를 반드시 보존하고 싶다는 생각뿐입니다. 당신이 빼앗긴 자료는 절대 사라지지 않을 겁니다. 영원히 보관될 거예요. 적어도 영원에 준하는 기간 동안 보관될 수 있을 겁니다. 그런데 당신이 내

일이나 모레, 혹은 1년 후에 만들게 될 자료는 어떻게 될까요? 물론 내일 당장 당신이 감옥에 가지 않는다는 전제하에 말입니다. 솔직히 일리야 이사예비치 씨, 저는 당신이 마음에 들어요. 저는 당신이 수용소나 감옥에 가는 걸 원하지는 않아요. 물론 이건 전적으로 당신이 결정하기에 달렸지만 말입니다. 아주 짧은 시일 내에 결정 날 겁니다. 사실 엄밀히 말하면 이미 결정 난 거나 다름없습니다."

잠시 침묵이 흐른다.

일리야는 부동자세로 앉아서 눈썹도 움직이지 않았지만 뒤통수가 또다시 욱신거렸다. 한순간 심장이 멎는 것 같더니 갑자기 미친 듯이 뛰기 시작했다.

'맞아, 이런 식의 대화는 심장에 무리를 줄 수 있어, 난 심장이 약하니까.'

문득 일리야의 머릿속에 이런 생각이 떠올랐다.

'그들은 나에게 온갖 종류의 거짓 죄명을 씌울 수 있고 심지어 스파이로 몰 수도 있어. 그렇게 되면 3년으로 끝나지는 않겠지. 내가 가지고 있는 것 중에 가장 위험한 자료가 뭐지? 사하로프 박사*의 인물 사진일까? 그건 집에 없으니까. 박사가 소련 정

* 안드레이 사하로프(1921~1989). 소련의 핵물리학자이자 인권 운동가.

부에 서한을 보낼 때 내가 이 사진을 클라우스에게 전달했어. 하지만 독일 신문에 실리지는 않았는데 아니면 벌써 어딘가에 실렸을까?'

"솔직히 문제를 해결할 수 있는 방법이 없는 건 아닙니다. 제가 지금 제안을 하나 할 텐데 잘 듣고 생각해보시죠. 어쩌면 이 제안을 듣고 놀라실 수도 있습니다. 처음에는 화가 날 수도 있습니다. 그래도 일단 생각은 해보세요."

잠시 짧은 정막이 흐른다.

'생각하라고?'

"먼저 당신은 우리 기관에 대해서 왜곡된 견해를 갖고 계신 것 같습니다. 아직도 30년대나 40년대와 같을 거라 생각하시면 안 됩니다. 그동안 새로운 생각과 새로운 힘과 새로운 사람들이 유입되었습니다. 현재 우리 나라에는 엄청난 변화가 일고 있지만, 이 변화를 모르는 사람이 많습니다. 그리고 변화는 매우 깊고 근본적일지도 모릅니다. 게다가 당신이 생각하는 것보다 훨씬 복잡하기도 합니다. 저는 당신이 마지막으로 찍은 사진이 당신의 마지막 작품이 되길 원하지 않습니다. 사하로프 박사 사진 말입니다. 저를 믿고 작업을 계속해주셨으면 합니다. 단, 이제부터는 자료나 사진을 전부 두 부씩 만들어주셨으면 합니다. 한 부는 당신이 갖고 나머지 한 부는 제가 갖는 겁니다. 기관이 아니라 '제가' 갖는 겁니다. 제 개인적인 아카이브에 보관된다고 생각하시면 됩니다. 이것은 역사를 위해서라고 생각하셔도 좋습니다. 당신 스스로에게는 말할 것도 없고요."

'걸려든 것 같군. 타자기가 문제가 아니었어.《수용소군도》 원고에도 관심이 없는 것 같아. 그들은 나를 통째로 원하는 거야.'

이제 머릿속이 울리지는 않았고, 머리를 굴려서 어떻게든 출구를 찾아야 했다. 일리야는 뭔가에 대해서 골똘하게 생각하는 표정을 지으면서 표정 관리를 하긴 했지만, 손에서 땀이 났다.

"당신은 위험한 게임을 하는 겁니다. 우리 사회에서 일어나는 급진적인 활동에 대한 제 견해는 이미 말씀드렸지요. 하지만 저는 당신을 존경하고 있습니다. 1917년에 있었던 혁명 후에 이런 활동들은 모두 벼랑 끝에 서 있는데 이보다 중요한 건 초심을 잃어버렸다는 것입니다. 이것은 단순한 변증법입니다. 시간이 조금 지나면 당신도 이해할 거라 생각하지만 너무 늦지는 않았으면 합니다. 솔직히 말해서 당신이 앞으로 어떤 식으로 활동할지, 어떻게 자료를 수집할지는 별로 염려되지 않습니다. 말씀드렸다시피 저는 수사를 하는 사람이 아닙니다. 당신이 제 제안을 받아들인다면 앞으로도 흥미로운 일을 많이 할 수 있을 겁니다. 게다가 그렇게 훌륭한 자료를 열다섯 살에 만든 사람이라면—그러니까 당신이 속했던 러문애 말입니다—조금 더 고차원적인 일도 할 수 있을 거라고 생각합니다."

그는 시계를 봤다.

"우리 대화는 밖으로 누설돼서는 안 된다는 걸 이해하시리라 생각합니다. 그러는 편이 우리 두 사람 모두에게 좋으니까요."

"아나톨리 알렉산드로비치, 저도 그러고 싶지만 저만 조심한다고 될 일이 아닌 것 같은데요."

일리야는 침을 한 번 삼키고는 살짝 열린 문 쪽을 가리켰다.

"그 점은 걱정 안 하셔도 됩니다. 여기에서 당신을 본 사람은 아무도 없으니까요. 그리고 아무도 못 볼 겁니다. 창문 쪽으로 고개를 돌리세요. 네, 바로 그렇게 말입니다."

그 말을 하고 아나톨리 알렉산드로비치 치비코프는 상사답게 큰 소리로 말했다.

"베라 알렉세예브나, 자리를 비켜주게."

또각거리는 소리가 들리고 현관문이 삐걱거리고 찰카닥하더니 자물쇠가 열리는 소리가 들렸다.

"일리야 이사예비치 씨, 모든 것이 당신 생각처럼 그렇게 간단치 않습니다."

치비코프가 풀 죽은 목소리로 말했다.

일리야는 대꾸하지 않고 듣기만 했다.

"오늘 결정하셔야 합니다. 오늘까지는 제가 어떻게든 손을 쓸 수도 있습니다."

대령은 벨벳처럼 부드러우면서 묵직한 울림이 있는 목소리로 말했다.

"하지만 내일이면 저도 도와드릴 수가 없습니다."

'그러니까, 지금 내가 아니요, 라고 대답하면 나는 여기에서 못 나가게 되겠지. 어차피 내가 모은 모든 자료는 그들이 갖고 있어. 즉 앞으로도 내가 지금까지 살았던 대로 살면 되지만, 이제는 나 자신이 아니라 그들을 위해서 살아야 한다는 것이다. 아니, 상상도 할 수 없어…….'

"그리고 당신이 이 상황을 정확하게 이해할 수 있도록 마지막으로 한마디만 더 하죠. 만약 지금 내가 관여하지 않으면……."

잠시 짧은 정적이 흐른다.

"모두가 피곤해지고, 그렇게 되면 당신과 당신 부인은 이 일에 대해서 책임을 지게 될 겁니다. 이를테면 책은 당신이 그녀의 집에 가져갔다지만 타자기는 그녀의 것이니까요. 솔제니친의 원고도 그녀에게 있었고요. 그렇게 되면 당신만 위험해지는 것이 아니라 부인도 무사하지 못할 겁니다. 우리 둘만 있으니까 하는 말인데, 부인을 위험한 일에 끌어들인 건 당신이잖아요. 이건 결코 가벼운 문제가 아닙니다. 하지만 아직은 제 선에서 해결할 방도가 있습니다."

'걸려들었군. 달리 방도가 없어. 스칼러스 메이트*야. 내 사랑, 자기는 내가 어떻게든 지킬게.'

"이건 신사 대 신사로서의 계약입니다. 제 전화번호를 드리죠. 집 전화번호입니다. 정기적으로 연락할 필요는 없고, 당신이 뭔가 재미있는 것을 만들 때마다 전화하시면 됩니다. 사진은 당신이 원하는 만큼 인화하시고 저한테는 음화를 주시면 됩니다."

"음화는 좀 지나친데요."

일리야가 딱 잘라서 말했다.

하지만 대령은 자신이 이겼다는 것을 알았다. 그는 웃으면서 말했다.

"저를 조종하려고 하다니요!"

"그게 아니라 업무와 관련된 계약에 관한 문제라면 제 이익도 챙겨야 하니까요."

치비코프는 존경 어린 눈으로 그를 쳐다봤다.

"좋아요. 음화는 당신이 갖는 걸로 하죠. 이제 여기에 서명만 하시면 됩니다!"

"신사 대 신사로 계약하는 거라면서요!"

일리야가 화를 내면서 말했다.

* 4수 만에 체크메이트를 만드는 방법을 뜻하는 체스 용어.

"저도 제 이익을 챙겨야지요!"

아나톨리 알렉산드로비치가 웃으면서 말했다.

두 사람은 담배 두 갑을 다 피웠다. 뿌연 담배 연기 속에서 희미하게 보이는 그림 속 소년들은 여전히 그물을 잡아당기고 있었다.

일리야가 밖으로 나왔을 때는 날이 이미 어두워져 있었다. 가을비가 추적추적 내리고 있었다.

머리가 큰 천사

'말도 안 돼, 믿을 수가 없어.'

타마라는 이른 아침에 잠에서 깨서 눈도 뜨지 않은 채로 어제 있었던 일에 대해서 생각했다. 그녀는 평생 친하지도 않았고 그녀의 인생에 우연찮게 끼어들었다고 생각한 사람에게 오래도록 간직해온 자신의 위대하지만 금지된 사랑에 대해 통조림 속 내용물이 폭발하듯이 죄다 털어놓은 것이었다. 어머니한테는 속상해하실까 봐 말을 못 했고, 올가한테는 금기를 깨지 않으려고 애써 숨겼으며, 가장 친한 친구이자 스승인 베라 사무일로브나 빈베르크한테는 자신의 비밀 때문에 그녀 가족의 행복이 깨질까 봐 함구하고 있었다. 그런데 갑자기 그녀는 모든 것을 KGB 요원의 아내인 폴루시카에게 다 털어놓았던 것이다. 다행히도 이제는 김 빠진 비밀이었다.

사실 타마라는 이 일을 어느 날 세례를 받기 직전에 사제에게도 털어놓았고, 그는 인내심을 갖고 그녀의 말을 끝까지 듣더니 미소를 지으면서 말했다.

"이제 그 일은 전부 지난 일입니다. 세례를 받고 나면 새로운 삶이 시작되고 당신은 티 없이 깨끗한 아이처럼 될 겁니다. 나이가 들어서 이성적인 판단을 할 수 있을 때 세례를 받는 사람이 누릴 수 있는 일종의 특혜 같은 거죠. 이제 죄 사함을 선물로 받으실 테니 그것을 잘 지키세요."

하지만 선물받은 정결함은 상당히 빨리 퇴색했다. 예전의 삶은 어디로도 사라지지 않고 긴 그림자를 미래에 드리웠으며, 마를렌이 두고 간 늙은 로비크는 2년을 더 살면서 매주 토요일이면 발깔개에 누워 주인을 기다렸다. 개도 말이 없었고 타마라도 말이 없었다.

그런데 어제저녁에 마치 그녀 안에 있는 무언가가 폭발하듯이 전부 다 쏟아냈다. 무슨 목적으로? 아니, 아니, 그럴 수밖에 없었다. 만약 그 전으로 다시 돌아간다 하더라도 그녀는 또다시 그렇게 행동했을 것이다. 엄마가 딱했다. 라이사 일리니치나는 울었다. 코로빈* 때문도 보리소프-무사토프** 때문도 아니고 그저 브루벨***이 대충 그린 작은 스케치 때문이었는데, 브루벨은 해부학 법칙에 반하도록 날개가 위로 뻗고 머리는 커다란 천사를 그렸다. 하긴, 천사를 해부한 사람은 없었을 테니 해부학을 논하는 것은 이상할 터……. 이 그림들은 할머니가 그네신가로부터 여러 해에 걸쳐서 선물로 받은 그림들이었다. 할머니는 옐레나 파비아노브나 그네시나와 학창 시절부터 평생 친하게 지냈다. 할머니는 이 가족을 위해 평생을 바쳤으며 집에는 지금까지도 찻잔, 엽서, 펜, 화려한 서명에 작은 글씨로 친필 사인이 적힌 책과 같은 두 사람의 우정을 증명하는 흔적들이 남아 있었다. 하지만 그 문제의 그림 석 점은 이제 없다. 사라졌다. 아니, 아니, 전혀 아깝지 않다. 열병, 수년 동안 지속된 일식, 도둑맞았다는 감정 말고는 이제는 아무것도 남아 있지 않은 불타는 열정이 나쁜 것이다. 아니, 아니, 아니, 중요한 것은 그것이 아니다.

당시에는 모든 것이 끔찍했다. 마를렌은 직장에서 쫓겨났고, 출국 비자 발급도 거듭 거부당했다. 그러다가 그는 루뱐카에까지 끌려갔으며, 거기서는 감옥에 수감될 것이라고 으름장을 놓

* 콘스탄틴 코로빈(1861~1939). 러시아 화가.

** 빅토르 보리소프-무사토프(1870~1905). 러시아 화가.

*** 미하일 브루벨(1856~1910). 신화, 성서, 문학작품을 주제로 한 작품을 남긴 러시아 화가.

았다. 그러자 신문이 거의 끝날 즈음 아내가 임신했노라고, 출산이 임박해서 그랬노라고 자백했다. 그는 아내에 대해서는 늘 굉장히 경멸하듯 말했고, 딸들에 대해서는 굉장히 애정을 담아 말했기 때문에 임신은 난데없는 소식이었다. 타마라에게 그는 유일한 남자였고, 자신이 그를 혼자 독차지한다고 생각했다. 그런데 아내가 덜컥 임신을 한 것이었다…….

마를렌이 살이 빠지고 얼굴이 노래지자 타마라는 그를 연구실에 데리고 가서 피 검사를 받도록 했다. 다행히 피 검사 결과는 정상이었고 간에도 이상이 없었다. 하지만 당국이 출국을 허가해주지 않았다. 예전에 그가 망명하고자 했던 시절의 걸림돌은 모두 저절로 사라진 뒤였다. 그의 망명을 반대했던, 장애가 있는 불쌍한 누이는 오래전에 죽었고, 그런 후에는 이스라엘이란 나라 이름도 듣기 싫어하던 어머니도 조용히 임종을 맞이했다. 어머니는 모두를 불행으로 내몬 나라를 증오했다. 어머니를 설득하기란 불가능했다. 어머니가 살아 있었다면 무슨 일이 있어도 아들이 그곳으로 떠나는 것을 허락하지 않았을 것이다.

마를렌은 떠나기 일주일 전 12월의 어느 토요일에 타마라를 찾아왔다. 개를 데리고 왔는데 개는 몹시 지쳐 보였다. 그들 사랑의 유일한 증인인 로비크는 이제 나이를 너무 많이 먹었고, 그들은 개가 보는 데서 작별 인사를 했다.

라이사 일리니치나를 의식할 필요는 없었다. 그녀는 마를렌이 타마라의 집에 올 때마다 그를 피해서 얼굴조차 제대로 본 적이 없었다. 그가 집에 오면 어머니는 세 평짜리 자기 방에 틀어박혀서 나오지 않았다. 심지어 할머니가 쓰던 요강을 손봐서 침대 밑에 넣어뒀기 때문에 볼일도 방에서 볼 정도였다.

상황이 더 안 좋아질수록 그들의 포옹은 더 뜨거워졌다. 타마라는 문득 지난 수년간 자신이 학문 연구에 빠져서 허송세월한 일이 후회됐다. 무슨 영화를 보자고 그렇게 노력했단 말인가? 사실 이 모든 일은 서로 붙어 있는 두 개의 스테로이드 고리 때문에 발생한 일이었다. 그것들의 오른쪽 위쪽에는 고리가 하나 붙어 있고, 그 옆에 반원형 고리가 하나 더 붙어 있다. 이 고리들 주위에 만들어지는 유리기들—성욕에 관여하는 테스토스테론—의 활성화와 관련이 있었다. 나이가 들면서 그녀는 이 모든 일은 그녀가 사랑에 빠졌기 때문이 아니라 호르몬의 영향으로 발생한 것임을 깨달았다. 몸과 마음을 완전히 지배하는 생물학적 공식을 그녀는 그 누구보다 잘 알고 있었기 때문이다…….

이제 타마라는 그런 자신에게 불편하고 심지어 창피한 마음이 들었다. 게다가 불쌍한 마를렌은 왜 그렇게 형편없이 행동한 걸까? 그 역시 호르몬의 지배를 받았으리라…….

마를렌이 떠나기 일주일 전인 12월의 어느 토요일에 그가 축축하고 털이 북실북실한 가슴을 그녀의 몸에 밀착해 꼭 끌어안고 그녀가 그의 심장박동을 느끼고 있을 때, 그는 사무적으로 말했다.

"수요일에 또다시 불려 갔어. 이제 그들은 새로운 전략을 생각해냈는데 내가 단순한 유대주의자가 아니라 인권 운동에 가담하고 있다는 혐의를 덧씌웠어. 이건 당국으로부터 이민 허가를 받기 위해서 내가 신청서에 서명한 것과 관련한 새로운 혐의였어. 그들은 물론 내가 시위를 한 것에 몹시 화가 났어. 머리가 벗겨진 남자가 말하길 이번에는 보름은 잡혀 있어야 할 거라고 하더라고. 종이를 주면서 이 신청서가 어떻게 해서 내 손에 들어오게 되었는지를 적으라는 거야. 누가 갖다줬느냐고 묻더군. 혹시 사하로프 박사냐고. 그런데 거기에는 서명이 50개는 있었어. 그래서 나는 나에게 불리한 증언을 할 생각은 없다고 말했지. 결국 그들은 나한테 사흘의 시간을 주겠다고 했어. 누가 신청서를 갖다줬는지 말하지 않으면 체포하겠다고 했지. 그러니까 자기야, 우리 어쩌면 아주 오랫동안 못 볼지도 모르겠어."

'뼈가 굵은 남자의 무거운 몸, 그가 내 몸을 가득 채우고 둘이 하나가 된 지금…… 오늘 이 남자의 아이를 임신해야겠어……. 나중 일은 나중에 생각해야지……. 더는 절대로 낙태는 하지 않

을 거야……. 오늘 만약 그가 감옥에 가게 된다면 내가 아들을 키워야지, 나 혼자서…….'

"그런데 뜻밖의 상황이 발생했지 뭐야."

그는 한 손을 짚고 엉거주춤 몸을 일으키더니 이불보 끝에 손을 문지르고는 털이 북실북실한 두 다리를 바닥에 내려놓고 앉았다.

타마라는 그의 말을 거의 듣고 있지 않았다. 그녀는 이 순간 두 개의 씨앗이 서로를 향해 이동하는 모습을 현미경으로 보듯 상상했다. 그것들은 느리지만 확실하게 목표를 향해 움직일 것이다. 그의 뚱뚱한 아내 리다가 딸을 하나 더 낳는 동안 그녀는 사내아이를 낳아서 혼자서 키우리라…….

'이젠 확실해졌어. 그의 허락도 구하지 않을 거야.'

그녀는 침대에 누워서 배를 쓰다듬으면서 생각했다.

'바보, 난 정말 바보 같아. 왜 그렇게 많은 세월을 허비한 걸까? 아이를 처음 가졌을 때 낳았다면 지금쯤 아이가 학교에 다니고 있었을 텐데…….'

타마라는 자신이 허무하게 놓쳐버린 다른 삶의 가능성을 상상했다.

"매우 흥미로운 상황이야. 벌써 오래전부터 나는 이 개새끼들이 돈을 받고 유대인들을 풀어준다는 소리를 들었어. 하지만 듣고도 믿지 못했지. 1939년 독일과 마찬가지야. 돈 많은 유대인들은 돈을 내고 강제수용소에서 풀려났지. 나중에는 그마저도 불가능해졌지만……. 지금도 이런 방식이 먹힌다는 거야."

"무슨 말을 하는 거예요? 우리 나라가?"

타마라는 순식간에 아이 생각을 지우고 믿을 수 없다는 투로 물었다.

"그래, 우리 나라 얘기야! 그럼 여기가 아니고 어디겠어?"

마를렌이 인상을 찌푸리고는 말했다.

"우리 이모님 댁에 같은 고향 출신 남자가 잠깐 들렀다는 거야. 재단사라고 하더라고. 굉장히 훌륭한 재단사야. 그가 한 고위직 공무원의 양복을 만들어준다는 거야. 무척 높은 직위에 있는 사람인데, 이름은 말 안 할게."

이 말을 하고 그는 벽을 살짝 두드렸다. 그런 다음 타마라의 한쪽 귀에 대고 귓속말로 뭐라고 말했다.

"미쳤어? 말도 안 돼."

"진짜라니까! 이런 식이라니까, 상상이 돼? 이 재단사는 소련에서 집단화와 산업화가 일어나던 때부터 그와 그의 가족의 옷을 재단해온 사람이야. 그래서 심지어 그를 모스크바에 있는 자기 소유의 아파트에서 살도록 해주었어. 만약에 대비해서 아파트 몇 채를 확보해뒀기 때문에, 자기가 사는 아파트는 아니었대.

아마도 그 남자는 어떤 의미에서는 좋은 사람이었겠지…….”

“재단사?”

타마라가 되물었다.

“재단사 얘기가 왜 나와! 고위직 공무원은 어떤 의미에서는 괜찮은 사람이었어. 잔혹하지는 않아. 그저 돈을 좋아할 뿐이야. 엄밀히 말하면 돈 자체를 좋아한 것도 아니야. 그는 그림을 수집해. 유명 화가들의 걸작들을 말이야. 세로프, 페로프 같은 러시아 이동파* 화가들 말이야. 전쟁이 끝나고 독일에서 열차 한 량을 그림으로 가득 채워서 실어 왔는데 그때는 독일 화가들 그림을 가져왔대. 현재는 러시아 화가의 작품을 수집한대.”

“수집가라고요?”

타마라는 그 고위직 공무원에 관한 새로운 정보를 도무지 이해할 수 없다는 투로 물었다.

“그런 셈이지.”

이 말을 하면서 마를렌은 얼굴을 잔뜩 찌푸렸다.

“재단사는 우리의 먼 친척이야. 그가 그 고위직 공무원한테 연락할 수 있다고 말했어. 그런데 자기도 이해하겠지만 그는 아

* 19세기 말의 러시아 사실주의 미술 운동. 1872년 크람스코이에 의해 시작되었으며, 보수적인 아카데미 미술 교육에 반발하여 창작의 자유와 예술을 통한 민중 계몽에 역점을 두었다. 19세기 러시아 미술의 핵심적인 인물들이 참여했다.

무한테나 뇌물을 받지는 않아. 그런데 재단사는 그에게 접근하는 법을 알고 있었고 실제로 그런 일을 한 적이 있어. 알렉세이 사브라소프 그림 한 점을 받고 일가족 네 명을 풀어주게 한 거야. 자그마한 그림 한 점이었어."

이 말을 하고 마를렌은 재단사가 그에게 보여준 대로 양팔을 넓지 않게 뻗어서 그림의 크기를 표현해 보였다.

타마라는 그 순간 깨달았다.

"마를렌, 우리 집에 이동파 화가의 그림은 없어요. 가장 값이 나갈 만한 건 코로빈 한 점과 보리소프-무사토프 한 점뿐이에요."

"이 화가들의 이름은 말하지 않았어. 최근 들어서 그가 미하일 브루벨 그림을 구하려고 혈안이 돼 있다고 했어."

"브루벨은 이동파 화가가 아니었는데요."

타마라가 대답했다.

"우리 집에 브루벨의 그림은 없고 스케치가 하나 있긴 해요."

"그게 무슨 상관이야? 중요한 건 빨리 행동해야 한다는 거야. 만약 내가 감옥에 들어가면 어떤 그림도 도움이 안 될 거야. 다른 기관에서 나를 맡을 거니까."

타마라는 불을 켰다. 한쪽 날개에 상처가 있는 천사가 타마라 침대 머리맡에 걸려 있었다. 천사는 머리가 크고 이마는 지나치게 튀어나와 있었다. 얼굴의 생김새는 흐릿하고, 신경질적으로 서둘러 그렸는지 대체로 선이 거침없었다. 대신 하늘색을 띠고 깃털로 덮인 날개가 은은히 빛나며 군데군데 반짝거렸다. 날개 하나는 성공했던 것이다.

"가져가요."

타마라가 선뜻 말했다.

"다 가져가요."

"하지만 당신도 짐작했겠지만 위험 부담이 있고 별 도움이 안 될 수도 있어."

그는 스스로도 이런 모험을 해야 할지 의심스럽다는 투로 말했지만, 타마라는 그의 눈에 생기가 도는 것을 느꼈다. 그는 이미 그림을 어디로 가져가서 어떻게 전달하고 그다음은, 또 그다음은 어떻게 할지 머릿속으로 생각하고 있는 듯했다…….

"그럴지도 모르죠. 하지만 감옥에 갈 수도 있다면서요."

그는 팽개친 지 오래인 창피함 따위는 잊고 서둘러 벽에서 그림 석 점을 전부 떼어내 침대보로 싼 다음 옷을 입었다.

"자기야, 날 용서해줘. 일이 워낙 급해서. 지금 바로 택시 타고 그림을 갖고 이모님 댁에 가져갈 거야. 그 재단사라는 분은 내일 10시쯤 이모님 댁에 들른다고 약속했거든. 그때까지는 그림이 거기에 도착해 있어야 해. 로비크는 아침까지만 맡아줘."

그 뒤로 사건은 엄청난 속도로 전개되었다.

체포될 수도 있다던 마를렌은 사흘 뒤에 거주지 관할 KGB 사무실에 불려 갔다. 거기서 그는 시민권을 박탈당했고 사흘 내로 가족 모두와 함께 국외로 갈 수 있는 허가서가 떨어졌다. 토요일마다 타마라의 집에 왔던 그는 다음 토요일에는 오지 못했다. 금요일 아침에 도망치듯 떠났던 것이다. 그는 로비크에게 목줄을 채워서 데리고 왔다. 그러고는 내일 가족과 함께 빈으로 떠난다고 말했다.

"이 은혜는 평생 잊지 않을게."

마를렌이 말했다.

"자기는 내 인생에서 가장 소중한 사람이야. 혹시라도 당신이 귀환할 마음이 생기면……."

그는 항상 '이민' 대신 '귀환'이라는 표현을 썼다.

"일리야 통해서 연락 줘. 그럼 즉시 초청장을 보낼게. 로비크는 당신이 맡아줬으면 해."

타마라는 배웅하지 않았다. 타마라는 올가를 통해 엄청나게 많은 인파가 마를렌과 작별 인사를 하려고 왔고, 딸의 가족이 체포 대신 추방을 당하게 됐다는 소식을 접한 리다의 부모가 몹시 혼란스러워했다는 이야기를 해주었다. 장례식 대신 맞이한 축제 같은 것이었다. 그러나 거의 장례식 같은 축제였다.

"하지만 너는 아무 데도 안 갈 거지, 그치? 아니면 결국 모든 유대인들이 러시아를 떠날 거라고 생각하는 거야?"

올가가 표정 없는 타마라의 얼굴을 곁눈질하면서 물었다.

"아니, 나는 아니야. 모두 다 떠난다고 해도 안 가. 약속할게."

이렇게 해서 1981년 12월 31일에 마를렌이 떠났다. 1982년 11월에 브레즈네프가 죽었다. 그림 애호가였으며 눈썹이 짙고, 훈장을 받은 사람의 친구였던 그 고위직 공무원은 자리에서 물러나게 되었다. 엄청난 액수의 공금 횡령에 대한 죄가 밝혀지고 사적인 이익을 위해서 자신의 지위를 남용한 것이 드러났다. 한편 재단사도 제공받은 아파트에서 빠르게 이사한 후로는 모습을 감추었다. 형편없는 소설들에서 플롯의 전개를 위해 소설 속에서 비중이 낮은 인물들이 자취를 감추는 것처럼 말이다. 고위직 공무원의 재산은 몰수되었고 그는 사냥용 권총 가스틴 르네트로 자살했다. 어쩌면 그의 측근이 후에 그로 인해 겪을 수도 있는 수많은 불미스러운 일들을 우려해서 그를 살해했는지도 모른다.

타마라는 학문 연구에 몰입해서 논문을 써나갔다.

마를렌은 예루살렘에서 멀지 않은 학술 도시인 레호보트에서 가족과 함께 살고 있었다. 모든 일이 잘 마무리되었다.

다만 거대한 머리를 가진 하늘색 날개의 천사가 누구한테 있는지는 밝혀진 바가 없다. 코로빈의 그림 한 점과 보리소프-무사토프 그림 한 점의 행방도 묘연하기는 마찬가지이다.

(2권으로 이어집니다.)

은행나무세계문학 에세 • 10
커다란 초록 천막 1

1판 1쇄 발행 2023년 7월 7일

지은이 · 류드밀라 울리츠카야
옮긴이 · 승주연
펴낸이 · 주연선

(주)은행나무
04035 서울특별시 마포구 양화로11길 54
전화 · 02)3143-0651~3 | 팩스 · 02)3143-0654
신고번호 · 제 1997—000168호(1997. 12. 12)
www.ehbook.co.kr
ehbook@ehbook.co.kr

ISBN 979-11-6737-323-6 (04800)
ISBN 979-11-6737-117-1 (세트)